高尔基文集

2

短篇小说

特写

诗歌

1895
|
1896

М. Горький

马克西姆·高尔基

目　　次

朋友 ………………………………………………………… 1
游街 ………………………………………………………… 31
漂亮的女人 ………………………………………………… 34
别了! ……………………………………………………… 36
扫兴的片刻 ………………………………………………… 38
平分 ………………………………………………………… 46
筏上(复活节的故事) ……………………………………… 51
在黑海 ……………………………………………………… 66
他的发现(摘自一位同时代人的回忆录) ………………… 70
省报编辑数日记(爱说俏皮话的人们的绝妙话题) ……… 78
扣子事件 …………………………………………………… 105
童话 ………………………………………………………… 118
个儿小—小的! …………………………………………… 128
诺曼人从英吉利返航(据梯耶里著作改写而成) ………… 135
科柳沙(速写) ……………………………………………… 143
一个悲惨的故事 …………………………………………… 147
蓝眼睛的女人 ……………………………………………… 159
"客人"(伏尔加河小景) …………………………………… 173
孤独的人 …………………………………………………… 177

不惬意的事情(速写)	183
谢马加被捕记	191
阿库莉娜奶奶(速写)	200
马车夫(圣诞节故事)	212
可汗和他的儿子	232
伙伴	240
读者	256
旧年(寓言)	272
初次登台	277
邮差	280
科尔日克老师在工作之余(特写)	285
钟(速写)	293
婚礼(特写)	308
十戈比银币(一个浪漫主义者生活的一页)	317
恼羞成怒(素描)	322
苦恼	330
演员(素描)	377
小偷(素描)	380
清扫烟囱的人	386
致叶·帕·彼什科娃	394
发现(素描)	395
他的报复……(速写)	416

朋　友[*]

一

他们两个人，一个叫"拐子"，另一个叫"想得开"。"拐子"自己说，他是顿河哥萨克。他身材瘦高，有点驼背。很早以前，他左脚的胫骨折断了，伤治好后，可不知为什么左腿变得比右腿长了，这就使他在行走的时候身子向右歪，左脚才能向前迈步，走起路来就像跳舞。他那奇怪、可笑的绰号——"拐子"[①]，就是由这儿来的。"想得开"好像是某兵种预备营的长期休假兵，入伍前是乌格利奇城的小市民。他身材矮壮，肩膀宽阔，是个乐天派。他的脸庞红润、光净、丰满，长着直挺挺的棕色硬胡须，肥厚的下唇总是耷拉着，在浓密的棕色眉毛下那双亮晶晶的、生气勃勃的蓝眼睛带着善意的微笑。"拐子"的脸是瘦长的、干瘪的麻脸，脸上生满了花白的浓密黑胡须，一双乌黑的眼睛透过胡须射出一种不满意的和冷冰冰的光线。这的确是截然相反的两副面孔。"想得开"走路的时候，双手插在肮脏的绿色军裤的口袋里。他那宽阔的肩膀上披着一件紧紧贴在身上的灰色的破军大衣。"拐子"走路的时候两只手大摇大摆，他那乌克兰长袍的衣襟也总是绕着他的

---

[*] 本篇最初发表于一八九五年一月十四至二十四日《尼日戈罗德报》。译自《高尔基全集》第二卷。

[①] Пляши - Нога，照字面直译是"舞蹈腿"，因此说这个绰号是奇怪、可笑的。

细长身躯飘动着,好像折断了的黑翅膀,肥大的灯笼裤的左腿几乎卷到膝盖以上,右腿却差不多要罩住脚跟。"想得开"常常留心从什么地方弄到一些官吏、学生或军官戴过的旧制帽,而且总是把帽檐撕掉,所以他那平整的前额上经常扣着一顶没有檐的帽子。"拐子"却无论冬夏都把一顶农民的羊皮帽戴在后脑勺上,让一缕缕粗硬的黑发从帽子底下伸出来。他那刻着一条条深深皱纹的带麻斑的前额高高凸起,晒得黝黑。从诺沃米尔戈罗德到博勃林涅茨,从奥利维奥波利到亚历山德里亚[①],人们说到这一对朋友的时候,都说他们是最机灵。最大胆的盗马贼,既恨他们,又怕他们,但都忍耐着。他们要求干什么活儿,人们都情愿答应他们,只要他们在村子里面,人们就像对待尊敬的贵宾那样款待他们。"想得开"会砌炉子、做木匠活。修鞋子和马具,用咒语治各种疾病,给牲口治病,修理钟表,鞣制羊皮,而最拿手的是喝酒,吃起西瓜来没个够。"拐子"则轻蔑地瘪着薄嘴唇,帮他做这些事。但"拐子"最喜欢的却是躺着,夏天躺在阴凉的地方,冬天躺在热炕上,细心地观察、倾听一切。他也喝酒,但无论喝多少,酒都没有对他起过特殊的作用,对西瓜、甜瓜和其他水果,他是连口都不沾的。"想得开"喝起酒来,很快就会醉倒,当他感到自己从地上站不起来的时候,就乖乖地倒在地上,满脸堆笑地说:

"我难道又醉啦!真的!谢尼亚!我又醉得像一摊泥啦!是不是?真的吗?醉成这样了!"

"拐子"脸上带着冰冷的轻蔑表情一声不吭地听着他说话。

"谢尼亚!你说我一句吧……找一句能打痛我,让我害臊的话!好吗?让醉鬼害羞……"

"喂,住嘴……公牛!""拐子"厉声喝道,伙伴的唠叨请求使他感到厌烦。

"公牛,就是牲口吧?是吗,谢尼亚?"

[①] 均在今乌克兰的赫尔松省境内,其中奥城以牲畜贸易闻名。

"就是牲口!"

"好极啦!就是说,我是畜生?原来是这样!""想得开"哭起来,一直哭到睡着为止。"拐子"就坐在他身旁照看着他,如果觉得需要让伙伴换个地方,他就用他那双又长又枯干的手把伙伴抱起来,搬到一个地方去。他们就是这样一对朋友……

有一次,在炎热的七月天,两个朋友在因古尔河①里洗过澡,坐在岸边白柳丛的树荫下,一边休息,一边吃东西。其实是"想得开"一个人在吃,"拐子"在向河鸥扔石子,打口哨。"想得开"吃了一大块熏肥肉,喝下去半瓶酒,然后打量了一眼,看看剩下的酒是不是正好半瓶,他发现剩少了,就懊丧地大声说:

"原来是这样!"

"又怎么啦?""拐子"问道,并没有看他。

"我是说,真该死!……这种瓶子!这家伙真不好使,是不是?"

"又多喝啦?""拐子"冷冰冰地问道。

"又多喝了,见鬼……我跟你说过,咱们买个杯子……才花五戈比……那就回回都量准了……一滴不差……真的!"

"好啦……你自个儿喝吧。我不喝。"

"怎么?!""想得开"惊讶地说,"你不喝?!那好……我就……再喝一点!真的!酒快变温吞啦……温吞吞的就没有什么味道啦……"

于是,他把瓶口放进嘴里,用美滋滋的眼光久久地仰望着明朗的天空,然后很快把酒瓶塞进衣袋里,好像是怕看见瓶里还剩下多少酒似的,深深地吸了口气,摸摸肚子,就不作声了。"拐子"枕着石块,仰面躺在地上。"想得开"惋惜地看他一眼,叹了口气。

"又发愁啦?是不是?哎,你啊,我的伙计!你为什么老是发愁呀?你这是得了一种病……心里痛……是不是?我和你相处已经七

---

① 在乌克兰赫尔松省境内。

年了……和你手挽手地游荡,可总也弄不明白你愁的是什么!真的!"

"拐子"漫不经心地从牙缝啐了一口,然后把双手枕到头下,整个身子活像一把长剪刀。

"咱们的生活,看来,又自由,又轻松。咱们不用什么东西拘束自己。想要什么,一、二、三!马上就到手!想到哪儿就到哪儿……总之,一切都……谢尼亚?对不对?"

"你心软,你的脑袋倒像一根干木棍——不打弯!""拐子"叹口气说。

"这是实话?真的,是实话!论头脑,我是个硬汉子。可是……你这是想说什么?""想得开"稍微向朋友弯了一下身子,望了他一眼。

"随便说说。""拐子"简短地回答了一句。

两人都沉默起来。在这个地段,因古尔河狭窄而又急湍,水流轻轻地冲击着多石的河岸,在河对岸的芦苇丛后面,微黄色的草原散发着灼热的暑气。靠近水边的芦苇被河水冲得摇摇晃晃,芦苇秆的摩擦声,好像是在忧伤地窃窃私语。在不远的地方野鸭嘎嘎叫着,鹬鸟也一个劲地叫个不停,好像在有意撩逗什么人似的。

"我在图尔村遇到了米季卡·西特尼科夫……""拐子"望着天空,心事重重地说,"他父亲死了。全部家业和金钱都归米季卡所有了……你看看。你认识米季卡吗?他是个什么人?是个坏蛋,肮脏的癞蛤蟆。是个傻瓜,懒汉,蠢货。现在却成了乡里头号人物……有成千上万的钱。你说说看,他凭什么得到这成千上万的钱?难道他有什么本事,还是怎么的?不过是个大坏蛋。可是你瞧,他手指都没动一动,就有了一切。难道这是他的!不,是他父亲的。他父亲挣下的。他米季卡同这有什么相干?你看,这是什么世道!有的人劳碌一辈子,到头来一无所有,有的人百事不干,可是得到的比谁都多……"

"东一句……西一句……我听不明白,比如说,你的意思是什么?""想得开"聚精会神地注视着伙伴说,"你是不是想到他家去做客?是吗?真的!早就该去了!……"

"我什么也不想做……我是看这世道不公平才说的……不该让米季卡发财,还有……"

"怪人!他是他父亲的儿子嘛……亲骨肉!""想得开"笑了起来。"要是不给米季卡,斯捷潘把钱放到哪儿去呢?"

"哪儿?有的是地方!"

"是啊……""想得开"说。"当然啦……可是无论对谁来说总是自己的孩子最亲……你要记住这一点!"

"拐子"没有搭话。

"这同咱们有什么相干?"他静默了一会儿又说起来。"管它呢!"他啐了口吐沫,耸耸肩膀。"其实与我毫不相干……我是个残废人,干不了这种庄稼活。我也看不惯庄稼汉。庄稼汉是什么人?贪婪、胆小,坐在自己的小屋里,就像癞蛤蟆蹲在泥塘里。庄稼汉一点意思也没有。玻璃瓶放在太阳下面,还会闪闪放光……可这些鬼东西有什么用?一堆臭破烂……就连他们也谈起上帝来啦……滚开吧!说啊,说啊,可是自己却连一丁点儿都不懂。可是,话又说回来了,庄稼汉无论怎么不好,他还是想要骑在咱们兄弟的身上……就连他同咱们说的话都是那样……神气……连嘲带讽的。他们说,你穷得光身赤脚,可是我爷爷那时候还有过一大车粪,一连让风吹了三年都没有刮净!这些私有者!……你可不要从他的田地里走,因为泥土沾到鞋底上,你就都带走了,在地上只留下一个深坑……这种人活着做什么!灾难!就说我吧:我不想把自己绑到什么东西上,不想往什么枷锁里钻。也许我不该这样做。就是这些想法痛苦地折磨着我。要是能把这些想法抛开就好啦……烧掉它,比方说吧,药死它……要不然,它就会像铁锈腐蚀铁那样啃着我、啃着我,心里乱糟糟的。打个比方,就像是一团雾。心里尽是山冈和坑洼。"

"谢尼亚,你弄个女—女人吧,这可是件使人欢心的事!……真的!她会让你像火一样烧起来!把你的全部苦闷都烧成灰。真的!"

"弄个女—女人?""拐子"模仿伙伴的腔调说。"亏你说得出。就这样在心头已经压了块石头,你还要再给它加上一块!……你这个怪物!"

"哎,伙计!为什么是石块?你找一个温柔得像羽毛那样的娘儿们……""想得开"美滋滋地微笑着出主意说,同时香甜地咂着嘴唇,似乎是在玩味某些回忆。"我跟你说,谢尼亚,有一次我有一个……"他正要说下去,可是"拐子"不听他的,自己说了起来。

"在察里津的时候,我同一个哥萨克女人有过一段瓜葛。她是个健壮、温顺的女人,脸蛋儿红红的……名叫卡季卡。我往她那里跑的时候,常常是全身都打战,惦着看到她。在尽情地吻过以后,就感到恶心。看见她躺在那儿,酣睡着,胖胖的,张着嘴,打着呼……我心里想:她身上有什么?一只母羊!……心里就讨厌……呸!"

"原来你是这么个人!……""想得开"一面思索着,一面拉长声调说,"看来,对这种事你还不大在行。可是我……"

"全是胡说八道!""拐子"忽然凶狠地说,挥了一下手,就背对着"想得开",翻过身去,再也不说话了。

"想得开"知道,在这样的时刻去纠缠他是自讨没趣,但同时他又不喜欢看到"拐子"那样愁眉苦脸,因为他本能地感到,在这种心情下就会使"拐子"远远地离开他,他们两个人就说不到一块。所以他稍稍想了一会儿,豁然开朗,两手一拍,喊道:

"有这么回事!谢尼亚?!"

"怎么啦?""拐子"问了一声,连身子也没有转。

"哎,真该死!我怎么能把这件事忘了呢?"

"什么事?"

"你要知道,亲爱的,小傻瓜,基里连科的马就在这里!真的!"

"你再多编点!""拐子"轻蔑地啐了一口。

"要是说谎,让我开肠破肚,让我烂掉手!""想得开"发誓说。

"说不定人家早把马运过多瑙河那边去了!""拐子"低声说。

"嘿,一匹多好的马!我跟踪它好多次了!……都没机会下手!"

"真的,确实在这里!——人家把马毛染成了棕色,昨天晚上还牵到村里酒铺掌柜拉夫鲁什卡那儿去过。好像是萨什卡·博勃林采夫斯基牵去的。我正在路旁的梨树下面躺着——喝醉了——一看:有人牵来了一匹马……什么样的马?谁家的?火红马。马的体型我认得,可是毛色不同了……后来,真没想到,我竟睡着了,一睡就睡到了现在。我不管醉成什么样子,也会看看它的腹股沟,毛色兴许是磨褪了,成了银灰色的,看来……"

"你醉醺醺的觉得是这样的……""拐子"带着怀疑的口气说。

"朋友!你说说,在这一带,谁家的马咱们不清楚?全知道,可是这匹马不是本地的……是基里连科的马,要不是他的,我立刻就死在这里!""想得开"斩钉截铁地说,越说越激动。

"那好,你打算怎样?""拐子"沉默了一会儿,然后问道。

"这样的马得牵走!""想得开"蛮有把握地下了决心。

"好,那咱们就去牵!"

"得在今天夜里下手……"

"今晚也许有月光……"

"也许没有……靠咱们的运气吧。顺手把拉夫鲁什卡的两匹也牵上。我现在就想好了处置比秋格马的地方——伊萨伊卡要它,至于那匹巴什基尔卡马,就赶到哥萨克人那里去。行吗?怎么样,谢尼亚?!"

"就这样……现在就动手我都……"

"想得开"笑起来:

"这不就把你的愁闷打消了……哎!原来是这样!……拉夫鲁什卡会怎样呢?怎样?他马上就要暴跳起来!这个鬼东西!"

"拉夫鲁什卡这个吸血鬼……早就该碰碰他了。我恨透了他……"

"难道他有什么事对不起你吗?"

"没有,没什么。他不合我的心意。我一看见柜台后面他那颗光秃秃的脑袋,就想用棍子狠敲他的秃顶。或者浇上煤焦油,再点火烧。哈——哈!这该有多好!他准会像肥蜘蛛那样乱跳乱扳!……"

"你真想得出来！我对他没有什么说的……我喜欢拉夫鲁什卡,他是个很和气、真诚的人。人还可以……许多人比他更坏……"

"那你就该去牵那些人的马。可你倒要牵真诚的人的马……"

"可是,伙计,那些人连一根马毛都没有,不然我就……可是拉夫鲁什卡有马呀。扎哈尔琴科不是也……他有一匹很不错的乌黑马……"

"喂,不许动扎哈尔琴科,他是个好人……他的米什卡是个废物,可是他自己……"

"老扎哈尔琴科好么？这也是你说的话！说实在的！全村人都恨他,你倒说他好！这个老鬼,村里所有的人他都想咬一口,他和所有的人都吵遍了……村公所办事不如他吗？……他凭什么要对村公所指手画脚？"

"闭上你的嘴！你懂什么！……""拐子"不信任地说。

"谢苗①,真没法理解你。你为什么总要冒险？哪个人与众不同,你就觉得那个人好。你把什么都翻了一个个儿！应该说,就是因为这个,苦闷压倒了你,真的！……"

两个朋友都不作声了。天气炎热。芦苇依然发出簌簌的响声……"拐子"又躺成一把剪刀的形状。"想得开"和他并排躺下,磨蹭了一阵,搔痒,打呵欠,然后睡着了。

二

酒铺掌柜拉夫鲁什卡的庄子坐落在一条弯弯曲曲的山谷边沿上,背后是山谷,前面是草原。白柳像一个圆环把庄子围在中间,从这些树外面可以看见井上两根吊水杆直冲天空,凄凉、单调的草原从这些有人烟标志的地方向四面八方铺展开去。不深的蜿蜒曲折的沟谷像起伏的波涛一般撒在草原上,使草原显得无边无际,宛如一片宁静的

---

① 谢苗,是"拐子"的本名,谢尼亚是谢苗的爱称。

冻结了的汪洋大海。所有这一切——庄子里的房屋、白柳树、吊水杆——在夜色笼罩的草原上,好像完全是多余的,而且破坏了寂静、黑暗的辽阔草原和草原上浓云密布的天空之间的广阔天地的和谐。如果把这幅画面用声音表现出来,那就是一种无休止的逐渐减弱的最弱音,它时而被密集而强烈的八度音所打断。

"拐子"和"想得开"躺在谷底一个深坑里。坑底生长着茂密的蓬蒿,即使站在坑边上往坑底看,也看不见这两个人。

"哎呀,上帝!说真的,我真想抽口烟!""想得开"轻声说。

"还想干什么……""拐子"一本正经地答道。

"你可别生气……我看不会成功的……谢尼亚,你说说为什么总是想干不能做的事情?这是为什么?"

"因为愚蠢……因为贪心……"

"也许真的是这样!怎么样,咱们该动手了吧?"

"走吧!……"

他们从坑里站了起来。他们的下巴刚刚够到沟沿。什么也看不见,四周寂静得可怕。这时"想得开"弯下腰去,两手支在自己的膝盖上,"拐子"踩在他背上敏捷地从坑里跳上来,然后趴在地上把朋友拉出来。

"看来,人们都睡得很踏实。大概是过礼拜喝多了……""想得开"悄悄地说着,跟在朋友的后面,沿着山沟的斜坡往上爬。"咱们怎么干法——拔门栓,还是撬锁?"

"到那儿再看……你最好别老是唠唠叨叨……"

他们两人弯着腰,一边向四周张望,一边像两只大蛤蟆在地上向前移动着。这样穿过了菜地,在一面石头墙前停了下来,墙前有个大粪堆。

"就是这儿!""想得开"低声说。

"遇到狗怎么办?""拐子"问。

"有两只……不久前,我把它们弄死了……还有只大狗不在这里——跟牧人走了……喂,走吧,怎么样?"

"走……"

他们拐过墙角。"想得开"从大衣下面抽出一根短粗的铁棍,"拐子"拿出来一个类似大凿子的家伙。

"喏,门在这儿……鬼东西,真结实!嗳!——……原来是这样……没上锁!真的!谢尼亚,咱们真走运!……"

"闭嘴,鬼东西!……说不定有人睡在里面……"

"那不就……哎,我这嘴又……"

"拐子"把门推开一条缝,侧耳倾听……在马的鼾声中,还夹杂着一种什么声音,盗马人灵敏的听觉很快就分辨出来,这是人的鼾声……似乎是两个人。他悄悄地把这个发现告诉了"想得开"。"想得开"深深吸了口气,一边向四周张望,一边不住地摸自己的胡子。在马厩对面大约二十俄丈的地方有一座"工作房",在左边,差不多同样远的地方是禾捆干燥棚,再往前是一长排低矮的羊圈。寂静无声。……突然,马大声嘶鸣起来。"拐子"打了个冷战,向门口奔去。"想得开"把他猛力向后一拉,惊恐地盯住他的脸。

"谢尼亚,你怎么啦,怎么啦!你这不是在送死……"

"基里连科的马……没错!是它!……我听出来了,就是它!……"

"拐子"兴奋得像火焰一样燃烧起来,全身都在颤抖。他恶狠狠地龇着牙,向门口弯下身子,面带得意的笑容倾听睡觉人的鼾声和马的喷鼻声,然后,从肩上甩掉长袍,卷起衬衣的袖子,手上的铁棍不住地晃动着。

"谢尼亚,伙计,你往哪儿去?算了吧!你知道,里面有人啊!……真的!""想得开"低声说,同时,不住地从这里扯他一下,从那里拉他一把。

"放手!非牵不行!……""拐子"小声说。他轻轻地拉开门,但门只开了四分之一。原来,挂在什么东西上的一条皮带从里面拴住了门环。

"给我刀子!"他轻声说。

"给你!你想怎么办就怎么办吧,我可要走了!这不是送死吗……"

"走你的!""拐子"挥了挥手,一刀割断了皮带。门大敞开了。"想得开"像一粒豆子滚到了一边。他的同伙直挺挺地站在马厩的门槛上,一只手握着刀子,另一只手拿着铁棍,用鼻子和嘴深深吸了一口气;空气中饱含着马粪蒸发出的热气和马汗味、发霉的皮革和煤焦油味……他等了一会儿。几匹马在不安地打响鼻、踏步。人的鼾声也没有停止。盗马人这时勇敢地挺着胸走进了马厩。马越发不安地打起响鼻,踏起步来。"拐子"又停了下来,他全身都在颤抖,缩做了一团。离他三步远的地方,从黑暗中隐隐约约现出一个黑糊糊的马屁股,接着又看到了马的两只大眼在黑暗中闪闪发亮。马也在倾听着,定睛地看着……

"哥萨克!……哥萨钦卡①!……""拐子"悄悄地说,把左手向前伸去。

马温和地、轻轻地嘶鸣了一声……"拐子"吓得打了一个冷战,紧接着向前一冲,到了马槽前边。一刹那间,他就割断了马缰绳,抱住马头,把嘴紧贴到马脸上。在他牵马向门口走去的时候,马驯服地用粗糙的、热乎乎的舌头舔着他的脸。"想得开"站在门口,像一只跃跃欲试的猫一样蜷曲着身子。他闻了闻,用鼻子大声地吸着空气。

"我也不怕!"他迎着喜形于色的伙伴低声说。"酒味真大!等一等,我也去牵……你把这匹马拴上,给我帮帮忙……怎么样?一匹好马吧!……我说的对不对?……"

"噗噜——噗噜!""拐子"对着马耳朵亲热地轻声说,把缰绳拴到门柄上,抚摸着正斜视着他的那匹马的脖子。

"一个庄稼汉同一个娘儿们睡在一起,都喝醉了!……""想得开"从马厩里小声说。"我找到煤焦油桶啦……我来用煤焦油浇他们

---

① 哥萨克,这里是马名。哥萨钦是哥萨克马的爱称。

这两个魔鬼！真的,倒在他们身上!"

两分钟后,马厩门口站着三匹马,两个伙伴围着它们忙活着。"拐子"给哥萨克戴上嚼环,在它耳边小声说些温柔的话,又吹吹它的鼻孔。"想得开"把自己的外衣扔到毛茸茸的巴什基尔马的背上之后,又围着壮实的、恬静的比秋格马忙了一会儿。

"走!""拐子"下了命令,飞身上马。

"走!""想得开"应和着,牵着比秋格的缰绳,灵巧地骑上巴什基尔。

他们悄悄地、小心地穿过菜地,进到山沟里,在未开垦的草原上打了个转就走上一条狭窄的小路。

"跑!""拐子"说。

"等一等!""想得开"同他走成并排。"早晨,要不就是中午,咱们必须在村里露一露面,免得引起怀疑。你看怎么样?"

"我直接到巴尔塔去……"

"伙计!你是怎么啦?!沿着铁路线走?!走那么远?!那能行么?……咱们可以把马带到伊萨奇卡那里,然后就返回来,总共十五俄里……"

"我回来干什么?""拐子"一面拍着马脖子,轻轻搔着它两耳之间的地方,一面琢磨着说。

"那不就是罪证!你不见了,马也没有了——这就是说……"

"我才不管它呢!""拐子"摆了摆手。

"要是把咱们抓住了呢?把咱们打成残废了呢?……"

"嘿!……""拐子"嘲讽地打了个口哨……

"哎,你啊,上帝!你这人真不好共事!什么事都不能做得妥妥帖帖!……""想得开"发愁地叹了口气。"谢尼亚!咱们把马带到伊萨奇卡那里去吧,看在上帝面上!你就听我的吧!怎么样?这又有什么不好呢?"

"嗨,拿你有什么办法呢?好,就到伊萨奇卡那里去吧!我可是不再返回来了,我要和马在一起……只要马在伊萨奇卡那儿,我就在那儿……"

"这就好啦!""想得开"高兴地说。"快走!"说完,他们便在草原上纵马奔驰起来。四周漆黑、寂静。三匹马的蹄声响亮地滚过草原,向乌云密布的天空散播开去,大滴的、暂时还是稀疏的雨点已经开始从乌云中降落下来。机车的尖细而凄凉的哨鸣在远处什么地方划破长空……

"谢尼亚!马上就下雨啦!尼古拉耶夫娜节下雨——这可太好啦!真的!这样脚印就会冲没了……是么,谢尼亚?"

"拐子"没有答话。他跑在伙伴的前面。他俯身在马脖子上,一只手搂住马脖子,把自己的面颊贴在上面,另一只手握着缰绳,像是在和马,又像是在和"想得开"说话。

"看,把马给染了色……这些残忍的家伙!我盯了它两年了!嚯——嚯!……记得我么?你在塔夫里亚呆过,对不对?我的美人儿!……为了你,哥萨奇娜①……我叫德国人关了两个月……跳吧——跳吧!……哎,亚科夫②,我也高兴!……好像是碰上了情妇……碰上了老朋友老同事……真好呀!"

马摆动着耳朵,抖动着鬃毛,轻轻嘶鸣几声,似乎是听懂了这温存的语言。它自由地、轻松地迈着细而匀称的腿,大步疾走着,欢快地甩动着尾巴。它老是要快跑,不时地挺起宽阔的胸向前冲几下,并且烦躁地摇着耳朵,好斗地打着响鼻,但"拐子"把它控制住了。因而马跑着跑着有时一下子乱了步法,但它那富有弹力的腿敏捷地调整了步法后,重又均匀地小步跑起来,颠簸着自己背上那个歪戴着毛茸茸的羊皮帽、俯在自己脖子上的高个子骑手。雨越下越大。雨点越落越密,整个草原都发出低沉、细碎的声音,这声音好像是急于要诉说什么,越说越快,终于变成一片分辨不清的、忧郁的、不满的怨诉。远方雷在咆

---

① 是哥萨克马的爱称。
② 亚科夫是"想得开"的本名。

哮,天空时时爆发出蓝色的火光。但是,除了马匹和两个兴高采烈的骑者外,这一切似乎都显得疲惫无力。

"雨头过来了！洒下来了,老兄！真厉害,亲爱的！"在变得越发浓厚的黑暗中,"想得开"打诨说。黑暗填满了草原的开阔空间,天空变得更狭窄了。在两个朋友的周围似乎形成了一个覆盖着乌云的漆黑的深渊。这个深渊也同他们一块向前移动着,但深渊是那样暗,那样窄,似乎这两个朋友永远也不能越出它那触摸不到的墙……风把"拐子"的长袍的衣襟吹得飘飘荡荡,好似给他的马增添了一双黑色的翅膀。骑手却在一个劲儿地对着马耳朵说温存的话:

"难道那个胖峇嵛鬼——德国佬能够骑在这种马上表演他的骑术吗？……他连马都不会骑,只会徒步走……那个肥骟猪！还有一次,我看见他用鞭子抽马……我本来要为这个教训他！……但我的手被捆着。亚沙①,你记得德国人骑在这匹哥萨克上吗？那个哑嗓子鬼！像蛤蟆骑在老鹰上……哎,我给你找个主人！……噢嘀—嘀！……亲爱的！哎嗨！……哎嗨！""拐子"大声喊着,哑着嗓,不停地轻轻拍着马脖子。

"到啦,谢尼亚！跑到啦！加油,朋友！""想得开"喊道。

"快—快！……"朋友答着话,放松了缰绳。马狂奔着向前冲去。"我要给它……找个主人……美男子……他怎么样……那罗马尼亚人……我亲自……送它……到多瑙河那边去……""拐子"对着马大声喊着,在马背上一面颠簸,一面摆弄马鬃。这个盗马人越来越兴奋,一会儿狂呼乱叫,一会儿吹口哨,催促着疯狂奔驰的马。雨瓢泼似的倾泻着,在周围的大地上,除了这瓢泼大雨和在雨中奔跑的骑者以外,什么都不存在。"想得开"远远落在后面,雨的单调的喧嚣声淹没了他的马蹄声……远方的火光忽明忽暗地闪烁着。这火光迎着马疾驰过来。如注的雨水从火光中穿过时,映射出钻石一样的光芒。一座黑糊糊的

---

① 亚科夫的爱称,即"想得开"。

小山岗终于在大雨中出现了。在山岗的中间,从一个通明的窗口射出一道光线。"拐子"跳下马,用脚踢了踢墙,又用拳头敲打着窗框,叫喊道:

"开门!"

"谁?"窗子里边有人漫不经心地问。

"我是谢苗!"

"好!……带着马么?是不是?!"从窗口伸出一个戴着小圆帽,生着长胡须、黄头发的尖脑袋。"把马牵开,从后门牵进来……噢!……是这匹马?!骏马!还是前天我把它送到奥切片科那里的。那时它就是偷来的,现在还是偷来的!说不定明天又被偷走了?呸!……"说罢,犹太人又探身窗外,目送着"拐子"牵走的马。

从草原上又传来一阵马蹄声。犹太人警觉起来:

"还有马!……是吗?!"

"伊萨伊奇克!!……""想得开"大声喊着,"张开你的衣服口袋吧,我连人带马一块进!真的!"

"啊!……亚科夫,亚沙!好!"犹太人高兴了。他不由地离开了窗口,立刻出现在"想得开"的身旁。

"这些马是谁的?谁的?!奥切片科的?……嗳!……可怜的奥切片科啊!"他端详着马,搓搓手,笑起来。

"想得开"打了个冷战,鼻子直呼哧,像一条淋湿的狗。

"干得漂亮吧!照实说!怎么样?伊萨伊奇卡?我们是不是好样的?你看呢?"

"当然!……你们是全省闻名的!"犹太人耸耸肩膀。

"这就说对啦!那么你就快点行动吧!店里有酒吗?""想得开"拍拍他的肩膀说。

"马上就得!还要继续往前走……上巴尔塔去吗?好!……去见帕夫洛!大公!快穿好衣服!还要赶路!……"

"犹太佬,你过来!拿酒来!我想吃点东西!"从窗里传来"拐子"

兴奋的叫声。

"马上就来!"犹太人回答。他同"想得开"一块进到屋里。

雨像瓢泼一样倾泻在小酒店上……这是一场沉闷、单调的大雨,没有雷声,也没有闪电,雨点落到地面发出的声音好像是一种可怜的抽泣……

三

拉夫连季·扎哈罗维奇·奥切片科的酒店从外面倒锁着,但屋里却坐着六个人:主人自己,一个矮小、肥胖而动作敏捷的老头子,头顶完全秃光了,眼睛锐利,亮晶晶的像小冰块;米哈伊尔·扎哈尔琴科,麻脸,高个子,豁嘴,是个性格冷漠、表情呆板、饱经风霜的小伙子;吉里亚——奥切片科的车夫,是个身上被浇了煤焦油的、垂头丧气的人,他耷拉着一半花白的、留短发的圆脑袋;茹科夫兄弟二人,一个是矮个子,瞎眼,驼背,动作像耗子一样敏捷,另一个身材稍高,体胖,生着一副高颧骨的卡尔梅克人的脸型和有点发绿的凶狠的眼睛;还有一个是村里的牧人奥西普·佳特洛夫·格鲁达,又聋又哑,三十来岁,他体格魁梧得像大力士,一双肥胖的大手掌似乎有一普特重。他那闪烁着清晰明确的思想的乌黑的大眼睛关切地看着同伙中的每一个人。同时他的脑袋却像上了发条的机器似的,奇怪地、机械地、不停地从一个讲话的人转向另一个人。奥切片科操着流利的本地话,一会儿转向这边,一会儿转向那边。

"你们全都知道他们——亚什卡和谢尼卡。他们祸害了所有的人,还不光是祸害。他们偷了你们茹科夫兄弟家的两匹马。佳特洛夫受的害比谁都大……你,米哈伊尔,这个'拐子'无缘无故地打了你,你该找谢尼卡算账的还不止这件事……他和你的老婆……这大概也是真的……唔,算了吧!……别提啦!吉里亚受的损失也很大……因为他同娜斯塔西卡睡觉丢了马,所以我现在就不付给他工钱,这笔钱是六十三个卢布啊！你们看他的损失多大！这可是他的血汗钱呀！我自己呢？这些都是我最好的马，买巴什基尔卡我花了四百二十卢布，这匹马简直是一团火，虽然不漂亮。还有比秋格……比秋格也值三百卢布！我们能饶恕他们这一切吗？饶了他们，他们会怎样呢？他们会叫我们彻底破产！看吧，他们两个现在都在这里……你看，他们就坐在山谷里的树丛里，喝醉了酒……今天早晨他们装模作样，在铁匠那里漆熔铁炉——这是为了遮掩那些好心人的眼睛……怎样对付他们？要是我去向长官告发……好。长官会把他们抓起来……他们会说：这是怎么回事？为什么抓我们？我们今天整夜都待在某某地方呀！也有人会出证明，说他们确是在那里！……到处都有他们的人。会给他们做证。那他们就又会被释放了。"

奥切片科停顿会儿，向在座的人扫了一眼，然后用威胁的、意味深长的口气补充说：

"只要他们一出来，他们就会找咱们算账……放火烧村子！你们想一想，是不是这样？茹基①，前年是谁烧了你们的房子？是谁？"

"可那时候他们还不在这里……"吉里亚忧虑地说，又摇摇头。

奥切片科用像钉子一样锐利的目光朝他头顶扫了一眼，狠狠地咬了咬牙。

"原来是这么回事！"大茹科夫敲一下桌子。"说终归是说，光说不管事。说话应该爽快，合理。亚什卡是贼，谢尼卡也是贼——确实如此。我们受过他们的害，这是事实。这都是过去很久的事了，这也是事实！现在是你一个人遭了损失……这跟我们有什么相干？你说，该把他们……如何如何……这可不是一件简单的事情……这可能要出很高的代价……"

"他们不过是两个醉鬼，可你们有这么多人！"奥切片科大声坚持说。

---

① 茹基，即茹科夫兄弟。

"不,你别算这个!"小茹科夫狡猾地挤挤眼说,"你合计合计,办这件事,你舍得给我们多少钱吧。"

奥切片科用责备的目光向大家扫了一眼,两手一拍。

"弟兄们!你们真不害羞!难道你们都是坏人,所以我该收买你们不成……哎,叶戈尔,叶戈尔!你的心肠多坏啊……又硬又贪!……"奥切片科叹口气。"米沙,你怎么不说说自己的意见?"他和蔼地对扎哈尔琴科说。

"没错!这话有理!"小茹科夫尖声叫道。"我的心眼儿又硬又小,——只有四分之三俄亩①那么一丁点大!还贪婪,这个魔鬼!我不停地上粪,它只是吃,却不长东西!我说这么着!我带上格鲁达,跟他一块儿去。我指挥他……随身带上铁锹……以防万一。你给我五个卢布……"

"天啦!"奥切片科受了感动,抬头看着天空说,"好小伙子!心里有那么一股勇气!就这样办!"他拍拍小茹科夫的肩膀。"五个卢布吗?好办!瓦西里·卢基奇!"他转向大茹科夫说,"你身上有没有钱还给我,赊欠的种子钱?我就从这笔钱里抽出五卢布给米沙。没有?哎,你呀……居然这样!我碰巧身上也没有带钱。卢基奇,也许你家里有钱吧?也没有?嗯……这怎么行?唉,随随便便地把钱借给人家,要讨回来就难啦……这样办吧,米沙!你什么时候想要,就什么时候来拿这五个卢布。我请你喝好酒,各种甜酒……随你喝多少!还有吉里亚也和你一块去。吉里亚,你听着,你和他一块儿去……对,对,伙计,你得将功补过。得将功补过!"他又叮嘱了吉里亚一句。

茹科夫两弟兄离开桌子,站在酒馆的门口,喊喊喳喳地说什么。奥切片科朝着他们投去一道贪婪的、怀疑的目光,然后微微一笑。

"那么我也得去?!这种勾当不是罪孽吗?"吉里亚头也没抬地说。

"蠢头!难道你这个老骗猪还没有闹清楚我说的话吗?我拿你怎

---

① 一俄亩约合1.09公顷。这里说的是俏皮话。

么办才好呢？啊？嘿—嘿—嘿！……其实，我是知道的，你为什么护着他们。说真的，我知道！哈—哈—哈！……你翻来覆去地总说罪过、罪过！哈—哈—哈！……伙计们！"奥切片科大叫一声，同时似乎要用自己锐利的目光穿透吉里亚的脸。这时吉里亚已经抬起头来，用迟钝、困惑的目光望着主人。

所有的人都向喊声转过脸去。米哈伊尔正在用手势向牧人解释什么，他向牧人挥动着手，把握得紧紧的、有劲的拳头举到牧人的鼻子跟前，他那张凶狠的脸一抽搐，他那豁开的上唇也随着向上一翘，他的又长又尖的猛兽般的牙齿就露了出来。

"弟兄们！"奥切片科激愤地说，"这就是现在我为什么一时说不清楚的缘故！谁见过这种事，谁听说过，一个人居然睡得那样死，两个人和三匹……两匹马从他身边走过去，他都听不见！是不是两匹马走过去啦？是不是？睡得可真够死的！"说完，他带着狞笑，用眼盯住吉里亚。

小茹科夫看明白了奥切片科的这一招，大笑起来。其他的人都凝神地沉默着。聋哑的牧人一直在咧着大嘴笑，张望着人们。吉里亚想了想，张开嘴，忽然打了个冷战，把手一挥。

"我领会了你的意思，主人，领会了！我跟他们一块儿去……唉，哪能不去?!……"说完，他果断地站起来。

"哈！真有办法逼人！"茹科夫大声喊着。

他的哥哥开心地笑了。

"叶戈尔！"大茹科夫高声地说，"咱们也入伙吧，怎么样？老板会把这事给咱们记到账上的……要是成功了，他兴许会请客呢？我们去吗？……"

"给我们什么呢？答应给米哈伊尔五个卢布，他总算得到了好处，可是我们呢？……"

小茹科夫耸耸肩膀。

"难道扎哈罗夫为这事也多少给我们点儿好处吗？给吗？咱们也

得花时间呀……再说也危险,不管怎么说……"

"弟兄们!……"奥切片科指着圣像说:"上帝给你们做证,决不会亏待你们。我一定请客!啊!……去吧,去吧!如果成功的话,这就是一件为大家行好的事!想一想吧,这样的狼以后就不会再有了,就要太平了,天堂!至于请客……哎咳,我请你们!……"

这时,人们忽然都活跃起来,立刻都抢着要说话。聋哑的牧人也用手比画着向奥切片科说什么,奥切片科也向他连连点头。他们说的是要带上棍子,因为他们去对付的是不顾死活的人。说不定会出什么事,他们也要自卫啊!……

"勒死他们,就这么办!不要打,那会留下痕迹,先勒死,再吊到树上,这样干,别人一下子闹不清楚是怎么回事,——是他们自己还是别人……"小茹科夫对扎哈尔琴科解释说。

"怎么办更好,到那里就清楚了!"扎哈尔琴科思考着回答说,然后向牧人转过身来,在他面前很快地挥动着拳头,比画着他该怎样打跛脚的高个子,高个子又怎样被打得奄奄一息,直翻白眼。

聋哑人最初一直专心地盯着奥切片科的手,然后不赞成地摇摇头。

"还有什么办法?不那样干?该怎么干?"扎哈尔琴科怒气冲冲地大声说。

聋哑人开始在自己胸脯的两侧比画了两个小圆圈,用手指绕着头画了一圈,就鼓起腮帮子庄重地捋起胡子来。

"你真是个十足的畜生!多么蠢的阉牛!想报告警察局局长!……是地道的阉猪,要知道……"扎哈尔琴科又在牧人的眼前晃动起拳头来,逼得牧人直往后退。

他们走到酒店的院中。吉里亚脸色呆板、阴沉,背着手,走在最后。

"呸,丑八怪!"扎哈尔琴科气得冒火说。"我怎么才能让这个魔鬼明白,咱们没有抓住证据呢?唉,这个人啊!……呸!……"

"走菜地,然后走卡扎琴科的瓜地;那条路最近……"奥切片科心神不安地搓着手嘱咐他们。"木栅在路上就能找到。从卡扎琴科家的栏栅上能选出几根好木棍的!"

傍晚。玫瑰般的朦胧暮色在草原上浮动。五个人在菜地中边走边低声讲话,机警地向四外张望着。奥切片科目送着他们,微笑着,好像由于寒冷而战栗起来……

四

雨水沿着山谷的斜坡急湍地奔泻着,白柳的树根被水流冲出地面,根上缠绕着一束束被挂住的干草和断枝;在一棵树根上甚至还挂着一个不知从哪里冲来的桶箍。白柳棵棵都是枯干的、弯弯曲曲的、被折断的……在山谷的边缘上有两座铁匠铺,铁匠们常常跑下谷底来砍白柳的枝干用。白柳,一共才九棵,而且其中最大,也是长得最畸形的一棵,早已枯萎,这大概是因为有人曾经在树根旁边升过篝火,把树根烤焦了的缘故;但是,在树根的四周毕竟还是像花环一样长出一圈新的枝丫,可是,村中的牛羊把它们也吃光了。

"想得开"趴在地上,一只手向前伸出去,尽力要去抓面前的酒瓶。手离酒瓶还足有半俄尺①远。他一边向两侧来回翻转着身子,一边骂着:

"你到哪儿去,毒蛇?呸!站住!站——住!你看它还只顾爬……原来是这样!"于是他用靴子尖蹬着地,使尽力气向前移动自己的身躯,去够酒瓶,但是,他没有抓到,已经下肚的酒使他失去了力量。这时,他吹着胡子,竭力做出轻蔑的表情,并啐起酒瓶来,每逢啐中了,他就哈哈大笑……

"啐中啦!……哈—哈—哈!……你这个猪猡……看见了吗,我

---

① 一俄尺约合 0.71 米。

成什么样子啦？看见了吗？你惹我生了气吗？……别生气！……"他感到满足,得意地笑了,有时他把瓶子丢在一边,自己唱起歌来……

在他的背后,有五个人小心翼翼地向白柳走来。走在最前面的是聋哑牧人,他紧皱着眉头,衬衣袖子卷到肩膀;在他后面的是扎哈尔琴科,他向前弯着身子,肩上扛着棍子;和他并排走的是大茹科夫,也带着棍子;跟着他们的是吉里亚,他的棍子挟在腋下;小茹科夫在最后,手里拿着一捆绳子,像猫一样悄悄地走着。

太阳已经落山了。白柳的长长的、畸形的影子投在地上……

"谢尼亚！……""想得开"喊道。"真的,你怎么还不来？到时候啦！你知道,咱们还要干活！……铁匠巴布哈说:把熔铁炉重新砌过！那就重砌吧……我什么都会……磨房主帕夫雷奇说:把磨盘箍上！我们就给磨盘加箍……我们是什么人？……我们干什么都在行……是的……什么都能干！……你有什么事？马瘸了？把马牵来……我给它安一条假腿……我是谁？真的！……刚才已经说了！……我治不好这匹马?!……原来是这样！治不好你心爱的马?!……吁！……站住,魔鬼！要不就砍掉你的尾巴,一直砍到脖子上的鬃……站住！淘——气！……哎……噢嘀!!"

"魔鬼,你怎么啦?!"扎哈尔琴科喊了一声,拖着沉重的皮靴,跑着跳到"想得开"的背上,骑住他以后,一拳打掉他的便帽。"怎么样,吸血鬼？你也落网啦？呜！……"他揪住"想得开"的头发,提起他的脑袋,按着他的脸往地上碰,扎哈尔琴科全身都在颤抖,眼中充满了血,咧着大嘴,口水顺着两边嘴角直往外流。

吉里亚站在树后,沉下脸,面色苍白,从那里看着……小茹科夫一边慌慌张张地解着绳子,一边龇着细小锋利的牙齿喊道:

"放手！米沙！不要留痕迹！放手！我马上……糟糕……乱了,一团乱麻！哎,跟你说,放手！"

聋哑人用眼睛搜寻什么,浑身直打冷战,他没有管眼前发生的事,溜走了。大茹科夫站在"想得开"和骑在他身上的扎哈尔琴科的旁边。

他看着扎哈尔琴科怎样用两腿夹住"想得开"的两只胳膊肘,抖落缠在手指上的"想得开"的头发,咬着牙,喷着唾沫,嘟哝一些听不清的话;他看到,在扎哈尔琴科的卡尔梅克型的脸上浮现出兽性的、狰狞的笑容。他突然高高抡起自己的棍子,打在"想得开"的腿上,声音嘶哑地说:

"免得他跑了!……"

棍声一落,就听到两声尖叫:

"谢尼亚!他们要打死我啦!……朋友!……折磨死我啦!……"

"够啦!……看在上帝面上……唉!……小伙子们!弟兄们!……也许不是他们!……上帝啊!……"吉里亚从树后跳出来围着两个残酷折磨着"想得开"的人来回奔跑,动作快得不像个老年人。

但是,茹科夫的狂劲上来了。他的棍子在空中飞舞着,呼啸着落在"想得开"的腿上。他紧握着棍子不住手地抡动,把自己的脸都遮住了。他每打一下便"咳!咳!……"叫一声,"想得开"也"哎哟!……哎哟!……"地不住喊叫,但他的叫喊一声比一声低下去……有一棍误打到扎哈尔琴科的脚上。于是,他从盗马人的背上滚下来,满脸怒气,跛着脚向茹科夫扑过去。

"你怎么啦……看不见吗?眼瞎啦?!……"

大茹科夫放下了棍子,发愣地望着扎哈尔琴科,然后用衬衫袖子擦擦满头是汗的前额,疲惫地说:

"难道我……也碰着你啦?"

"也碰着啦!……卡尔梅克佬!!"扎哈尔琴科愤怒地说,摸摸脚,举起棍子来。

茹科夫翻了翻眼,向后退一步,也抡起棍子闷声闷气地叫着:"来吧!……"眼看着他们就要打起来了,正在这个时刻,小茹科夫跳到他们面前,身后拖着一条在地上蜿蜒着的长绳子。

"哎,哎,哎!你们干什么?"他急促地喊着。"你们要自相残杀吗?咱们要赶快结束……还有另一个……过来,米沙,你个子高,把绳子扔到树杈上……"

"想得开"用脱臼的手指抓挠着泥土,吉里亚蹲在他身旁,低声说着话,每说一句,嘴都张得大大的,他用哆哆嗦嗦的手抚摸着"想得开"的头,抽泣着说:

"小伙子!小兄弟!祷告吧……到时候啦……他们要把你……干掉……上帝啊……这是罪孽啊……快点止住吧……"

"想得开"轻轻地呻吟着,一直在抓挠泥土,他每次刚把头抬起,立刻又耷拉下去,他的脸就碰到了地上……

"滚开……老鬼!"小茹科夫喊道。他从后面猛力一拉,把吉里亚脸朝天摔到地上。"真是时候!嚎起来啦!……"他把绳子很快套到"想得开"的脖子上,从后面拉紧套扣,然后向握着绳头的哥哥和扎哈尔琴科那边跑去。

"拉!——拉!……"

一件奇怪的、令人恶心的事就在这时出现了。"想得开"的头开始脱离地面,好像大地在往上推它……接着,两个肩膀也开始抬起来,也像是大地在往外推它们一样,脑袋开始向大地点头,似乎是在告别,两只手痉挛地在空中抓什么……吉里亚沿着山谷不知向什么地方跑去。"想得开"跪了起来,突然扑通一声又仰面向后倒下去……拉绳子的人们喊叫、狂笑、呼号起来……"想得开"的头向前探着,仰面朝着枯萎的白柳,在地上蠕动着,爬到树下后,他的头又开始往上抬。现在,他的头向后仰着,好像想要看看天空,但是,就连这一点也没有做到,他的头猛然抖动了一下,就低垂到胸前了……"想得开"悬空了……离地面有一俄尺高。

"拴住!"小茹科夫吩咐说。

"拴到哪儿?"哥哥反问说,"大概断气了!"为了试一试是否断了气,他抓起木棍,用力朝吊在树上的人的肚子打了一棍。随着沉闷的响声,"想得开"的身躯也跟着旋转起来。他的两手贴着裤线伸得直挺挺的,他的头耷拉在左胸前,好像他是故意把头转过去不看刽子手们似的。

"完啦!"扎哈尔琴科把手一挥。"可是用什么东西挖坑呢?"

天还很黑……

"唉!"大茹科夫压低声音对弟弟说。"忘记带铁锹啦?"

"铁锹放在铁匠铺后面……我马上去拿!"他跑开了。

尸体旁边剩下两个人。他们都沉默着,转过脸去背对着"想得开",谁也不看谁。从与茹科夫走去的相反的方向传来了脚步声。

"是谢尼卡!"扎哈尔琴科小声说。

"是哑巴!"茹科夫同样轻轻地说。

确实是哑巴。他迈着缓慢的步子走着,从老远的地方就失望地摊开两手并且直摇头。

"这就是说,没有找到谢尼卡……"茹科夫解释他的手势说。

哑巴走到他们紧跟前,突然向上看了一眼……在静谧的山谷里发出来一种类似牛的哞哞叫声……牧人用手捂住眼睛,摇着头蹲下去,好像谁用石块打了他的头。茹科夫和扎哈尔琴科两个人也一下坐在地上,眼睛盯住"想得开"的脸。"想得开"张着口,向他们伸出肿胀的长长的舌头,他的两只眼睛睁得大大的,似乎马上就要掉出来,一条细细的血水从一边面颊上像泉水一样流着……他的身子也摇晃着,似乎想要跳下来又不敢跳……传来了一种奇异的声音,就像热水在沸腾,聋哑人又哇哇地嚷起来……

"亚科夫!……你在哪儿?……哎!"山沟里传来不太响亮的声音。

"快跑,伙计们!"小茹科夫不知在什么地方尖叫了一声。

从两个不同的方向传来了急促的脚步声。一个方向的声音越去越远,另一个方向的声音越来越近。

"坚持住,亚什卡!""拐子"粗声粗气地喊着,他还没有发现,就是没有他鼓劲,"想得开"也已经牢牢地坚持着。

哑巴站起来,仍然用手捂住眼睛,扎哈尔琴科和茹科夫好像钉在

25

地上了。他们总是不能把视线从"想得开"的身上移开。"拐子"像旋风一般冲到茹科夫面前,在他的耳朵上猛击一拳,把他打倒在地,只是这时候茹科夫才开始动弹起来,不知是想逃跑,还是想要自卫。这时,扎哈尔琴科也扑了上来,但是已经迟了。"拐子"飞起他那条长腿朝扎哈尔琴科的肚子上踢了一脚,自己的整个身体也都压在他的身上,用两只手掐住他的喉咙。扎哈尔琴科不住地从下面用拳头往他的脸上打,"拐子"并不躲闪,只顾用嘶哑的声音问:

"亚科夫在哪儿?……亚科夫呢?……亚科夫呢?……"他越问越使劲地掐住扎哈尔琴科的喉咙。但忽然从他身后发出哇哇的哀求声,有人抓住他的肩膀……他立刻跳了起来。

"啊,原来是你!好吧……来吧!站好!"他晃晃拳头,把头往后一仰,就弯下腰去准备向哑巴扑过去。但是,对方不以为然地摇着头,先向他指指自己那双一滴一滴往外掉着泪珠的眼睛,然后又向上指画……

"拐子"抬头向上看了一眼。

"亚科夫!……你……原来是这样!……""拐子"一刹那间好像消瘦了许多,他转身背对树木的时候,垂下了双手。"原来这样!……你发什么呆……快……割断绳子!"他对着哑巴喊道。

哑巴站在那里像木桩子一样,一动也不动。"拐子"向着树奔过去,接着,"想得开"沉重地掉在地上。他的朋友低低俯在他身上,然后又立即直起身来。

传来了茹科夫的声音。

"谢尼卡!你要是还想活,你就走!我弟弟跑到村里去了。村子里兴许马上就会来人了……那就会把你也……同他放在一起……"

"拐子"拍掉手掌上的泥土,低下头,沉默着。扎哈尔琴科呻吟起来。天已经黑了……月亮还没有升起……

"听着,谢尼卡,走吧,眼下还来得及……我说过啦,我弟弟跑到村里去了……你很清楚,……这还不是……的时候……"

"闭嘴!""拐子"喝道:"你躲在哪儿啦?你要干什么?干什么?"

聋哑人走到"拐子"身旁,一边推着他向前走,一边用手指在自己胸脯两侧画着小圆圈,又指指自己肋部,同时鼓起两颊,还嘟哝着。

"噢……明白了！警察……你是想让我去找警察吗？你呀,还是个明白人！我跟你去……对……就去,就去！你这个怪物！我……也便宜不了你……我就去！啊,朋友们！你们落网了！唉！……"他狠狠地骂了一句,两手一拍,用力握紧。"我要给你们摆一桌追悼亚科夫的葬后宴！……畜生,你们要为他付出很高的代价的！……哼,很高的代价！你们爱上了牢笼！你,丑哑巴,抓住米什卡！把他带过来……明白啦！听懂了吗？"

哑巴走到扎哈尔琴科跟前,动手拉他。"拐子"向周围看了看,不慌不忙地喊道：

"瓦西里·卢基奇！过来……"

茹科夫从黑暗中摇摇晃晃地走出来。

"喂,老弟,你是不是这伙人的头目？是不是？"

"这跟你有什么相干？"茹科夫一只手抱着头轻声说。

"拐子"定睛看了看他的脸。

"看你这副模样……好,算了！以后你会说的……都会弄清楚的……啊,米什卡！……"

哑巴带来了扎哈尔琴科。

"喂,你,丑鬼……看住他们！等等,得把他们绑起来！瓦西卡,把你的同伙绑起来。"

"谢苗,你不要开玩笑！这一天我已经够受的了……"茹科夫闷声闷气地说。

"绑上！要你绑,你就绑！你要不干,我就让哑巴绑,——他会绑的。"

"你这是要干什么呀？"茹科夫轻声地问。

"绑上！""拐子"向他晃晃拳头。茹科夫向后退着,跪倒在"拐子"的面前,低声说：

27

"你最好放我走吧,谢苗……我有家有业……我明白你要干什么……这不是基督徒的做法……我没有动你……至于说亚科夫……反正迟早……会这样……不是我们,也会有别的人干掉他的。你呢……也打了我。就是这么回事!你手里拿着秤砣,就是要……难道可以用秤砣吗?!"

"哑巴!""拐子"拉了牧人一把。"这你看见了吗?"他指着"想得开"说,"这就是他们干的。为这件事要判他们苦役。你,傻瓜,也和他们一起……明白啦。畜生……不会说话的牛……动手!……捆住这个,完了再绑那个!……不必绑了!不要动他们……别的人一来,就会放掉他们。该放他们走了,难道还不敢走?喂,瓦西里·卢基奇,还有你,米什卡……等着愉快地再会吧!……在法庭上见!在那里,你们将要和带军刀的仪仗卫兵站在一起,我要把你们的事统统说出来……我要好好地说——你们就听着吧!哑巴也会帮我的忙……以后你们会想起我和亚科夫的……法庭会罚你们去服苦役……上帝会惩罚你们的。不然就是坐牢……这也算不了什么……我的朋友们,你们要破产……你们要彻底完蛋!……家破人亡……哎!躺着吧,亚沙,躺着吧!这活着的五个人要为了你的死去受罪……你们总共几个人?几个人?不说,那就别说吧!全会搞清楚的……全会的!躺着吧,好好地睡吧,亚科夫!好啦,哑巴,咱们找警察去……嗯……嗯……就是……钮扣、肩章、军刀……唉,唉!你这个伶俐、强壮的家伙。你会是一个不错的苦役犯人……准是,准是!官厅会满意的!"

哑巴嘟哝着,微笑着,然后一边流着泪,和气地摇摇"拐子"的肩膀。他明白了,这个他要找了去见警察的人,不用费事,自己会跟着他去。他,这个被刚刚发生的事情所震惊,又被亚科夫的尸体吓坏了的人,现在感到高兴的是,他同这个曾经偷过他的马,现在又这样容易地被他抓到的人处得如此融洽、轻松……可是扎哈尔琴科和茹科夫却被"拐子"的残忍打算弄得灰心丧气,傻呆呆地盯着地上,一声不吭;他们在谋害人时已把自己的全部精力消耗尽了。"拐子"龇着牙显出像狼一样的笑脸。他的帽子扣在后脑勺上,他的脸被扎哈尔琴科的拳头打肿了,满脸是血。他的样子显得阴森可怕,他的兴奋也使人感到寒气逼人。在他严峻的眼光中流露出不可动摇的决心……他们虽然感到了这一点,但没有力量去抵抗他——这个冷酷的、沉着的人,他们在不久之前还想要加害于他,而现在这个人却毁了他们。"拐子"感到自己是事态的主宰者,从而扬扬自得,默默地端详着他们。村子离出事地点有一俄里。从那里清晰地传来各种声音,但这些声音并不是越来越近……

"跑走的那第四个人是谁?是不是你的叶戈尔卡?好吧,不说……不用你说,我们也能知道他是谁!嗳!你们这些善心的人,我们什么都会知道的!……刽子手们……喂……怎么样?现在你们想到哪儿就到哪儿去吧……我有证人!""拐子"拍拍哑巴的肩膀。

哑巴和气地哇啦几声,胆怯地看看尸体,挽住了"拐子"的手。

"嘿,亲热起来啦!他以为他做得对……下贱的畜生!……喂,去吧,小伙子们,找老婆去吧……最后一次啦!明天——准备好去住班房。你们可得小心点,夜里可别有谁上吊!不要惹我生气……我非常想看看你们穿上囚衣!都回家去吧,小伙子们!回头见!……"他摘下帽子,看了看"想得开",画了个十字,深深低下头,正要向着与村庄相反的方向走,哑巴却站住不走,并且往回拉他。

"干什么?傻瓜!……咱们到乡里去找警察局局长。鬼东西!这样更好些……明白了吗?不是这一个……""拐子"比画着一个人的身长,又指了指这人居住的方向。"……是那一个,就是那个长着大胡子……在那边住的!……现在明白了,野东西?就是那一个……你这个蔫萝卜!"

哑巴果然明白了,甚至用手势、用点头赞成和摇头反对来表示第一个人不如第二个人,而第二个人是高个子,更严厉,更威风。

"对,对!就是他。现在我不到村里去,亲爱的!那里把我也要打死的……我还有这点头脑。好啦,别了,亚科夫!躺着吧!……我向你许下的话，一定要做到。我自己哪怕是死了，应该做的也都要做到……就这样！你活着时是个快活的人……"

四个人顺着沟底向不同的方向走去，——两个人朝一个方向，其余两个人——朝另一个方向。"拐子"一路上都在谈着"想得开"亚科夫，谈着自己报仇的事和刽子手们……哑巴一边哇啦，一边微笑，和"拐子"手挽手地走着。扎哈尔琴科和茹科夫走得很慢，费力地迈着步子。他们尽量靠得紧紧的，彼此用胳膊肘、肩膀互相碰撞着，但沉默不语，眼睛固执地盯着地上，怎么也挪不开。现在，对自己的未来的恐惧折磨着这两个杀人犯，他们简直是成了可怜而又软弱的人……

夜深了。升起了月亮。草原静悄悄，山谷更宁静。"想得开"亚科夫的脖子上套着绳子，温顺地躺在弯弯曲曲的白柳树下，已经投到沟底的月光在酒瓶的碎玻璃片上映射出闪闪的亮光；他最后一次喝的就是这个瓶里的酒。被摧残、糟蹋得不成人样的、僵死的亚科夫与在他头上伸展着光秃、弯曲枝丫的丑陋的、同样也是枯死的白柳互相映衬着。风顺着山谷吹过来，几棵老树凄凉地、轻轻地簌簌响着。

"拐子"履行了自己的诺言。审判了聋哑人、奥切片科、大茹科夫和吉里亚。头一个人和最后一个人都被宣判无罪。奥切片科和大茹科夫流放西伯利亚。在侦讯期间，奥切片科为向有关的人物送礼而破了产，竟至连请律师的钱都没有了，是官方的辩护人为他辩护的。扎哈尔琴科在被捕的前夜自缢了。小茹科夫在监牢中死于伤寒。

在对杀害亚科夫·伊凡诺夫·塔科夫斯基案件进行审讯时，法院侦讯员根据奥切片科的供词，提出侦讯谢苗·尼古拉耶夫·苏奇科夫盗窃拉夫连季·扎哈罗维奇·奥切片科的马匹的疑案，但"拐子"提出了三名证人，确凿证明失盗的那天夜里他并不在现场。

张　羽　译

游　街[*]

一支奇怪的游行队伍,沿着村子里的一条街道,在两排白色的土坯房之间,狂呼乱叫地行进着。

人群在走着,密密层层、慢慢吞吞、吵吵嚷嚷地走着,像一股巨浪似的推拥着前进。一匹皮毛粗糙的劣马,没精打采地耷拉着脑袋走在人群前面。当它抬起一条前腿时,它就古怪地摇晃着脑袋,仿佛想把那毛茸茸的嘴脸扎进路上的尘土里去,而当它倒换后腿时,它的整个臀部向下一沉,好像马上就要倒下去似的。

在大车前部,有一个几乎像个小姑娘似的、身材矮小、赤条条一丝不挂的女人,被人用绳子绑住双手,拴在车上。她走路的样子有点怪——侧着身子,两腿哆嗦、发软,深褐色的头发蓬乱松散,她抬起了头,稍稍向后仰着,眼睛睁得大大的,毫无表情的目光呆滞地望着远方。她浑身都是青红两色的伤痕,有圆形的,有长条形的,左边那个丰满的少女的乳房被划破了,流淌着鲜血。血在腹部和左膝以上形成一道红色的痕迹,而在膝盖上蒙着一层褐色的尘土。看上去好像从这个女人身上撕下了一条狭长的皮。这个女人的腹部想必是被人用劈柴打了很久,或者是被人用穿着皮靴的脚踹过,所以肚子肿得老高,青得可怕。

---

[*] 本篇最初发表于一八九五年二月二十六日《萨马拉报》。译自《高尔基三十卷集》第二卷。

这个女人弯着整个身子,拖着一双匀称而娇小的腿,在灰色的尘土里艰难地行走,她那两条腿像她全身一样布满了青伤,真令人无法理解,她怎么还能靠这两条腿支撑着自己的身体,她怎么能不倒在地上,却吊着双手在大车后面暖和的土地上拖着走。

大车上站着一个高个子汉子,他身穿白衬衫,头戴黑羔皮帽,帽子底下垂下一绺火红色的头发,遮住了他的前额;他一手拉着缰绳,一手拿着鞭子,有节奏地在马背上抽一下,又在那矮小的女人身上抽一下;即使不这样抽打,那女人也已经被打得失去了人形。那红发汉子眼睛充血,露出凶狠而得意的神气。他的头发把他那双眼睛的浅绿色的光泽衬托得更加明显。衬衫的袖子卷到胳膊肘子上,露出了长满红色汗毛的强壮的胳膊;他张着嘴,露出满口尖利的白牙,不时沙哑地喊叫:

"哦……妖精!嗨!哦!啊哈!给你一下!……"

在大车和拴在大车上的女人后面,人群像潮水似的蜂拥而来。他们也喊叫、咆哮、嘬哨、讥笑、挖苦、煽动。孩子们也跟着跑……有时候有的孩子跑到前面去,对着那女人的脸,喊上几句下流话。人群中爆发的哄笑声压倒了其他一切声音和鞭子在空中飞舞的清脆的呼啸声。妇女们一面走,一面脸上流露出兴奋的表情,眼睛里闪烁着满足的神情。男人们一面走,一面对那站在大车上的汉子叫喊一些不堪入耳的脏话。那汉子转过身来,对后面的人们张大嘴哈哈大笑。朝那女人身上一鞭子,那又细又长的鞭子在她的肩膀旁边绕过去,一下子缠住了她的腋窝。接着,那挥鞭打人的汉子使劲地把鞭子往回一拉;女人尖声惨叫,往后倒下,仰面倒在尘土里。人群中跑出许多人来,走到她跟前,围住她,俯下身子看她。

马停下来,但是过了一会儿它又走动了,那个被打得遍体鳞伤的女人又像刚才一样跟在大车后面向前移动。可怜的马慢吞吞地跨着步子,老是摇晃着它那毛茸茸的头,仿佛想说:

"瞧,当一头牲口多倒霉!什么卑鄙的勾当人家都逼着你去干……"

天,南方的天,万里晴空,——一朵乌云也没有,太阳慷慨地放射出灼热的光芒……

  这里我所写的,决不是我虚构出来的歪曲真实的东西——不,很遗憾,这不是虚构的故事。这叫做:"游街"。做丈夫的就是这样惩罚失节的妻子的;这是常见的生活景象,是一种风俗,这是一八九一年七月十五日我在赫尔松省尼古拉耶夫县坎德博夫卡村里亲眼看到的一幕①。

  我知道,在我们伏尔加河中下游东岸一带,对于失节的妇女是把她们剥光了衣服,涂上柏油,撒上鸡毛,然后拉出去游街的。我知道,有时候有些别出心裁的丈夫或者公公,在夏天的时候用糊浆涂在"失节妇女"的身上,把她们绑在树上,让虫子去咬。我听说,有时候把失节的妇女捆绑起来扔在蚂蚁堆里。这一次我是亲眼看到了,在那愚昧无知、丧尽天良、由于在妒忌和贪婪中过着豺狼般生活而变得野蛮的人们中间,这一切都是可能发生的。

陈冰夷 译

---

① 这是一件真实的事件。青年高尔基目睹这一野蛮迫害妇女的暴行时,曾挺身而出,进行干预,结果反被愚昧的人们"毒打了一顿","扔进树丛里的一摊泥水里"。

漂亮的女人*

"多漂亮的女人啊!……"

这样的赞叹差不多每分钟都在轮船上重复着。所有的乘客都感到兴奋、惬意。有文化的人说:

"多漂亮的女人啊!……"

没有文化的人因为赞叹她而互相亲切地骂上两句。

她呢,吸引了大家的注意之后,自管靠船舷站着,嗑着葵瓜子。她那俄罗斯人的健康的、娇艳的美使她确实显得很漂亮,这种美强烈地刺激人们的情欲,却不能感动人。她面对着欣赏她的围成半个圆圈的人群,一双深蓝色的大眼睛垂青似的望着大家,毫不掩饰她对于自己的富有吸引力的美貌是多么得意。

对她最倾倒的是一个脸孔苍白、瘦削,留着长长的淡褐色头发的青年。显然,他有病。

他望着她,不住地颤抖着,他的灰色的眼睛闪烁着狂热的光芒。如果要用比喻来描绘他,那么应当说,他像一小堆灰烬,其中还闪烁着跳动的金色的火苗,好像熄灭之前的回光返照。他两眼直勾勾地欣赏着她的美色,不断对他身旁一个口髭灰白的中年人低语着:

"您去跟她说说话吧!……去吧!……她的嗓子一定非常嘹亮,

---

* 本篇最初发表于一八九五年二月二十六日《萨马拉报》。译自《高尔基全集》第二卷。

非常好听……我想看看,说话会给她再增添点什么!这一定像音乐,动听的音乐。那时候,她,这个女人,还会加倍的漂亮。"

他因为期待而浑身颤抖着,不时推推他身旁那个贪婪地动着口髭、仔细打量着漂亮女人的邻人。

但是她自己已经用嘹亮的、由于精力过于充沛和音量过大而断断续续的、忽高忽低的女低音说起话来了:

"今天真暖和!……"

青年颤抖了一下。

"我都出汗了……多糟——糕!……"

青年瞅了一下他的邻人,眼睛里带着悲哀的恐惧。邻人津津有味地微笑着,拈着口髭。

"这里还有煤油的臭味!还有苍蝇……多得要命……真叫人受不了……"

她开始用力地搔起痒来,搔得她那丰满的胸脯挑逗似的起伏着。

乘客都兴高采烈地、赞许地哈哈大笑着。

……………………………………………………………………

脸色苍白的青年悄悄地扭转身子,垂下了头,神情呆板而悲哀地走到了一边,他的肩头抽搐着,好像被冷水浇了一样……

水　夫　译

别　了！*

别了！我扬起风帆，
站在舵旁，长叹一声。
快活的海鸥声声呼唤，
雪白的泡沫连成一线——
一切呵，大地委托你们
　　　送别我……别了！

坎坷的前程等待着我，
郁闷的蛆虫咬着我的心，
白浪滔天，急起急落……
可是呵——倾大海洪波
也冲不走我心上你的倩影……
　　　呵，不！……别了！

不要再拖延这最后的时辰，
我们两个曾经几次三番
经历过这离别的时分！

＊ 本篇最初发表于一八九五年三月五日《萨马拉报》。译自《高尔基三十卷集》第二卷。

别　了

不！它再也不能使我们亲近，
我们纵使期待，也终归徒然……
　　　别了！

为什么我要给你披一件
梦幻一般的华丽的外衣？
爱你的时候——我已有所感，
我是在漂亮地把自己欺骗。
什么是我的梦幻——不是你！
　　　为什么？别了！

爱情——总有点像是骗局，
真理永远要和谎言争辩；
心儿向值得爱的人相许，
一场空……肉体裹一层花花绿绿，
你想创造一批娇媚的天仙……
　　　别了！

别了！我扬起风帆，
站在舵旁，长叹一声。
快活的海鸥声声呼唤，
雪白的泡沫连成一线——
一切呵，大地委托你们
　　　送别我……别了！

卢　永　译

扫兴的片刻[*]

一

春夜的花园在微睡。在树叶、花坛以及花园的小径上,到处洒下了斑斑驳驳的暗影和片片幽暗的月光。春天清新的空气中充溢着丁香、木犀草和鲜嫩树叶所发出的浓郁香气。

笼罩在夜色中的绿茸茸的树丛犹如柔和的天鹅绒。在四周一片黑暗中有些地方银色杨树纹丝不动的叶子在月光下闪闪发亮,在郁郁葱葱的树丛深处掩映着一座由带皮的白桦树干搭成的小亭子,桦树皮透过黑夜中的树叶像白缎子似的银光闪闪。四下是那样寂静,仿佛一切都预示着将要发生一件不可避免的、但又并非可怕的事情。万籁俱寂,使人感到郁闷。

透过花园中的树叶可以看到天空。皓月当空,使它周围总是淡淡而渺小的群星更加黯然失色……

"往后会怎样呢?"亭子里传出了一个女人的响亮声音,这声音充满了惊恐和疑虑。

紧接着就听到接吻的声音,但那个女人随即又惊恐不安地说:

---

[*] 本篇最初发表于一八九五年三月十二日《萨马拉报》。译自《高尔基三十卷集》第二卷。

"不,您放……您放开我!这……太卑鄙了!我说过,这样会毁了我的。当我还只是爱您的时候,我觉得在丈夫面前我是无可指责的……但现在……我成了您的情妇!上帝就是见证——我害怕的就是这个!我感到很难过……也为自己羞愧,而且非常痛苦……痛苦……噢!"

于是她哭了,短短的几声抽泣几乎没有打破四周的寂静就消失了。

一阵温暖的和风徐徐吹过,整个花园微微颤抖了一下,阴影古怪地晃动起来,就像要飘到什么地方去似的。

随风飘散出的花香更加沁人心脾。

亭子里发出了一个强劲有力的男中音……

"尼娜,如果你爱我,就别哭了!看到你这样,我……心烦意乱……得了,尼娜!"

"您心烦意乱?!啊!您居然开始要求……为了对您的爱……"女人叹着气,垂泪说道。

"我是请求,尼娜!只要你不收起眼泪,我就要一直请求你。好啦……"又传来了一声清脆的接吻声。

"放开我嘛!我要走!"女人焦躁不安地叫着。

"去哪儿?!别耍脾气啦,我亲爱的小尼娜!何苦呢?在这美妙安逸的时刻,谁要这样的悲伤呢?请你相信,我不需要,希望你也不需要。你到底哭什么?哭什么呢?"

"啊,您不明白?!是吗?"她愤愤地说,"你以为一个有夫之妇就那样轻易成为别人的情妇……你以为我现在能够问心无愧地见我的丈夫吗?而孩子们呢?我可爱的孩子们!你们的妈是个……肮脏的人!噢!……噢!"

"噢!噢!"从夜色笼罩着的花园深处传来了回声。

"尼娜!我们认真谈谈!好啦,你该聪明一点……要知道,你这样做是违背理智的。而你的眼泪只不过是你内心激动的结果……如此而已！你应该相信我，不要再对这些眼泪作别的解释啦。你无法向我证明，这些眼泪是由于悔恨，或是什么……内疚……怕受到惩罚所引起的。这些想法不该有，而且也不能有。"

他开始是用温和、安慰的语气说的，但在这一大段慷慨陈词的末尾他的语调却变得坚定不移，很有分量，甚至像一个命运的主宰者那样，语气中带有几分淡漠和嘲讽。

"您怎么？不相信我吗？不再相信我了吗？您对我的痛苦已经不能理解并且感到格格不入了吗？真快啊！噢！……过去就是您滔滔不绝地说了那么多，——不正是您曾说过，必须在自己所爱的人身上探索他内心的一切哑谜，一切秘密？……不正是您曾说过，两个人在一起可以解决一个人所不能理解的事情吗？……我好像已经得到报应了。天啊！"

"尼娜，尼娜！你怎么好意思这样说？！居然责备起我来了，责备起来了！难道我说了什么和过去相违背的话吗？"

"那你到底在说些什么呀？"她责怪地直截了当地提出了问题，"你对今后是怎么看的呢？"

"你瞧，这就对了！你本来就应该从这儿谈起……我说什么了？我说的是，你流泪并不是由于良心受到谴责，而是由于今夜的激动。我说的是，不必自找烦恼，不要罗织各种莫须有的罪名，所以也就谈不上什么惩罚。一切都极其简单！你好好想想：你不爱你的丈夫，但你渴望爱情，而且也想被人所爱。你爱上了我，如果不是我，也会爱上别人。是这样吧？"

"不是！"她斩钉截铁地说。

他笑了起来。

"是的！请相信我，是这样！因为爱和死一样都是命中注定的，无法躲避。爱情是一种生存的愿望。有谁能说，他能够并且要去反对生存的愿望呢？谁也不会。现在，对这样一些重要问题已经没有人会说蠢话了。这些问题的意义是一清二楚的。不，尼娜，不要扑灭自己的愿望,相反,要爱护、珍惜它。现在这些愿望少得可怜。你渴望爱情,你就爱上了。是的,事情就是这样!"他的声音变得像耳语一般轻微——温存而动听,但却是扬扬得意的。女人沉默半响,轻轻叹了一声,回答说:

"是这样……"

她的话音刚落,在寂静中就可以听见一连串的接吻声。接二连三的接吻声是那样轻微和奇妙,就像肥皂泡发出的破裂声。

花园静悄悄,毫无动静,但可以感到,在每一片叶子,每一根草茎中却蕴藏着无限生机。

在温暖的夜幕下,四周的一切生意盎然、欣欣向荣。

大自然片刻不停地、默默无声地创造着。谁也不能说大自然那永恒的、神秘的创造力将在何处停息……

二

"但我怎么去对丈夫说这一切呢?"女人低声说道。

"难道你认为你不能对他隐瞒吗?"那个男人不安地问。

"隐瞒?听我说……怎么隐瞒呢? 要知道,我已经……"

她又感到惶恐不安,把要说的话吞了回去。

沉默了片刻,那男人便坚定而自信地回答她:

"那我们就一起来考虑一下,这会引起什么后果呢? 先想想,我们现在的处境怎样。我受到你们的款待,我的老朋友费多尔相信我是个循规蹈矩的人,对我没有丝毫怀疑。我们之间的一切都这样美好、温暖,亲如一家……"

"你这样认为吗?"她惊恐地低声问道。

"等一等,我们来考虑一下,当你向他吐露真情后,会发生什么情况呢? 首先,这是一个打击。不管是否罪有应得,但这毕竟是个打击。对人应有恻隐之心……然后,你离开他,跟我在一起,是这样吧? 就是！这将会有什么结果呢？你将会因失去孩子而感到寂寞,因为他是不会把孩子留给你的。如果他把孩子给了你,那他还剩下什么呢？你将思念他们,我将为你担忧难过……孩子们——他们在类似这种场合总是充当可怜的受难者的角色……我们不应当让这样的情况发生……"

"你听我说,你这是在说些什么？这简直是可耻。寡廉鲜耻！卑鄙,卑鄙的骗局……而你……"她哀求似的小声说着。

"啊！这是你的见解？亲爱的！生活早已远远地抛弃了这种见解……要关心的是尽可能减少生活中无穷无尽的苦难,而不是去增添在我看来除了你以外没有任何人需要的那种高尚情操。这种高尚情操的代价太大,而且……对生活来说,是那样无足轻重。如果它的精神是强大的,并为我们所需要,请相信,那它早就赢得了胜利。可是,它并没有取胜。而我们要从生活中取得的,只是生活所能给予我们的东西。你是知道的,生活并不能经常使我们有幸受到它赐予的欢乐和甘美。为了生活还不得不使他人蒙受凌辱。这不取决于我们,显然,我们没有能力用别的什么……更美好的……来代替这种秩序。假如我们力所能及,我们是会做到的……"

"可是,你……真厚颜无耻！我过去不知一道……"

"是吗？你以为这是无耻吗？我认为这是理智,是生活中所允许的。"

他们都沉默了。

又是一阵清风,花园由于微风吹动深深地叹息了一声。杨树叶子颤抖时,就像一群银白色的蝴蝶翩翩起舞一般。

"不过,你当然可以随心所欲地行事。是啊……你要替我想想,你在费多尔面前要使我处于什么境地？……你想想吧……"

她沉默不语,显然是在思索着这个问题。

"我惟一的办法……是明天离开这儿……明天就离开！"

"你想走？明……明天就走？那我呢？"

"我究竟该怎么办呢？我不能损害我和老朋友之间的关系，也不愿卷入某种戏剧冲突中去。我已经体验过这种戏剧冲突的滋味……何必人为地把生活弄得复杂化呢？生活本来就繁杂得无以复加了。"

这时亭子里的女人讥讽地苦笑起来，这一神经质的笑声打破了花园中悲哀的寂静。由于这笑声，或许是由于阵阵暖和的微风轻轻拂过花园，树叶也颤动了起来。

"爱情——这是多么不幸啊！"她强作笑颜地说，随后又默不作声了。片刻的沉默真令人难熬。

"那怎么好呢？"她犹豫地问。

"你指什么？"对方口气坚决地反问道。

"你到底打算怎么处理这一切呢？"她苦笑了一下。

那个男人以一种不容反驳的、胜利者的口吻开始说出要她接受的条件。

"保持目前的关系，就这样。我照样到你们这儿来，费多尔什么也不知道。是啊……往后他……当然……过一些时候会猜到……但到那时候……因为这一打击不是突如其来的，它的分量就不会那么沉重……你知道，那种逐渐的过程……如果这件事不像石块一样劈头扔来，那他就比较容易忍受……"

他说完后，出现了令人难熬的长时间的沉默。

笼罩在树木上的夜幕渐渐消失，仿佛树木长高了，变得更加翠绿，更加鲜嫩……给人以这样的感觉，是因为明月的清辉已经暗淡，而春天的黎明充溢着极其清新的空气。花儿更加芬芳浓郁。小得连肉眼都看不见的晨露从天空洒落下来，在花园中柔软的绿色树丛上撒了一层大粒的银色粉末。

"……好……我……似乎……明白你的意思了。这样……他会相信我们，而我们呢，将沉浸在这秘密的爱情之中……是啊……多好啊！充满了浪漫色彩……可我真没有料到，跟你交往会落到这种地步……"她用讥讽的口气说。

他还是默不作声。

"回到原来的关系……现在？……这有意义吗？"她沉思地继续说，"是啊……恐怕未必……而且我不能……即使现在，当你忽然成了一个丑恶的人，我却比昨天更爱你了。昨天我还尊敬你……可你们这些男人真是既卑鄙又狡猾……你原谅我吧！反正我对你总是迁就的。你知道……一切犹如乱麻一团，真叫人善恶难辨……你是从哪儿学来的这么一套……大道理？而且，现在……如此轻松，若无其事。"

他默不作答……

"你生气了……算了吧！一切都已……过去了！啊，我觉得太可笑了！你知道，我曾相信过，可能有纯洁无瑕的——请你原谅——真正纯洁无瑕的、正当的爱情！可实际上这对一个人来说，是要求过分啦。但……需要爱情。生活中没有爱情……是又寂寞又苦闷！来……再吻我一下……我的哲学家……我算是报复了……可怜的……是吗？"

"瞧你，真是个小傻瓜！"他用袒护而又庄重的口气说。"你为什么要使自己和我都感到片刻的扫兴呢？是为了让我觉得你更高雅……正经和纯洁吗？这大可不必！"

又传来了阵阵接吻的声音……不断地吻着……

三

过了半小时，从亭子里走出来一个人，他身穿一件单薄的浅色上衣，个子高大，身体健壮，苍白而又毫无表情的脸上蓄着浓密的褐色唇髭……

他向花园深处苍翠密菁的树丛走去，他的脑袋倦乏地垂在胸前，透过牙缝不满地吹着口哨……

然后，一个穿着白色长连衣裙的女人从四周都簇拥着丁香和茉莉花丛的亭子里出来，向花园的小径走去。

她朝着和她刚才谈话的人隐去的相反方向走去。她像一个疲乏不堪或陷入沉思的人那样,步履迟缓,犹豫不决地走着。露水从她碰到的树叶上洒在她长着浓密黑发的头上和肩上,缀着花边的披巾从她肩上滑了下来,它的一角在地上拖着。

四周斑驳的阴影显得格外浓黑,它仿佛笼罩着她的心灵,使她沉湎于忧郁而又甜蜜的梦幻里。

黎明已经到来,绯红的曙光射向树梢,露珠犹如宝石一样在阳光中晶莹闪烁。夜色,那宛如薄纱一般透明的春天的夜色,悄悄地从大地上、从花园的树丛中融化了,消失了。

穿白连衣裙的女人悄悄地隐没在茂密的树丛中。被夜间的潮气和晨露洗刷一新的花园在静静地等待着又一个白天的降临。

周 圣 译

平　分[*]

　　教堂庞大而浓重的阴影投落在广场上。夏日滂沱的大雨停歇不久,在石铺的坑洼不平的广场上,积下了一汪汪的小水洼。在教堂阴影笼罩的地方,水洼显得朦胧晦暗,而阴影之外的水洼,在月光映照下银辉闪闪。一轮皎洁的圆月恬静地悬挂在柔媚的蓝空。晚祷完毕了。黑乎乎的人影穿过广场向四面八方散去。他们小心翼翼地绕过水洼,渐渐消失在街头巷尾——那是五条通向广场的狭窄的街道。

　　广场上已是空荡荡的,寂静而又凄凉。

　　这时,在教堂门前,离台阶不远的阴影里,发出金属掉落在石头地上的微弱的声音,接着,不知从哪里突然钻出了一个矮小的身影。这身影奇怪地跳跃着,接而在广场上奔跑起来,忽而又变小,像是俯下身去,又像是跌倒在地上。

　　这时,在一条街道上出现了一个稍微曲背的高大身影,他正朝着那个矮小身影所在的地方慢腾腾地走去。他路也不看地走着,水洼在他脚下不时发出咕叽咕叽的声音,往四下溅着泥水。现在,这两个影子已经聚在一起,后者向前者俯下身子,把前者遮住了。

　　"你寻摸什么?"传来了一个嘶哑、颤抖的男低音。

　　"五戈比!"一个清脆的童中音焦急不安地回答道,"我正要数数,

---

[*] 本篇最初发表于一八九五年三月十九日《萨马拉报》。译自《高尔基三十卷集》第二卷。

看总共有多少,这鬼东西就从我手里滑出去,滚走了。可叫我找苦啦!唉,真倒霉!"

"你没记错是五戈比吗?"男低音沮丧地问。

"那还能错!她素来一给就是五戈比……这就是她给的那个五戈比!"

"她是谁呀?"

"她吗?是个太太……"

"素来一给就是五戈比吗?"那个大人感叹道。

"素来是这样……"男孩简短而又焦急地应答了一声。

俩人的身影还是那样聚拢在一起,形成漆黑的一团。他们都不言语了,在地上仔细地寻觅。

"没法子找了!又是水又是泥的。这么大数目的钱币,多可惜啊!"男低音说罢,叹息了一声,便直起腰来。

"得啦,去它的!"男孩忽儿满不在乎地说,也跟着站起身来。他是个罗锅儿,对方则是个瘦高个儿,身子古怪地瑟缩着,他的脑袋像被人从上面猛击了一棒,深深地打进肩膀里去了一样。

"去它的吗?"瘦高个儿若有所思地反问了一句。"呵,可真有你的!准是讨得不少了吧?"

"不算这五戈比,还有二十二个!"罗锅儿扬扬得意地说。

"这么说,真不吝啬呀!我可不走运啊!人家开口就训:滚,干活去,到劳动教养所去。那还不等于去蹲监狱。哼!以为我能……跟那帮穷光蛋在一起?你是个毛孩子……还不懂事哇!"

起先,他用抱怨的口气说,越说越气恼。他们俩面对面地站着,一动也不动。

"我就让人给抓到教养所去过。"小罗锅儿兴冲冲地说。"是一个警察把我带去的……那儿有这么一个戴眼镜的家伙。警察对他讲:'大人,这是我抓来的!您收下吧!'那家伙顿时逼着我去撕椴树皮。天气热着呢。真是活受罪!灰尘直往我的眼睛里、鼻孔里钻。我一个劲儿地打喷嚏!唉,真够呛!"男孩想起自己怎么打喷嚏,便嘿嘿地乐了起来。

"后来呢?"大人颇感兴趣地问道。

"没什么。第二天我就溜啦。"

"溜啦?"

"溜啦……"

"嗯!你瞧!"大人扬扬得意地说,可他没有说明到底是要瞧什么。这时,从一条街上传来了更夫打更的嗒嗒声。随后又响起了钟声。忧伤的铜钟声在空中飘荡,如怨如诉,渐渐消逝。

"该走啦!"男孩说着,便朝前走去。

"你上哪儿去?有家、有爹妈,还是在别的什么地方住?"跟他说话的那个大人在他身边迈着大步,边走边问道。

"我吗?就那样。娘得霍乱死了。我住在一个大婶家里。"

"是亲的吗?"

"那个大婶吗?不,她哪儿是亲的?不是亲的,是个酒鬼,可凶啦……"男孩回答。可见他把亲人看得有多重。

"她揍你吗?"

"哪有不揍的!她揍起人来可狠啦……绰起什么就用什么揍……"

"哪儿都一个样儿。"他的大伙伴宽慰他说。他们走进一条胡同,在楼房的阴影中沿着街道慢慢走着……四下寂静无人,一片黑暗。附近一辆轻便马车响亮的铃铛声粗野地划破了黑夜凄凉的沉寂……

"那你爹呢?"

"我没爹……"男孩淡淡地回答。

"喔!这也是常有的事,常有的。我们那里也有那么一个女佣人,生了个小子,可是没有父亲!怎么回事儿呢?他在哪儿呢?你就去——找吧!"那个年长的伙伴幽默而感伤地说。

男孩轻声笑了起来,停顿了一忽儿之后,若有所思地说:

"我们街上有许多孩子生来就没父亲。这都是因为他们的母亲不正经。"他用成年人的、不无责备意味的口吻结束这番谈话。

"的确是这样！你住在哪条街呀？……"

"我吗？我住在波列瓦亚街。你呢？"

"我住的那条街要好一些。小兄弟，现在我没有地方住了。原先有来着……就是昨儿个给赶出来了……"

"你是干什么的呢？"男孩小声问，一面抬起头来望着伙伴的脸孔。

"小兄弟，我过去是个仆人……是个上——上等人家的仆人！挣的是大工钱。可是你瞧……变成酒鬼啦。好好的日子……给喝酒喝掉了。我在那家要是牢牢拽住这福分不放就好啦，全叫我给毁了。都是因为——活着没劲儿……不为别的……就这样喝起来了。一喝上瘾就没个够了。酒量大着呢！你可别学这个样……"

男孩不言语，也许是在思索，他从中可以学到些什么。他的伙伴也不作声。

他们就这样走了约莫十俄丈……

"小孩！"那个仆人忽然低声乞求，但不知为什么又猝然停住了。

"啊？"男孩稍稍抬起头来应了一声，他正在想心事，不急不忙地走着。

"小兄弟，这么着吧……把你讨来的钱给我几个好吗？啊？……"

"你想得倒美！"男孩冷冷一笑说。他避开伙伴，闪到一边，缩起身子，站在短柱旁，臂肘支在上面，带着疑虑的冷笑静静地望着自己的伙伴，仆人也停住脚步，顺手正了正自己头上那顶破烂不堪的便帽，滔滔不绝地说：

"小兄弟，你想想……要是把钱交给你那个贪得无厌的大婶，她会怎么样呢？……还不是统统给喝了。要说揍，她照样还是要揍你，你还不如先给她点厉害瞧瞧。我呢，倒能买点吃的……再喝上一点儿，比方说，喝它三个戈比。我好久没喝了，滴酒没沾，老弟！"他用颤抖的声音说完了这段话……

男孩突然从他跟前走开，穿过马路，跑到街道的另一边去了。他往前鼓着鸡胸，迈着两条因佝偻病造成的罗圈腿，蹒跚地跨进路灯照亮的地方，——马路上立即出现了一个丑陋的黑影，不一会儿又消失了，像是湿润的土地把它溶解和吸收了一样。男孩站在人行道旁，掉过头来瞅了瞅那个伸长脖子、紧随着他的仆人……

"你不给吗？"从街道的另一侧传来了绝望的、带有责怪口吻的、怯生生的声音。这声音消逝在两排庞大沉闷的建筑物中间。建筑物的窗户反射出暗淡的亮光，好像许多盲人的眼睛，冷漠地互相张望着。

那个仆人也迟疑地跟着穿过了街道。

"要是拿少了回去，她会狠狠地揍我一顿……"小罗锅儿沉思地回答。

"你就少给点儿吧！"仆人的声音低得像耳语一般。"给五戈比，我就足够啦！三戈比喝酒，两戈比买面包……好吗？"

罗锅儿把两只手举到眼前，定睛细看起来。他也喃喃地说了些什么。发出了铜币的响声。

"五戈比……三戈比……八戈比……两戈比……咱俩对半儿分吧！去她的吧。就让她气死好了。要揍，就让她揍吧……快走吧！拿去！十一个戈比全拿去吧！"他高兴地说，把手伸了过去。

"喔唷，你！那我……真是过节啦！谢谢，老弟！你可真大方！那好—好吧！我这回花上五戈比总能喝个痛快了吧？喔唷，你这个小雏儿！"仆人喜出望外，但又有点儿不好意思地嘟哝起来……

突然间，他奇怪地弯下腰去，撒腿就跑，好像有谁照他肚子上狠狠地打了一记似的……小罗锅连忙闪到一旁，但他已经欢蹦乱跳地消失得无影无踪了。男孩望了望他离去的背影，默默地顺着街道，朝那仆人消失的相反方向走去。

不一会儿，他也隐没在街头的阴影里了。

街上空无一人，漆黑一片，高大的白色楼房依然用那盲人般的玻璃眼睛漠然相望。

四周万籁俱寂，一片凄凉。

蒋望明　译

筏 上[*]

复活节的故事

一

……沉重的乌云缓慢地在蒙眬欲睡的河流上空爬动;乌云似乎愈降愈低;似乎,在远处,乌云的灰色的碎片已经触到了春天的湍急的浊浪的表面,而那边,在云水相接的地方,升起一堵难以穿透的云墙,直冲九霄,挡住了滚滚的流水和木筏的去路。

浪涛无效地冲洗着这堵墙,带着悄悄的、怨诉的轰响叩击着它,叩击着,而在被它反掷出来之后,就向左右散开,在左右两面,都笼罩着春天寒冷潮润的夜幕。

但是木筏仍向前浮去,远方在它的面前逐渐退入布满沉重云块的空间。

看不见两岸,它们被夜色遮住,被泛滥的河水的巨浪推到什么地方去了。

河——仿佛是海。河的上空笼罩着云块,显得沉重、潮湿、枯燥乏味。

---

[*] 本篇最初发表于一八九五年四月二日《萨马拉报》。译自《高尔基三十卷集》第二卷。

木筏迅速地、无声地在水面上滑行;从黑暗中,迎着它驶来一艘轮船,从烟筒里喷出一阵阵活蹦乱跳的火星,用轮叶喑哑地击着水面……

船头上领路的两盏红灯愈来愈大,变得更明亮,桅杆上的灯悄悄地两面摇晃着,神秘地朝着黑暗眨眼。

空中充满被击碎的水浪的喧闹声和机器的沉重的喘息声。

"留神哪!"筏上发出了一声有力的、出自胸腔的呼喊。

在舵桨旁,在筏尾,站着两个人:米佳①——筏主的儿子,一个二十来岁、淡褐色头发、身体虚弱、心事重重的小伙子;另一个是雇工谢尔盖,一个阴沉而健壮的赤须汉子,他的上唇嘲弄地向上翘起,结实的大牙齿没有被盖住,从一圈胡须中露了出来。

"向左!"从筏头上传来的洪亮的喊声重又震撼着黑暗。

"我们自己也知道,你嚷些什么?"谢尔盖不满地咕噜着,一面喘着气用胸膛紧紧地向桨压过去。

"噢—嚇!使劲转,米秋克②!"

米特里③双足抵着湿木头,用纤细的手臂把一根沉重的木杆——舵——朝自己跟前拉,一面嘎声地咳嗽着。

"弯过来……再向左一点!……恶鬼、魔鬼!"前面不安地、恶狠狠地喊着。

"嚷吧!你那病病歪歪的儿子连稻草放在膝盖上都折不断,可你要叫他掌舵,过后还嚷得整条河上都听见。吝啬的扒灰老汉舍不得再雇一个伙计。哼,现在你去喊破喉咙吧!……"

谢尔盖咕噜得已经很响,显然不怕被人听见,甚至还希望有人听见……

轮船在木筏旁边疾驶而过,从水轮下面哗哗地抛出泡沫四溅的浪

---

① 米佳是德米特里的爱称。
② 米秋克是德米特里的卑称。
③ 米特里是德米特里的简称。

52

花。木材在水上晃荡起来,用来捆木材的枝条在打结的地方发出怨诉似的、潮润的吱吱声。

轮船上灯火通明的窗子好像一排火眼,望着河水和木筏,在波涛汹涌的水面上映出一个个颤动的亮点,接着又消失了。

浪涛猛烈地拍击着木筏,木材跳动着,米特里站不稳脚,紧紧地靠着舵,生怕跌倒。

"好家伙!"谢尔盖嘲弄地咕噜着,"跳起舞来了!瞧你的老子又要朝你吆喝了……要不,他过来对准你的腰眼给你几下,那时候你就不会这样跳舞了!向右!噢—哟哟!噢—噢!……"

于是谢尔盖就用钢条般的富有弹性的双臂有力地转动着他的桨,深深地翻掘着河水……

他精力充沛,高个子,带着几分凶狠和嘲弄的样子,他站在那里,就好像一双赤脚在木材上生了根一样,他神态紧张,目光炯炯地望着前面,每一秒钟都准备掉转木筏。

"瞧,你爹正搂着玛丽卡哩!哼,真是一批魔鬼!没羞没臊,没有良心!米特里,你干吗不离开他们这两个肮脏的魔鬼,到别处去?……啊?你听见吗?"

"听见!"米特里低声说,并不朝谢尔盖穿过黑暗看见他父亲的那边张望。

"听—见!唉,你这脓包!"谢尔盖逗弄他,哈哈大笑起来。"这种事情!"他被米特里的冷漠态度惹火了,接下去说,"老头子也是个恶鬼!给儿子娶了老婆,又霸占了儿媳妇,还有理!老色鬼!"

米特里不作一声,只顺着河朝后望着,那边也形成了一堵高墙似的密密的云层。

现在到处都是云,似乎,木筏并不在飘浮,而是动也不动地停在这浓厚的、黑黝黝的水面上,而水又是被一堆堆沉重的、深灰色的阴云压住,——阴云从天上降到水面,拦住了水的去路。

大河仿佛是无底的深渊,四面被高耸入云、披着浓雾的山峦环抱着。

　　四周寂静得叫人难受，河水无力地拍着木筏，好像在期待着什么。在这夜间惟一的、因而更衬托出夜之寂静的可怜的音响中，包含着无限的哀伤和一种胆怯的问讯……

　　"现在要是起一点风多好……"谢尔盖说，"不，不要风，风会带来雨。"他又自己反驳自己，一面装着烟袋。

　　火柴擦亮了，听得到被堵住的长烟袋里的咕噜声，红火星时亮时熄，照亮了在黑暗中起伏的谢尔盖的阔脸。

　　"米特里！"响起了他的声音。现在这声音比较不大阴沉了，其中嘲弄的调子也响得更清晰了。

　　"啊？"米特里低声回答，没有从远方移转目光，他正用那双忧郁的大眼睛聚精会神地审视着什么东西。

　　"这到底是怎么回事，我的好兄弟，啊？"

　　"什么？"米特里不满地答应道。

　　"你讨过老婆?!　笑话！　这是怎么回事？　唔，就是说，你跟老婆睡过觉吗？　喂，究竟是怎么回事?!"

　　"喂，你们那边！　留神哪！"河上威胁地响起了这几句话。

　　"瞧，又在号叫了，这个该死的扒灰佬！"谢尔盖赞赏地指出，接着重又回到他的话题。"喂，你说啊，怎么啦？米奇①！说啊！啊？"

　　"别缠了，谢廖加②！我不是说过了么！"米特里讨饶似的低声说道；但是，他大概知道摆脱不了谢尔盖的纠缠，就匆匆地讲起他的事来："唔，我们去睡了。我对她说：'我不能跟你行丈夫的事，玛丽亚③。你是一个壮健的姑娘，可我是一个瘦弱的病夫。而且我根本不愿意娶媳妇，可是我爹硬逼着我，他说，结了婚，就完事了！我说，我不爱女人，尤其是不爱你。女人都大胆得要命……是的……这桩事情我毫无

---

① 米奇是德米特里的卑称。
② 谢廖加是谢尔盖的爱称。
③ 前文的玛丽卡是玛丽亚的卑称。

办法……你明白吗……丢人现眼,外加罪孽……还要有孩子……得替他们向上帝负责……'"

"丢人现眼!"谢尔盖高叫起来,放开嗓门哈哈大笑着。"唔,那她怎么说呢,那个玛丽卡?"

"唔……'那我现在,'她说,'怎么办呢?'她哭哭啼啼地坐着。'我哪一桩,'她说,'不称你的心?'难道,'她说,'我是个丑八怪?'她是个不要脸的女人,谢廖加!……'难道,'她说,'我这么健壮的身子叫我去找公公吗?'我说:'随你的便……你爱到哪儿去就到哪儿去。违背良心的事,我是不干的。伊凡公公说:这种事情是死罪。难道咱们是畜生吗?'她老是哭哭啼啼。她说:'你们糟蹋了我少女的青春。'我很怜惜她。我说:'不要紧,总有办法对付过去的。要不,你进修道院吧。'她骂起来了:'米季卡,你是个傻瓜,下流胚……'"

"啊,我的爹!"谢尔盖赞赏地低声说道,"你居然对她说'到修道院去'?"

"我就这么说了。"米佳简单地说。

"那么她就叫你傻瓜?"谢尔盖提高了声调。

"是的……她骂了。"

"骂得对,老弟!啊,骂得真对!还该揍一顿!"谢尔盖突然变了调子。现在他说得严厉而有力。"你怎么能违反法律呢?可是你违反了!夫妻关系确定了——唔,就是说完事了!你不能去争论。可是你居然想改变!唉,你太不自量力了!进修道院!傻头傻脑!姑娘要的是什么?难道是修道院吗?唉,现在这些人哪!你想一想——造成了什么结果?你自己连个屁也不懂,却把人家姑娘给毁了……她成了老头子的姘头,你让老头子犯了扒灰的罪。你破坏了多少的法律啊?你这个笨蛋!"

"法律吗,谢尔盖,在良心里。有一条法律是管一切的:不做违背你的良心的事,你就不会在世界上做什么坏事了。"米特里摇了摇头,轻声地、和解地说道。

"可是你已经做了!"谢尔盖坚决地反驳道,"在良心里!哼,也是……管它良心里有什么东西。不能什么都禁止。良心,良心……老弟,得了解它,然后才能……"

"不,你不能这样说,谢尔盖!"米特里仿佛突然激动起来,热情地说道,"良心,老兄,永远是像露珠一样纯洁。它包着一层硬壳,就是这样!它藏得很深。要是你听它的话,你就不会做错事。只要凭良心做事,那就总会符合上帝的旨意。上帝不就是在心里吗,就是说,法律,也在心里。心是上帝创造的,它是上帝放进人的身体里的。只要善于了解它。只要不顾惜自己……"

"喂,你们!瞌睡的魔鬼!留神哪!"这几句话像雷鸣似的响了起来,顺着河飘浮过去。

根据这声音的力量就可以感觉到,叫喊的是一个健壮的、精力充沛的、自满的人,一个具有巨大的生命力、而且自己明确地意识到这生命力的人。他叫喊,并非因为筏夫们惹得他呵斥,而是因为心中充满了某种强烈的愉快的感觉,——这强烈的愉快的感觉要求尽情发泄,所以它就冲出来变成雷鸣般的精力充沛的声音。

"瞧,那老鬼又在吠叫了!"谢尔盖兴致勃勃地指出,同时目光炯炯地望着前面。"他们多么要好啊,这对鸽子!不吃醋吗,米季卡?"

米特里冷漠地望了望前桨那边,那里,两个人的身影在筏上左右晃动,在互相靠得很近停下来的时候,有时就并成紧紧的、黑漆漆的一团。

"不吃醋吗?"谢尔盖又说了一遍。

"关我什么事?他们犯了罪,他们会得到报应。"米佳悄声地说。

"这——样!"谢尔盖讽刺地拖长声音说,一面把烟丝装进烟袋。在黑暗中重又闪起了红红的火星。

可是夜色越来越浓,灰色的、黑色的乌云也愈来愈低垂到静悄悄的、宽阔的河面上。

"米特里,你这是从哪儿学来这种聪明的,啊?难道你是天生这样的吗？你不像你爹,老弟。你爹可是个英雄。瞧,他年纪已经半百了,可是还在跟这样的美娇娘亲热！这个娘儿们真是顶呱呱。她也爱他——这还有什么话说呢！她爱他,老弟。不爱这样的好汉是办不到的。你爹是好汉之王,是个勇士。他干起活来——瞧着也叫人欢喜,进账又多;受人尊敬,脑子又管用。是这样。可是你呢,既不像妈,也不像爹。对不对,米季？要是死了的安菲莎还活着的话,你爹会怎么办呢？妙啊！我真想看看,她怎么对付他……你那个妈,也是个泼辣婆娘……和西兰正配对。"

米特里用臂肘支在桨上,凝望着河水,默不作声。

谢尔盖也开始沉默了。从木筏前头传来了女人的响亮的笑声。跟着是一个男人的低音的哄笑。他们的身躯裹着浓雾,使那个好奇地透过黑暗瞅着他们的谢尔盖很难看清。可以看到的是:男人是高个子,站在桨旁,宽阔地叉开两腿,半转过身子向着一个面孔圆圆的娇小的女人,她正把胸脯靠在离开第一根桨约有一俄丈半远的另一根桨上。她用一根手指威胁着男人,清脆地、挑逗地笑着。谢尔盖悲哀地叹了口气,就转过身来,聚精会神地沉默了半晌,重又说起来：

"妈的！他们在那边倒快活。怪亲热的！我这个流浪的穷光棍,要是能够这样多美！那我一辈子都不会离开这样的娘儿们！唉,你啊！我就要老把她捏在手里揉个不放了。呐！你去想象想象吧,我是多么的爱女人……见鬼！我交不了桃花运……显然,娘儿们不爱红胡子的人。哼。这个婆娘,她真任性……是个坏东西！对于生活贪得无厌。米佳！唉,你睡着了吗？"

"没有。"米佳轻声回答。

"那就好！老弟,你将来怎么过日子呢？要是说实话,你是个孤鬼。难啊！你现在究竟决定到哪儿去呢？你在人间找不到真正的生活。你太可笑了。你这个人是不会自卫的！需要有爪还需要有牙,老弟。不然谁都会欺侮你。难道你能够保护自己吗？你拿什么来保护自己？唉,唉！你真古怪！你到底到哪儿去呢？"

"我吗?"米佳又震抖了一下。"我要走的。我,老哥,今年秋天就要到高加索去,那时候一切就结束了!主啊!只要快些离开你们!你们是些没有心肝的人!你们是些不信神的人,避开你们——是拯救灵魂惟一的办法!你们活着为了什么?你们的上帝在哪里?你们只是说说而已……难道你们是活在基督心里吗?唉,你们,你们都是豺狼!可是那边却是另外一种人,他们的灵魂活在基督的心里,他们的心蕴藏着爱,他们都为救世而受苦。可是你们呢?唉,你们!宣扬丑事的禽兽!有另外一种人。我见过他们。他们召唤过我。我就是要到他们那边去。他们带给我一本《圣经》。'读吧,'他们说,'上帝的人,我们亲爱的弟兄,读读真理的话吧!……'我读了,我的灵魂因为上帝的话而复活了。我要走,我要抛弃你们,你们都是些疯狂的豺狼,都是互相靠肉欲生活的。你们真该死!"

米特里热烈地轻声说了这些话;由于极度蔑视和憎恨这些疯狂的豺狼,由于渴望见到那些灵魂总想救世的人,他喘不上气来。

谢尔盖被他说得发愣了。他张大了嘴,手中握着他的烟袋,半晌不出声,后来他想了想,四下望了一下,才又用浑厚的、忧郁的声音说道:

"瞧,你把人家骂得狗血喷头!……你也不善哪。你读那本书是白费劲。谁知道它是什么书?唔……趁早躲开它,不然你会完全学坏的。赶快!逃走吧,趁现在还没有完全变得像一头野兽……高加索那边的人是些什么人?是和尚?还是旧教徒?他们是莫罗勘教徒①吗?啊?"

但是米特里已经像激动起来时那样迅速地沉默了。他划着桨,因为用力而喘息着,同时很快地、神经质地喃喃着什么。

谢尔盖等待他的回答等了好久,也没有等到。这死一般寂静的黑夜压抑着他的乐天,单纯的天性,他要使自己想起生活,要用声响来唤

---

① 十八世纪六十年代俄国产生的一个教派,教徒们提倡"自我修养",摒弃教会仪式。

醒这寂静,要千方百计惊动这缓缓流入大海的大量河水的好像隐在一旁、袖手旁观的沉默,惊动那阴郁地凝聚在天空的动也不动的云层。在木筏的那一头,生趣盎然,激起了他对生活的向往。

从那边不时传来一忽儿是悄悄的,得意的笑声,一忽儿是被寂静的黑夜冲淡了的断断续续的叫声。这黑夜充满了唤起求生的热望的春天的气息。

"算了吧,米特里,你往哪儿摇?老头又该骂了,你小心点。"他再也忍受不住沉默,又看见米特里在漫无目的地用桨往水里扎,终于说话了。米特里停住了,擦了擦满是汗水的前额,胸口倚着桨,艰难地呼吸着,发起愣来。

"今天的轮船很少,不知为什么……我们浮了多少时候,总共只碰到一只。"

但是谢尔盖看见米特里并不打算回答,就理由十足地自己对自己解释道:

"这是因为还没有通航。还只刚刚开始哩。我们很快就会浮到喀山,伏尔加河真有劲啊。它的脊梁就像是大力士的脊梁,什么都举得起来。你站着干吗?生气了吗?啊,米季?唉!"

"什么?"米特里不满意地问。

"没有什么,你这个怪人……我说,你为啥不作声?老在转念头吗?算了吧。这对人是有害的。唉,你这个聪明人,你自作聪明,自作聪明,其实你是不明事理,——这,你可没有想到!哈哈!"

于是谢尔盖笑了笑,意识到自己的优越,使劲地干咳了一阵,沉默了一会儿,就开始吹起口哨来,但是吹吹又中断了,继续把他的意思发挥下去:

"老在转念头!这难道是普通人该干的事?那边,你瞧,你爹并不自作聪明,可是他活得挺好。他和你的老婆要好,还同她一起嘲笑你这个聪明的傻子。没错!你听,他们在干什么?唉,你,他们真该打!也许,那个玛丽卡已经有喜了!别担心,孩子不会像你。包管也是个像西兰·彼得罗夫那样的好汉。可是那孩子却要算是你的。这种事情！哈哈！他要叫你'爹'。可是你并不是他的爹,而是他的哥哥。他的爹原来是爷爷！唉,你,真妙呀！这些胡来乱搞的家伙！不过倒是敢作敢为的人！是不是,米佳？"

"谢尔盖！"响起了热情的、激动的、几乎要嚎哭出来的低语。"看基督的面上,我求你别再折磨我,别再刺激我吧,别再跟我纠缠了！别再说了！我用上帝基督的名义求你,别跟我说话,别叫我生气,别吸我的血。我要是投了河,深重的罪孽就要降到你头上了！我的良心会永远痛苦的,别招惹我吧！我用上帝的名义起誓,我求求你！……"

一声凄厉的号哭声撕破夜的寂静,米特里直挺挺地倒在木材上,仿佛从高悬在黑沉沉的河上的愁云中有什么重的东西向他落下来把他打伤了似的。

"怎么啦,怎么啦！"谢尔盖害怕地咕噜着,一面瞅着他的同伴好像被火烧伤一般在木材上打滚。"怪人！这样的怪人……怎么不早说呢,要是对你有点那个这个的话……"

"你一路折磨我……为着什么？我是你的仇人吗？啊？是仇人吗？"米佳激动地喃喃着……

"你这怪人,老弟！啊,真怪！"谢尔盖不安地、委屈地嘟哝着,"难道我知道？看来我是不了解你的心！"

"我要忘掉这个,你明白吗！一辈子忘掉！我的耻辱……难以忍受的痛苦……你们是些残忍的人！我要离开！永远离开……我忍受不下去……"

"离开吧！……"谢尔盖高叫起来,声音响得整条河上都能听见,他还用雷鸣般的、下流的骂人的话来加重这一声叫喊,接着马上中断了,不知怎的缩成一团,蹲了下来,显然,他也被那在他面前展开的精神悲剧压住了,不去理解这个悲剧他现在已经办不到了。

"喂,你们！"西兰·彼得罗夫的声音在河上盘旋,"你们出了什么事？你们嚷些什么呀？啊？"

大概，西兰·彼得罗夫喜欢在河上用他浑厚有力的低音在难堪的沉默中喧嚷。呵斥一声接着一声涌来，震撼着温暖而潮润的空气，用它们的生命力压迫着已经重新站在桨旁的米特里的孱弱的身躯。谢尔盖一面全力回答主人，同时用俄罗斯人的厉害的、骂人的粗话低声骂他。两条嗓门撕裂着夜的静谧，唤醒它，这两条嗓门震抖着，一会儿汇合成一种低沉的富有表现力的音调，宛如一支很大的铜喇叭的声音，一会儿又提高到假嗓子的声音，在空中飘浮，隐灭，消散。过了一会儿，重又是寂静一片。

点点晕黄的月光透过阴云的裂罅投到暗色的水面上，接着，闪烁了一会儿，就消失了，被潮润的黑暗吞没了。

木筏继续在黑暗和沉默中向前浮去。

二

在一支前桨旁边站着西兰·彼得罗夫，他穿着红色衬衣，领口敞开，露出他那强壮的颈脖和毛茸茸的、铁砧般结实的胸膛。一头灰发垂到他的前额上，一对热情的、褐色的大眼睛在头发底下微笑着。衬衫袖子卷到臂肘上面，露出了牢牢地握着桨的青筋突露的胳臂，他身子略冲向前，目光炯炯地观察着远方浓密的黑暗中的什么东西。

玛丽卡站在离他三步远的地方，侧着身子向着河流，不时含笑瞅瞅她的情人的宽胸的身躯。他俩都默不作声，忙于观赏：他，观赏着远方，而她则观赏着他的长着大胡子的、充满生气的脸孔上表情的变化。

"一定是渔火！"他转过身来面对着她说。"不要紧。我们一直向前！噢——嚇！"他平稳地把桨压向左，有力地把它在水面上拖过去，一面吐出一口长长的热气。"别太使劲啊，玛舒尔卡[①]！"他看见她也在用她的桨做着敏捷的动作，就这样说了一句。

[①] 也是玛丽亚的爱称。

她身材丰满,脸庞圆圆的,长着一双灵活的乌黑的眼睛,两颊绯红,光着脚,只穿一件湿透的、紧贴在她身上的无袖长衣,——她转过身来,面朝西兰,温柔地微笑着说:

"你太疼我了。我想,应该感谢我们的主!"

"我在吻你的时候就不疼你了!"西兰耸了耸肩。

"那也用不着疼我!"她挑逗地轻声说。

他们不作声了,互相用贪欲的目光打量着。

木筏下面,河水发出沉思的潺潺声,从右面远远的什么地方传来了公鸡的啼叫。

木筏轻轻地在脚下晃动,向着前方浮去,那边,黑暗已经渐渐稀薄,渐渐消散,云块也具有更明显的轮廓和更光亮的色彩。

"西兰·彼得罗维奇!你知道他们在那边嚷些什么吗?我知道,真的我知道!这是米特里向谢廖日卡①发牢骚,抱怨我们,他还哭哭啼啼地、伤心地诉说了一阵,谢廖日卡也把我们骂了。"

玛丽亚探究地注视着西兰的脸,现在,在她说话之后,他的脸色变得严峻,变得冷酷了。

"唔,那怎么样?"他简短地问。

"就是这样。没有什么。"

"要是没有什么,就不必说。"

"你别生气啊!"

"生你的气?我倒希望将来能生一次气,可是办不到。"

"你爱不爱玛什卡②?"她向他弯过身去,淘气地轻轻说道。

"唉!"西兰含有深意地清了清嗓子,向她伸出他的有力的双臂,声音含糊地说道:"来吧……别逗我了……"

她像猫一般弓起身子,温柔地贴向他。

"我们又要让木筏迷失方向了!"他喃喃地说,一面吻着她的在他

---

① 谢廖日卡是谢尔盖的爱称。
② 玛什卡是玛丽亚的卑称。

嘴唇下面发烧的脸庞。

"够了!天要亮了……那一头看得见我们了。"

她试图从他手臂中挣脱出来。但他却把她搂得更紧了。

"看得见吗?随他们去看吧!让大家都看见吧!管他是谁我都不在乎。我犯了罪,这没有错。这我知道。可又怎么样呢?我会对上帝负责的。可是你反正没有做过他的老婆。你是自由的,就是说,你属于你自己……他痛苦吗?我知道。可是我呢?难道做公公值得高兴吗?比方说,虽然你不是他的妻子……可是还不是一样!至于我的名誉,现在对我有什么关系?在上帝面前不是罪孽吗?是罪孽!我全知道!可我还是犯罪。因为——值得嘛!人生在世,不过一次,哪一天都可能死掉!唉,玛丽亚!我要是晚一个月替米季卡娶亲就好了!那就啥事也没有了。在安菲莎死后,要是我马上打发媒人到你那儿去,那就好了!合乎法律。也不犯罪,也不丢人。这是我的错误。这个错误,它会啃去我五年、十年的寿命。一个人会因为这种错误而早死的……"

"得啦,算了吧,别自寻烦恼了。这已经说过不止一次了。"玛丽亚轻轻地说,接着悄悄地从他的怀抱里脱身出来,走到自己的桨边。他开始急遽地、猛力地划着,似乎想给那压在他胸口并使他好看的脸孔蒙上阴影的重压以一条出路。

破晓了。

阴云逐渐稀薄,懒洋洋地在天空朝四面爬开,仿佛不愿给徐徐上升的太阳让出位置似的。河水发出了钢铁般的寒光。

"前两天他又在唠叨了。'爹,'他说,'难道这不是你我的耻辱吗?你抛掉她吧,'那就是说抛掉你。"西兰·彼得罗夫干笑了笑,"'抛掉吧,'他说,'放安分些。''孩子,'我说,'我亲爱的,滚开些,要是你想活命的话!我会把你像烂布片一样撕得粉碎。你的美德就一点都不会留下了。我生出你这个孬种,真叫我痛苦。'他浑身哆嗦。'爹!'他说,'难道怪我?''怪你,'我说,'怪你这个嗡嗡叫得让人心烦的蚊子,因为你是我路上的绊脚石。怪你,因为你不会自卫。你是一具死尸,发臭的死尸。要是你身强力壮,可以把你杀死,可是你连这也不够格。你这个愁眉苦脸的家伙真可怜。'他痛哭起来了!唉,玛丽亚!人们变得不中用了!要是换了一个人——妈的!很快就会从那个活结里脱身。可是我们却陷在里面!是的,我们恐怕还在互相拉紧呢。"

"你这是指什么?"玛丽亚胆怯地问,一面恐惧地望着他,这时的他是严峻、有力、冷冷的。

"比方……他要是死了……你瞧。要是他死了……那就妙了!一切就走上正轨了。我把地送给你家的人,堵住他们的口,然后带你到西伯利亚去……或者是到古班去!这是谁?我的老婆!你懂吗?我们会弄到这样的文件……一张证书。我可以在什么地方的村子里开一个铺子。我们就这样过活。我们可以祈祷上帝,请求饶恕我们的罪孽。我们的要求算多吗?我们可以帮助人家生活,他们也可以帮助我们安慰良心……好吗?啊?玛莎①!?"

"好—好!"她叹了口气,眯缝起眼睛,深深地陷入了沉思。

他们沉默了半晌……河水潺潺地流着……

"他有病……也许,他活不长了……"西兰·彼得罗夫喑哑地说道。

"主啊,你让事情快一点了结吧!"玛丽亚祈祷着,同时画了十字。

春天的阳光突然迸射出来,水面上闪耀起金光和彩虹的光辉。一阵风吹来,一切都震抖了一下,苏生了,笑开了。阴云间的蓝天也对着那抹上阳光的水面微笑。阴云已经留在木筏的后面了。

那边,阴云凝聚成沉重的黑块,犹豫地、一动不动地滞留在宽阔的大河上空,好像在选择一条道路,由此可以快些避开春天的光芒四射、

---

① 玛莎是玛丽亚的爱称。

兴高采烈的活泼的太阳,避开它们这些在春天到来之前迟迟撤退的冬季暴风雪之母的敌人。

木筏的前方是洁净的、明朗的天。还像朝阳那样寒冷,但像春日那样灿烂的太阳,威严而美丽地从紫金色的河浪里愈来愈高地升向蔚蓝色的天空。

木筏的右面,可以看见掩映在树林苍绿色边缘里的棕色的岩石岸;左面,绿草如茵,露珠闪烁着金刚石一般的光辉。

空中飘过泥土和刚刚破土而出的青草的浓郁气息以及针叶树脂的芳香。

西兰·彼得罗夫望了望后桨。

谢尔盖和米特里仿佛生了根似的站在后桨旁。但是,因为隔得远,还看不清他们脸上的表情。

他把目光移到玛丽亚身上。

她觉得冷。她站在桨旁,缩成一团,变成圆滚滚的。她全身浴着阳光,用沉思的眼睛眺望着前面,她嘴唇上浮现着神秘的、迷人的微笑,这种微笑甚至会把一个不好看的女人变成非常可爱的、动人的美女。

"留神哪,孩子们!噢—噢!……"西兰·彼得罗夫感觉到他宽阔的胸膛里有一股强大的活力在汹涌澎湃,就用足全力大叫一声。

由于他的叫喊,周围的一切似乎都震抖了一下。回声久久地在岩石岸上震响着。

水 夫 译

在 黑 海*

炎热,寂静,风光绮丽!
在那远方,大海带着蒙眬的睡意。
扁桃树纤细的身影
倒映在岸边的水波里,
悬铃木茂密的枝条
在浪花间洗浴;
海边,那泛着白沫的波浪中
这些倒影,像在嬉戏,
像是古老的青山在微笑;
忧郁的群峰
高高地伸向荒凉的
蔚蓝广阔的天际,
它那峻峭的石崖
被地面升起的浓雾遮盖得无影无迹。

古老的山峰啊,昂首屹立,
高傲,沉默,威严无比,

---

* 本篇最初发表于一八九五年四月二日《萨马拉报》。译自《高尔基三十卷集》第二卷。

在黑海

凝视着温柔、蔚蓝的天空,
那袅袅云烟缭绕着它巍峨的身躯。
它那俯向大海的陡峭的岩石,
令人望而生畏,心怀恐惧。
它在遥远的天边听不见
飞溅的浪花的叹息。
那和谐的水声和喧嚣,
那充满着温情和虚伪的甜言蜜语,
吵闹着涌向高山脚下,
妄想打破群山宁静的思绪。
但那沉默而阴郁的悬崖峭壁,
却把自己的万千心事
深藏在潮湿的花岗岩里。
海水的喧闹使它哑然失笑,
它身披云霞,
永远是那样坚定不移。
在羽毛般柔软而妩媚的白沫中,
波浪像是人首鸟身的妖女,
一次又一次向高山涌来,
嘴里不住地唱着迷人的歌曲。
而那些威严的诺亚方舟
却没有对它们说出只言片语:
既没有暗示,也没有半个字,
更没有吐露一点往事的秘密……

玫瑰花,茉莉花,杜鹃花,
那似睡非睡的绿枝,
从石缝中探出头来,

花朵儿向着微睡的天空,
向着大海,向着灰蒙蒙的山崖,
散发着浓郁、清新、令人陶醉的气息。
悬崖上一群群海鸥温文尔雅排成行,
聚精会神仔细察看:
从浩渺的远方涌来的巨浪,
是否把美味的小金鱼
带给它们作为奖励?

但是,涌向山崖的那排白茫茫的浪,
带给它们的
只是飞溅的翠绿的水花
和喃喃的话语……
海浪挥舞一下白色的浪峰,
又以那勇猛的气势
把五彩缤纷的浪涛抛上去。
秃鹰从山顶向下面,向波浪发出了
挑战的喊声……
被激怒的波浪翻滚着,
向那坚硬的岩石冲击,
摔得粉碎,向后退去。

大海的远方蒙着一层
娇嫩的蛋白石色的懒散的烟云。
水天相接,
天落水底,
天空和波浪奇妙地融为一体。
这两个巨人

在黑海

饱含南方的炎热，
那么温情地拥抱着酣睡不已，
相偎相依,融合在一起。
一串美丽的幻梦，
像一群看不见的鸟儿，
从那明亮蔚蓝的高空，
从我的头顶,向远方飞去……
我觉得，
我自己就生活在
那美妙的睡梦里……

孙静云　译

他的发现*

摘自一位同时代人的回忆录

……今天午饭以后,我和妻子坐在我的书房里,她忧虑而温柔地对我说:

"波利,在你对待我的态度上,出现了一种莫名其妙的东西。你有时那样探询似的望着我……像是对我有所期待,并且像是在问:究竟什么时候?……快了吗?随后不知怎地你便对我特别关心起来……不像对女人的关心……否则我大概是不会觉察的……因为对女人的关心我已司空见惯……不,这是一种异乎寻常的,探询和期待似的关注,同你那沉默的眼神一样。你怎么了?你使我害怕,波利!"

她说这些话时,眼睛里闪烁着泪水——恐惧和疑惑的泪水……

她是多么敏感啊!

她的问题也使我感到吃惊,于是我尽量安慰她。这没有花费很多时间……女人总是很快就会解除忧愁的,我使她安下心来以后,带着几分内心的惊悸不安问她:"你是否想要弄清我的情绪的来由呢?"

"是的,"她说,有些难为情起来,"我想你不满意的是……我和你做夫妻……眼看已经五个月了……可是我……还……"

她害羞和激动得涨红了脸,低声结束了这句话。她双手捂着脸

---

* 本篇最初发表于一八九五年四月九日《萨马拉报》。译自《高尔基三十卷集》第二卷。

蛋,缩成一团和我并肩坐在沙发上,体态柔软而美丽,在所有的动物中,只有猫和女人才有这种诱人的和调皮地窥伺着的姿势。

她那双乌黑的眼睛透过纤细、洁白的手指闪闪发亮,海蓝色的裙衣像轻柔华美的波浪一样裹着她的整个身躯。

我对她解释,我这种情绪是由于身体有些不适。我安慰了她,也得到了自慰,从她的话里,我看到她深信我对她的爱情。虽然她很敏感,但她不理解,在我望着她时,我所探询的究竟是什么。于是我怜悯起她来。后来我出去散步了,事先告诉她说,不要等我,因为我顺便要去一趟俱乐部。她抱怨了一阵,吻了吻我,才放我走了。我回来时,她已经睡着了。

……我现在刚离开她的床铺,我在那儿大约坐了两个小时,望着她,这个娇小的女人,我的妻子。

她仰卧在那里,一条薄毯半遮半掩,明显地描绘出她身材的所有曲线——她躺着,在梦中微笑,在枕上,在她的脑袋周围披散着凌乱的黑发,一缕落在肩上和颈部,另一缕落在她那粉红色的面颊上,几根青丝挂在眼窝和长长的睫毛上……一簇云鬓完全遮住了她的左耳。她的一切是这样的美丽和诱人的清新,她的皮肤散发着浓郁的令人神魂飘荡的女性的香味。月亮照着窗户,窗台上放着鲜花,花影映在床边的地毯上……床后的墙壁上。夜是这样寂静和温暖……初夏的绿叶温柔地低语着,卧室里充满了新鲜的、温暖的、懒洋洋的、使人心醉的安乐气息……

我是一个很健康的人,也许还是一个超越一般水平的敏感的人,但我是个健康人。不过还是撇开这附带的说明吧,在感官印象这样的问题上谈得上什么水平呢?总之,我,一个健康的人,在我妻子的床铺边已经这样奇怪而可笑地过了第八个夜晚。我没敢碰她一碰,我觉得,假如我用合法的夫妇之间的抚爱惊动她的睡眠,这对她和我自己都将是一种侮辱,虽然她并不理解这会是一种侮辱,而会像平时一样喜欢它。从我最后一次充满了强烈的情欲和她温存一番那时算起,已经过去十三天了。

在这以前发生了什么事呢？

没有什么特别的事……

一切都像新婚初期应有的那样——美好、温柔而热情。我们彼此欣赏，相互得到满足，她经常惊喜地对我说，她怎么也没有料到在爱情中会有这么多新鲜和幸福的感觉。

我总是心甘情愿、真心实意地证实她的话。

可是，突然不知从什么地方飘来一团阴影，蒙上了我的心头，这奇怪而冷酷的阴影使我感情淡漠，头脑更加敏感。我第一次感到它的来临是在十三天以前，或者更确切些说是在十三个夜晚之前。

事情是这样发生的。

我从俱乐部走回家来，同一个熟人的谈话使我兴奋而又沮丧。我们谈论了生活和生活对人的阴险的戏弄；这个话题最后总是使人感到完全无能为力，孤独和束手无策。

我走进了卧室，那时这里的一切也像今天一样，美得十分触目。我站在妻子床边，想先欣赏一下她的睡态，然后再唤醒她。我非常想和她再多谈谈生活，这种生活即使对一个动物也不像对人，尤其是对待一个好人那样，如此粗鲁、无情地加以嘲弄，如此残酷地加以迫害。

我向睡着的妻子俯下身去，想吻吻她的前额，通常，我一吻她，她就会醒过来，我俯下了身，但不禁久久地欣赏起她来了。她在睡梦中微笑着，她的脸庞在月光下仿佛是透明的一般。她那小巧玲珑的身躯上有一种类似玩具的、孩子似的东西，她的微笑也像孩子那样露出天真的调皮味道。起初我以为她没有睡着，而是半睁着眼睛透过睫毛注视着我，我已经想要取笑她这个小小的鬼把戏了，可是她的呼吸是那样均匀，于是我明白，她不会装得那么久。

当时我舍不得把她唤醒。

"其实为什么要唤醒她呢？为了告诉她生活是多么艰难吗？"我问

自己。

我觉得,为了抱怨生活而把人叫醒是愚蠢可笑的。因为不论是她还是我对于生活的实质都不甚了了……

"她会理解我对她讲的话吗?"

我考虑以后所得出的答案是:"不,她不会理解,她太年轻、娇嫩、幼稚,因而理解不到这些思想的无穷奥秘,这些思想使人心灰意冷并在心灵上留下斑斑铁锈似的病痛,即面对种种生活现象所产生的愁闷与困惑莫解。她须要理解这一切吗?

"不!何必呢?理解这些能给予她什么呢?善于在生活中辨明方向和选择牢固的立足点谈何容易,而对这一切的理解却往往会使心灵变得软弱无力。

"最后,为什么偏偏要由我这个爱她,爱自己妻子的,不幸比她更接近、更了解生活的人——为什么要我来让她知道眼前一切事物的丑陋和严峻的本质呢?为什么要我来告诉她横阻在人生道路上的种种坎坷和荆棘,告诉她这是一条艰难困苦、前途茫茫的血淋淋的道路呢?

"对我更有利的是使她这个半大孩子的情感和思想长时间保持这种新鲜状态,使她那感情热烈、什么都相信的心灵保持着令人愉快的朦胧状态。让她懂得少些,这会使我有可能更久地像欣赏一朵鲜花一样地欣赏她。

"假使我愿意,我可以为了得到些许的满足而在她纯净的感情的液体里浇上几滴黑暗的怀疑主义,几滴烈性的理智的苦汁。她将渐渐地凋谢,我将观察这个过程,由于对毒害我的生活作了小小的报复而得到乐趣。

"我受了毒害,——于是我自己也去害人,毒害有价值的、新鲜的、还没有享受到生活乐趣的人。假若我愿意,我就可以破坏生活,夺去为生活目的服务的精力。"

于是我马上又伸出手来,想要唤醒妻子。

可是……不知为什么我重又靠在圈椅背上,望着妻子的脸开始思忖——还是那些奇怪的、很难与感觉区别开来的思绪,在我的头脑里仿佛翻滚着狂涛巨澜,给我的心灵投上黑压压的一片阴影。我感到百无聊赖。好半晌也弄不清我这些思绪以及它们之间的联系。

可是当我理清思绪的时候,我感到不寒而栗,十分恐惧。我所想的一切可以归结为一个坚定而明确的问题:我爱不爱自己的妻子?于是我站起身走向窗前,把前额贴在窗格上,向花园望去。整个花园沐浴着月光,树影婆娑。花园宛如一个在观察秘密并且已经识破很多秘密的有生命的东西,聚精会神而又默不作声。

"妻子……"我自言自语地重复一声,感到这个短短的词是如此简单并且似乎是非常明了的,可是听起来却这样冰冷,无论对理智还是对心灵都无所触动。

有很多这样的声音,它们自生自灭,不留任何痕迹。妻子?! 这个词给人以奴性的、卑俗的感觉。

我们习惯于认为,我们懂得自己所说的话,并以这个习惯来自欺,其实对我们说来,这些话的精神实质和涵义既晦暗又不熟悉。

"那么我爱不爱妻子呢?"我问。我曾爱过她的眼睛,她的亲吻和微笑,爱过她的声音和姿势,以及许多类似的、也许是所有的细节。但是,除了这些细节,我是否像爱一个人,爱一个活生生的灵魂,爱知觉和谜语那样爱她呢?我是否像爱那得心应手、精致、灵敏而又和谐的乐器一样爱她呢?我这样爱过她吗?

我不能对自己说,我在她身上曾寻找过这一切——寻找过并且希望能找到……我们相遇了……她是一个活泼、伶俐的女孩子,我喜欢她胜过别人,那时我的生活是那样无聊而苦闷,我想,我若结婚大概并无所失。我引起了她对我的好感,并且感到希望得到她的热烈的抚爱。

我迫使她对我稍加怜悯。使一个女人怜悯自己是如此简单。尤其是现在,男人身上的男子气概像女人身上的女性温柔一样少。但是,女人尽管失去了许多女性的温柔,终究还没有忘掉怜悯——当前女人的爱情、几乎全部的爱情——就是对男人的怜悯……即对精神极度贫、肉体过分虚弱的男人的怜悯。

……我总是把主题忘掉……

回答完一个问题之后,我又给自己提出了另一个问题……

"她爱我爱的是什么呢?"对我来说,这个问题更加难以回答。因为,老实说,假如我处在她的地位,假如我是一个女人的话,我不认为能在我这种人身上找到任何值得注意的强有力的东西……我惟一的本领就是兜着圈子无休止地想来想去,把思想引到一个没有一丝光明的无底深渊中去。

可是女人们就有这样一种倒霉的逻辑……

至此,有关她的爱情的问题已算得到回答,我又一次自问:

"既然我们这样陌生和互不了解,那么我们为什么、又何必相处在一起呢?"

于是我立刻意识到,我并不爱妻子,因为我哪怕有一点爱她的话,也不会这样问自己了……我感到毛骨悚然……

一旦她了解了我,往后会怎么样呢?到那时她将怎么样呢?而我会多么烦恼、多么苦闷啊!大概会有流不尽的眼泪,数不清的徒然无益而又使人心神不宁的剧烈吵闹,会把生活搅得一团糟!起初她会认为自己受了骗,以后则痛苦地履行着夫妻义务,再往后便要寻找安慰,……搞上个情夫……呸!……

我又走近她。她还在睡,睡得十分酣畅和无忧无虑,一直像孩子似的带着可爱的笑容。可是现在她已不能唤起我在不久前……在昨天还有的那种愉快的感觉。

我望着她,又问自己:

"我为什么需要她这个玩具呢?现在,我既然明白同她没有共同之处,我还要去寻找吗?我和她可不可能有共同之处呢?一般说来,人与人之间能有那种大肆鼓噪的所谓"情投意合",那种互相了解吗？……兴趣相投？去它的吧！在这一基础上我们一致不起来。我但求任何东西都不触犯我，我需要安宁，这就是我惟一的兴趣。"

我尚且不反对思考……可是生活——算了吧，敬谢不敏！我已经活了十年，我懂得二十五岁以后的生活有多少价值，这意味着力量，愿望，想象力……一切体现生命的最好的东西在日益丧失。你是为事业而生，你就该干事。

你无论做什么，统统都要：第一，符合当时的道德规范，这些规范沉重而狭隘的足以把人压死；第二，你的所作所为都无非是些渺小、乏味而庸俗的勾当。

因为你不是天才……

总之，这就是说，这个孩子，也即我的妻子有朝一日会问我，我爱不爱她，于是从这一天起，我们就要开始过最糟糕的生活了。

这一切叫做什么呢？错误？误会？我确实不知道……不过，好像大家历来几乎都是这样做的：由恋爱而结婚，彼此了解之后即大失所望，然后便开始"苟且度日"——这就叫做家庭生活……心灵里钉上所谓义务这颗钉子的人只好苟且度日，而那些聪明一些的人则将分道扬镳，彼此心怀怨恨，暗暗惋惜逝去的时光。不论是哪种情况都糟不可言。

但是我的一个熟人说："老兄，这一切都是不着边际的空论。"而现实，也就是在现实中，我害怕我的妻子，害怕这个会给我带来许多痛苦和麻烦的人……

现在我望着她，我想：

"就是这个人，很快就要宣称她有权得到我对她的关注和我的整个内心世界……她将窥探我的心灵，研究我，观察我，思考有关我的一切，所有这些都是为了要弄明白我是个什么人。而我对'我自己'是个什么样的人还没弄清楚。"

所以，当我妻子的孩子般的眼睛望着我的眼睛时，我觉得它们似乎是要潜入这一个毒雾弥漫的无底洞似的。

我有点可怜我的妻子,当她看清自己丈夫的时候,她那对人、对生活的明快的看法将要受到损害。我知道她对我的看法——她认为我是一个非常有创见、非常精细而聪明的人。

小傻瓜……

我似乎有些下流?可这又有什么呢?!其实,这无关紧要。对人来说,没有比相信自己更重要的了。实质上……所有这一切,与其说可悲倒不如说可笑。是啊……不过我还是望着我的妻子并且等待……她的判决吗?当然不是!我该由她来审判吗?但我还是要等待女人感到自己是人的那一天,并且要声明有权得到我的内心世界——一定会有这天,活见鬼!

于是,她便要开始慢慢地破坏我的生活了。

而最终她自己大概也将陷入愁闷、模糊的期望、不明确的思想之中……陷入内心世界——自己的心灵、丈夫的心灵世界的领域里,陷入怀疑的彷徨之中而不能自拔……哈哈……也有某些东西在等待着她!……

……噢,我仿佛觉得,我马上开始有点儿恨她,恨我可爱的妻子……这个正在睡得如此甜蜜的女人了……

……是否她永远不再醒来才好呢!

陆桂荣　译

省报编辑数日记*

爱说俏皮话的人们的绝妙话题
　　　　　——译自美国作品

　　命运一向对我非常冷漠,但是我怎么也没料到,它竟会对我如此恶作剧。

　　我从当油漆匠的学徒开始了生活——积极的生活,后来我烤过面包,画过圣像,牧过马,为了各种不同的需要——顺便提一声,也曾为死人刨过坑,还当过装卸工,做过守夜人,掘过树根,当过园丁,还尝试过许多自由职业,无论在哪儿,我都或多或少地觉得不得其所,劳累到了叫人以为不干活比干活还累人的地步。弄得我"神经"衰弱,心口疼痛。我取得了一些生活经验,还碰到过一些不愉快的事情,终于有一次心血来潮,我斗胆写了一篇东西,怯生生地把它送到编辑部。他们

---

* 本篇最初发表于一八九五年六月四日、六日、十一日和二十日《萨马拉报》。译自《高尔基三十卷集》第二卷。一八九五年二月至一八九六年四月,高尔基在《萨马拉报》工作,负责撰写评论文章和星期日少量小品。本篇即取材于这段编辑生活。在高尔基进《萨马拉报》之前(1894),该报与当地另一家报纸《萨马拉通报》发生矛盾,互相攻讦,势不两立。高尔基任职后,《萨马拉通报》曾公开中伤高尔基。他目睹沙皇统治下的外省报界的种种黑幕、绅士们的愚昧、落后和庸俗,感到非常痛心,愤而写此檄文,给以无情的抨击。文中的《蝾螈报》和《碳酸报》分别影射《萨马拉报》和《萨马拉通报》。副标题"译自美国作品",是为了应付沙俄书报检查机关而假托的——当时美国作家马克·吐温的《我怎样编辑农业报》已译成俄文问世,用这样一个副标题是比较容易掩盖书报检查官员的眼目的。

欣然将它发表了,对此我感到满意。我决心从事这种从本质上说来与掘树根相似的劳动——这是我一向有着特殊爱好的工作。我下了决心,终于成了省报的一个文学编辑。

我深信文学工作者的职位在保证死于饥饿这一点上,并不比其他职业更坏和更差,因此我安于此业,不再东冲西闯了。

我很喜欢当文学工作者:你写作品,别人读你的东西。虽然你不知道,人家读了以后效果如何,但是如果你有几分天真,你就有理由设想你作品的效果很好,相当不错;如果上天忘记赐予你谦逊的美德,那么你甚至可以幻想:譬如,人们听从你的话,并根据你的劝告和论证,开始对自己和对别人都更加关怀,开始变得更加善良……

我没有这种自我陶醉之感,——生活漆黑一团,我在这种生活里颠沛流离,我的幻想的翅膀已经折断了。

这是很可悲的,因为它发生得过早了。但我还是怀着种种美好的愿望承担了文学编辑的工作,我欣慰地深信,别的工作可能连这还不如呢。我天真地以为,我的情况不会比过去更糟。总之,一天早上,我从床上起来,便当上了一家报纸的编辑。

起先,我除了某种荣誉感之外,别无其他感觉。我深感重任在肩,感到自己作为一个旨在左右社会舆论的报纸领导人所具有的重大的社会作用,我怀着这种心情,到编辑部去上任……

但是我在路上就考虑到:我将怎样来左右社会舆论呢?我应该把它引向何方?我们的舆论又在哪里?我是否知道,它是用什么形式表达出来的呢?

"我必须倾听公众的声音。"我拿定了主意,于是在路上就开始倾听起来。

但是我没有听到公众的声音,只听到某种不谐调的音响,以及那么一种模糊不清的哼哼哈哈的声音,它虽然也近似人类的语言,但是没有一点公民说话的味道。

有两位外表看来彬彬有礼的先生在这样议论着。

其中一个热切地问：

"可是他盗窃的不是公款吗？"

"确切地说，是挪用了。"另外一位心平气和地纠正前者。

"嗯，反正一样……不管怎么说他有罪吧？"

"没有罪！……"

"怎么?!"

"不怎么！"

"这不就是犯罪吗?!"

"不，这是癖好……倒霉的癖好……"

"可是农民的钱都没了吧？"

"没了！"

"啊，那这怎么说呢？"

"嗳，老兄！……你太苛求了。你应该更宽容、更深思熟虑、更人道一些……"

"可你却缺乏公益心，是啊！社会利益高于……"

依我看，那位认为挪用公款是犯罪行为的人……是在惋惜他自己挪用未遂，因此他才那么凶狠、严厉，而他的对谈者已经挪用了公款，怕被揭发，所以才那么宽大、人道……

为了不至于完全相信这个判断，我不再听下去了，于是我继续往前走去……

但是事与愿违……不管在什么地方，只要见到两个人，就能听到两种意见……有时甚至是三种意见、或者三种以上。这违反逻辑，但显然，对俄罗斯人来说，却一点也不违反……

我觉得有点头昏脑涨，深感遗憾的是，忘了向老编辑打听清楚社会舆论的色彩、形状和方向；而这位老编辑在休假前本来是指导社会舆论的。由于我缺乏经验，我们这儿的社会舆论是什么样子，我连一点概念也没有，——我差一点就要认为它也离开俄国生活去休假了。但这时一位巡警的悠闲的形象引起了我的注意。我脑子里冒出了一个最最独出心裁的想法。我走到他面前……

"老总,请问,"我说道,"……你知道今天咱们这儿的社会舆论是什么样吗?"

"渔轮吗?"他反问道。

"不是——是舆论……你知道吗,就是谈话……人们都谈些什么,怎么说的……"

"谈什么?谈马戏……"

"啊?具体怎么说的?"

"他们说——非常好看!第一,真柔软……第二,可以赢一条牛……或者一个茶炊……"

"不,不是说的这个……"

"就是这个……就是这个嘛……这些我们全知道,我们的职责就是监视荒淫无耻和胡作非为……我们对公众的娱乐一清二楚。"

不,他显然没有明白我的意思……

我哭笑不得,向编辑部走去,一边走一边想,也许从以往各期的报纸上,我能弄清楚当前社会舆论的表面现象与实质,以及我应当引导它去的方向……

有人在编辑部里等我,显然他那天忘了洗手、刮脸和刷衣服。他右手拿着一根手杖,左手拿着一卷手稿,胡髭上沾着一根某种鸟儿的羽毛。

"我荣幸地见到的是新编辑吗?"他声音低浊、但有礼貌地问道。我给了他肯定的答复。

"我带—带来了一份稿—稿子……我我是——退休的消消防总队长——捷尔西特……不过,这算不了什么!我是本地的居民……我的住宅在格里亚兹纳亚①大街上……不过,这无关紧要!上过学……四年级……当过兵……受过不公平的待遇……现在我带来的是一颗受辱的

---

① 原文是"肮脏"的意思。

81

心灵的哀号……我常喝酒,喝醉了就打架!"

我对这一切未敢置疑,小心翼翼地接过重量不超过两俄磅的稿纸,并且说,我一定……拜读……

"嗯—嗯……要是您不读完,我会感到不愉快的。前任编辑对文学一窍不通……我来过三回,向他建议:'发表吧!'他说:'太淫秽了。''我删去一部分!……''还是不行。'有一次他竟敢对我说,要把我赶出去。我想揍他……可他有所提防……"

"您……揍那些……拒绝发表您作品的编辑吗?"我感到这件事很有意思,就问他。

"每次都揍!"他简短而又有力地回答道。"我一边揍,一边在大庭广众之中臭骂他们。活该!这东西我十二年前就写出来了,——可是就不能发表!大概往二十个编辑部寄过,但是没有一家登!《作家弟兄报》以及其他编辑部都不肯登……应该鼓励天才,可是你们这些当编辑的……鬼东—东西!"

"我一定拜读……我这就开始读,并且一定读完……"我劝慰道。

"我在这儿等一会儿……"他威严地紧皱双眉,在椅子上坐了下来。

"不,您知道吗?您最好是到……"

"到哪儿去?"

"回家去……或者您随便上哪儿……"

"这是怎么一回事?啊?好,你别害怕——我走……可你得付给我二十戈比的稿酬……"

我给了他二十戈比,他就走了。我擦去额上的汗珠,看了一眼手稿。它已经被揉得很皱了。篇名是……《自消防队瞭望台的高度观看世界。对事物、对象、事实、事件坦率的、哲学的观点以及当地生活特写和以一幕剧和三幕剧的形式著述的社会生活的面面观。第一场(第一幕)……自上而下。身居高位者对人们卑下要求之观点以及此种要求的必要性》。

我将《观看》一稿撂到一边,立刻,而且是从这第一天起我便感到这种卖弄聪明的玩意儿实在读不下去。

新闻栏的编辑来了,他满面愁容地说,没有新闻。

"怎么——这是怎么一回事?"

"没有什么事件发生……"

"但是在城里一天一夜总会发生点什么事吧?"

"什么事也没有发生。没有一个人吊死,没有一个人淹死,也没有用其他方法自杀的。大家对这种生活已经习惯了……过着、过着就过惯了……不光是自己不想死——就是逼也逼不死。"

"可是这一昼夜间,社会生活总会有所表现吧!"我失望地喊道。

"什么也没有……既没有打架,没有行窃,又没有任何胡作非为。什么也没有……"

"啊,那么,连马也没踩着谁吗?"

"我跟您说——没有。要是我知道我早……"

"没有新闻,咱们怎么办呢?啊?"

"那我写一点什么……"

"您是说?"

"随便编个什么事件……"

"哦……这么干呀!这么说来,为了使生活的镜面活跃起来,报纸有时候还不得不编造事件。"我恍然大悟,心里赞叹着人真能随机应变……

进来了一位小姐……非常年轻的小姐,手里拿着一卷纸。她进来以后,脸涨得通红,在门边停了下来。

我问她有什么事。

"我,是这么回事……写了一首诗……"

她脸涨得那么红,以至连我都不知道为什么也感到害臊了。我开始尽量安慰和鼓励她,叫她别不好意思——现在写诗是一种时髦,人人都犯这种毛病。我还说,实际上,如果客观地讲,这种行为并不特别

83

可耻,甚至由于她年轻还可以原谅。让她相信我——我不会苛求。

当我还是个婴儿的时候,我自己就写过一首诗:《给她……》

我甚至还试写过悲剧呢。

"啊!"她说罢便将诗稿递给我……

> 夜的翅膀
> 在我的双目上
> 蒙上了黑色的幕帐,
> 迷矇中
> 我将那
> 拥抱与爱情想望……

我一边读一边望着她,她年近十三。唉!在这样的年龄受到挫折……和失望多令人伤心!但是她遭到了这一切……

这都是我的不是……但是我想,无论如何,我没有把这颗幼小的心灵给折磨死……

之后又有人送诗来。也是个姑娘,但比先前那一位大三十岁。

她穿一件玫瑰色裙衫。她的诗开头几句是这么写的……

> 啊,我心中隐藏着多少暴风雨般的激情。
> 我头脑里隐藏着如许对乌烟瘴气的幸福的希望!

她一嘴黑牙,显然是因为脑子里装满了希望的乌烟瘴气,经过口腔冒了出来……

嗣后又有人送来了身穿格子裤、脚蹬黄皮鞋的老长老长的诗。怪极了的诗。随后又来了一首披着淡灰色透花披肩的长诗。又从邮局寄来了四卷诗。我终于把它们处理完毕,开始处理报道。报道是各式各样的。其中大部分是长篇累牍、文理不通、难以理解的——怎么也没法弄懂它们到底想要说明什么问题。有一些报道写得简短、明确、文理通顺,但正由于这些原因不宜于登载。也还有一些略呈灰色、甜中带酸、内容无害的报道。由于我缺乏经验,认为对报纸说来,还是那些简短、明确、文理通顺的报道最好。我准备将它们发排。新闻栏编辑贡献了几条消息。有三个婴儿被遗弃,揭露了街道失修的问题,向城里的尘埃射了几支俏皮的箭,最后加上一篇关于一个自杀身死的妇女的冗长评论,用这些废话填满了版面,效果甚佳。

然后我读了大约三十俄磅重的小说。别看这部小说内容空洞,它可把我的心灵压得够呛,我就像喝了许多泥潭里的脏水似的,直感到恶心。

后来又来了一个仪表堂堂的人。他要求揭发他的邻居,说后者是一个大坏蛋,竟然用石头打死了他的母鸡。我因为他口说无凭,拒绝揭发,于是他走时向我担保,明早将鸡尸带到报社来,以资证明。

"我认为,"他临别时说,"报社的任务在于将此类令人发指的事实公之于世,以保护居民,使其家禽的生命不致遭到恶徒的谋害。亲爱的先生,我是一个成了家的人。"

我觉得他对报纸职责的看法有些片面。关于他的事使我陷入沉思。但同时我也因为这个居民向报社请求保护而感到荣幸。这说明他信任报社,并且把它看成一种力量。这顶好。

来了一个满脸凶相的人,他带来了一篇辟谣的文章。

"您就是编辑?"他用酸溜溜的语调问道……"您……哦,您是……现在我明白你们的报上怎么会尽登一些毫无根据的胡说八道了。对编辑这样重要的责任来说,您是太年轻了……这么一回事,可爱的先生,你们有一期报纸上登了一则丑闻,说我似乎把我的女佣人揍了一顿。是哪个混蛋对你们胡说八道的?真是咄咄怪事。是她用鞋把我揍了一顿,用我自己的鞋把我劈里啪啦地揍了一顿,——真不成体统,不是吗?但是不管怎样——是我揍她还是她揍我——这无关紧要……紧要的是,您凭什么认为,我怎么对待女仆,要受报纸的监督呢？凭什么？还有：您明白不明白，为了这件事我会怎么收拾您？我的老兄，我认识一些那样的人，只要我哼一声，二十四小时之内就会把你……"

"对不起，您要知道，报道是根据警察局的记录写的……"我说。

"可是这关您什么事？"

我开始说服他，说此事与我有关，因为这反映了道德面貌。

"我的先生，报刊的职责不在于反映什么，而在于将善良的、正义的和高尚的思想付诸实践。是的。您就不明白这一点，可是您却在搞编辑工作。"

我表示异议，说我并不认为用鞋和女仆斗殴是一种高尚的斗殴，还有……

"那怎么，用剑和她斗吗？"他气呼呼、恶狠狠地问道。

我告诉他，依我看，根本不应该斗殴，何况……

"在日常生活方面，您一窍不通！您的责任——是还事实以本来面目……"

于是我问他，事实的本来面目是怎样的？但结果这件事的本来面目无法见报，否则就有伤风化，我将此点对他作了说明。

这时他破口大骂了一顿，转身跑掉，砰的一声，使劲儿地甩了一下门。

当那个自称他并非别人而正是杀鸡凶手的人出现时，我已经有一点头昏脑涨了。

我摆出一副严厉的面孔。

原来，杀鸡凶手儿子的耳朵被养鸡的主人撕掉了，杀鸡是为耳朵报仇的。原来报纸的职责——竟然是保护那些耳朵被揪掉的孩子。

我注意到了这点。

我对这一切都很满意——我看到，市民们承认报纸，甚至还谈到报纸的职责。但我的脑袋有点疼……

来了一位彬彬有礼、温文尔雅的先生。他鞠了一躬，坐下来，擤擤

鼻涕,说道:

"编辑先生,我上您这儿来,是想求得一些帮助。您看,事情是这样的:有人要把诽谤本人的文章送到贵报来,写这篇文章的是此地一个下流作家……他要在文章里散布谰言,说我亏空公款,还说我什么……用公款举办野餐。请您不要相信那些玩意儿,也别登载它……谎言出于妒忌。野餐嘛,真的,我很喜欢,我很快又要举行一次,并敬请您光临。参加的还有一些令人开心的女士,有香槟酒……会非常愉快,真格的!……您光临吗?"

嘿,对待报纸的态度是多么可亲,多么淳朴呀!那些认为居民与报纸是死敌的人是犯了何等的错误呀!

"您知道,"他接着说,"我的意见是这样的:报纸的职责——尽可能的接近生活,符合生活的需要。生活——这就是我们中的每一个人。您知道海涅是怎么说的吗?'人就是宇宙,在每一块墓石下面都埋葬着一整部世界史。'①我是宇宙、您是宇宙、他是宇宙,——因此,报纸的利益就是我们每一个人的利益,或者说我们每一个人的利益就是报纸的利益,您说对吗? 这就是说,您必须保卫我的利益,对吗?……"

这个可爱的人儿有这么一套直截了当的逻辑!我和他愉快地谈了大约半小时,然后愉快地分了手。老实说,我不完全同意他,不过以后再阐明我的观点吧……

我终于回家了。我就这样光怪陆离地度过了从事编辑工作的第一天。我由于不习惯,有些疲倦,一回家就上床睡觉了。我做了一些怪梦。

似乎有一大群婴儿、太太、老姑娘、年轻姑娘和小伙子降临到我的周围。他们所有的人立刻七嘴八舌地对我朗诵各种各样的诗歌。韵律像豆粒一样,纷纷撒进我的耳朵。诗中不恰当的停顿像一把钝锯子

---

① 出自德国诗人海涅的《旅行札记》第三部,但引文不甚准确。

一样……锯着我……之后又出现了一些成年和未成年的丈夫和妻子,他们穿着奇形怪状的衣服,用沉郁、喑哑的声音朗诵着长诗、长篇小说、中篇小说、短篇小说、习作、素描、特写、抨击文、试作、论文、速写、剧作……

我又梦见,似乎我在一个古老的森林里走着,森林生长在一片沼泽之中,一条鳄鱼一边津津有味地吧嗒着长颚,一边在黑暗中穿过林木的枝叶追着我。它紧追不舍,并且不知道为什么在哭泣。它的那副嘴脸似曾相识……

我还梦见,似乎有人叫我唱一曲柔和婉转的赞歌,可是我没有唱那种歌的嗓子,所以我虽然张大了嘴,却发不出声音来。

这时有人用针刺我的背,我发出了符合这种情况的声音。但马上有人堵住我的喉咙,我喘不过气来,于是……就醒来了……

我当编辑的第二天,是一个多事的日子。

首先,命中注定,让我结识了一个当地的文学编辑。这是一位说不出有多大年纪,但面部却清晰易记,看来历尽了沧桑的先生。如果我是一个小说家,我会说:"罪恶与情欲,在他的额头上刻下了不幸的痕迹",但我不是小说家,所以简单地说,他的脸相显得贪婪、卑贱、衰老;由于这些特征的和谐一致,他那副嘴脸没有引起我对他的丝毫信任。

"我有幸见到的是一位新编辑吗?"他用那双灰色的犀利的眼睛盯着我的脸问道。

"是的!"我叹了一口气。

"我叫叶佐晋·法兰加!我曾在您现在担任编辑的这家报馆里当过职员。自从离开贵报以后,我一直为许多首都的和省一级的大报写通讯。我离开此地的原因是由于您的前任编辑……怎么对您形容得婉转一些呢?嗯哼!嗯,一句话,我和他发生了原则性的分歧。您知道吗?此人对待原则过于轻率——而原则是生活的基础……要知道,此人实际上平平庸庸……"

"您有何贵干?"由于我对传记丝毫不感兴趣……所以问他。传记是文学中一种枯燥无味的形式。

"我是作为一个同行来帮您的忙的。干什么都行。我什么都能做。咱们会志趣相投的。我不是吹毛求疵的人……喜欢与人为善。我的条件……平平常常。"

但这并不完全符合事实……依我看来,他的条件远非寻常……比方说,一般文章——价值两戈比;带激情的——就值三戈比,既带激情又带愤懑情绪的——三个半戈比等等,最后一直谈到义愤填膺的文章每行值五个戈比,正气凛然的——每行十戈比。

我反对他的意见,认为计算项目这么繁琐复杂,会给我们的会计室带来很大的困难……

"这没关系!我自己帮他算……说到做到。"他喊道,"当我在《石炭酸报》工作的时候……"

"《石炭酸报》?!您在那里工作过?可是要知道它在原则上和我们是针锋相对的……"

"这没关系!"他重复道……"我可以按照贵报的意志来改变原则……对于像我这样有经验的工作人员说来,——这并不困难。您知道约莫三年前我遇到过的事吗?"

于是他对我滔滔不绝地讲起那件事来……

真的,这件事有趣极啦!他同时为五家方针迥然相反的报纸工作……星期一他应该是一个激进派——他就当激进派,星期二他应该是一个自由派,——他就当自由派,星期三是保守派,——他也就是个保守派,星期四他仅仅是一个招魂术者与基督教徒,星期五他必须是一个唯美主义者,多神教徒—泛神论者……他就也是!

最后,星期六和星期天他喝得酩酊大醉。但只要一想到他整个星期内五天中所从事的苦役般的劳动,就难以责怪他了……

我看到在我面前的是一个极为有趣的人……我由于不能自告奋勇去当他的经纪人而感到非常遗憾。

我会把他当成一个罕见的多面性样品,运到各个集市上去向观众展览。

我觉得,似乎他身上有一些"穴位",您知道吗,就是有一些调节他发表言论的敏感点:按其中的一个——他这么说,按另外一个——他那么说,按第三个——他又用第三种腔调说话……

我不知道,这给报纸能带来多少方便,但是我不喜欢这位登峰造极的当代完人。

我认为,一个由于外部压力而随意改变内心思想的人,不适于从事文学工作。

我表示了这样的意见,他感到惊奇。

"真的,我不明白是什么使您为难。要知道我完全能够按照您的精神办事。"

但我们始终没能取得一致。

后来他走了,我感到他既失望又气愤。

我陷入对生活的沉思,生活以如此多种多样的手段使人走向死亡。先是一点一点毒害人的心灵,之后又毒害人的智慧,然后逐渐把人的肉体化为灰烬。这过程真有意思……

后来,形形色色的初学写作者排成散兵队形向我冲锋。走在最前面的是一个狙击手,那人我见过,他是一个年迈的小老头。八十岁左右,他用一首写小山羊和小玫瑰花的诗向我射击。来的还有数不清的小说家、剧作家和诗人。

来了一位路灯工人,他写了一首关于坟墓的诗。还来了一个掘墓人,写了一首关于星星的诗。又来了一个人,拿来了一篇关于痔疮乃传播悲观主义理论之源泉的文章。还来过一个人,一进门就要求预支稿费。

"您写了什么东西吗?"我问他道。

"没有……不过,我想,我能写……您要什么?诗还是散文?"

我吃了一惊,他大概真的能写出点什么,于是我把稿费预付给他——十五戈比的巨款。

他拿到他认为理应拿到的钱之后,扬长而去。多么高尚的人啊!他对不做事的索价竟如此低廉。我把他对我的人道主义举动作为典范介绍给所有的初学写作者。我深信,所有的编辑都会一致赞同我的介绍的。

初学写作的文学工作者人数之多,终于完全使我灰心丧气,陷入阴沉的忧郁之中。我心里想,为什么大自然需要人数如此众多的初学写作的文学工作者呢?究竟为什么呢?不管那些硬说大自然对某种神秘的目的有一种理性的企图的和谐论的爱好者们怎么解释,在大自然中,即使没有初学写作的文学工作者,那些完全多余的毫无用处的东西已经是多得可怕了。

来了一位岗警。他长着火红的头发,人特别阴沉。

"区警察局副局长大人阁下派来的!"他用阴森森的声调宣称。

"他们派来的什么?"我问道。

"派来我。他们说,你们登载的有关一个女人的消息是谎言……我们区里没发生过这种事。我们这儿的老百姓都是听话的。是的,打过架,可是没有人自杀。至于打架,这是真的,有过。但是打架的并不是女人们,而是些鞋匠,一个鞋匠把另外一个鞋匠的耳朵咬掉了。看来您是把这些事都给弄混了。他大人阁下说,这必须更正。他们送了份公文来,您瞧……"

他把公文塞给了我。其中对自杀一事写了个简短的辟谣。这使我很不痛快,虽然我并没有忘记,这一事件乃是我们新闻编辑自由创作的成果。

"记者先生!你们报上还登了有关斗殴的事……能不能把这件事也更正一下呢?"

"难道说连斗殴的事也没有发生吗?"我沮丧地问。

"不,那是真事……打耳刮子来着。"

"嗯,你看!"我得意地回答道。

"是真的……"他叹了一口气……"只是能不能还是改过来呢？因为这些都是我的熟人……"

"那怎么了？"

"熟人……有一个是亲家……另外一个沾了点亲……第三个人和我同名……他们多丢人……活着—活着……都是些成家立业的人了，忽然之间——上了报了。"

他对报纸抱有成见。他讲到"上了报"时用的那种腔调和做出的那种怪相，都使我感到受了侮辱。

"当兵的！"我严厉而庄严地向上伸出一个手指头。"说到报纸时不许做怪相，必须恭恭敬敬。因为你——噢，当兵的！——你不懂得它的意义……你瞧，我在报社工作，而且……"

"是啊，当然了，人各有命，"他叹了一口气，"人嘛，啥事都能碰上……躲也躲不了……"

"你这是说的什么？"

"我说的您……您说，您自己在报社，所以我才说的。"

他没有明白我的意思，所以他走时对我很不满意，但是他这样对我说话，却使我高兴，我曾担心，怕他寸步不让。

新闻编辑来了。他微笑着。他唇髭上的每根小胡须都流露出得意扬扬的神情。而且还在微微抖动着。

"给你送来了一笔什么样的预支啊！"他握着我的手，高兴地说。

"预支？——出版商？"

"不，不是出版商，而是《石炭酸》报社。"

我从他手里接过那份报来，读上面的文章：

"我们衷心祝贺《蝶螈报》——道德与智力上残废者们的归宿——的订户们。祝贺他们有了一个新的监视人，监视该报的工作人员。我们指的是《蝶螈报》的新编辑，该先生由于缺乏体面的名字，在自己的胡言乱语下面署的是个卑贱的假名帕斯卡列洛——即下流的小丑。吾等对《蝶螈报》这位新伙计的经历亦略知一二，吾等认为有必要将其身世中的某些资料公布于众:此人原为公墓掘墓人,因曾有盗尸之嫌被解雇,离开完全符合其天赋才能之职务……"

下面还写了我生活中的一些事情和有关我的其他报道,这些对我自己说来都完全是闻所未闻的。该文以慷慨激昂的感叹结束:

"请看指导今日社会舆论者乃何许人也!噢,世风日下!噢,人心不古!"

我感到脚下山崩地裂,火山爆发了,它那黏性的、气味强烈的滚滚岩浆立即向我袭来,但是我很快就恍然大悟:这不过是报纸论战的序幕,不过是冰岛的间歇性热喷泉开始喷水……只此而已……

"您怎样……您喜欢它吗?!"我问新闻编辑……

"不用说,这很下流……可是写得不错!生动、恶毒!请您签个字,证明收到了……"

"为什么呀?"我忧郁地问……

"您准备反驳吗?……"

"不—不,我对这种方式……还没有掌握好……我在论战上缺乏经验……"

"那就该加把劲儿……"

"是吗?"

"当然!……要不然会把你的喉咙扯断……"

"难道……在报界作兴这样吗?"

"怎么不呢?……在所有的商业机构都必须有竞争……"

"可是我认为,报纸追求的不仅是商业上的目的……"

"这在目前,还只不过是理想……实际上你仔细观察各报社之间的关系,你就可以看出这种关系是受竞争所左右:为了在读者中赢得名声——是公开的目标,至于为了扩大订户——则是隐蔽的、占首要地位的目标……"

"您很久以来一直工作在……"我没下决心像我当时想说的那样,说出他工作的地点……

"第三次换牙了，"他简单地回答道。

我明白了他的行话。我可怜他，不幸的人！……他从来不因为任何事情而愤慨，也从来不对任何事表示任何其他感情。我开始逐渐理解使他变得如此麻木的心理过程……

之后，又来了一个人，他向我宣称，说他希望和我谈谈关于必须改变报纸论调的问题。我请他讲明原委……

"您要知道……不断地向人们指出他们的缺陷……不见得能够帮助他们改正。人们需要抚爱，慈母般的抚爱……嗯，从这点看来，你们的报纸没有完成自己的任务……为什么只反映阴暗面和令人痛苦的事情呢？生活里有的是光明的和愉快的东西……"

这位先生的下巴有三层，丰满的双颊油光锃亮，红扑扑的，神气活现。我想起了所有我认识的报界人士都是面黄肌瘦、病容满面。这位先生相当博学，知道一大堆光明的事例，他不停地用这些事实来显示自己的博学。这些事实新颖得令人吃惊——似乎它们刚在他的想象里臆造出来一样。显然，此人观察生活的角度是非常适合于保持心灵的纯洁的。

他谈了很久，说了很多……他认为，报刊的任务，无论如何都要支持社会精神和它对未来的希望。由此得出结论：要谨慎对待那些可悲的社会现象，不要动辄就向社会披露。否则会导致悲观主义。我不同意他的看法。我认为：使人想到未来的那些希望会妨碍人们正确地理解现实，甚至令人对现实更加漠不关心。那位先生因为这一切而对我大为生气，他对我说，他停止订报，说罢就走了……

又来了一位来辟谣的先生。他在盛怒之下，用脱靴器[①]砸了女仆，打碎了她的颚骨。我们的报纸认为有必要就此事指出，脱靴器不能用作教育女仆循规蹈矩的工具。先生对此事不以为然……并且引用他已让一位编辑坐牢的事实来证明我们观点之错误。

[①] 俄国人穿的长筒靴脱时很费劲，因此有的地方制造了这种工具，用来脱卸长筒靴。

"亲爱的先生们,报刊的任务——不在于渲染丑闻,而在于传播文化、文化、文化!"他威胁说,只要再遇见我,他就要用棍子揍我一顿,说着,便怒气冲冲地跑开了。

我仍然坚守在自己的岗位上。我因为每一个居民对报纸都有自己的看法而高兴,同时也因为居民们对报纸的观点不一致而感到痛心。后来,我发现这种观点上的千差万别却掩盖着被装扮得很巧妙的一致的观点……这使我越发感到痛心。

之后我接到一封从市邮政局寄来的信。其中简单明了地写道:

M.r.
　　著名的盗贼和诈骗犯X.Y.邀请您参加野餐!!!而您居然接受了他的邀请!!!这真卑鄙!这件事说明您是……

照他的意思,这件事说明我是什么,我难以出口……

我只感到浑身阵阵作疼,疼得就像已经把我痛打了一顿似的。

在编辑部窗前有几个阴郁的身影在走动。从检查员那里拿来了明天报纸的清样。原来,我选的报道欠妥、发的新闻太多……原来,我对检查根本没有明确的认识……这可悲的情况导致我送给检查员的所有文章都被他枪毙了。

检查员把文章的开头勾了出来,把文章删节得七零八落,还抽去其中思想的精髓。满是红色伤痕的清样摆在我面前,我觉得它们似乎被打得浑身是血。

我好不容易把过去曾是完整无缺,而今却变得支离破碎的文章的残骸黏在一起,然后就回家了,一路上竭力避免引起过路人的注目。顺利到家后,我坐在圈椅上,试图总结一下这一天。但我立即陷入噩梦之中……我开始感觉到,形形色色的妖魔鬼怪从我房间的各个角落看着我,目光严峻。

哎呀,成为它们注意的目标是多么可怕呀。

后来我觉得,似乎我和出版者彼此手拉着手,穿着浑身是补丁的叫花子衣裳,平心静气、默默无言地沿着荒凉的原野走向远方,那儿只有黑暗和饥饿。

后来一只乌鸦落在我头顶上,开始有节奏地啄我的头盖骨。有时它看看我的眼睛,——我等待着——它那被我的鲜血染红了的鸟喙马上就要啄瞎我的眼睛。

随后,在庄严的进行曲的伴奏下,有人把我倒吊在一棵大树上,而那些我在白天见过的人们,正以扬扬得意的胜利者的姿态,在我下面跳着离奇古怪的舞。

我被倒吊着,一动也不动,惟一妨碍我涅槃的,就是想擤一擤鼻涕。但是被人倒吊着是那么难受,连擤鼻涕都不行。

要是我知道我将要发生的事就好了!要是我能知道,我,《蝾螈报》的编辑,要和《石炭酸报》展开论战就好了!

如果我早知道这件事——那我宁愿自杀,也不愿自己经受这些……因为在论战结束后,我反正还是开枪自杀了呀!

就这样!我活到了"论战"。

是这么开始的,有一天早上,我的厨娘送茶来的时候通知我说:

"来过一个人……"

"嗯?"

"可能是坏蛋……"

"为什么?"

"肯定是坏蛋。他尽说废话……"

"你说清楚点。"

"好,我说……他打听您来着……'你的老爷喝伏特加酒吗?''喝,'我说。'多吗?''不一定,'我说,'有时候多极了,有时候少一些。''跟女人怎样?''这个,'我说,'我们不知道。''对你,'他说,'没有提出过什么不正当的要求吗?!'我光火了。'你怎么啦,我说,该死的,你这是取笑,是吗?'可是他劝说道:'你呀,他说,老奶奶,别生气,把真情实话都告诉我吧。你瞧……'还给了我三个二十戈比的银币。'他有几套内衣,'他说,'都是什么样的?……'总之打听了你的家庭生活……我说:'您哪,先生,打听这些干吗?'可是他说:'这些,'他说,'暂时是秘密。你看,如果你识字,那你星期二就知道了。'他这是要干什么——我真摸不清!就这样,他什么也没说就走了。"

我沉思着。这位先生的好奇心真怪,我想,大家都会这么看的……但想了不一会儿,我由于忙于别的事务,很快就把这一切都忘记了。

我接待了几位辟谣者,看完了初学写作者写的几普特重的创作,听居民们讲他们对报纸的各种各样的看法……于是我感觉到,我似乎生活在一个又稠又狭小的泥潭里,这泥潭越来越深地把我吸到它那臭烘烘的淤泥里,淤泥中盛开着形形色色的崇高愿望的花朵,它们的根从肮脏的动机里吸收水分,淤泥中还蠕动着一堆一堆的、无头无尾的、极其丑陋的生物,——这是小市民思想。淤泥里还有着许许多多、各式各样的卑劣的东西,它们万头攒动,在腐烂着,使空气里充满了异乎寻常的、刺鼻的味道。

我双鬓上新生的白发,是我甜蜜遭遇的最好见证……

阴郁的幻觉惊扰着我的梦……

就这样——我活到了某个星期二。

这天我来到编辑部,看见我桌子上放了一份《石炭酸报》。它是打开着的。它的小品文被关怀备至地用红铅笔给勾了出来。我把报纸拿在手中,开始读了起来……

这篇文章的题目是《在公正无偏的高尚光辉照耀下的市区花园漫步记》。

"读者!"文章写道……"请允许我向你们介绍一小撮怪物与活宝,他们总是待在城市公园里,并以自己放荡的举止和处心积虑的奇装异服使你吃惊,他们总是能达到目的,立即吸引了那些真正具有高尚思想而且坚定地热爱着自己祖国的人们的注意力。有可能,您早就对这些人物的内心活动发生兴趣,他们千方百计、耍尽花招以博得你对他们的青睐,并且不顾一切地渴望成名。我们不受礼节的约束,衷心愿意帮助你们正确评价这些妄想做高尚的俄罗斯人的先生们,向你们揭露他们腐朽透顶、荒淫无耻的灵魂,从这群变色龙似的小人的鬼脸上揭去高尚与标新立异的假面目……你瞧见过那个戴着一顶土耳其土匪或者是美国东部种植场主所戴的帽子的大个子的年轻人吗?他手里拿着一根很粗的手杖,——可能上面凝聚着血迹——他还向走过身边的高尚的主妇们投以充满兽欲的、发紫的眼光……

"读者,请别怕他!鬼并不像人们描绘的那么可怕!关于这位先生,我们有他的详细的材料。"

下面继续报道有关这位先生的情况:此人乃一好色之徒,一向喜爱与人通奸。他时常殴打妻子,以至将其妻殴打致死。目前他正在勾引他的厨娘去干荒淫的勾当。该厨娘乃一清白处女,行年五十八岁另七个月。此人从不购买手帕,但却具有之。此人亦无内衣。此庞然大物一生之中竟有三次白乘马车,不付车钱……最后,他那把人引入歧途的悲观主义来源于他的慢性胃病。本文作者现在握有说明上述情况属实,作者所言无误的"该君"病情的物证。

我一边读一边感到惊讶。"老天爷,世上竟有这样的人呀?"我苦恼而又惶恐地想。但这篇正义凛然的文章写得振振有词,以其道德高尚的口吻和刻薄的语言令我惊异不已。

"这也算人!"文章说。

我心里也感叹道:

"这也算人!"

我对他这个人义愤填膺。这篇文章写得字字千钧,我心中增长着对这篇雷霆万钧的文章的油然生敬之情。我想对他喊:"好!再来一个!"但是——唉!——我想起来了,他听不见我说话。

啊,我爱那些情操高尚的人们!

他们在对罪恶发出滔滔不绝的激愤言辞之前是何等人,这一点对我说来绝对无所谓。我对他们来说——只不过是一个读者,一个听众。我并不需要知道,他们是否言行一致;这样要求人——是无益的,这是奢求!只要道德的维护者热情的言语打动了我的心,在我心中燃起为自己心灵的软弱而感到羞愧的火花,——我重视及时说出这种话的人。是的,我重视他,并且随时准备在出版商为了他在报纸上所陈述的高尚观点所付的每印刷行二戈比铜币稿酬以外,从我菲薄的薪水中再加给他一个戈比。

人在自己直接担任的职务之外的业余时间,喜欢当一个高尚的人……

我为这篇写得极其生动、形象、打中要害、笔调鲜明、朴素和完全能达到自己目的的绝妙文章感到非常高兴。文章中还有几段对我们社会的代表人物的生动的评价。这些评价都以其聪明才智,善于识人,以及完全不顾人和人之间交往的起码礼节而使人震惊,而现在这篇小品文的作者却大胆地,以一个公民的真正的勇敢精神,把它们献给了真理与荣誉的祭坛。为了挣得自己那两戈比铜币,这位作者确实不辞艰辛。

噢,两戈比铜币,高尚思想之源泉,我们事业的主要推动力和不幸的杠杆,这杠杆是如此经常的将我们从本来已经摇晃的土地上推向无耻的为财神爷服务的腐朽的深渊之中,推向下流勾当的领域,在那里我们丧失了关于我们精神上真正要求的任何观念,失去了对被生活弄得腐败堕落的灵魂的一切兴趣!

这位高尚的人写的文章,在我心中唤醒了许许多多抒情的遐想!

可是突然!……噢,让我受诅咒吧!

突然我们的新闻编辑——我的凶神来了。

从他那容光焕发的嘴脸,从他那跳动着的胡须,我马上断定,就像我的一个朋友常说的那样,他"在七重天上"。

"您读了吗?"他问我。

我肯定地点了点头。

"把您刻画得真可爱！……"他赞叹道。

"哪儿？"

"什么哪儿？在《石炭酸报》上……在《漫步》那篇文章里……"

"这难道写的是我吗？难—难道这是我？"

"瞧，还能不是您！小品文作者亲自告诉我，说这是您！"新闻编辑满有理地说。

小品文作者自己说的！我只好相信，既然小品文作者本人如此坚决地说是这么回事，那么，这个被如此无情揭露的"土耳其土匪"——就是我了。

"但是，有可能，他弄错了吧？啊？"我怯生生地抱着希望说。

"我不懂，这怎么会错呢！"新闻编辑耸了耸肩膀，表示不明白。"如果我写的是关于您的事，写的就是您……可是您为什么不相信这是您呢？"

"您要知道，我认为，我不是这样的人……"

"啊！您更仔细地瞅瞅自己……"

如果用最新的文学语言来表达的话，我感到自己是被"整得晕头转向"，或者说我是被"整得够呛"了，也可以用同样的调子说，是他们把我的肺给"气炸了"，给我"抹了黑"，把我给"训斥了一顿"，让我看到了一场不愉快的辩论。

我感到不舒服，就回家了。

在家里我取出镜子，放在面前，心中带着阴森森的恐怖开始仔细观看镜中照出的相貌——它真是集各种丑恶缺陷之大成，而且愁容满面。我原来是这么个样儿！这么说在这以前我不曾认识我自己……我对自己看了又看，想在自己的脸上看到我所犯的种种罪行的烙印……但我见到的很少。

我的圆脸上除了沉重的忧郁之外，没反映出别的什么来。这时我心中产生了与小品文作者一见为快的强烈愿望，在他——我指的是作者，当然不是指小品文——的脸上，一定是焕发着形形色色的美德。

噢,为了能见到一次他那笃信宗教的面容,我愿意付与他多么大的代价啊!但是当我意识到我的有毒的视线会使他婴儿似的脸蛋黯淡失色时,我沉重地、绝望地叹了一口气,由于自己的不幸而陷入阴沉的情绪之中……我忆起了我所做的每一件事。

但是,数数我手上的茧子,我在自己内心里找不到什么罪恶的污点。唉,这也没有使我感到安慰!我知道,一个人在看自己时,几乎是瞎子,我知道每个人都看不见自己心灵中的阴影,只看得见光明的事物。

可是我忽然想到:"但是……但是有关我有几件内衣,有关我对妇女的迷恋,以及构成我的严重罪行,使我名声扫地的其他一些事,小品文的作者是从哪儿弄到了如此准确的情报呢?"

这时我想起了到我可敬的厨娘阿库琳娜·伊凡诺夫娜那儿搜集有关我的材料的那位先生。我感到吃惊,心也平静了下来:哦,原来这就叫做当真理的辩护士!一个人为了让真理取胜竟然不择手段……

于是我把厨娘叫来,对她说:

"伊凡诺夫娜!要是向你打听过我和我的生活的那位可敬的先生再来的话,你要恭恭敬敬地接待他!把他请到厨房里,请他多喝些茶——他理应受到这种……"

"他昨天又来了一次……为了星期天的什么小平纹打听您来着。我对他说:'进来,亲爱的,咱们一块儿喝咖啡吧……'他说,'老奶奶,我下一次再来……'看来,他大概没空。"

这样吩咐以后,我——真是多此一举!——产生了要给这篇小品文写个更正的念头……

我想解释,指责我好色只不过由于我对一个女人的柏拉图式的感情,而且,依我看来,这种感情并不特别牢固,至于讲到手帕,为了辟谣,我建议他上我家来看看我在商店付款的发票。那上面明确写着手帕是我买的,并且钱已全部付清。

可是——唉!过了一天登了一篇驳斥我的反驳文章。它的标题是《〈蝾螈报〉编辑对人格的理解》。

文中写道:"这家内容贫乏的报纸什么都按照自己的一套去理解,请注意人格二字的写法——报上登的不是《честь》而是《честъ》。①"

接着就开始阐述,什么是以 ь(软音符号)结尾的 честь,以及怎样理解以 ъ(硬音符号)结尾的 честь。结论是以 ъ(硬音符号)结尾的 честь 虽然只是由于校对的错误将硬音符号代替了软音符号,却根本改变了对 честь(人格)二字的理解。

规矩人必须具有字尾带软音符号的人格,凡是具有带硬音符号人格的人——都是杀人凶手和强盗。我简短明了地反驳道,这只不过是校对上的错误。

回答我的是,由于我缺乏论据,我自然找不到别的理由来为自己的道德沦丧和精神反常作辩护。顺便,他们还提了一笔,说我的外祖母在教堂门口的台阶上要过饭,我的外祖父是一个大醉鬼,死于发疯。

我有一些动火了,我声明,我的外祖母和我的外祖父一样,都与报纸毫无关系,甚至他们一辈子都不曾知道世界上有报纸存在。

而回答我的是,一个公开承认自己不知道报纸的任务而同时又在一家报社做负责工作的人——应该处以绞刑。

我怒火万丈,简短答道:

"你们这些人都该被绞死。"

他们把这句话当成是对他们的凌辱。在一篇新的反驳文章里,给我的回答既有分量又极为严厉。《石炭酸报》列举了它未来将对社会有何功绩后,登了一篇关于我的详细的传记。读完之后,我的头顶马上秃了一大片。我把牙齿咬得咯咯作响,把它们都咬碎了。我用手捶桌子,把手都捶破了。文章结尾处,向我提出两条路供我抉择:或者是让他们用棍子把我痛打一顿,或者是我公开承认自己的一切罪行,并且放明智一点,自动到法院去投案。

---

① честь,意为人格,以软音符号结尾,排字时误排成 честъ,以硬音符号结尾,并没有改变这一字的含义。

我感到自己犹如热锅上的蚂蚁,在被烈火吞噬。虽然我在年轻的时候是一个有名的机智、勇敢的拳击手,但我感到进行这样的辩论是无能为力的。

由于上述原因,我陷入悲观绝望之中。这是一种痛苦的景况,我知道摆脱这种困境的惟一出路是自杀。我在这种时刻总是求助于自杀,而不知道有什么更好的办法能从忧郁中解脱出来。一般对自杀的看法是错误的——通常认为它是一种犯罪,而且几乎常常认为是意志薄弱的表现。这当然是一种错误的观点。自杀——是一种豁达的行为,如果各种各样无人需要而又缺乏生活能力的人对生活的态度更加深思熟虑,更加严肃——那么生活里就保证不会有这么多成群结队、无力生存下去的人。自杀——这是一个自动的备用阀门,从生活里放出多余的臭气,如此而已。

于是我决定自杀。我好不容易下了决心,但是既然已经作了决定,我就不习惯再拖延下去。

因此,我把自己的手枪掏了出来,慎重地装好子弹,用手摸到心脏的位置,并且已经准备让它停止跳动,但是我想起了《石炭酸报》可能比我们的报纸先发表有关我悲惨结局的消息。

于是,出于对自己报纸的热爱,我把手枪放到一边,拿起了笔,以便写几句有关自己的亲切的话。因为,凭良心说,除了我以外,我不知道还有谁有这么多权利写两句亲切的话来纪念我。是的,在我的一生中,我对自己有过许多大公无私的帮助,因此我完全能够由衷地对自己说:"谢谢你,兄弟!你完全可以对我坏得多,但你却没有那样对待我——谢谢你呀,兄弟!……"

于是我坐在桌前,开始写新闻稿。

"М. Г. 帕斯卡列洛惨死。

"昨夜十一点五十五分,目前尚未成名的文学编辑,我们尊敬的编辑(名字见上),——用手枪击中左胸而断送了自己的前途。子弹击穿肋骨，进入心脏，——心脏是柔软的，其中保存着许多沉重的回忆，因此不愿再在死者心中增加自身的重量，子弹穿透心脏，打进圈椅的椅背。

"死者身材高大、衣服肥大，为此曾遭到报刊恶毒的揭露。

"现在，他已经去世了，我们希望，人们不再去怪罪他在服装上有一点喜欢标新立异；不应忘记，不管我们怎样穿戴，最后都得穿那一件人人都用的服装——尸衣。我们现在不谈死者对社会的功绩，我们对他的个人特性也略而不谈，但凭他这么年轻就去死这一件事，就足以说明这个人如何不倦地、直到生命的最后一刻都在与生活中一切不需要的东西进行斗争，他又是怎样将这一切都彻底消灭掉。这一事实说明了死者杰出的智慧。关于他还有什么可说呢？

"现在讲讲主要的——他死去了。我们也会死的——这是事实。所有的人，安静的和不安静的，都会变成绝对安静的，因为每一个人迟早都要进入坟墓。由于这个情况，同时也由于我们对死后的情况一无所知，——我们建议公众——我们的读者，以及从事文化工作的同行们，——尽可能正派一些。

"这就是我对我们的同事不幸身死所需要讲的话，祝他灵魂安息！"

写完之后，我解开衬衫，对准胸部开了一枪。

一切经过，正如我写的那样，——子弹击穿了我，随着子弹，我的灵魂也出了窍。

因此我一命呜呼了。

孙新世　译

扣子事件*

　　……我们三个朋友——肖姆卡·卡尔古札、我和米什卡——那个大胡子巨人,他那双蔚蓝色的大眼睛总是温和地对一切含着微笑,他的脸总是由于酗酒过度而浮肿。我们住在城外田野里一所半倒塌的建筑物里。这所建筑物不知道为什么叫做"玻璃厂",也许是因为在它的那些窗子上没有一块完整的玻璃的缘故。我们干各种各样的活:打扫院子,挖掘沟渠、地窖、脏水坑,拆除旧建筑和栅栏,有一次甚至想尝试盖一个鸡棚。但是我们没有盖成,因为肖姆卡对他自己所担负的职责总是忠诚得有点儿拘谨,他担心我们不熟悉盖鸡棚的技术。有一天中午我们休息的时候,他拿了发给我们的、雇主的一些钉子、两块新木板和一把斧头,带到酒店里去了。为了这件事,我们被解雇了;但是因为从我们身上抓不到什么东西,——所以没有向我们提出任何要求。我们只能勉勉强强地"糊口",我们三人对自己的命运都感到不满,在这样的情况下这也是十分自然和理所当然的。

　　有时候这种不满变得极为强烈,它使我们内心里对周围的一切都抱着敌视的情绪,而且诱发我们去干出一些相当暴烈的、在《调解法官课罚法》中明文禁止的事来。不过一般说来,我们总是闷闷不乐地隐忍着,关心的是找活干。很少去理睬那些无补于实际的生活的印象。

---

* 本篇最初发表于一八九五年七月二日和七月七日《萨马拉报》。译自《高尔基三十卷集》第二卷。

我们三人是在一家客店里相遇的,那是在我认为有意思因而想讲一讲的那件事发生之前大约两个星期左右。

过了两三天,我们就成了好朋友了,我们无论到哪里都在一起,大家互相信任地吐露各自的意图与愿望,我们中间无论谁挣到了什么东西,都拿出来平分。总之,我们相互之间订立了攻守同盟的默契来反抗那对我们非常敌视的生活。

我们在一天之内拼命找哪里有拆毁、锯开、挖掘、搬运什么东西的机会,一有这样的机会,我们起初总是干得相当勤奋。

但是,大概因为我们每个人心里都自以为天生要担任比挖掘或打扫脏水坑之类的活更高级的职务,——尤其糟糕的是,我要对那些不熟悉此道的人多说一句,——大约两小时以后,我们就不喜欢这种活儿了。后来肖姆卡开始怀疑这种活儿对生活是否需要。

"挖坑……有啥用呢?为了放脏水。倒在院子里不就行了吗?不行,你看。说是会有味儿。真有你的!脏水会有味儿!没事干才说这种话。比方说,扔下一条腌黄瓜——那么小小的一条,会有什么味儿呢?放一天——也就没了,烂了。要是在太阳底下扔下一个死人,那才真会有味儿,——那么一个大家伙。"

肖姆卡的这样一番教训人的话,使我们的劳动热忱大大的冷下来……如果活儿是论日计算工钱的话,那对我们是颇为有利的。但是如果是计件的活儿,结果就活儿还没有干完,工钱早就支出来吃光了。那时候我们只好到老板那儿去请求"加工钱";他多半把我们轰出来,恐吓我们,说要找警察来强迫我们把他已经付清了工钱的活儿干完。我们反驳说,我们饿着肚子没法干活,我们多少有点激动地坚持一定要加工钱,在大多数场合我们是能达到目的的。

当然,这是不正派的,但是,说实在的,这样做很有好处,我们也没法子,生活中有些事安排得这样不合适,正派的行为几乎总是得不到好处。

同雇主们争吵的事,总是由肖姆卡负责去进行,他也真能像一个演员似的干得很巧妙,他用一个干活儿干得劳累不堪和被活儿压得十分苦恼的人的那种腔调,历数种种理由来证明他讲得有理……

米什卡却总是看着,不开口,眨巴着他那双蓝眼睛,不时露出善良的和解的微笑,仿佛想说什么而下不了决心似的。他一般很少说话,只有在喝醉酒的时候才能说几句祝酒词之类的话。

"我的弟兄们!"那种时候他会微笑地大声说,他说话时嘴唇奇怪地颤抖着,嗓子里发痒,开始说话后,他要用手按住嗓子,咳嗽一会儿儿……

"哦!"肖姆卡不耐烦地鼓励他。

"我的弟兄们!我们像狗一样过日子……甚至比狗都不如……为什么?谁也不知道。不过应该说,这是上帝的意志。一切都是上帝的意志……不是吗,弟兄们?哦……那就是说,我们只配过狗一样的日子,因为我们是坏人。我们是坏人,啊?哦,所以……我现在就要说,我们这些狗养的也命该如此。我说的对吗?看来这是我们应得的报应。既然命该如此,我们就该忍耐……啊?对吗?"

"傻瓜!"肖姆卡冷漠地回答同伴的忧虑的试探的问题。

米什卡内疚地退缩了,他眨巴着醉得睁不开的眼睛,羞怯地微笑着,不再说下去了。

有一次我们"走运"了。

我们在市场上挤来挤去,盼望有人招工,遇到一个个子矮小、皮肉干瘪、满脸皱纹、神色严厉的老太太。她摇晃着脑袋,猫头鹰般的鼻子上跳动着一副镶着沉甸甸的银边的大眼镜;她不时地把眼镜扶扶正,闪烁着迟钝的小眼睛。

"你们怎么——闲着没活儿吗?找活儿干吗?"当我们三人都热切地望着她的时候,她问我们。

"好,"她从肖姆卡那里得到了尊敬而肯定的答复之后说,"我要拆掉一所浴室,收拾一口井……你们要多少钱?"

"那要看您那浴室有多大,太太,"肖姆卡有礼貌地、讲理地说,"井也是一样……井也有各种各样的。有的井很深。"

我们接受邀请去看看,一小时以后,我们已经拿了斧头和棍棒,使劲地摇着浴室的房架,动手拆毁浴室和收拾那口井,好挣得五卢布的工钱。那浴室建在一座破败、荒芜的花园的一个角落里。离浴室不远有一片樱桃林,树林里有一个亭子。从浴室顶上,我们看见那老婆子坐在亭子里的一张长凳上,膝上放着一本打开的书,全神贯注地在阅读……有时候她向我们这边投来注意而锐利的目光,她膝上的书微微动着,书上那几颗厚实的、显然是银的扣子在阳光下闪闪发光。

没有比破坏更顺手的工作了。

我们在一团团卷起来的干燥刺鼻的尘土中奋力地干着活,一刻不停地打喷嚏、咳嗽、擤鼻涕和擦眼睛。浴室哗啦啦地响着,倒塌下来,老得像它的女主人……

"哦,加把劲,弟兄们,努力干啊!"肖姆卡发出命令,于是由圆木筑成的木墙便一层一层的带着哗啦啦的响声倒在地上。

"她手上是本什么书啊?那么厚厚的,"米什卡撑在棍子上,用手掌擦擦脸上的汗,沉思地问道。他忽然变成了黑白人种的混血儿,他往手上唾了一口口水,挥起棍子,想把它插到木头中间的隙缝里去,插进去之后,他又沉思地说了一句:"要是福音书的话——又似乎太厚了……"

"那与你什么相干?……"肖姆卡好奇地问道。

"我吗?没什么……我喜欢听人家念书……尤其是念圣经……在我们村子里有一个兵士叫阿非里干的,那家伙有时候念起赞美诗来……像打鼓似的……念得真好!"

"哦,那又怎么样呢?"肖姆卡一面卷烟,一面又问道……

"没什么……好极了……虽然听不懂……不过这样的话……在街上你是听不到的……听不懂,可是你会觉得这是为灵魂说的话。"

"你说听不懂……不过怎么也可以看得出,你笨得像木头一样……"肖姆卡嘲笑他的伙伴。

"谁都知道……你总骂人……"他的伙伴叹了口气。

"同傻瓜说话该怎么说呢？难道他们听得懂吗？把这根烂木头拉下来……噢——噢！"

浴室倒塌下来，扬起一阵阵尘土，周围堆着许多破片，浴室沉没在乌云似的尘土中，附近的树叶也因为落了许多尘土而变成灰色。七月的太阳把我们晒得汗流浃背。

"那本书是烫银的。"米什卡又开口了。

肖姆卡抬起头来，向亭子那边仔细地望了一眼。

"好像是。"他简短地说。

"那准是福音书……"

"嗯，就算是福音书……那又怎么样？"

"没什么……"

"我兜里装满了这种货色。你呀，要是喜欢《圣经》，就过去对她说：念给我听听吧，老太太。你就说，这是我们哪儿也听不到的……我们因为不体面，肮脏，所以教堂我们是不去的……你就说，可是我们的灵魂也……照样是……有的……去，走吧！"

"真的……我去吗？"

"去吧……"

米什卡丢下棍子，把衬衫拉拉整齐，拿衬衫袖子抹抹脸上的尘土，从浴室顶上跳下来。

"你像个鬼一样，她会把你撵回来的……"肖姆卡怀疑地微笑着说，但是却又露出非常好奇的神气，目送着那从牛蒡草中间穿过去，向亭子那边进发的伙伴的身影。他高高的身材，弯着腰，光着肮脏的胳膊，走路时笨重地摇摆着，他擦过灌木丛，害羞而温和地微笑着，步履艰难地向前走去。老婆子抬起头来迎接那走近前来的流浪汉，眼睛平静地打量着他。

在她那眼镜的镜片上和银制的眼镜架上闪耀着阳光。

她没有像肖姆卡预料的那样把米什卡"撵回来"。我们在树叶的喧哗声中听不见米什卡和女主人说些什么；但是我们看见，他笨重地坐在那老婆子脚跟前的地上，他的鼻子几乎接触到了那本打开的书。他脸色庄重而平静，我们看见他在吹胡子，竭力想吹掉胡子上的尘土，他折腾了一会儿，最后姿势笨拙地坐下来，向前伸着脖子，带着期待的神情看着老婆子的那双干瘪的小手有条不紊地一页一页地翻书……

"瞧这小子……你这蓬头狗！……他倒休息起来了……咱们也去吧？那算什么呀？他在那里偷闲，我们倒在为他受累。走吧？"

过了两三分钟，我和肖姆卡也坐到我们那伙伴身边的地上了。那老婆子一言不发地迎着我们，她只是对我们注意地看了一眼，又开始一页一页地翻书，在书里寻找什么东西……我们坐的地方，周围是郁郁葱葱、清香扑鼻的新生的树叶子，头顶上一片柔和可亲、万里无云的晴空。有时候掠过一阵清风，树叶子开始发出一种神秘的声音，这种声音总是使人的心灵变得那样的温柔，产生心平气和的感觉，不禁令人想起一种模糊的、但却是接近人的东西，它使人清心寡欲，或者至少暂时忘却欲念，感到呼吸轻松而清新……

"'耶稣·基督的仆人保罗……'"传来了老婆子的声音。她那老人的断断续续的声音，铿锵有力，充满着虔诚恭敬和严峻庄重的气息。刚开始念出声来，米什卡就恭恭敬敬地画了个十字，肖姆卡在地上坐立不安地扭动，想找一个比较舒适的姿势。老婆子扫了他一眼，继续不停地念下去。

"我非常想见你们，想给你们一种精神的天赋，使你们坚定起来，也就是说，可以和你们一起以你我共同的信念得到安慰。"

肖姆卡像个真正的异教徒那样大声打了个呵欠，他的伙伴用蓝眼睛责备地扫了他一眼，深深地低下了他那头发蓬乱、沾满尘土的脑袋……

那老婆子一面不停地念，一面严厉地看了肖姆卡一眼，使得他不好意思起来。他动动鼻子，斜着眼睛，——大概是想消除他打呵欠给人的印象，——他深深地、虔诚地叹了口气。

平静地过了几分钟。清楚而单调的朗诵声起了镇静的作用。

"'原来上帝的愤怒,从天上显露在一切不虔不义的人身上,就是……'"

"你要干什么?"朗诵者忽然向肖姆卡嚷叫起来。

"啊……没什么!您请念吧——我听着!"他镇静地解释。

"你干吗用你那只肮脏的手摸这扣子?"老婆子生气了。

"觉得新鲜……因为——做工很精致,这我可懂——钳工的活我熟悉……所以我摸摸。"

"我问你!"老婆子生硬地命令道,"告诉我——我给你念了些什么?"

"这个——请念吧。我懂……"

"哦,你说……"

"传道呗……那就是,讲信教的道理,也讲不信教的道理……很简单……都很对!听了心里感动!"

老婆子怅惘地摇摇头,对我们三人责难地环顾了一眼。

"不可救药……你们这些顽固不化的东西……做工去吧!"

"她,这个……好像生气了?"米什卡抱歉地微笑着说。

肖姆卡却搔搔脑袋,打了个呵欠,看了一下那头也不回地沿着花园里的羊肠小径远去的女主人,沉思地说:

"那本书上的扣子真是银的……"

他满脸堆着笑容,仿佛在琢磨什么。

花园里的浴室在一天之内就被我们拆完了,我们在浴室的废墟旁边过了一夜。第二天中午,我们把那口井打扫干净,弄得浑身都湿透了,而且沾了一身的泥。我们坐在庭院的台阶上等候结账,我们交谈着,给自己描绘即将享受到的丰盛的午餐和晚餐;——我们中间谁也不愿意想得更远些……

"哦,这个老虔婆怎么还不来,"肖姆卡不耐烦地、但是却低声愤慨地说,"难道死了不成?"

"瞧他骂人了!"米什卡责备地摇摇头,"干吗骂人?这位老太太是真正信教的。瞧他还骂她。一个人会有这样的脾气……"

"我看……"他的伙伴笑了,"这是吓唬鸟的稻草人……菜园子里的……"

朋友们愉快的谈话因女主人的出现被打断了。她走到我们跟前,伸出拿着钱的手,轻蔑地说:

"拿去……走吧。我本来想叫你们把浴室的木材锯成劈柴,可是你们不配干这种活。"

把浴室的木材锯成劈柴的荣誉没有赐给我们,不过这种荣誉我们现在也不需要了,我们一句话也不说,拿了钱走了。

"嘿,这老妖婆!"我们刚走出大门,肖姆卡就开口了,"你瞧,我们不配!这贼婆娘!好吧,现在你就冲着你的书去叫吧……"

他伸手从口袋里取出两颗闪闪发光的金属的东西,得意扬扬地给我们看。

米什卡站住了,好奇地伸长脖子,仰望着肖姆卡举起的手。

"把扣子摘下来了?"他惊讶地问道。

"可不是……是银的!……随便卖给谁,就能卖一个卢布。"

"嘿,你这家伙!你什么时候干的?藏起来吧……省得惹祸……"

"藏起来就藏起来……"

我们沉默地沿街走去。

"手脚好快啊……"米什卡沉思地自言自语说,"一把抓住,就摘下来了……嗯……那本书真好……那老婆子……恐怕要生我们的气了。"

"不会的……别瞎扯!她还会叫我们回去,请我们喝茶呢……"肖姆卡开玩笑说。

"这些扣子你要卖多少钱?"

"最低价钱——九个当十戈比的银币。一个子儿也不能少……来得可不容易……你瞧——指甲都断了!"

"卖给我吧……"米什卡小心翼翼地请求。

"卖给你？你怎么啦——要给自己按几个扣子吗？……就卖给你,这是多么好的扣子……对你正合适。"

"不,真的,卖给我吧!"米什卡压低了嗓门恳求道……

"我说,就卖给你……你出多少钱?"

"给你……我那一份有多少钱?"

"大约有一卢布二十戈比……"

"买那些扣子要给你多少钱?……"

"一个卢布……"

"让些价钱吧……看在朋友的分上!……"

"傻瓜,真莫名其妙!你要这些东西干什么?"

"你卖给我就知道了……"

最后终于成交,那些扣子以九十戈比的代价转到了米什卡的手里。

他站住了,把那些扣子拿在手里转动着,他低下了头发蓬乱的脑袋,皱着眉头,仔细地观察这两颗银的东西。

"把它们按在你的鼻子上吧……"肖姆卡劝告他。

"为什么?"米什卡严肃地问道。"用不着。我把它们还给那位老太太。就说,老太太,我们无意之中捡到了这些东西,你就把它们……再按在原处……也就是按在这本书上……不过瞧你把它们连肉[1]一起扯下来了……这可怎么办?"

"你,妈的,真的要送去吗?"肖姆卡张大了嘴。

"那怎么办?……你看,这样一本书……应该让它搞得整整齐齐才好……把书上的东西一样一样的拆下来是不行的……老太太也要……生气……她已经快死了……所以我才……弟兄们,你们等我一会儿……我去去就回来……"

---

[1] 指书皮。

我们还没有来得及拦住他,他已经大踏步走去,在街道转角后面消失了。

"哦,这混蛋!臭犹太!"肖姆卡明白了事情的真相和它可能发生的后果,愤慨地骂道。

他隔几个字就破口大骂一声,他开始劝我:

"快去!他会毁了我们……现在他也许正坐着,过一会儿,恐怕他的手就要给绑起来……那老妖婆准是派人叫巡警去了!……你说,对这样的捣蛋鬼可怎么办?他会莫名其妙就把你关进监狱。不行,多可恶的流氓!这畜生好狠毒,能这样对待哥儿们?!嘿,你这混蛋,我的老天爷!哦,人会变成这样!快去,妈的,你还待在这里干什么?等待吗?那就等待吧,你们这些骗子,见鬼去吧!嘿,混蛋!不去吗?哦,那么……"

肖姆卡对我说了一些非常下流的话之后,朝我腰里狠狠地捅了一拳,急急忙忙地走了……

我想知道,米什卡是怎样对付我们以前的女主人的,我偷偷地向她的屋子走去。我想我不会遇到什么危险或者不愉快的事的。

我果然没有想错。

我走近屋子,用一只眼睛凑到栅栏上的隙缝里望去,我看到和听到的不过是这么回事:那老婆子坐在台阶上,手里拿着她那本《圣经》上的"连肉都扯下来了的"扣子,从眼镜里试探地、严厉地看着那背向我站着的米什卡的脸……

尽管她那锐利的目光是那么严厉和冷漠,在她的嘴唇的两角还是露出柔和的皱纹;老太太显然想掩饰那善意的笑容——宽恕的笑容。

在老婆子背后,有三个长得很丑的脸望着:两个女人的脸,一个脸色通红,头上包着花头巾,另一个不戴头巾,左眼有一层白翳,在她的肩膀后面探出一个男人的楔形的脸,他两鬓斑白,前额上一缕卷发……她时常诧异地眨着眼,仿佛对米什卡说:

"逃走吧,小兄弟,快走吧!"

米什卡吞吞吐吐地企图辩解:

"……这样珍贵的书。说你们都是些畜生、狗……我也这样想……我的主——说得对!说实在的,我们是下流,……是有罪的人……是坏蛋,但是我又想,老太太年纪大了,也许她只有一点安慰,就是这本书——就这么一点儿……现在这些扣子……卖出去能卖多少钱呢?要是装在书上,它们就值钱了!所以我想……让这位虔诚的老太太高兴高兴,把这些东西送还给她吧……况且我们,感谢主,已经赚了一小笔钱可以糊口了。祝福你!我要走了!"

"等一等!"那老婆子留住他。"昨天我念的,你听懂了吗?……"

"我吗?我哪里听得懂啊!我听是听了……至于——听得怎么样?难道我们的耳朵生来是为了听主的话的吗?我们是听不懂的……告辞了……"

"是—啊!"那老婆子拉长了声音说,"不,你等一等……"

米什卡忧郁地向全院子叹了口气,像狗熊一样的站在原地踏步。他为了作这样的辩解,显然已经感到不胜其苦了。

"那么你要我再念给你听听吗?"

"嗯……伙伴们还等着我呢……"

"你甩开他们算了……你是个好小子……抛开他们吧。"

"好……"米什卡低声表示同意。

"能抛开吗?啊?"

"能抛开……"

"哦,这才是……乖孩子!……你完全是个孩子……可是胡子已经那么多……几乎长到腰带上了……你娶媳妇了吗?"

"我是单身汉……老婆死了……"

"那你为什么喝酒呢?你不是喜欢喝酒的吗?"

"我是喝酒的……是喝的。"

"为什么?"

"为什么喝酒吗？因为蠢，才喝酒。人蠢了，就喝酒。当然，人要是有脑子……他还会自己毁自己吗？"米什卡垂头丧气地说。

"说得对……那你就该学得聪明些……学聪明了，就会改好了……就可以进教堂……听听上帝的话……上帝的话里有许多高深的东西。"

"那，当然……"米什卡几乎是呻吟了。

"那我再念给你听……好吗？"

"请吧……"

那老婆子从自己身后不知什么地方取出了那本《圣经》，在书里寻找了一会儿，于是院子里传开了她的颤动的声音。

"'你这论断人的，无论你是谁，也无可推诿，你在什么事上论断人，就在什么事上定自己的罪，因你这论断人的，自己所行却和别人一样！'"

米什卡晃晃脑袋，搔搔自己的左肩。

"'……你这人哪，你以为你能逃脱上帝的审判吗？'"

"太太！"米什卡像哭泣似的说，"看在上帝分上让我走吧……我最好下次再来听……眼下我饿得要命……肚子里咕噜咕噜响……从昨天晚上到现在我们还没有吃过东西……"

老太太使劲地啪的一声把书合上。

"走吧！走吧！"院子里断断续续发出刺耳的声音。

"多谢，多谢！……"于是他几乎是跑步似的向大门奔去。

"这些不肯忏悔的东西……禽兽一样的心肠。"跟在他后面，院子里传来一阵嘶哑的声音。

半小时以后，我们和他坐在酒店里喝茶和吃白面包。

"她像钻子一样钻我……"米什卡说，他那可爱的眼睛温柔地向我微笑。"我一面站着一面想……唉，你啊，我的老天爷！我去干什么呢？受苦去了……她从我手里拿去这些扣子，放我走就得啦，——她却聊起来了。这些人真怪!你想拿出良心来对待他们,他们就要搞他们自己的那一套……我一片好心地对她说:太太,这是你的扣子,别怪我啦……她却说,不,等一等,你说,你为什么把它们送还给我?于是就开始抽我的筋……我听她说话简直听得直冒汗……真的,就是那样。"

他一直露出无比温柔的微笑。

肖姆卡气鼓鼓的,他蓬头散发,脸色阴沉,一本正经地说:

"你还是死了的好,笨蛋!要不然,明天苍蝇或者蟑螂会用你这种稀奇古怪的办法把你吃掉的……"

"哦,得啦!随你吧。完事了……让我们为此干一杯吧!"

于是我们就为这件怪事儿的了结友好地干了一杯。

陈冰夷　译

童　话*

　　世上曾经有过一个长着淡黄鬈发和一对善良的蓝莹莹的眼睛的美丽姑娘。她温柔而又富有同情心，心里没有虚伪，没有虚荣，也没有卑微的念头，有的只是纯洁而富于诗意的幻想，——您现在听出来了，我讲的是一个童话。

　　那姑娘不是国王的女儿，她只不过是个好姑娘，而且是个穷姑娘。有一天，当她干完了活儿，从田里回家的时候，发生了这样一件事：

　　在路旁树下满是尘土的地上，坐着一个高高的、满脸皱纹的干瘪老人，——这样的老人是很多的；不过他那双深邃、聪慧的眼睛却同一般的老人不同。姑娘走近前去，老人使她产生一种沉重而凄惨的印象。她想设法使老人在生命的最后时刻得到一点快乐，哪怕是一分钟也好，于是摘了一朵小花儿，笑盈盈地把它递给老人，亲切而哀伤地对他说：

　　"我没力量为你做更多的事，因为我一无所有！"

　　老人用他那聪慧的眼睛望了她一眼，笑了笑说：

　　"可不能这么说！姑娘，你有一副非常好的心肠！相信我的话吧：这是一个人所能有的最难得的无价之宝。谢谢你，我收下你的花。不过，你听我说——为了这朵花，你随意向我要求报偿吧，因为我是一个

＊　本篇最初发表于一八九五年七月三十日、八月六日《萨马拉报》。译自《高尔基全集》第二卷。

魔法师,你要什么我都能给你。你懂吗——要什么都行!要吧!"

这时姑娘便沉思起来,——她不是那种不动脑筋的人,——她要什么呢?一个女孩子家在生活中最需要什么呢?她想了好久也拿不定主意,于是老人便提示她,可以要些什么。

"喏,譬如说吧,你想不想作一个聪明的姑娘?"

"对,对!"她想起那些被称为智者的人到处受人敬重时,便喊着说,"对,我想作一个聪明人!"

"可是你难道不愿做一个幸福的人吗?"老人亲切地笑了笑问道。

"幸福的人?"她不理解地重复了一声,因为直到今天,她从未感到过自己有什么不幸,同时也不懂智慧与幸福有什么不同。

"不,你还是让我成为一个聪明人吧!"她求他。

"姑娘,你真还是个小孩子啊!不过,我可怜你,不忍拒绝你。你会成为一个聪明姑娘的。如果有一天这使你害怕,你就来找我吧。也许当你作聪明人作累了的时候,你会想作另外一种人的。不过要注意——我只给一次。"

"只给一次!"她有些遗憾地说。"难道作一个聪明人还挺可怕,挺累人吗!"

"你知道吗?一旦成为一个智者,你就会觉得,比起时间与时间的奥秘和力量来,你是那样可怜和渺小,你会发现,在那辽阔无垠,永不熄灭的智慧之火中,你充其量不过是一粒小小的火星,尽管你可以轻而易举地用你的聪明才智获得荣耀,但是智者并不需要荣耀。何况你还负有指教别人的义务,并且还须对你教给别人的一切承担责任呢。"

他还对她谈了好久关于聪明才智的事,但是她听不懂他所说的,她终于觉得作一个智者是她力不胜任的,因而说道:

"那么,您最好还是给我别的东西吧!"

"好吧,可是到底给你什么呢?爱情吗?勿须我帮忙,人家就会爱上你。黄金吗?我不想送你这种东西,我不愿你成为一个奴隶;财富就等于是奴役。美貌吗?可就像健康一样,你已经有了呀。"

"不能让我再稍微漂亮些吗？或者是，——那真是最好不过了！不能让我在一段时间里作一个能预见将来的聪明人吗？您懂得我的意思吗，老人家？就是让我事先就能看到我将来的整个一生，行不行？能行吗？啊？"

"这，也许能行，但是我想，你最好不要这样做。"

"不，您就答应吧！"她喊道，期待与好奇心使她打战。

"好吧！"老魔法师说，"坐到这儿来！"

她遵命坐下来以后，魔法师问她：

"你只是想看见你的整个一生，还是既要看见、又要理解它呢？"

"嗯，又看见，又理解！"姑娘回答说。

于是，魔法师用一只手在她小小的头颅上轻轻一按，她就仿佛坠入了梦乡。

一个暖洋洋的夏季的傍晚，她，这位姑娘，正同一个人散步，那人刚刚对她说过"我爱你"，而她的心儿也早已为他开放，甜丝丝地好似停止了跳动。她感到幸福，十分美满，觉得他比父母更亲近、更可贵、更不可缺少。她一面听着他那像山溪一样和谐悦耳，热情而温柔的话语，一面幻想着未来。在她的心田里前不久还是那般黯淡、羞涩的奇妙的幻想蓓蕾竞相开放，绽出朵朵绚丽的鲜花，看着这些花儿越开越盛，她全身都甜蜜得打着战，并热烈而天真地喊道：

"爱情是多么美好啊！"

"噢，你现在感受到的还不是全部爱情，不，还不是全部！"他对她这样说，还说，在爱情之中还有一些令人心满意足，充满错综复杂的感觉和种种美妙乐趣的时刻，它能使人超凡脱俗，飘飘欲仙，她听他讲着，自己也想把她心里那些被爱情唤起的、花团锦簇般丰富的情感和思绪诉说一番。她感情激动，前言不搭后语地说着，寻觅着表达新感情的新字眼儿。他注意地却又像个老大哥似的听她讲，不时用亲吻打断她的话头。这时她觉得，他把她心头的话儿当作了爱情的呓语；这刺痛了她,于是她便更加热烈地讲说起自己来,可他却把她叫作天真的小傻瓜。这使她感到伤心难过,于是便沉下脸不作声了。他却把她的沉默理解成内心激动和滋生了新的欲望,因而开始吻她,在使她心醉神迷之后,在她还不明白发生什么事以前,便使她变成了妇人。当失身的她醒悟过来,看见那人正在用一种胜利者的扬扬自得的目光望着她的时候,她感到心里的花朵已被情欲的狂风骤雨摧残殆尽,因此感到悲伤而又恐惧,于是她委屈而绝望地哭了起来。

这时他安慰她说:

"不要哭,这是必不可少的,历来如此。这是规律,知道吗,其余的一切都是幻想。"

"噢,那么为什么要上得这么高再跌下来呢?因为我觉得,我是跌了下来,并且丢掉了我永远再也得不到的东西。我得到的这样少,被拿走的却这样多。为什么这个把过去与未来划分开来的时刻如此短暂,以致感情和理智都未曾察觉?将来等待我的又是什么呢?"

"不要怕,有我同你在一起,永远同你在一起,"他像一个国王那样威严地、以保护者的口气说。"你只要尽心体谅我,那么我也会亲近你,理解你的。我爱你——这就足以使你幸福,相信我吧!"

他讲着话,同时不断地吻着她,他的亲吻现在已经具有使这个姑娘屈服于他的力量了。而她确已屈服,她整个身心被情欲所支配,怀着羞怯、恐惧,以及由于这种情欲而燃烧得更加炽烈的内心痛苦把嘴伸给了他。

现在她感到,在她的心房下面有一个新的生命在跳动,从此以后她便在那漫长的不眠之夜,在含着喜悦的恐惧中凝神细听着它的动静,并且由于思索和期待而困乏不堪。

在这以前她的生活过得懵懂而单调;过去被她当作爱情的至高表现的东西已变得习以为常了。她的丈夫的确在精神和肉体上都比她强壮,而且比她更熟悉生活,但是,他既然因自己的力量与知识而自豪,却又为何不让她了解他生活中的斗争和目标呢?这使她感到屈辱。她寂寞无聊,时常有一些稀奇古怪和罪过的念头在她的脑际盘旋,并使她心里产生一些模模糊糊的感情以及对新事物的向往。

但是现在她很快就要做母亲了,这使她充分意识到处境的严重,因而对未来充满了恐惧。这也使她容忍了丈夫对她由热恋下降到不冷不热的变化。

朦胧地意识和感觉到心房下面的生命使她日夜不安。现在她终于强忍着剧痛生下一个充满活力却又十分冷漠的可怜的小生命;新的思绪、新的感情,以及对孩子的牵肠挂肚的关怀,犹如潮涌一般填满了她的胸间和脑际。她将全部身心寄托在这个幼弱无助的小生命身上,战战兢兢地留心观察他的每一次呼吸,每一个动作,极力保护这可怜而孱弱的小生命,使他不致遭受这样或那样的侵袭,而她也正是在为这小生命的生存的操劳中很快地憔悴下来。小生命在生长着、认识着外部世界,这个世界处处为他设置障碍,使他痛苦,而母亲则越发胆战心惊……她的美貌也在为丈夫和儿子的心力交瘁的操劳中不知不觉地消逝着。

第一个孩子还没学会走路,第二个又生了下来,她为他们的操劳也一天天加重。她那第一个爱情的良辰已成为越去越远的往事,而且较之摩尔人①宫墙上被无情的岁月抹去的优雅的阿拉伯图案磨灭得更快。当她看到自己的孩子们开始懂事,会动脑子的时候,在她心中偶尔也迸发出阵阵喜悦,然而这喜悦随即又在焦虑和担心的重压下趋于熄灭。

孩子们渐渐长大并看到了室外的生活景象,他们在自己周围这些房间里所见到的一切也是生机勃勃,喧腾而热闹的。他们怀着一群幼狐初次出猎时那样贪婪的好奇心看着这一切,分辨不出好坏。坏的东西更多些,因为它比较充足并引人注目,好的东西较少,因为它不多也不那么显眼。总之,生活在他们周围疯狂而诱人地沸腾着,像空气一

---

① 古代和中世纪时期,欧洲人对北非(除埃及外)土著居民的称呼。

样无孔不入、不可阻挡。

于是她，作为母亲，看到自己的孩子被他们尚不理解其意义，而她却十分明白的种种念头所吞没时，她便怀着忧愁和恐惧的心情教他们如何分清好坏的界限，教给他们通常应当教给孩子们的一切；她所教的是她早在幼年时就相信的东西，然而这些东西对她自己来说，也是不甚了了和迷惑不解的。

从那时到现在，岁月不断流逝并冷酷地向她指出，她的大部信仰和道德观念是对生活无用甚或有害的，但是她对孩子们隐瞒了这种启示，因为，若不隐瞒，她还能拿什么来教导他们呢？

所以她仍然对她的孩子们说：就这样去生活吧，而现实生活却以千万个声音和事例反驳她的说教，并一再指出，愚蠢而卑劣的人日子过得平安而幸福，聪明和诚实的人则由于斗争而精疲力竭，被生活所激怒，受到生活的摧残，因而丧失了对人们的信任。为了保护这些雏儿的灵魂，一心想使他们成为世上最好、最幸福的人，她，母亲，孩子的奴隶，丈夫的仆人，为争取他们的生存权利而不倦奋斗的战士，日以继夜地同生活中的有害影响进行着斗争。她常常陷入绝望之中，因为她发现，她的努力毫无结果，她的爱对孩子们的幸福无足轻重，尽管她勇往直前不顾一切，但却并不了解敌人，她的斗争是痛苦而徒劳无功的，她缺少的主要东西是她不知道，人为什么要诚实，既然这是那样艰难而又无利可图？

如果整个一生只不过是短暂的一刻，所有美好的事物只是昙花一现，转瞬即逝，根本不允许把它留住，尽情加以享受，那么为什么还要树立目标呢？为什么要花这么大力气呢？你得先喝下整整一盆污臭的泥浆，才能获得一滴晶莹洁净的真正的幸福之水，——这一滴水又很少是香甜的，因为它散发着汗臭，因为在取得它的征程上你已倒了胃口，耗尽了生命力，已失去占有它的兴致和享用它的乐趣了！

为什么要站得这么高，因而看得见自己脚下那低下的、触目的、你比别人更明了的、使你离群索居变得孤孤单单的一切呢？

独自一人是痛苦的;一个人来到世上就是为了生活,他永远是生活的奴隶,因为他是为它服务的,生活总是像看待奴隶那样看待他,甚至有时当他走在前面,而生活落在后面的时候也是一样。

于是她,母亲,经过多少个充满了为孩子们操心的不眠之夜,出自对他们的爱而变得豁达开明了。只要对孩子们的幸福是必要的,她便拼命去否定自己的整个生活,忍痛说服自己,去改变它。她不断地毁坏着,又不断地创造着,热烈地爱着,怀着冰冷的绝望心情爱着,噙着沉痛的泪水,带着失望的笑声爱着,为了安排好孩子们的生活道路和前途,她夜夜都在折磨自己。而生活却在残酷地嘲弄她,迫使她生了一个又一个。她的美貌也在不知不觉之中渐渐消逝着。

白日里很难看出她是一个思虑重重的母亲,她更像一台自动的、上了一次弦能管用一辈子的机器。孩子们在成长,变得越来越灵敏、越来越懂事了。在他们的头脑里产生了思维,遇事有他们自己的主意,这时母亲必须小心谨慎,因为孩子们可能随意把她那个纸糊的道德常规的堡垒戳上几个窟窿。当她竭力要遏止他们的大胆冲动时,他们就像年轻的牲畜一样炝着蹶子,往往把她踢疼。他们已经开始发现,要理解他们,母亲已经过老,而要教导他们,她又显得见识不足了。

起初她感到非常委屈,后来她渐渐地、越来越仔细地倾听他们的申述,他们几乎总是带着迁就和嘲弄的口吻,说她不理解新时代。

新时代?是的,时代变了,但它实质上依旧是她青年时代的那个吞噬一切而又对人一无所赐的怪物。那时时代要求的是一个样,现在它要求的是另一个样。实质未变,但方式不同了,思想感情的表达方式不同,爱情以及人与人通常交往的方式也不同了。可是她,母亲,却把精力都花费在她认为是一成不变的、对一个人来说是永恒的、须臾不可缺少的东西上了。于是她悲伤而痛苦地发现,在她的种种教诲里面过重形式而未注意实质。

这是一个错误。她,母亲,因有这个错误而非常痛苦。自从生下第一个孩子以来她的新生活就是苦难,她已经习惯了这种苦难,她已经习惯于懵懵懂懂地操着心,只是间或存在一些闪闪烁烁的希望与幻想。但是随它去吧!不管怎样,她的孩子总归是世上最好的孩子,他们即便有缺点,但比起其他所有的孩子来总归要少些。可是在内心里,她不能不为自己这个创造了孩子们的肉体和灵魂的母亲怀着深深的忧虑。她担心孩子们适应不了生活对他们提出的要求,因而她将落个教育无方的罪名。倘若他们成为卑鄙的小人,她也将受到谴责。即使他们将来成为诚实的人,也就是说成为可笑的,即不幸的人,她也会遭到非难。因为在大多数善于从生活中取利的人们的心目中,诚实、可笑和不幸都是同义语。

这位为孩子们的命运忧心忡忡,为他们的幸福提心吊胆的母亲,这位盲目地爱着和希望着的、谦卑而默默无闻的女英雄,由于愁苦,由于自觉无力为孩子们扫清生活道路,无力向他们指明,幸福在哪里,不压迫别人而能争得生活权利的那个颠扑不破的真理在哪里,而辗转不安,惶惶不可终日。

而她的美貌在消失,丈夫也不再是知己了……

有时她问自己:

"是什么还把我同这个人连在一起呢?"

心灵便悲伤地回答说:

"习惯!"

于是她又问:

"爱情到哪里去了呢?"

对于这个问题她的心却默不作答。

因此她心灰意冷,黯然神伤,她是这样形单影只,孤苦伶仃。

然而,他们,她的孩子们已长大成人,他们既已长大,那么现在当然要用爱与安宁来报答她为他们所作的几乎长达四分之一世纪的操劳了。现在该是他们来伺候她了,这是她把自己的一生,自己的全部精力和整个身心献给他们之后,应得的报偿……

但是,一桩既陈旧又新鲜的事儿便马上开始了——爱情登场了。

常有一些配不上她的儿女的青年男女来到他们这里。她感到,她这个母亲在孩子们生活中所占的位置远不及这些刚刚登场,带着像春天那样短暂的爱情的男男女女。但母亲终究是母亲,她很快便容忍了这一点,同时又为那些在爱情中比在任何事情上都更常有的错误而担心害怕。孩子们对外人比对她更亲,这使她气恼,更使她惊慌不安;于是她向孩子们指出,那些一来便立刻从她手里夺去了许多东西的人,他们的品质完全不是她的孩子们想象的那样,她又说,她为他们——她的亲骨肉担心。但是她的亲骨肉对他们自己更亲,他们举出种种理由同她辩论、争吵、取得节节胜利,到头来母亲只得惴惴不安地接纳那些同她格格不入的外人到她家里来,把自己的孩子交给他们。害怕可能铸成错误的心情时而加剧,时而减轻,始终不曾离开过她,但她这时所渴望的却已是安宁了。

她总是一个人,因为在孩子们的生活圈子里她感到拘束,他们所能给她的爱,以不使他们的妻子和丈夫感到不快为度。一种对母亲的冷漠的爱,只是为了尽尽义务的爱,一种近乎恩赐、令人屈辱、缺乏热情的爱——这就是她为之献出整个一生的孩子们所给予她的报偿。那么他们对她所赋予他们的生命应负的义务呢?等他们安排好自己的生活和幸福之后,他们会报答她的。她还须要等待。但是连这一点母亲也容忍了下来,母亲是什么都能容忍的。于是,这位被抛弃、被榨干了脂膏的老母亲,便把她一生中用以喂养自己的幻想,以及她的孩子们匆忙之间顺便给予她的点滴关切,拿来填补自己空虚的心灵。

有时,当她一人独处的时候,她曾试着总结自己的一生,她就像拨弄一堆沉重的石块那样在记忆中搜索着,在她找到一鳞半爪,瞬息即逝的母性的喜悦时,她便用它来继续哄骗自己。这使她像孩子似的感到快慰。可怜的、年迈的、被生活洗劫一空的她,依旧由于意识到完成了生活赋予她的使命而感到自豪。现在她的孩子们自己也作了父母,她可以得到安宁和幸福了。

但是仍不得安宁,因为孩子们在景况顺利时,把她忘在脑后,而一旦遇到什么麻烦,便跑来向她求助。因此在死神还未光顾以前,她仍然同孩子们分享着她所剩下的最后一点东西。这时她已是快死的人了,然而即使在她就要步入另一世界的当儿,她也仍然在关照着留在世上,以便走完人生行程的孩子们的生活。她死了,孩子们对她的怀念,不早不晚,只持续到这种怀念被日常操劳的莠草埋没为止。她的坟墓最初还常有人来看望,后来便日渐稀少,以致被遗忘掉了⋯⋯她终于得到了安宁!⋯⋯

⋯⋯当姑娘从这个梦境中醒来的时候,又害怕、又悲伤地问道:

"我的生活哪里去了?我在哪儿呀?这难道就是生活将给予我的一切吗?我的生活在哪儿呀?"

但是她身旁的老人已经不见了。

他是聪明的,这个老人,——揭示了未来以后,不待回答便走掉了,因为他知道,为此姑娘是不会向他道谢的。

姑娘得不到回答便哭了起来。

她哭累了便走回家去迎接未来⋯⋯因为舍此没有其他道路可走。

张佩文　译

个儿小—小的！……*

……"她呀,老弟,那个儿小—小的!……"

每当我回忆起这句话时,从过去遥远的地方,总有两对近视的老花眼在向我微笑。笑得那样恬静,是又爱又怜的亲切的微笑,同时耳朵里响着两个颤巍巍的声音,它们同样鲜明地刻画出这样一点:"她"个儿小—小的!……

这个回忆,是我整整十个月来在我们那么辽阔和那么凄凉的祖国的坎坷的道路上徒步游历中最好的一次。由于这回忆,我心头变得非常舒畅和轻松了……

从扎顿斯克到沃罗涅日的路上我赶上了两个朝圣者——一个老头儿和一个老太婆。他们俩的模样大约都有一百五十岁了;他们走得那么缓慢又那么拙笨,在路上滚烫的尘土里艰难地移动着脚板,他们俩的面容和衣服都带着一种不易捉摸的东西;这不可捉摸的东西使人立刻看出这两个老人来自远方。

"是从托博尔斯克省一步步走来的……靠了上帝的帮助!"老头儿证实了我的推测。

老太婆一边走着,一边用善意的、曾经是蔚蓝色的眼睛瞧了瞧我,

---

* 本篇最初发表于一八九五年八月十三日《萨马拉报》。译自《高尔基三十卷集》第二卷。

和蔼地微笑着,上气不接下气地补充说:

"我跟老爷子是从雷萨村,直接从 H 厂来的!"

"这么说,一定很累了吧?"

"我们吗? 没什么! 我们还可以往前走,……托上帝的福慢慢地走!……"

"是为了还愿,还是为了老年求福呢?"

"为了还愿,老弟……就是说,我们向基辅和索洛维茨克的圣徒们许过愿,……是啊……"老头儿又一次肯定了我的问话。"妈妈! 坐一会儿,稍微歇一下行吗?"他对老伴说。

"嗯,怎么不行呢?"她表示同意。

我们就在道旁一棵老柳树的树荫里坐了下来。天气很热,天空清澈无云,道路在我们的前后方蜿蜒伸展着,消失在远处隐隐的热腾腾的烟雾里。四周静悄悄地一片荒漠。道路两侧田里枯萎的黑麦纹丝不动。

"田里都给吸干了!……"老头儿把摘下来的几根麦穗递给我说。

我们谈论着土地和农民命运对土地的残酷的依赖关系。老太婆听着我们谈天,还叹着气,偶尔在我们的谈话里插进几句得体的、内行的话。

"要是她还活着,看到这样的庄稼,心里该多么难受啊!"老太婆向周围长着低矮枯萎的、好多地方还是光秃秃的黑麦的田垄看了一眼,突然说。

"是—啊! 她一定要伤心的……"老头儿摇了摇头说。

他们俩忽然沉默了。

"你们说的是谁呀?"我问道。

老头儿和善地微笑了。

"这会儿……我们是在回想一个……"

"我们以前的女房客……一个小姐……"老太婆叹着气说。

忽然间,他们俩眼睛都望着我,仿佛彼此商量定了似的,缓慢而凄婉地拉长着声音一齐说道：

"那个儿小—小的！……"

这一着使我的心很奇怪地也很剧烈地给刺痛了。在他们年迈的声音里流露出某种为亡灵祈祷的音调……可是他们忽然互相打断对方的话头，争先恐后地开始讲起来，他们讲得那么快，使坐在他们中间的我只能一会儿朝这一个、一会儿又朝那一个转动着脑袋。

"是一个警察把她带来交给我们的，就是说，交给村长的。他交代说：'派个地方给她住'……"

"就是说，派一家住的地方！"老太婆解释说。

"他们把她派到了我们那儿……"

"我们一看，她全身冻得通红……冷得直哆嗦……"

"她个儿是那么小—小的！……"

"那模样我们看了简直要掉眼泪……"

"我们心里想，天哟，要把她发配到哪儿呀？"

"要拿她怎么办呀？犯了什么罪呀？……"

"她呀，你瞧，是从哪儿过来的……"

"就是说，从俄罗斯……"

"我们第一件事，就是把她安顿在炉台上……"

"我们那炉子又大—大……又暖—暖……"老太婆伤心地叹了口气。

"嗯，后来，就是说……让她吃了些东西！"

"她还在笑呢！"

"小眼珠儿黑—黑的……就像耗子的……"

"她整个儿，就像耗子……又光滑，又滴溜儿圆……"

"她歇了会儿……就哭起来了……多谢你们，她说，亲人呀！"

"就开始转呀转的！！"

"居然开始转动起来了！……"老头儿赞叹地叫喊着，又眯细着眼睛笑起来了。

"她像个皮球似的在屋里滚来滚去,忙乎起来,忙个不停……又是这个,又是那个……把这个那样摆,又把那个这样摆……'泔水桶拿出去,喂猪,'她说,'你们来拿出去……'她自己也用那双小手拿着,可是滑了一下……那双手扑通一家伙往泔水里直浸到肩膀! 嘿你……"

一下子他们俩笑得前仰后合的,还呛得直掉眼泪。

"还有那些小猪崽……"

"她干脆亲它们的嘴脸!……"

"她说,'吃奶的猪崽不可以放在外面!'"

"她一个星期累得那个样子!"

"有时浑身是汗……"

"她哈哈大笑,叫喊着,一双小脚跺着……"

"有的时候脸色却忽然暗下来,感到不好意思……"

"像要晕过去似的!……"

"还淌着眼泪……她哭呀,哭呀,像抽风似的。我们围着她转,团团转……她到底怎么啦? 弄不明白……只好跟着哭。有时候哭着哭着……也不知道到底为了什么。我们抱着她,跟她一块儿伤心落泪……"

"可见……简直是个娃娃……"

"我们孤独地过日子。一个儿子送去当了兵,另一个在金矿里……"

"她大概有十八岁……"

"哪儿的话! 如果看外表,怎么样也到不了十二岁……"

"哼,你太邪乎了!……十二岁! 哪儿能!……"

"你说,还大些吗?……不会的!"

"什么? 她已经是个大姑娘……要说她个儿小,那难道能够怪她吗?"

"难道我在怪她吗? 真是!"

"算了!……"老太婆和气地让步了。

争吵了一阵以后,两个老人又一下子沉默了。

131

"那么,后来怎样啦?"我问。

"后来吗?……没什么,老弟!……"老头儿叹了口气。

"她死了……一场寒热病把她烧死了。"满是皱纹的两颊流下两行眼泪。

"是—的,老弟,她死了……和我们一块儿生活了不过两年……全村都认识她。哪里止全村呀!……许许多多人都认识。她是识字的人。常常上村会去……有时只顾自己叫喊着……没什么说的,是个聪明的姑娘!……"

"要紧的是那颗心!……唉,真是天使般的心!……一切事情她都能理解,对一切东西,她那颗心都明白!……本来是大城市里的小姐,穿着天鹅绒的短袄……缎带……皮鞋……念着书呀什么的,可是她懂得农民,啊,多么单纯!她什么都懂得!'亲爱的,这一切你打哪儿知道的?'——她说:'书本上都写着的!……'你瞧!……她要这来干啥,有啥用呀?她不如出嫁了,当个太太,可是给打发到我们这个地方,就这么死了!……"

"也真奇怪!……她教我们大家学……那么小小的!……可对大家却那么认真……这个不对,那个不对……"

"她是个有文化的……这没什么可说的……对什么事,对什么人都肯帮忙……哪儿有谁病了,她就去,哪儿有谁……"

"她临死那会儿一直神志昏迷……尽说胡话。她叫着'妈妈,妈妈!……'那么可怜见儿的……人家去请牧师,心想也许她会醒过来……可是呀,亲人呀,等不及……就过去了。"

老太婆脸上流着眼泪,我心头感到一阵舒畅,仿佛眼泪是为了我才流的……

"全村的人都集合到我们家来了……在街上,在院子里挤来挤去……怎么啦?!怎么啦?!……大家都爱她,都喜欢她……"

"嘿,真是个好心肠的小姑娘!……"老头儿叹息着说。

"大家全都来参加葬礼……等到谢肉节时,她已经过去了四十天,大家动了念头……说,我们来为她祈祷祈祷!……街坊们也一样想……说啦,'你们真的要这样吗?那就去吧!本来嘛,你们是自由自在的人,不是干活儿的……祷告也许能超度她。'我们这就上路了。"

"这么说,你们是为了她?"我问。

"是为了她,为了小姑娘,我的亲人,是为了她!我们说,也许天老爷会接受我们这些罪人的祷告而宽恕她的!于是在斋戒的头一天,正好是星期二那天我们出发了……"

"为了她吗!……"我重复说。

"是为了她,我的朋友!"老头儿证实说。

我还想反复听他们说,正是要为她祈祷,他们这才走上几千里地的。在我看来,这简直好到令人难以置信。我向他们试探了一些别的动机,希望更能肯定他们这番长途跋涉正是"为了她",为了那个有一双乌黑的眼睛的小姑娘……当我终于确信是这样的时候,我就感到了极大的满足。

"难道你们一直是步行吗?"

"不,那哪儿成呀!……有时也搭搭车……我们坐天把车子,然后又再走路……我们是有点儿辛苦。我们太老了,老这样往前步行可受不了……上帝可以做证,我们是太老了……要是我们有她那样的脚……嗯,那就不一样了!"

他们俩又抢着谈论起她这个被命运抛弃,不得不远离家庭和妈妈而死于发高烧的小姑娘来了。

两小时后,我们站起身来向前走了。我想着那小姑娘,但想象不出她的模样……我的想象力这么贫乏,使我感到十分苦恼。

俄罗斯人是不大会想象美好的、光明的东西的……

一个驾着大车的乌克兰农民很快赶上了我们,他闷闷不乐地看了我们一眼,稍稍抬了抬帽子来回答我们的招呼,又向两个老人喊道:

"坐上来,我送你们进村!"

他们坐上车,就隐没在尘雾里了……我长久地在尘雾里走着,凝望着远处逐渐消失的大车,那上面载着两个老人,他们为了那个惹得他们非常热爱的小姑娘而跋涉了好几千里路……

伊 信 译

诺曼人[①]从英吉利返航[*]

据梯耶里[②]著作改写而成

一列载着淡黄头发的北方人的海船,离开绿色爱伦[③]海岸,划破日耳曼海汹涌澎湃的波涛,沿着天鹅道[④]向着酷寒的斯堪的那维亚飞驶。它们像一群骄傲的白鸟一样飞翔着,把帆篷张得满满的。船的桅樯上富丽堂皇地装饰着被斯堪的那维亚人在血战中征服的萨克逊人[⑤]和皮克特人[⑥]的贵重服饰。

阳光普照,海风吹向松德海峡[⑦],掀起重重波浪,浪花拍打着傲然地悬挂在船舷上的胜利者的皮盾。威严的斯堪的那维亚战士的这些皮盾布满了岛民的刀伤剑痕。

远处,苏格兰的连绵青山已湮没在苍茫的暮色之中。沿海的沙滩上,胜利者的篝火即将燃尽。一股青烟在那儿袅袅升起,然后化成缕

---

[*] 本篇最初发表于一八九五年八月二十日《萨马拉报》。译自《高尔基全集》第二卷。
[①] 诺曼人(亦称"北方人"),即北日耳曼部族,包括丹麦人、挪威人和瑞典人。这些部族在八世纪末至十一世纪曾对欧洲各国进行骚扰。
[②] 奥古斯坦·梯耶里(1795—1856),法国资产阶级史学家。高尔基创作本篇时,借用了梯耶里的《诺曼人征服英国史》一书的历史资料。
[③] 绿色爱伦是爱尔兰的古代克勒特的名称,此处指不列颠群岛。
[④] 天鹅道是借用梯耶里《诺曼人征服英国史》中所提及的地名。
[⑤] 萨克逊人是中世纪早期居住于中部日耳曼的若干古日耳曼部族的总称。
[⑥] 皮克特人是组成苏格兰古代居民的部族。
[⑦] 松德海峡是斯堪的那维亚半岛和丹麦的西兰岛之间的海峡。

缕透明的雾霭,在斯堪的那维亚军士的大船后面的海上,在那欢快的波涛上飘浮着。波涛冲击船舷上的皮盾所发出的喧嚣,吞没了多次战役中屡建奇功的军士们的雄壮歌声。

装饰着战利品的加拉尔德·贡克的"皮裤"号海船,宛如一只天鹅在所有其他船只前头,乘风破浪,向祖国的海湾飞驶。加拉尔德·贡克是著名的拉格纳尔[1]——一个百战百胜的斯堪的那维亚部落的酋长、海上雄鹰的后裔。萨克逊人埃里赫将遍体鳞伤的拉格纳尔扔到蛇坑里,把他喂了自己岛上的蛇群。拉格纳尔是在他那健壮的躯体负了重伤,又在数百条毒蛇咬啮之下死去的,临死时他唱着自己临终的歌曲,当时奥丁[2]本人也听得出了神,直到今天斯堪的那维亚人仍然在唱这首歌,并未因为用它又编了些新的无聊的歌曲而忘却自己祖国的古老诗歌。

现在,贡克的战士们就唱着这首勇敢的拉格纳尔之歌,他们聚集在船头上奥丁的黑色橡木的雕像旁;这座雕像阴沉肃穆,披着罗马的紫罗袍和从有钱的萨克逊武士那儿夺来的绸衣。

青年们脸上长着柔软的汗毛,一个个长着雏鹰般的眼睛、美丽丰厚的淡褐色的鬈发;中年以上的战士们留着垂肩的红胡须,严峻的久经海风吹打的脸上嵌满了一道道深深的伤疤;老人们的苍苍白发编成一条条细发辫,垂在面颊、脖子和肩膀上,老人的伤疤和皱纹说明他们为了祖国的荣誉身经百战,历尽艰辛,——加拉尔德的全体战士已经聚集在奥丁像和萨克逊的葡萄酒桶周围,解下了铠甲,把战斧和狼牙棒扔在甲板上,用帽盔和原牛[3]角舀酒,痛饮高歌。

海风掀起波浪的飞沫,溅满了他们袒露的、坚实得像铁砧似的象牙色的胸脯,溅满了他们那一张张由于自豪、歌唱和饮宴而神情激奋

---

[1] 典出梯耶里《诺曼人征服英国史》:拉格纳尔·洛德勃罗格于公元八六五年逃往英国时被萨克逊国王埃拉所俘,处以"殊刑":把他投入放满毒蛇的监狱。

[2] 奥丁是古代斯堪的那维亚神话中的暴风雨神,后来又是战神、最高神。

[3] 原牛是一种已绝种的牛。

的脸庞。

他们的歌声越过飞驶的海船,随风传送到他们严寒的祖国,这片国土上的人们都是受过大海的洗礼,经过战斗锤炼的。除了古斯堪的那维亚诗人的歌曲,他们不知道有别的赞美歌,除了直刺敌人胸膛之外,他们不知道还有其他什么学问。

这里就是一首战歌,血和铁的颂歌,一首歌颂勇士的死和他们的赫赫功勋,歌颂作一个诺曼人的幸福,歌颂对祖国的热爱,——只有古人才有的那种对祖国的热爱,——这就是那首颂歌,老练的航海者正是从这歌声中获得生活的智慧和建立功勋的力量的:

> 第五十一次战役我们刀起剑落,
> 使敌人血流成河!
> 我们用长矛为斯科特人①、勃里特人②做弥撒,
> 众多的勇夫被我们葬身地下,
> 与爱伦人搏斗的战役里,
> 我们送进奥丁的宫殿无数英勇捐躯的诺曼儿女!
> 获得了丰富的战利品与崇高的荣誉,
> 我们抛开那流血的游戏,狂奔着去休息。
> 痛苦的叫喊、咒骂落在我们的后面,
> 等待我们的是女人的拥抱和爱情的歌曲。
> 战役、尸体和废墟都已成为过去,
> 未来海洋的主宰是我们——一群奴隶。
> 我们为军人的光荣而骄傲,我们将和女人分享荣誉,
> 祖国的海湾将为勇士们举行加冕礼。

---

① 斯科特人是古爱尔兰和苏格兰的克勒特人的一部分。克勒特人系印欧语系日耳曼人的一个部族。
② 勃里特人属于克勒特部族,公元前八世纪至五世纪居住在不列颠群岛和北意大利等地。

> 诺曼人——年轻的雄鹰,
> 他日又将在绿色爱伦的沙场上驰骋。
> 为了在瓦尔加拉①和奥丁同乐,
> 我们只生于战斗,我们只希求战功。
> 第五十一次战役我们刀起剑落,
> 使敌人血流成河!

战士们合着歌曲的节拍用脚跺着大船的甲板,其中有的用在战斗中砍豁了的斧头柄敲打着,这威严的轰响宛如壮阔的巨流倾泻而下,与海上的波澜比试着高低。

而在桅樯旁边,在帆篷的阴影下,躺着一群俘虏来的岛上妇女,她们身上的衣服被撕破了,她们头上披散着的厚实的火红和淡黄色的头发在随风飘动。

她们洁白的身子鞭痕累累,这是反抗的标记。她们的手被捆绑着,因此妇女们不能整一整自己的衣衫,在阳光下、海风中和胜利者的眼前袒露着自己乳白色的、富有弹性的乳房和肩膀。

她们紧紧偎在一起,竭力设法相互遮掩赤裸的身躯,在她们那堆洁白的身躯上面,飘动着一绺绺火红的金色头发和破烂的亚麻布的萨克逊衣裳。妇女们灰色的、淡绿色的、天蓝色的眼睛时而燃烧着愤怒的火焰,时而又黯淡无光,呆滞而冷漠地、听天由命地望着大海的远方……

在船尾舵轮旁边站着一个名叫西吉尔德的神情严肃的老头,两绺苍髯垂落在他的胸前,满是伤疤的脸膛神色傲慢而冷漠,他那灰色的眼睛一眨不眨地望着远方,右手搁在舵轮上,左手放到坐在他脚边的青年霍特瓦尔德的肩上。霍特瓦尔德出身于光荣的阿玛尔氏族,是奥丁的直系后裔。

---

① 瓦尔加拉是斯堪的那维亚神话中奥丁神的神殿,也是阵亡战士的安息之所。

青年霍特瓦尔德用他温存的,带着忧郁的蔚蓝色的眼睛望着躺在桅樯旁边的被俘的萨克逊人的妻子和姑娘们。他不时抬起头来瞧着老西古尔德的脸。西古尔德精通北欧古代文字和文学,是贤明的瓦尔基里亚女神们①的儿子。青年霍特瓦尔德又忧郁地低下了头……

歌声回荡,海浪喧嚣……

"霍特瓦尔德,你为什么不去和大伙儿喝萨克逊人的甜酒呢?"西古尔德老头问道。

"我不想喝。我也不想唱歌。我瞧着这些萨克逊妇女怪可怜的。要知道她们再也不能回到自己的祖国了……"

青年轻声说,疑惑地瞧着大船的舵手的脸。

可是那个老头不以为然地摇着白发苍苍的头颅,并透过牙缝对自己的徒弟说:

"假若你让怜悯在你心里安了窝,你就不成其为军人了。军人是不怜悯人的……他应该又硬又冷就像他的战斧一样……"

青年人轻轻地叹息着,望着放在他脚边的战斧。铁斧在阳光下闪耀着寒光。

"要可怜被你打败但没有被打死的敌人,要可怜这样的敌人,因为他将作为一个残废终其一生,他再也不能上战场作战,但还要活下去,一面向往着功勋,羡慕着自己的战友。可是只有遭到打击而失去力量的强者才值得怜悯,对于弱者你不该心存怜悯。软弱,这是比托尔②的锤子的重击更为可怕的力量。一切弱者比强大的敌人更加危险,因为他们是狡猾的,而狡猾就是他们的力量。弱者不会挺起胸脯对着你,不用手来抵挡你对他的致命一击,但他能用狡诈的手段来回击和击败你。他再也没有别的自卫和进攻的武器了,这是他惟一的武器,但他用得十分得力。强者都是憨厚而轻信的,他总是挺胸前进。强者容易

---

① 瓦尔基里亚是斯堪的那维亚神话中协助英雄们作战,将阵亡战士引入瓦尔加拉神殿的女神。
② 托尔是斯堪的那维亚神话中的雷神,奥丁神的儿子,农业和家庭的保护者。

产生怜悯心,正是这种怜悯心会把他毁掉。弱者是狠毒的。他们不会饶恕人,也不懂得宽容。因此不应怜悯弱者,这对军人是危险的。"

"女人是弱者中最弱的。正因为如此,她们比强者更强。她们可以毁掉许多战士,死在他们怀抱中的战士不比战死沙场的少。那些为了荣誉和阿拉里赫①一起越过大海,到比罗马更远的热带国家去的人们说,那儿有一个地方生长着一种树木,它的一滴树汁就能使人致命。在每个女人身上都有像这种树的毒液一样的毒物,只不过它是让人慢慢地死去罢了。这比一下子毒死更为可怕。不应该可怜女人,也不要长久地凝视她们的眼睛,她们通过眼睛会把毒物注入战士的心房。这我是知道的。"

说罢,老西古尔德沉默起来,而年轻人霍特瓦尔德把自己的视线从那群女人身上移向大海的远方,海面的层层波浪宛如人们的话语来去无常,然而大地是不会改变的,大地上的任何东西也不会悄然逝去。

听我给你讲一个有关哈克加尔德的大船覆灭的故事;他是古代最为显赫的瓦林格人②中的一个。就像我们现在一样,有一回他在经历许多次光荣战役之后,从爱伦返航,也像我们一样,把岛上许多女俘运回祖国。在海船上有一个名叫奥尔勒的青年。他像你一样,心肠很软,久久地望着那些女俘,其中一个像能预言未来的姑娘阿尔卢娜③一样美。他走到她身边,也是正该他的伙伴们惨遭不幸,他走过去并和她攀谈起来。到了夜里,对女俘的情欲战胜了他,这正中了她,那个萨克逊女人的下怀。奥尔勒要求她的亲吻和抚爱。尽管女俘点燃了他的欲望,但却这样对他说:

"只有我死了你才能得到我!"

他是个宽宏大量的人,并不因为遭到拒绝而想杀死她。于是向她

---

① 阿拉里赫一世(约370—410),西哥特第一个国王。公元四一〇年占领罗马,并将罗马掠夺一空。后来在准备出征西西里和南非时死去,未能越出罗马。
② 是对斯堪的那维亚人的一种称呼。
③ 指古代日耳曼人中能预言未来的有智慧的女人。

请求了起来。

"你把我解开!"她说。他照她的话做了。

"现在咱们就到底舱去吧!不要让星星看见我们。"她这条狡猾的毒蛇这样做是有她的打算的。到了那儿,她坐在地板上,问奥尔勒:

"你像我的兄弟一样有力气吗?"

"你的兄弟力气有多大?"

"他一斧头就能劈断这么粗的圆木!"她向他指了指船的地板,那块粗壮的橡木夹板。

"瞧吧!"奥尔勒说着,于是他挥动一只手臂用斧子的钝头砸断了圆木。

这时,她吻了吻奥尔勒。

"我爱力量!"她说道。

女人的谄媚就像她的亲吻一样甜蜜。年轻的奥尔勒浑身热血沸腾。

"你再砍一下地板吧,不过要用斧刃。"

于是他这个蠢货就照她的要求砍了一斧。

奥尔勒刚刚砍过,女俘马上扑到他的怀里,用自己的亲吻遮住了他的眼睛,随即又把他领到了上面。

在那儿她把奥尔勒抱在自己的怀里,奥尔勒为她深深陶醉,可是那只砍破了船底的海船已不是向祖国的海岸行驶,而是渐渐向海底沉没。

海水已淹到神志恍惚的奥尔勒身上,他想站起身来而不能,因为女俘抱住他不放。

战士们已经惊醒了,大家也都明白,船就要沉没,船上已吵成一片,可是奥尔勒却还没有明白过来,正是他毁灭了斯堪的那维亚战士、他的海船和伙伴……

于是他们两人,这个萨克逊女人和青年奥尔勒互相拥抱着,没有松开手,便沉到海底去了……

141

"女人是祸根,许多人往往毁在女人手里。霍特瓦尔德,你可不要怜悯她们,不要怜惜那些手上无力,但计谋高强的人。"

青年人霍特瓦尔德若有所思地凝望着大海远处的浪峰,他似乎觉得,萨克逊女人和奥尔勒,他们两人正在那儿互相拥抱着,在海面上飞驰,在滔滔的白浪上漂荡。

忧怨和希冀挤压着他的胸膛,他不时地偷觑萨克逊的女俘们一眼,他羡慕奥尔勒,又对这种羡慕感到羞愧,同时生怕在严峻的西古尔德,这位精通北欧古代文字和文学传说的人,这位掌舵的老战士面前流露出自己的感情。

夕阳西下,鲜艳的绛红色的余晖在浪花上闪着亮光。

歌声嘹亮,浪涛冲击着船舷上的皮盾哗哗作响,美酒使得斯堪的那维亚人越发兴奋,而萨克逊女人更加紧密地互相偎依在一起。

……一列载着淡黄头发的北方人的海船,离开绿色爱伦海岸,划破日耳曼海汹涌澎湃的波涛,沿着天鹅道向着酷寒的斯堪的那维亚飞驶。它们像一群骄傲的白鸟一样飞翔着,把帆篷张得满满的。船的桅樯上富丽堂皇地装饰着被诺曼人在血战中征服的萨克逊人和皮克特人的贵重服饰。

陆桂荣　译

科 柳 沙[*]

速 写

在公墓的最穷的一角,在那些经过多年风吹雨打塌下来的坟墓中间,在两棵枯萎的白桦树的花边形的阴影里,一座坟墓上面,坐着一位上了年纪的女人,她身上穿一件印花布旧衣服,头上束一条黑色围巾。

一缕灰白的头发垂在她那干瘪的布满皱纹的左边脸颊上,薄薄的嘴唇闭得紧紧的,嘴角垂下来,在嘴的两边形成一些悲哀的皱纹;她的眼睑也往下垂,一般哭得太多而且在许多愁闷的长夜里失眠的人都有这样的眼睛。

我站得远远地观察她的时候,她一直坐着不动,我后来朝着她走过去,她还是不动一下;她只是抬起她那对没有眼神的大眼睛看了看我,并不曾表示一点疑问或者惊惶,又冷淡地把它们埋下去了,连一点表情也没有,叫我没法猜出来,她究竟愿意不愿意我走到她面前去。

我招呼了她,问她,埋在这儿的是她的什么人。

她很客气地、冷淡地答道:

"我的儿子……"

"年纪大吗?"

"十二岁……"

---

[*] 本篇最初发表于一八九五年八月二十九日《萨马拉报》。译自《高尔基三十卷集》第二卷。

"死了很久吗?"

"四年前……"

她叹了一口气,把脸颊上一缕头发掠回到围巾下面去了。天很热。太阳毫无怜悯地烤着这个死人的城市;日光和尘土使得坟头的枯草变成了棕黄色;长得不好的树木,没精打采地耸立在十字架中间,树上也厚厚地盖上了尘土,它们站在那儿,动也不动一下,好像已经死了一样……

"他是怎样死的?"我朝着她儿子的墓点一下头,问道。

"马踏死的……"她伸了一只起皱纹的手抚摸坟头,短短地答道。

"这是怎么一回事呢?"

我觉得,我这样问是没有礼貌的,可是这位母亲的冷淡的态度一方面挑动了我的好奇心,另一方面又使我很不高兴。我起了一个没法解释的古怪念头,我想看见她流眼泪。她的这种冷淡是很不自然的,然而同时我看得出这又不是故意装出来的。

我的问话使她又抬起眼睛来看我。她默默地把我从头到脚打量了一番,然后轻轻地叹了一口气,就开始沉思地、平心静气地讲起她的故事来……

"您瞧,就是这样一回事情。他的父亲因为盗用公款给判了一年半的徒刑,在这个时期我们就把我们的积蓄吃光了。我们的积蓄本来就很少。到我丈夫出监牢的时候,我已经在用辣菜根当柴烧了。一个种菜园的人送给我一车没用的辣菜根——我把它晒干了跟干牛粪搀在一块儿烧。气味很不好闻。做出来的粥汤也有怪气味。科柳沙那时候在上学。他是个灵活的孩子……也懂得节省。他放学回家,路上捡到木头、木板,总要带回家来。是啊……春天来了,雪已经融化了,可是他还穿着毡靴。靴子常常湿透了……他把它们脱下来,他那双小脚全红——红了。就在这个时候他们把他父亲从牢里放出来,用出租马车送回家来了。他在牢里得了瘫病。他就躺在那儿望着我苦笑,我站在床前,埋下眼睛看他,心里想:'我拿什么来养活他,养活我这个害人精呢？最好是把他扔到街上泥水坑里去。'可是科柳沙看见了,哭了。他脸色完全白了,望着他父亲,大颗大颗的眼泪顺着他脸蛋滚下来。他说:'好妈妈,他怎样了？'我说:'他已经不中用了。'……是啊,从这一天起,就这样过下去了。就这样过下去了。老爷。我一天忙得像疯子一样,可是就是在运气好的时候,也不过收进二十个戈比……我真愿意死……哪怕自尽也好。科柳什卡①看见了这一切……他脸色很难看……有一回我实在忍受不下去了……我说:'这种该死的生活！能够死掉多好……哪怕你们里面死掉一个也行……'我是指他们,指父亲同科柳沙说的……父亲点点头,好像他想说:我快要死了,不要骂我,忍耐点吧。可是科柳沙……把我望了一下,就走出去了。等到我清醒过来……啊,已经太晚了。是啊,太晚了。因为您老爷,他,科柳沙出去以后还不到一个钟头——一位警察坐着马车来了。他说:'您是希申宁娜太太吗？'我马上就猜到有什么祸事了……他说:'请您就到医院去,'他说:'您儿子给商人安诺欣的马踏伤了……'我就坐车到医院去。在马车里我就像坐在烧红的铁钉上面一样。我心里想:'你该死的女人,该死的！'我们到了。科柳沙,他躺在那儿,全身都给绷带包扎着。他对我微笑着……眼泪从他眼睛里流出来了……他小声对我说:'好妈妈,饶恕我！钱在巡官那儿。'我说:'科柳沙,上帝保佑你。你说什么钱呢？'他说:'街上那些人扔给我的,还有安诺欣给的……'我问:'他们为什么给钱？'他说:'因为这个……'他发出了一声轻轻的……呻吟。他的眼睛睁得很大……我说:'科柳申卡②,好儿子,你怎么会没有看见马跑过来呢？'可是,啊,老爷,他清清楚楚地对我说:'我看见了它……马车……不过……我不愿意跑开。我想——要是我给压坏了,他们会给钱的。他们真的给了钱……'这就是……他说的话……我明白这个,我懂得他的心思,他真是个天使,可是晚了。第二天早晨他就死了……他临死还是很清醒的。他一直在说:'好妈妈,给

---

① ② 科柳沙的爱称。

爸爸买这个,买那个,也给你自己买……'好像有很多钱似的。钱——的确有四十七个卢布。我到安诺欣家里去,可是他给了我五个卢布……他还骂人,他说:'大家全看见,是小孩自己跑到马脚底下来的,你还来向我要钱?'我以后就没有再到他那里去过。您老爷,就是这样一回事情。"

她不作声了,她又像先前那样地冷淡、呆板了。

公墓是清静的、荒凉的;十字架,耸立在十字架中间的干枯的树木,坟堆,悲伤地坐在一座坟上面的毫无表情的女人,——这一切使我想起了人的痛苦,想起了死。

然而无云的天空是晴朗的,它在散布干燥的炎热。

我从衣袋里掏出一点钱来,把它们拿给这个人还活着、心却让不幸弄死了的女人。

她点了点头,声音特别慢地对我说:

"老爷,不要麻烦您了,我今天已经够了……我需要的实在不多,现在……就我一个人……孤零零活在世界上……"

她深深地叹了一口气,又把她那两片给悲伤扭歪了的薄嘴唇紧紧地闭上了。

巴　金　译

一个悲惨的故事*

这是一个十分悲惨的故事。

当我的缪斯①——她是一个身材矮小,面色苍白,神经衰弱的女人,她的发色浅黄,有一对深邃的蔚蓝色眼睛,眼睛里总是像火焰似的燃烧着未遂的心愿,这火焰在缓缓地,但着着实实地以怀疑和苦闷焚烧着她的心灵——,当我的缪斯对我讲述这个故事的时候,她伤心地恸哭着,我的心也在随着她啜泣,不过这与本题无关。

我的主人公是位诗人。世界上确曾有过一些真正的诗人……我们还是不要涉及这个悲惨的话题吧,因为不谈这个,故事已经足够悲惨了。

我的主人公是位诗人。正如大多数诗人一样,他常常写诗,当然,这还不足以说明他的身价。他在诗里讴歌大自然、爱情和女人,歌颂自己的想望、幻想与痛苦,这痛苦是一个有幸成为诗人,但又不幸生活在这个连歹徒都感到不大轻松的世界上的人所感到的痛苦。他在诗里说,他的心儿为疑惑所侵蚀,他的胸膛被忧郁苦闷的虫儿咬啮着,虽然很难搞清楚,他怀疑的究竟是什么,是一切美好的事物能否取胜,还是有朝一日他能否成名,从而可以高居于他的文字同行之上呢,——但不管怎样,他是拥有读者的。

---

* 本篇最初发表于一八九五年九月八日和十日《萨马拉报》。译自《高尔基三十卷集》第二卷。

① 缪斯本是希腊神话中的文艺女神,此处指女友。

人们读他的诗……这在人们消磨时光的种种办法里还不算最坏的一种。

由于文词丰富,结构巧妙,他那对心灵的痛苦与创伤的描写读起来还相当真切,甚而似乎颇为诚挚……加之,他那伤感的诗作又甚合时尚,因此人们对我的这位主人公曾寄以希望,并预期他会有所创新;编辑们一行诗奉赠四十戈比,批评家称他为讨人喜欢的天才,小姐们读着他的诗,慵懒地合上眼思念着他,太太们则直截了当地想着他,无须乎合眼。

他年轻,——这就是他主要的长处。由于他年轻,所以在他的诗歌里间或有些活泼有力,充满希冀和期望的调子,以及威胁与责难的口吻……

我现在就来谈谈他,我的主人公的一场悲惨遭遇,一场使他的诗歌失去这些乐观而雄壮的调子,一场终于把他的年轻的心灵、他的幻想与希望、他对生活和人们的信赖,以及他那爱的力量与恨的锋芒永远彻底摧毁的悲惨遭遇。我所谈的是他的实在情况……

我就从那个时候讲起,即当他看望他的缪斯,吻着她的粉红的脸蛋儿、绯红的嘴唇儿、蓝莹莹的眼睛和白嫩的小手儿的时候,他便产生灵感,——看,我把他的缪斯描写得多么艳丽啊!……当他赏识而又傲然地领受着那些愿意表示惊服其天才的人们的奉承时,他便产生灵感,为大自然和他心中的那些宛如春天的花朵似的旺盛而新鲜,小巧而幽雅的画面所陶醉,在激发起灵感和陶醉之余,他常想,或许该是他有所成就,得以从"讨人喜欢的"天才,一跃而为"超群的","卓越的",或至少是"才华出众"这一级的时候了,果真如此,他是丝毫也不反对的。我开始讲了……

一次,在一个宜人的夏日的夜晚,他从他的缪斯那儿回来,那是一个小巧的,淡褐色头发的调皮姑娘,她住在一间舒适而光亮的房间里,房里的一切都布置得十分协调,而他的缪斯处于大量既贵重又精致的小摆设儿中间,毫无疑义,理所当然显得是最精致,最出类拔萃的了……这个缪斯不是那九个中的一个①,她不侍奉阿波罗②,也不会弹奏金丝七弦琴,而是时装女裁缝三姊妹之一,不折不扣的小市民出身,她情愿为维纳斯③效劳,还有一手好针线。她常用她那胖胖的小手儿和彩色丝线在我的主人公的手帕上绣上他的姓名缩写。

他一路走着,而她的亲吻仍然像许多小灯蛾似的,呼扇扇地扑打着他的脸,他的心头熊熊地燃烧着光芒四射的灵感的火焰,于是乎明快而又雄伟的,颂扬爱情并给读者诸君以慰藉的诗歌便油然而生了。

天鹅绒似的深蓝色夜空洒满了钻石、翡翠般的、微微闪烁着的群星,它对我的主人公发出宁静、温柔的微笑,那飘溢着花香的微风,也在轻轻吹拂着他那幸福和激动得滚烫的脸庞,梳理着他那柔软的鬈发,这鬈发是被他的缪斯用她那温暖、丰腴的小手弄乱了的。

他穿着一件宽大、雅致的夏季西服上装,——您很快就会相信,他的不幸正是隐藏在这件宽大的上衣里的。他一路走着,在灰蓝色的朦胧夜色里,在他那放射着灵感异彩的眼帘里,有一些妙不可言的形象在跳着梦幻般的华尔兹舞,于是他的思想就把这些形象有力地联成一个整体,创作出一首充满生命之火的长诗,只须再有一些美丽动听的辞藻,一节节韵律和谐的诗句就会从他的胸中迸发出来,在大地上奔驰,使人们心里产生悔愧其过去和欲行善事的万分恳切的愿望。

这些已被他的心灵创造出来的长诗,使他的胸间充塞着甜蜜得恼人的、急于获得表达形式的渴望,使他产生一种对自身力量和威力的神妙的感觉,并把他带到了使他甚感亲切的天上。在那里,已故天才诗人们的魂灵在柔和的、蓝莹莹的月光下往返徘徊,来去无踪,他听见他们在悄悄地说着非常入耳的赞许他的话。

他一路走着,一面觉得自己是一个可以同上帝媲美的造物者,一

---

① 古希腊神话中掌管文艺、美术、科学等的九位女神。
② 古希腊神话中最受尊敬的太阳与光明之神,是九位缪斯的保护者。
③ 古罗马神话中司春、司美、司爱的女神。

面在心里把一些美妙的形象串在一起,把自己的思想赋予它们。在他看来,似乎天空也是一首兼有宇宙间一切伟大思想的,蔚蓝色的,富丽堂皇的长诗,一首以活跃的星光为韵脚,充分而庄重地意识到自身完美的长诗。

"噢,生活啊!"他,我的诗人慨叹道,对于天空和自己心灵活动的观察和体验已使他欣喜若狂。"噢,生活啊!"他又重复了一声,急于想把生活大大赞颂一番,然而什么也没说出来。

他默不作声,整个身心都沉浸在使之飘飘然的醉心的微笑里了,天上的星星也对他报以赞许的微笑。他沉思起来,感到一阵甜滋滋的忧伤轻轻吹进了他的心扉,这是一种静静的,未使头脑昏暗,却使它开朗的忧伤……

正在这个时候,一只跳蚤第一次咬了我的主人公一口[①]。

它咬了他左臂的臂弯……他感觉到被咬了,但不清楚是怎么回事,他下意识地挠了挠被咬的地方,又陷入兴致勃勃的内心观察和体验之中了。

我的主人公在走着,四周一片寂静,似乎万物都在凝神细听他内心的波澜起伏……他一面走,一面幻想,幻想,幻想,觉得自己是宇宙的中心……他幻想着荣誉和爱情,并且在未来的朦胧雾色里看到了自己的一尊伫立在大理石座上的青铜雕像……

[①] 噢,读者!别认为这是一个隐喻,而不是跳蚤,我向你保证并且发誓,这的确是跳蚤,而不是隐喻,不是现在人们通常所说的影射……

　　这不过是个跳蚤,正是布雷姆[②]曾经描述过的,生长在内衣里的那种跳蚤。是那种深褐色的,轻佻地蹦来蹦去,会咬人的玩意儿……你是知道它是怎样咬人的……它凶得要命,大自然把它创造出来,就是为了要给悲观主义者提供一个证实"生活即苦难"的牢不可破的论据。读者,你也许不晓得,干吗要造出跳蚤来?那么,现在你该知道了,而且应该对大自然的不偏不倚表示敬服,因为它在关心芸芸众生的同时并未把哲学家忘怀。记住这一点吧,而且原谅我,竟让这样一个不体面的,蹦蹦跳跳的小玩意儿登了场,原谅我吧!这并不费你多大事,因为你对其他一些作者那些更不像话的东西都肯原谅……——作者

[②] 布雷姆(1829—1884),德国动物学家,著有《动物生活》等书。

一个悲惨的故事

"我是当之无愧的!"他兴高采烈地自言自语道。"我要摧毁虚伪的多头蛇,消灭仇恨的恶龙。我将向人类指明通向幸福和荣誉的坦途,我将把人类引出怀疑自身生存能力的昏暗森林,使他们走向相信自己崇高使命的、光芒四射的平川!我要向他们证明他们的天之骄子的身份,让他们懂得,为了贪图片刻虚妄的荣华而出卖这一身份是卑俗和懦弱的!……坚强的生存愿望是顺利实现一切意愿的保证……人啊,在精神上坚强起来吧!——我要这样说,还要使人们相信我,到了那个时候……"

他觉得,有个什么东西刺进他的腋下,同时由于意外和疼痛打了个寒战……但是这个插曲并没有打断他的幻想。

"我要建立一种新的战斗哲学,要把人类创造出来的整套的伟大思想学说统统纳入这一哲学里来,用人类灵魂的伟大精神,用人前未曾证实过的伟大精神把它们贯穿起来,我将唤起人们的自豪感,异常明白地指出他们已有的伟大成就,使他们相信,只要愿意,他们就能完成为获得幸福与荣誉的一切未竟事业。"

他的胸脯又挨了咬……他不耐烦地搔了搔。

"唤醒人们的骄矜——这就是我的任务!我一定会唤醒它!我要写一首长诗《巨灵的战斗》,把人类迄今经历过的一切再现出来,这就足以说服人们去看重自己的才能,而我的诗作也将成为不朽的,什么也摧毁不了的美学体系,因为它是以缔造生命的众神的尊严为基础的……"

他被频繁地、又疼又狠地咬着……胸脯、脊梁、双腿、双臂到处挨咬……一处疼痛未消,另一处就又像有根烧红了的尖针刺进了肉里。他不时地颤抖着,发着火。

"是的,人们不太看重自己的力量,——这就是他们软弱的原因!……该死的软弱啊!……"

他突然把牙咬得咯咯响,因为他觉得,似乎有人将一把尖细的锥子插进了他的胸膛,插进以后还拧了拧……但是由于他正想得入迷,

151

所以暂且忍着疼痛,没打算去寻找原因。

"总之,要前进——为了荣誉,为了生活和人类去工作吧!……缪斯,我召唤你!把火一样闪光的荣誉给予我吧,我满怀歌唱的愿望,我满怀思想与激情……噢,缪斯们,我等待着你们!来帮帮我吧!……"

但是缪斯们没有来……我们有义务原谅他们这一点;不仅如此,我们还应该可怜他们。可怜的埃拉托①,可怜的欧忒耳帕②,可怜的卡利俄珀③!……只有尘世间忙得不可开交的助产妇才能理解你们,阿波罗的不幸的女儿们!可怜的缪斯们!你们曾经想过吗,人间将普遍出现一个附庸风雅的热潮,而你们这些掌管艺术的伟大而艳美的女神将会服务于助产的艺术,费尽九牛二虎之力来帮助千万个具有变态心理的凡夫俗子,分娩一些像是先天不足,患着佝偻病的胎儿似的歪诗。可怜的缪斯们啊!可怜的缪斯!

我理解你们为什么未听从我的诗人的召唤。你们岂能满足如今所有求助于你们的人呢!……可怜的、受尽蹂躏与摧残的众缪斯啊!你们未听从我的诗人的召唤,我并不责怪你们这一点,虽然我十分疼爱我那位被残酷的虫子咬啮得体无完肤的主人公……因为,等着等着,他终于喊叫起来:

"噢——噢!我真倒霉,是什么东西在这样咬我呀!"

他有权注意到自己的肉体,注意到这个受尽折磨并且为了精神而付出牺牲的肉体,因为他的精神在他那超越于星空之外的幻想中已经翱翔得够久了。

总之,我的主人公感到了疼,因而从幻想中回到了严峻的现实里来。

"是什么东西在咬我呀?"他问道,同时觉得仿佛有千万只黄蜂把灼烫的尖螫扎到他的身上并把它们留在了他的体内。

---

① 古希腊神话中管抒情诗的女神。
② 古希腊神话中的管诗歌与音乐的女神。
③ 古希腊神话中管史诗的女神。

他糊里糊涂地、拼命地……抓挠了起来。

望情操高雅的读者原谅,但他确实是抓挠了起来。要知道诗人也是人。一生都为愁闷所苦的乐天派海涅曾经说过:"倘若好好思量一下就会发现,我们大家都是赤身裸体待在衣服里的……"①我的诗人也是赤身裸体待在衣服里的,所以他在狠狠地抓挠……

"可是,真见鬼!这似乎不是别的,而是跳蚤!"他叫了一声,由于这一发现,他似乎稍许镇定了些,随之便决定下次探望他的缪斯时,送她一盒上等杀虫粉。然后,他便又回到原来的思路上。

"那些认为生活只是些光怪陆离的形式而毫无实质内容的人,将在我的创作里看到……"

这时跳蚤又在他的胸肋下面咬了一口,他于是又采取了去疼措施。因而失去了思路……而跳蚤仍然咬着……他竭力不去理睬这种疼痛,再度试图升腾到那个他刚刚飞落下来的所在。

"生活由于具有五光十色的形式,因而没有个定型……谁能以其强大的智慧在每一个个别形式中找到所有形式共同具有的统一、真实的内容,谁就会赋予生活以固定的形式,并会使生活为所有的人理解。而这正是我要在我的诗歌里做到的!……当我做到这一点的时候,大家,以及每个个人都会认清他在生活中的位置、任务以及通往幸福的道路……哎呀,你呀,魔鬼在我的道路上设置的障碍呀!……等着瞧吧!……"于是他在身上挨咬的地方使劲拧了一把。

"我的诗歌将像太阳一样发着光和热,驱散着压在人们心灵上的冰冷的疑云……你呀,凶恶的灾难……跳跃的祸害……活生生的毒药!……我一定要捉住你,等着吧!……"

他再也忍耐不住了,于是便恨得浑身发抖,动手搜索起跳蚤来了。可是他在胸脯上捉它,它便咬他的脊梁,他在肩膀上守候它,它又咬他的膝盖……

---

① 引自海涅的《旅行札记》第二部《北海》篇。

黑夜渐渐消退，天发白了，一朵阴沉沉的灰蓝色乌云躲避着黎明，迅速地在天上飘过。乌云洒下几颗大大的雨滴，像是在为着什么哭泣……乌云非常可能是会哭的，因为它们环绕着大地在空中游动，因此对地上的事儿该是一目了然的……

他捉不住那个不停地跳来跳去，尽情折磨他的跳蚤；它不时把嘴插进我的主人公的娇嫩的皮肤里，而他已经同它斗得疲惫不堪。它小得使人一时很难战胜它，而且忽东忽西地咬个不停，就像是在嘲笑他的无能似的。噢，这些琐细的烦恼啊！这些几乎难以觉察的现实生活的毒尘啊，它们毁坏着金碧辉煌的幻想大厦，戕害着梦幻的花朵！……几乎只有伟人才能战胜这些小东西，如果建议赫拉克勒斯①不去完成那驰名的十二项功绩，而去同一打跳蚤决一胜负的话，将会怎样呢？……我想，由于他有勇无谋，他会同意这样干的，然而……其结果又将如何呢？……

我的主人公过高估计了自己，他至少找了一个小时也未找到那只跳蚤，尽管跳蚤还在，而且还在咬他，懒洋洋地咬着，就像在捉弄他似的。于是已经精疲力竭、由于自己的无能而十分颓丧的他，悲哀地叹口气，坐在了地上，又是绝望又是害怕，只觉得身上冷汗淋漓。

"噢，生活啊！你这狡黠而无情，惯于捉弄人的、既冷酷又凶恶的怪物啊！……我看穿了你那淡漠的游戏！你把我视为你的狂妄行为的敌人，因而在我刚要同你搏斗的时候就战胜了我！这是不道德的，然而却是意料中的事。是的，你是强大的，我意识到了这一点。我承认我的失败，我非常痛心，但并不感到羞耻，因为我已经尽我的可能作了斗争！我再也无能为力了。我软弱并不是我的过错。如果有个小黑点遮住了我的思想的整个宽阔视野……如果每当我刚一举目望天，头还没有挨着它，便双脚离地无可奈何地、晃晃荡荡地悬在了半空……那么，这又是谁的过错呢？"

---

① 希腊神话中的大力士。

然而这时跳蚤又在他的右肩胛骨下面,像是要把他咬穿似的,狠命咬了一口。他又疼又恼,脸色变得煞白……

"噢,生活啊,别折磨我吧,我投降、认输了!"他凄惨地叫了一声,想用手把跳蚤抓住,但是它又溜掉了,在他的腰部骚动着,显然是准备再来一口……

"半小时以前我还是一只鹰。而现在却成了一条蛆,我已经认识到,生活不用费多少时间和气力就能挫掉人们的锐气。我能拿什么来对抗现实生活无坚不摧的力量呢?我到哪里去汲取同它斗争的豪迈气魄呢?就凭我这一丁点儿脑筋,哪能参透生活的奥秘呢?噢,生活,你这没有同情、也不爱护你的孩子的、神秘莫测的怪物啊!"

跳蚤仍在不停地咬他……真可惜!在需要除虫菊的地方,最富丽堂皇的雄辩之花都无济于事!唉,一定要弄清楚,到底是怎么回事!……于是我的主人公就在跳蚤的啃啮下垮了下来。

他垂头丧气地走回家去,觉得遍体犹如火烧似的,并未理会到头上的天空已经染上了黎明前的红晕,大地静悄悄的,好似在屏息等待着晨曦的到来。现在太阳的光芒已撕破阻挠它的薄薄的一片乌云喷射而出,尽情地照耀着空旷而柔和的碧空。阳光灿烂,大地迎着朝日欢快地嘘了一口气。鸟儿开始歌唱,林木也喧闹了起来,晴空也在苏醒了的大地上方展开了亲切而庄重的笑颜……

但是我的主人公什么也没有看见,因为悲伤重重地压在他的心头,疼痛折磨着他的全身。他低头走着,到家以后便脱下衣服仔细搜寻了一遍,他抖遍了里里外外的衣服,什么也没有找到,便睡了下去,这时他觉得疲乏已极,像得了一场大病。他睡不安枕,总是做着同样的噩梦……他梦见一只硕大无比的跳蚤咬破他的胸膛,啃啮着他的心脏……还见到不少类似的可怕的梦境。早上醒来以后,他久久地躺在床上,睁着两只充满忧伤的眼睛盯着天花板。最后,当他终于起了床,洗完脸,喝过茶以后,便在桌旁坐下来,怀着满腔愁绪和激情,带着心头的冰冷和头脑中的一团绝望的烈火写下了一首诗:

我遭到生活残酷的欺骗，
也历尽了人间种种苦难，
我那成堆的，被埋葬了的幻想啊，
在我的心头永不会再现！
这幻想如此众多，墓穴岂能把它装完！
我给它们穿上韵律的殓衣，
唱过一曲曲哀歌，
哀歌低回啊，恰似那声声呜咽……
我悲歌已毕，再不去打扰
它们那静静的长眠……
主啊，让我的魂灵安息吧！
它已病入膏肓，再难康痊……

我没有尝到一丝幸福，
也不能再把它等候！
不，我的心已烧成灰烬，
用希望也再难把它点燃！
我不需要梦想和欺瞒，
即使它们的世界令人快慰和喜欢！
但我更喜欢那杯毒药，
我饮着它啊，从未曾间断！
我勇敢地毁灭我的生命，
当我把毒药喝干……
到那时……我的痛不可忍的心灵啊，
能否得到安慰？

我不理解生活的游戏，
我被粗暴的人世遗弃，

一个悲惨的故事

　　我的心头啊，印下点点黑斑，
　　铭刻着深深的悲酸。
　　我听天由命地在生活中走过，
　　那里谁也不需要我，
　　生活已使我心灰意懒，
　　我的理智啊，也感到恁般的昏暗！
　　我不怕与死亡见面，
　　不管它如何昏黑和酷寒，
　　主啊，让我的魂灵安息吧！
　　它已病入膏肓，再难康痊！

　　这首诗写成以后，他立即把它发表了出来。公众中熟悉他的人看到以后议论纷纷：

　　"不幸的人啊！不久以前他还是那样乐观的呀！唉，该死的生活环境啊！多么快就一点点地把一个活生生的天才给断送了呀！在这个讨人喜欢的天才的心里究竟发生了什么悲剧呢！"

　　人们还讲了许多别的……公众一向是议论很多的，这是他们的专长，我并不因此而责备他们，因为我切实知道，任何一个人所做的只是他能做的，无论如何也超不出这一点。

　　我的主人公就这样悲惨地死去了！……看哪，我们的诗人们的最卓越的才智和力量都是怎样断送掉的啊！这也就是为什么期期艾艾的调调儿如此之多，如此风行的原因！

　　我的诗人死了！……我只写了他生活中的一段插曲，但仅是这段插曲已经清楚地说明，生活对于一个要把"活着"这个概念同必须有所作为连在一起的人，该有多么繁重、艰难。

　　如果这段插曲说明不了这样一点呢？反正都一样！您就假设它正是说明这一点的吧。要知道，我必须让我的故事里包含某种教诲。

作这么点假想并费不了您多大的事……想想看吧,读者,您即使是这样做了,在生活中依然会是十分走运的……

  我的主人公死了!……倘若有人认为,我歪曲了他的死因,那就错了。我没有必要把他写得比他本人更好或更坏。我是真理的温顺的奴仆,他是一位诗人。我们彼此是格格不入的;他想成名,我讨厌庸俗……可我们终究都是人,让众位神明帮我们变得比现在更聪明些吧,也许到那时,他将不再写诗,我也不再写散文了,阿门!

张佩文　译

蓝眼睛的女人[*]

一

警察区长的助理佐西姆·基里洛维奇·波德希布洛,一个身体笨重、性情忧郁的霍霍尔[①],坐在自己的办公室里,拈着口髭,生气地瞪着眼睛望着朝区公署院子打开的那扇窗子。办公室里又暗又闷,静悄悄的,只有墙上那只大挂钟的钟摆单调地数着分秒,发出嘀嗒嘀嗒的声音。院子里却阳光灿烂,非常诱人……院子中央的三棵白桦投下浓密的阴影,在树荫里,刚下班的军士库哈林旁若无人地四仰八叉睡在一堆不久前运来给救火队的马匹吃的干草上。佐西姆·基里洛维奇望着望着,不禁发起火来。手底下的人在睡觉,而他这个倒霉的上司反倒得待在这黑窟窿里,呼吸石壁的潮气。佐西姆·基里洛维奇想,如果时间和职位容许的话,他自己也伸开四肢躺在树荫里芳香的干草上,那该多舒服啊。他伸了个懒腰,打了个呵欠,更为生气了。他感到一种不可克制的愿望,非把库哈林唤醒不可。

"喂,你!……嗳……畜生!库哈林!"他大声呵斥道。

门开了,有人走进办公室。波德希布洛望着窗子,既不回过头来,

---

[*] 本篇最初发表于一八九五年九月十四、十七日《萨马拉报》。译自《高尔基三十卷集》第二卷。

[①] 旧俄时代俄罗斯人对乌克兰人的称呼。

也没有丝毫的好奇心,想看看是谁走进房来,站在他背后的门边,压得地板发出吱吱的声音。库哈林并没有因为他的呵斥而翻身。他把双手枕在头底下,朝天翘起胡须,酣睡着;佐西姆·基里洛维奇觉得,他似乎听到了部下的响亮的鼾声,那样的一种嘲弄人的甜蜜的鼾声,更加引起他想休息的愿望和不能达到目的的怨恨。波德希布洛恨不得走到下面,照着部下的凸出的肚子狠狠地踢上一脚,然后揪住他的胡须,把他从树荫里拖出来晒晒毒太阳。

"嗳,你……睡死了吗?听见吗?!"

"大人,我是值班的!"他背后有人用迷人的甜蜜的声音说道。

波德希布洛转过脸来,用恶狠狠的目光打量了一下值班的,后者还圆睁着那双迟钝的大眼睛望着他,准备立刻奔赴命令他去的地方。

"我叫你了吗?"

"没有!"

"我问你了吗?"波德希布洛在椅子上转过身来,提高嗓子问道。

"没有!"

"那么去见你的鬼吧,趁我还没有砸破你的脑袋!"他右手紧紧地抓住椅背,左手已经痉挛地在桌子上摸索着什么,但是值班的一溜烟溜出门外,影子也不见了。警察区长助理觉得,这样溜走对他有失尊敬,他无论如何要把愈来愈强烈的恼恨发泄出来,发泄在这种闷热的天气上,发泄在职务上,发泄在酣睡的库哈林身上,发泄在附近熙熙攘攘的集市上,还要发泄在今天无端地、不由自主地浮上他心头的许多不愉快的、痛苦的往事上。

"嗳!来人哪……"他朝门口叫道。

值班的走进来,在门口立正,脸上露出惊慌和期待的神色。

"丑八怪!"波德希布洛阴沉地对他说,"到院子里去,叫醒库哈林,告诉他,让他这个蠢驴别在院子中央睡大觉。简直不成体统……唔,去吧……"

"遵命!那边有一位太太要见您……"

"什么?……"

"一位太太……"

"什么样的?"

"身材高高的……"

"傻瓜!她要干吗?"

"要见您……"

"去问一下……"

"我问过……她不肯说……她说,我要见大人本人……"

"唉,见鬼!叫她来吧……年纪轻吗?"

"正是……"

"那么叫她来吧……向后转!"波德希布洛下命令的口气已经比较温和了,他整了整衣服,把桌上的文件弄得沙沙作响,阴沉的脸上摆出一副严峻的长官面孔。

他的背后发出了女人衣服的窸窣声。

"您有什么事?"波德希布洛半转过身用批评的眼光打量了一下来访的女客,问道。女客默默地鞠了一躬,轻盈地缓步走到桌子旁边,皱着眉头用一双严肃的蓝眼睛打量着警官。她穿得朴素、寒碜,像小市民那样,包着头巾,披着一条旧得很旧的灰色披肩,她用好看的小手的浅黑的长手指摆弄着披肩的末梢。她身材高大丰满,胸脯非常发达,蹙着宽大的前额,她似乎显得特别地严肃和强硬,不像女性那样。从外表上看,她大概有二十六、七岁。她那样缓慢地、沉思似的移动着,仿佛在考虑她要不要退回去。

"见鬼……这样一个大个儿,"波德希布洛问了以后,暗自思忖,"是来搬弄是非的吧……"

"我可不可以向您打听……"她用沉厚的女低音开始说,但又停住了,迟疑不决地用她的蓝眼睛盯住警官的留着口髭的脸。

"请坐……您要打听什么事情?"波德希布洛打着官腔问,一面继续思忖着:"好一个壮实的女人!嘿!"

"关于证件的事……"女人把话说完了。

"住房证吗？"

"不是，不是这种证件……"

"那么是哪一种呢？"

"喏，就是那种……有了这种证件……女人们可以出去游逛……"女人说话颠三倒四，突然脸红起来。

"这是指什么？……什么样的女人出去游逛？……"佐西姆·基里洛维奇扬起眉头，嬉皮笑脸地问。

"什么样的女人都有……夜里出来玩的……"

"哦—哦—哦！是妓女吧？"佐西姆·基里洛维奇愉快地露出了牙齿。

"是！正是她们。"那位太太深深地舒了口气，也露出了笑容，仿佛听到这个词，她就觉得轻松一些似的。

"啊哈！嗯？那么怎么样？"佐西姆·基里洛维奇开始询问，感觉到下面一定有某种有趣的、好玩的故事。

"所以，我是来打听这种证件的。"女人说了就在椅子上坐下，一面吁着气，有点异样地动了动头，好像有人打了她似的。

"哦……您是准备开一所妓院吗？那么……"

"不，我是为我自己……"女人低低地垂下了头。

"哦……那么您原来的证件呢？……"佐西姆·基里洛维奇问，接着，把自己的椅子朝女客那边挪近一点，一只手向她的腰部伸过去，一边回过头去望了望门口。

"什么证件？我过去没有……"女人抬起眼睛看了他一下，但是并没有采取任何动作来躲开他的手……

"就是说，是秘密干这种营生吗？没有登记？有这种情形！您愿意登记吗？这很好……比较保险。"佐西姆·基里洛维奇一面鼓励她，一面格外大胆地要想实现他的意图。

"不过我还是第一次……"那位太太喔的叫了一声，难为情地垂下眼睛……

"什么头一次？我不懂，"波德希布洛耸了耸肩……

"我还是刚刚想做……是第一次。我是来赶集的。"那位太太悄声解释着，眼皮也不抬。

"原来这样！"佐西姆·基里洛维奇把手从她的腰间移开，把自己的椅子挪开一点，有点狼狈地仰到椅背上。

他们沉默了半晌……

"原来这样……可是……您这是……怎么搞的？要知道，这不好。困难……那当然……但是毕竟是……怪事！说实在的，我不明白……您这是怎么下决心的。如果确实是真话……"

作为一个经验丰富的警官，他看出，这确实是真话：要干这种营生，她显得太嫩，太正派。她没有卖笑者所具有的特征，而这些特征，哪怕只是操过几天这种生涯，也必然会在女人的面貌和举止上打下烙印。

"真的，是真话！"她突然信赖地向他俯过身去。"我要去干这种见不得人的事，我还要说谎。为了什么吧？只是出于无奈。您瞧，我是个寡妇。我死了丈夫，丈夫是个领港员，四月里在流冰的时候淹死的。我有子女，有两个，儿子九岁，女儿七岁。没有收入。也没有亲人。我原是一个孤女。他的亲戚，也就是亡夫的亲戚，都在很远很远的地方。而且我也不是他们喜欢的人……他们很富裕，而我在他们面前就好像是个叫花子。简直无亲可投。当然，可以工作。但是我需要很多钱，挣不到那么多的。儿子在中学念书。当然可以想办法申请免费，但是叫我一个女人家到哪里去奔走呢？可是我的儿子，那个小家伙……您知道，可聪明啦……停学怪可惜的……女儿也一样……也应该给她一点什么。可是工作，如果是正当的工作……这样的工作多吗？你又能挣多少钱？而且又干什么呢？如果当厨娘……那当然……每月只有五个卢布……不够啊！怎么也不够！可是干这个行业，要是运气好，一下子就够吃一年的。在上一次集市上，我们村里一个女人就搞到了

163

四百多！她现在带着钱嫁给了一个护林员，自己当起太太来了。日子过得不错……如果讲到羞耻……那当然可耻……只不过……请您判断一下吧……是命该如此……总是命啊。我既然转到这个念头，就是说应该这样做——这是命运给我的指示……如果成功，那很好……如果不成功，我只有忍受痛苦和耻辱……这也是命。是的……"

波德希布洛听着她，理解每一句话，因为她整个脸部的神色都这样表示。这张脸上起初有一种恐惧的表情，后来它就变得平常、冷漠而坚决了。

佐西姆·基里洛维奇觉得很不是滋味，并且不知为什么害怕起来。

"要是哪个傻瓜落到这么个妖婆手里……他会被她抽筋剥皮，连骨带肉一点也不剩。"他暗暗用这个意思来表达他的恐惧，等她说完之后，他就冷冷地说道：

"我这里毫无办法。您去找警察局局长吧。这是警察局局长的事，也是卫生检查处的事。我可毫无办法……"

他希望她快些走。她也真的马上从椅子上站起来，鞠了一躬，慢慢地朝门口走去。佐西姆·基里洛维奇咬紧嘴唇，眯起眼睛，目送着她，他真想朝她背上吐一口唾沫……

"您是说我该去找警察局局长吗？"她走到门口，回过头来问……她的蓝眼睛坚决地、沉着地看着人。额头上露出一条严峻的、深深的皱纹。

"不错，是的！"波德希布洛匆匆地回答道。

"再见！谢谢您！"她说完就走了。

佐西姆·基里洛维奇用臂肘支在桌子上，轻轻地吹着口哨，坐了十来分钟。

"这个畜生，哼！"他并不抬起头来，自言自语地说。"居然说是为了孩子！哪来的孩子？哈—哈！这个骚娘儿们！"

他又沉默了好久……

"不过这也是生活……如果这都是真话的话。可以说,人是可以任意摆布的……确实是这样……她来找我的时候是气鼓鼓的。"

他又沉默了半晌,然后沉重地叹息了一声,断然地吐了口痰,精力充沛地高叫一声"讨厌!"以此来概括自己的全部思想。

"您有什么吩咐?"值班的回到了门口。

"啊?"

"大人,您有什么吩咐!……"

"滚你的蛋!"

"是。"

"笨蛋!"波德希布洛嘟哝了一句,朝窗外瞅了一眼。

库哈林仍旧睡在干草堆上……显然,值班的忘了叫醒他……

但是佐西姆·基里洛维奇已经忘了自己的愤怒,所以看到那个自由自在地伸开四肢躺着的兵士,一点没有生气。他感到自己被什么吓坏了。那女人的镇静的蓝眼睛依然在空中停留在他面前,坚决地直望着他的脸。这执着的目光使他觉得心口有一种重压,并且有些不自在……

他看了看表,整了整武装带,就走出了办公室,低声说了一句:

"也许我们还会碰到……大概会碰到。"

二

果然,他们碰到了。

有一天晚上,波德希布洛穿得整整齐齐地站在区公署总办事处旁边,在离他五六步的地方发现了她。她正跨着缓慢而轻盈的步子朝小公园走去,蓝眼睛固执地望着身前的什么地方,在她高高的、匀称的身姿里,在她胸部和大腿的动作里,在她的严肃而温顺的目光里,有一种凛然不可侵犯的神气;前额上过度温顺的、预示要发生不幸的皱纹,现在比初次见面时更为明显,破坏了她那宽大的、丰满的俄罗斯人的面孔,使它显得很触目。

佐西姆·基里洛维奇拈了拈口髭,在他的脑子里顿时产生了某种胡闹的念头,决定牢牢盯住这个女人。

"哼,你这个冷血动物!你等着吧……"他暗暗送给她这句含有深意的话。

约摸过了五分钟,他已经和她并排坐在小公园里一条长凳上了。

"不认识了吗?"他微笑着问。

她抬起眼睛望了望他,神色自若地把他打量了一下。

"不,记得的。您好。"她压低了嗓子轻轻地说,但是没有向他伸过手去。

"唔,怎么样?弄到证件了吗?"

"瞧!"说完她就在衣袋里摸索,脸上仍旧带着温顺的表情。

这使警官感到有点不好意思。

"不,我不要看,别拿出来了,我相信您。而且我也无权看……那就是说……您还是讲讲您有什么成绩吧!"他问,但心里马上就想:"难道我真想知道这个!算了吧!何必……装腔作势?唉,佐西姆,直截了当地说吧!"

但是,尽管他用这种想法鼓励自己,仍旧下不了决心直截了当地说出来。她身上有一种东西,不让他马上跟她建立某种亲近的关系。

"成绩吗?还不错,谢天……"她没有说完,就停住了,脸孔涨得通红。

"那就好。我恭喜您……不习惯,有困难吧?啊?"

她突然把整个身体向他靠过来,她的脸色发白,变得难看起来,嘴不知怎的成了圆形,仿佛要叫出声来,接着她又突然朝后一闪,离开他,——闪开之后,又保持原来的姿势……

"没有关系……我会习惯的。"她平静而清晰地说,接着,取出手帕,大声擤了一下鼻涕。

佐西姆·基里洛维奇觉得:这一切,她的动作,她的靠近,她那镇静的、凝视的蓝眼睛,都使他的胸口隐隐作痛。

他不知道为什么生自己的气,就站起身来,默默地、愤愤地向她伸过手去……

"再见了!"她温柔地说……

他朝她点点头,急忙走开,一面狠狠地咒骂自己是个傻瓜和孩子……

"等着吧,他妈的!我会收拾你的!我会让你知道我的厉害。你别给我硬充碰不得的娇小姐了。"他不知为什么心里这样威胁她。但是他毕竟觉得,她在他面前是毫无过错的。

这一点使他更为生气……

三

一个半星期之后,佐西姆·基里洛维奇从客栈朝西伯利亚码头的方向走去;一阵妇女的尖叫声、咒骂声和吵闹声从一家小饭馆窗口传到街上,使他停了下来。

"警察!救命啊!"一个气息喘喘的女人的声音在嚎叫。响起了一阵可怕的撞击声,家具震响着,有人用盖过所有的噪声的低音赞叹地叫道:

"给她一下!再来……一下!对准脸打。好啊!"

佐西姆·基里洛维奇急急跑上楼梯,推开聚集在饭厅门口的观众,在他眼前就呈现出这样一幅图景:他认识的那个蓝眼睛的女人隔着桌子弯过身体,左手抓住另外一个女人的头发,把她拉到自己跟前,右手毫不留情地、雨点般地打她的吓坏了的、已经被打肿的脸。

她的那双蓝眼睛现在是残酷地眯缝着,嘴唇闭得紧紧的,唇角到下巴现出明显的皱纹,他所认识的这个女人的脸——以前是非常镇静,现在是野兽般残忍、凶狠,——成了一个准备没完没了地折磨她的同类、并且以折磨人为乐的人的脸了。

被她殴打的女人已经只会发出哼哼的声音,她拼命想挣脱出来,双手在空中乱摆。

佐西姆·基里洛维奇觉得心中顿生恶念——一种为了某一件事要向某人报复的强烈的愿望,就向前扑去,从后面把这个打人的女人拦腰抱住,把她拉到自己的跟前。

桌子翻倒了,被打碎的杯盘叮叮当当地响起来,观众发出粗野的叫声,哄笑成一团。

佐西姆·基里洛维奇仿佛喝醉了酒,看见空中有各色各样粗野的、通红的脸孔在晃动,他紧紧抱住这个乱蹦乱跳的女人,恶狠狠地凑着她的耳朵喝道:

"哼,你!还要胡闹?还要捣乱?哼,你!"

被殴打的那个女人躺在地板上杯盘的碎片中间,歇斯底里地尖叫着,嚎哭着……

"大人,她,就是说,那边的那个,对这个说:'你这个烂污货,臭婊子!'这一个就狠狠地揍她……那一个拿起一只盛着茶的杯子朝她扔过去,这一个就抓住她的辫子,一下一下地打她!嗳,我告诉您,她打得真凶,连旁观的人都觉得羡慕!力气真大啊!"一个动作灵活、穿厚呢长外衣的人向佐西姆·基里洛维奇解释打架的来龙去脉……

"哈哈!原来是这样!?"佐西姆·基里洛维奇咆哮着,越发用力地紧紧抱住这女人,一面觉得他自己也想打架……

"马车!来一辆马车!"一个颈脖通红的人从窗口向街上喊道,他绷紧宽阔的脊背,异样地弓起来。

"喂,走吧……到禁闭室去!开步走!……两个都走!你!站起来……你刚才在什么地方?你是管什么的?丑八怪!押到禁闭室去。快!把两个都押走……哼!"

一个雄赳赳的警察一会儿推推这个女人的背,一会儿推推那个女人的背,把她们带出饭厅。

"来,给我……一瓶白兰地和一瓶塞尔脱斯①矿泉水,快!"佐西

---

① 德国地名。

姆·基里洛维奇招呼了一下跑堂的,重重地坐到窗口的椅子上,觉得自己已经筋疲力尽,对一切都有气。

第二天早上她站在他面前,仍旧像初次见面时那样坚决、镇静,用她的蓝眼睛理直气壮地望着他,等着他同她谈话。

佐西姆·基里洛维奇怒气冲冲,没有睡够,把桌上的公文乱扔一气,尽管如此,他却不知道跟她谈话该从何开始。这种场合常用的那套公式化的讯问和咒骂不知怎的没有说出来,他想找出一些更凶狠、更厉害的话来向她掷过去。

"你们是怎么打起来的?……喂,快说呀!"

"她骂了我……"女人回答得很有分量。

"这有什么了不起……您说说看!"波德希布洛用讽刺的口吻说。

"她胆敢……我和她不一样。"

"啊,我的老天爷!那么你是什么样的人?……"

"我是因为穷……如果有什么可说的……可她……"

"怎么样?!她是出于玩乐吗?……"

"她?"

"是啊,她。是不是?"

"她怎么啦?她又没有孩子……"

"你听着……给我闭嘴,你这坏女人!你别用你的孩子来哄骗我……你走吧,但是记住,要是我再碰到你,二十四小时内就叫你滚蛋!滚出集市!懂吗?!哼!我知道你们这种人!我要……嘉奖你!瞎胡闹?!我也要叫你出出丑……下贱货!"

于是一个比一个更侮辱人的字眼从他的嘴里对准她吐出来。她脸色发白,眼睛像昨天在饭店里那样眯缝起来。

"滚!"波德希布洛咆哮着,用拳头把桌子捶得震天价响。

"上帝会审判您的……"她冷冷地、威胁地说,接着就急急走出了办公室。

"我会给你颜色看——居然说什么审判！"佐西姆·基里洛维奇吼叫着。他喜欢侮辱她。这张镇静的脸和这双蓝眼睛的正视的目光使他失去自制。她干吗要装模作样，硬充做一个心高气傲的人？孩子？！胡说八道。无耻。这里扯上孩子干什么？一个荡妇到集市来出卖肉体，还要装腔作势……她在受苦受难，因为穷……因为孩子。她要用这个来骗谁？没有胆量公开犯罪，她就用穷来遮羞。呸！你们说说看！……

四

可是孩子们毕竟是存在的——一个穿着破旧的中学生制服、用黑围巾裹住耳朵的白白的、怯生生的男孩子，和一个穿着大得不合身的方格子长外衣的女孩子。他们俩站在卡欣码头旁边的木板上，在秋风中瑟缩发抖，悄声地进行着童稚的谈话。他们的母亲背靠着一堆货物站在他们后面，一双蓝眼睛慈爱地俯视着他们。男孩子像她：他的眼睛也是蓝的，他不时把戴着帽舌破了的便帽的小脑袋扭回来看看母亲，微笑着告诉她什么话。女孩子满脸麻子，鼻子尖尖的，一双灰色的大眼睛透着又活泼、又聪明的神情。在他们周围的木板上，放着一些大大小小的包裹。

是九月底；从早就下着雨，码头上覆着一层泥浆，还刮着潮润而寒冷的风。

伏尔加河上浊浪滚滚，哗哗地拍着河岸。到处都是喑哑的、低沉的、强烈的噪声……形形色色的人熙来攘往，都是心事重重，急急忙忙要赶到什么地方去……在热闹的滨河街生活的总的背景上，两个安安静静地等待着什么的孩子和他们的母亲顿时引起人家的注意。

佐西姆·基里洛维奇·波德希布洛早已发现了这一伙，尽管他站在一边，却聚精会神地观察着他们。他看见这三个人中每个人的一举一动，他不知为什么觉得羞愧……

卡欣的轮船从西伯利亚码头开来,半小时之后要向伏尔加上游开去……

大家开始向趸船挤去。

蓝眼睛的女人俯身向两个孩子说了句什么,又挺直了身子,背着大包小包走下扶梯,她的两个孩子手挽着手,也背着东西在前面走。

佐西姆·基里洛维奇也应当到趸船上去。他不愿去,但是非去不可,过了一会儿他已经站在离售票处不远的地方。

他认识的那个女人正在买票。她手里拿着一个鼓鼓的黄色钱夹,从那里露出了一沓钞票。

"您瞧,"她说,"我想这样……我们要去科斯特罗马,他们两个孩子坐二等舱,我坐三等。他们两个能不能合买一张票?……不行吗?能通融吗?十分感谢!上帝保佑您……"

她带着满意的神色走了。两个孩子在她身边转动,抓住她的衣襟,要求着什么……她听着他们,微笑着……

"啊,我的爹,我不是说过,要买的吗!……我又不是舍不得钱!每人两个?好……你们在这里站一会儿。"

然后她就朝小木桥走去,那边有人在卖各种杂货和水果。

过了一会儿她回到孩子们身边,对他们说:

"这是给你买的肥皂,瓦丽亚……喷香的!呐,你闻闻看。刀子,是给你的,彼佳……你瞧,我记得的,不是吗?这是桔子,一共十个。你们吃吧……只是别一下都吃掉……"

轮船靠近码头。震动了一下。大家都摇晃起来。那女人双手抓住两个孩子的肩膀,惊惶地环视了一下,把他们搂向自己。她看见大家都安安静静,她也放下心来,笑了。两个孩子也跟着她笑。舷梯放下来了,乘客一齐涌上轮船。

"站住!你往哪里挤!笨蛋!……"佐西姆·基里洛维奇放一批乘客走过自己身边,一面对一个全身挂满篮子、锯子、斧头和其他工具的木匠喝道。"鬼东西!让这位太太和小孩子先走……你怎么不懂道理,我的老弟!"他加上这几句话的时候口气已经比较温和了,这时,他认识的那个蓝眼睛女人正走过他身边,微微一笑,向他行了个礼,走上轮船。

……响起了第三次汽笛声。

"起锚!……"船长台上发出了命令。轮船震动了一下,慢慢地开了……

佐西姆·基里洛维奇扫视了一下甲板上的乘客,找到了他认识的那个女人,就恭恭敬敬地脱下制帽,对她行了个礼。

她深深地行了一个俄罗斯式的鞠躬礼,作为回答,接着恭恭敬敬地画起十字来。

她带着自己的孩子到科斯特罗马去了。

佐西姆·基里洛维奇还目送了她一阵,深深地叹了口气,从趸船回到自己的岗位。他脸色阴沉,精神沮丧。

水 夫 译

"客　人"*

伏尔加河小景

……一队驳船停靠在悬崖下面,等着装货。

这是一个月明之夜,桅杆细长的倒影,映入冷冽的河水,像是一条条通往暗处的羊肠小道,对岸沉浸在一片黑暗之中,那边还有一盏孤灯,远远地闪闪发光。

河水缓慢地流向黑暗的远方,波浪轻拍着空驳船的船舷,驳船里不时发出低沉的、长叹似的声音。

岸边的柳丛寂然不动,月光将它们参差的、宁静的影子映入水中,投在岸边。

灌木丛里有个地方,篝火余烬未熄——照出了被河水冲去了泥土的树根和低垂在篝火上的树枝。篝火闪耀其间,就像妖怪的一只又红又大的眼睛。

在逆流停泊的第一艘驳船的船头上,值班水手笨拙的身影在徐徐地移动着。他有时在船舷边停下来,顺着平静的河面久久地眺望着远方,然后又开始在驳船上横着踱来踱去。夜深人静。在河边和在远离船队的四周,都可以清晰地听到他的脚步声,在他脚下,河水轻拍着船涂上焦油的木板,在空寂的船舱里不停地发出叹息似的声音……

---

* 本篇最初发表于一八九五年九月二十二日《萨马拉报》。译自《高尔基三十卷集》第二卷。

星空俯瞰着宁静的水面,倒映在水里的繁星闪烁着,活像一条条小金鱼。

夜凉如水,静谧……晴和。

偶尔有鱼儿跃出水面,远处有人在唱歌,手风琴的声音如泣如诉;歌词听不清楚,但是缠绵、悲伤的曲调在潮湿寒冷的秋空萦回缭绕,随后又完全消逝在黑暗和寂静之中。

最前面一艘驳船上的值班水手在船舷边停下来,望了望水面,突然把脸转向后面的驳船,头朝后仰,拉长了嗓门,悲凄地喊道:

"一个客—人!……"

然后他弯下身,从甲板上拿起一根钩竿,虔诚地画了个十字,把钩竿向船舷外伸下去……

流水遇到阻碍被划了开来,发出潺潺的响声。

没等第一声喊叫停止,在第二艘驳船上也同样传来了单调的、拉着长腔的字音:

"一个客—客—人!"

随后,在它的船舷边也出现了手持钩竿的值班水手的身影,他也像前面驳船上的人那样,画了个十字,把钩竿伸向水里……

"一个客—人!"远处什么地方有一个嘹亮的假嗓音在哭叫……

岸上的回声清晰地重复着值班水手们喊出来的、令人心酸的、戚戚哀哀的字音……

"噢—一个客—客—客—人!……"

最前面一艘驳船上的值班水手突然起劲地转动着钩竿,空中立即又响起了他那凄惨的喊叫声:

"接—接到—喽!"

他把钩竿插进水里,沿着驳船的船舷走向船尾,在走近船尾时,他把河里的什么东西使劲儿地一推,朝着下一艘驳船低声喊道:

"送走喽……"

接着,便把自己的钩竿从水里抽了出来。

这时,在前一艘驳船的船尾与后一艘驳船的船头之间,在被月光照亮的一道水面上,露出了一个白色的、圆圆的、像球一样的东西,在黑魆魆、稠糊糊的水面上一动也不动,从轮廓上看,像是一个人体……

它显现了一下,随即又在驳船船舷的阴影中消失了……

"接—到—喽!"

第二艘驳船上的值班人,又像第一艘的一样,将钩竿插进水里,顺着船舷,走到船尾……

接着也响起了他的一声短短的叫喊。

"送走喽……"

最后一艘驳船上,有两个人在等着"客人"。一个手持钩竿,以一种等待的、提防的姿势站着,他身边另一个人,探身舷外,双手支在一条腿的膝盖上,好奇地向上游张望着……

"河水不会把它冲到咱们这儿来吗?"他小声地问伙伴。

"大概冲不过来……"

"要是冲了过来呢?"

"要是那样的话,老兄,事情就糟糕了!巡警马上就来了,'怎么,从哪儿来的,怎么回事?……'讨厌透顶。上帝保佑!可别这样!"

他漂来了……

"客人"被值班人用钩竿顶着,在水上摇摇晃晃地漂了过来……

他脸朝上漂着,那张脸在黑魆魆的水面上显得十分苍白。它摇晃着,仰望着星空。它摇晃得那么奇怪,就像是不满意值班人对他的接待,并且想对值班的说:

"哎呀,我的兄弟们!你们怎么能这样?这可不好呀!"

"够着了!……"值班人低声说道,并且像他前面的几个人一样,将钩竿插进水里,走向船尾……

他的伙伴歪着脑袋望着水面,跟着他走。

"穿着靴子呢……"当走到船尾中间时,他说。

"大概,也许是咱们弟兄,穷水手。"他的伙伴一面用钩竿将"客人"从船舷边推开,一面回答。

"可能是的……"

"送—送—走—走—喽!"值班人从水里拎出钩竿,对着前面的驳船唱了起来……

"可是会不会把他冲到咱们附近的岸边呢?……那可都一样——少不了麻烦……"

"别担心!这一回他会漂到岬角去,一到那儿,就会把他冲进航道里。那样他在离我们二十俄里以内的地方就靠不了岸啦。而且,说不定,还会冲到对岸去呢……"

"这就好了!……"

他俩默默地目送着漂过去的"客人",约摸望了一分钟……

此后,值班人将钩竿往甲板上一扔,摘下自己的破帽子,画着十字,小声说:

"上帝呀,让你的仆人的灵魂安息吧……上帝呀,饶恕我们,不要叫我们意外地死去吧!"

他的伙伴虔诚地画着十字,用几根手指头使劲儿地点着双肩和前额……

而那个无人知晓的上帝的仆人,却继续往下流漂着、漂着,在波浪中晃动着,他那张苍白的脸一直望着星光灿烂的夜空,似乎是要问问上苍:

"怎么样,我这个淹死的人,还要漂得很远吗?"

孙新世 译

孤独的人*

"老爷,您哪儿也不去吗?"

老爷正坐在一张大书桌前的深深的皮圈椅里,桌上几乎排满了各式各样的小摆设,尽是过去留下的宝贵的纪念物。每样东西都连着一段回忆,而在书桌上方挂着的那幅水彩画像——一个美貌的中年妇人的神情端庄、思想隽永的面庞则是一件最最珍贵的纪念品。

在老爷周围,在这个舒适的小房间的每一个角落里,没有一样东西不勾起对往事的怀念。老爷已经年逾七十,他的脑袋发颤,手脚也因头脑失灵而早已不听使唤了。

他的厨娘兼女管家,同时也是他在这个世界上惟一的亲人,站在房门口强忍着呵欠,无精打采而又淡漠地问道:

"老爷,您哪儿也不去吗?"

七十岁的人,除去我们大家都必然要去的那个地方以外,已无处可去。

但是老爷还是问了问:

"几点钟了?……"

"九点一刻……"

他知道,老婆子多说了大约半个钟头,但是他没有去管它。

---

* 本篇最初发表于一八九五年十一月一日《萨玛拉报》。译自《高尔基三十卷集》第二卷。

他甚至还有些高兴，因为从余下的、须要他独自一人凄凉辛酸地终其天年的总时数中，似乎又多刨去了半个小时。他温和地说道：

"哪儿也不去……"

房门不声不响地关上了。于是又只剩下他形影相吊，孑然一身。他面前摊着一本《圣经》，《圣经》上放着眼镜，但是他并没有读它，而是在吸着一管长烟袋。他一边吸，一边仔细看着桌上那些非常熟悉的物件，以及因年深月久而发黄的照片。

烟草燃起的一股股青灰色烟雾在室内回旋缭绕，组成一簇簇奇妙的淡蓝色花纹，随后又变成依稀可辨的片片轻纱，逗留片刻之后便消失了。他那对昏花的老眼颤巍巍地合上了眼帘，但不是由于困倦，而是由于虚弱。就如同浑身无力，血脉发冷，头脑不清一样，他已经没有瞌睡了。

一些属于过去的、被时间弄得颠三倒四的旧日形象又在他脑海里慢慢、慢慢地浮现出来；业已衰退的记忆紧张地活动起来，极力想在这些形象中找到它们的内在联系和时间顺序。

在他那年事已高，饱经世故的头脑里偶尔也闪现出某一思想，但就像在一堆篝火的余烬中的火星一样，来不及点燃另一个思绪便很快地熄灭了。

一些形象不断反复出现，烟袋里冒出来的烟也越来越浓，犹如一团团淡紫色的云雾似的，久久地滞留在那个白发苍苍，脸上刻满深深的皱纹，剧烈地颤动着的衰老的头颅上方。

时间过得很慢，大挂钟的钟摆准确地计数着分分秒秒。

它相隔好久才嘀嗒一声。墙上那幅女子头像上的一对深色眼睛专注而又庄重地注视着老人的脸，仿佛对这位孤独的老人还有所期待。

然而，正如他自己对待自己一样，除了死亡，对他再也没有什么可以期待的了。

窗外雨声淅沥，萧瑟的秋风发出凄凉的呜咽。

……每天黄昏时分都重复着这同一个场景。

房门一开,老女佣淡淡地问一声:

"老爷,您哪儿也不去吗?"

她讲话的声调与其说是询问,倒不如说是提醒。

老婆子仿佛是在向老爷提醒那个即使是在生命的兴旺而有用的时刻也不饶人的时间法则,同时告诉他:"您哪儿也去不了啦!"

而老人颤动着的头颅也正像是用它的动作在肯定这个法则的存在:

"是啊,我已经无处可去了……"

有时在他脑子里慢吞吞地形成一个悲哀的想法:

"活了七十岁!想的和懂得的很多,感受到的和做过的也不少——可过后却未能在生活中留下一点自己的影子,以及任何鲜明的、有教益的、值得人们纪念的痕迹……生下来,走完自己的人生道路,历尽尘世的苦难,变成老朽,而后只落得个举目无亲,独自待在地面上这个小小的房间里,专等有朝一日迁入地下的墓穴中去……"

于是老人竭力搜索枯肠,回顾自己一生的经历。

他曾过得像大多数平庸乏味的人们一样,这类人姑且可以叫作"正派人"。

他颇具道德观念,并且非属万不得已,从不违反它,因为他希望保持所谓心安理得的内在平衡,非不得已便不破坏这一平衡。

最初他在工作里热情饱满,颇具独创精神,但渐渐地便因循敷衍起来。这又有什么呢?即便是维苏威火山[①]天长日久也会熄灭的。

当他的思想方式,也即人们称之为世界观的东西近乎最终形成之际,他先是不甚理解时代精神,继之便完全不能理解,于是便沦为一个囿于那些早已过时的陈腐观念的时代落伍者了。

如果允许的话,他在工作里偶尔也带进一定成分的"我"字。

---

① 意大利南部的一座活火山。

此后他结了婚,在他尚能爱的时候爱过他的妻子,后来便对她敬若宾朋了,但是倘若妻子以某种方式对他的意愿有所违抗,或在某种程度上触及了他的"我"字,他便要让她晓得这一点,而在争吵之际他对她的自尊心一向是绝不留情的。

他有孩子,但是有的死了,有的离他很远,而且好久也没看见过父亲了,所以倘使叫他们来待在身边,以排遣他的孤寂的话,他们未必会来,也未必会真心实意怜悯他这个垂死的老人。

再说,怎么能把他们召来呢?他还活得好好的,也还算得上健康;他们现在来到他这里势必会暗自这样想他:

"老头子的事儿真多!人还没死,干吗给人添麻烦,只是为了让人看看他,就让人家从老远的地方赶来……"

他们也许不会这样想他们的父亲,因为他们都是些"正派人",而且还费过父亲不少心血,但他们终究是人……而时间,时间啊!——这一点要永远牢记。时间能医好所有创伤,就因为它可以使一切死亡,包括所谓的爱和同情。

而朋友们呢……他们在大多数情况下都爱当审判官、老师、或保护人,老年人并不需要他们。也有些朋友属于少数例外,可他们同你太相似了,看到他们就像在镜子里照到了自己;他们起初很有趣也很可贵,但一旦混熟了,便很快变得十分乏味,并且越来越少上门了。最好的朋友是那种不喜欢多说,能与你默默相对而又息息相通的人。但是这样的人太少了。

总之,这个孤寂的老人没剩下什么朋友。

他的眼皮越来越重,越来越抬不起来了。

他更深地陷入了沉思,于是就像有一股使他那衰老的躯体更加虚弱的冰冷的湿气袭击着他似的,使他感到周身不适。

他的心脏跳得十分微弱,筋骨也在隐隐作痛,这是由于他好久没有改变姿势的缘故。他换了换姿势,重又考虑着拿什么东西来消磨他的生命的最后时光。到什么地方去活动活动,把这讨厌的死亡将至的感觉哪怕忘掉或冲淡五分钟也好。

熟人吗?他能拿什么来换取他们对他的关心呢?

他能拿什么来引起别人对他的兴趣呢?

讲讲过去吗?过去的事都讲完了……

谈谈自己对现时的看法吗?可是他对现时一半是不理解,一半是不愿理解。之所以如此,就因为他依然相信的东西却为现时的人们所嘲笑。老人从不谈未来,因为老人是没有未来的。

他的死期已近,他知道这一点。

但同时他却有他的骄傲——一个知道注定会出现什么情况的人所具有的骄傲,他知道这一情况已经临近,并且认为,人们埋怨不是由他们缔造、但又支配着他们的自然法则是徒劳无益的。

他也不相信人们能够真诚地相互怜悯,因为他的阅历太深了,以致他很难把对人的信念维持到今天这个使他整日感到骨头发痛,肠胃和头脑发沉,眼看着他的机体一点点衰败的漫无尽头的日子。

两行混浊的老泪从他那闭着的眼皮底下扑簌簌地流出来,顺着松弛而又皱纹累累的两腮慢慢地往下淌着。

几团蓝色烟雾升到天花板上,散开来,随即消逝了,因为烟斗已经熄灭,烟袋已从老人手里落到了地板上。

靠在椅背上的那颗满脸皱纹、白发苍苍的头颅还在抽搐,两臂僵直地贴着身躯一动不动,枯黄的双手在膝盖上放着,手指弯得像钩子一样。

室内静悄悄的,只有挂钟以一种似乎带有嘲讽意味的缓慢节奏,计算着无影无踪地在永恒中逝去的分分秒秒。

那些放在书案上的褪了色的照片、小雕像以及各种小玩意儿都在望着圈椅里的老人,那帧妇人的画像也从墙上俯视着他。

老人已经不动了。

但是他还没有死,没有。

眼泪从闭着的眼帘底下一滴滴地往下淌着——这虽是些细小的泪珠,但他那松弛的两颊也已被它们沾湿了。

两道深深的皱纹使老人微微抽搐着的嘴角挂了下来,泪水顺着皱纹流下来汇合到胡须上又滴到了胸前。

窗外雨声淅沥,萧瑟的秋风发出凄凉的呜咽。

张佩文　译

不惬意的事情[*]

速　写

米利亚耶夫,这位人们公认的诗人,混上了一个"讨人喜欢的小天才"的美名。他是个年近三十的男子,长着一头松软丰厚的美发和一双深褐色的眼睛。他到熟人家来串门儿,但只碰见女主人的妹妹在家。她是个七年级的女学生。她名叫韦罗奇卡。

米利亚耶夫无处可去,加上姑娘又对他说:

"姐姐这就回来,"因此,他便决定同这姑娘稍坐一会儿。

他觉察到在姑娘那双忧郁的灰色眼睛里流露出想要挽留他的神情,于是脱去大衣,和姑娘一起走到凉台上,欣赏着她那显露出腼腆而又满意的神态的小脸蛋儿。

他俩面对面地在一张桌旁坐了下来。他倒想要看看这位姑娘怎样扮演女主人的角色,他存心一声不吭,让姑娘继续发窘。这使他感到满足。

米利亚耶夫在女人中间享有"令人倾慕的人"的声誉。这他知道,而且从不反对有机会再次证实这一点。诚然,韦罗奇卡只有十七岁,但为什么不逗弄逗弄这只小猫儿呢?这往往是饶有趣味的。

那是八月的一个夜晚,约摸九点钟光景。天色渐黑。花园蒙上了

---

[*] 本篇最初发表于一八九五年十一月十四日《萨马拉报》。译自《高尔基三十卷集》第二卷。

阴影,树木纹丝不动,四周万物仿佛在秋色临近的预感中沉思。空中散发着鲜花的幽香,一簇簇滢洁的卷层云宛如瑰丽的绮罗迤逦在天空。然而,凉台上却是一片沉寂,倘若再延续三两分钟,就不免要出现尴尬的场面。

米利亚耶夫望着韦罗奇卡苍白的小脸蛋,姑娘神经质地用手指拨弄着肩上那条轻柔披巾的边角。他一边望着一边在想:

"跟她说些什么好呢?同这群小姐们结识真别扭。她们还不擅长辞令,缺乏任何情趣,懵懂无知。"

这个情场老手竟然在孩子面前也开始陷入窘境。小姑娘坐在他的对面,偷眼观察他,目光里充满了那么一种神情,说不上是有什么重大的疑团,还是想尽快结束这尴尬的沉默。

他以那富有经验的行家的眼光把姑娘从头到脚仔细地端详了一番。他发觉她,这位小姑娘,一般说来长得蛮标致。奇怪的是他早先不曾觉察到这一点。

"彼得·尼古拉耶维奇!"姑娘忽然间羞答答地开始说,一面缠裹着披巾。

米利亚耶夫的嘴角上漾出一丝微笑,带着疑问的神情等姑娘把话说下去,一边端详她因激动而忽地泛起两朵红晕的面孔。

"您写了很多诗吗?您家里……还有没出版的诗吗?"

"是的……有呵……怎么?"

"没什么……我真想把您所有的诗统统都读一遍。"

"听您这么说,我感到很荣幸。您读过我的诗集吗?"

"噢,是的!读过很多遍了。其中有许多我能背诵。有的诗我非常喜欢。喜欢极了!我在读这些诗的时候,激动得浑身打战。"

"哦,是这样!是哪些诗呢?可以告诉我吗?"

"那就多啦!我特别喜欢您倾诉个人身世和……自己的痛苦……的那些诗。它们那样优美,那样令人惆怅……犹如夕阳西下,也就是说,好比落日的余晖,——我不知怎样形容才好!"

"您简直是个女诗人！您自己也许也在写诗吧？啊？呶，您说呀？要不，还是告诉我您最喜欢的那几首诗。您说吧！"

"可我说不好……我有那么多心爱的诗！"姑娘又羞红了脸。

"那么就先把您能想起来的诗背背吧！我将非常乐意地听着。您会像只小鸟一样啾啾歌唱。呶，韦罗奇卡，我求求您！"

姑娘往庭院椅背上一靠，合上两只眼睛，有节奏地摇晃着脑袋，显然是合着她所默诵的诗文的韵律。片刻之后，她嫣然一笑，迟疑地说：

"请听我念吧……"

> 花园昏昏欲睡……夜空也在假寐……
> 点点星斗高卧在穹苍
> 吮吸着那睡眼惺忪的玫瑰
> 散发出的阵阵芳香……
> 看那些阴影在飘荡，
> 静悄悄、慢悠悠地不知飘向何方，
> 它召唤我这痛苦的心随它而去，
> 去到那遥遥的远方。
> 我窗下那棵枫树的枝叶
> 正在蒙眬睡意中簌簌作响，
> 紫罗兰已在枫树的根旁
> 坠入了甜蜜的梦乡。
> 当风儿在花园上空
> 猝然发出一声沉思般地叹息，
> 紫罗兰的清香
> 带着轻柔的抚爱扑上我的脸庞，
> 可这又何济于事？这抚爱
> 并未给我以安慰和温暖。
> 花儿对我又有何用，还有那星光，

既然我的心灵啊,已经死亡。

"我喜欢这首诗,因为它是那样的朴素,朴素而又非常忧伤。而且每隔一行都有韵脚,又是那样的铿锵,显然,这是肺腑之音,就像被打破的器皿的许多碎片掉落在纸上。"

"您体会得深刻入微。"米利亚耶夫说。他很得意,并对这姑娘发生了兴趣。"听我说,您再读点什么给我听听。我请求您,您读得真动听、真有感情!"

"还有这样一些诗句我也很喜欢。"她说。称赞使她精神振奋,她不再感到局促。两眼闪烁着热情的光芒。"有这么几句我不甚理解,但也是那样凄婉。您像是在请求谁,"于是她念道:

请再稍留片刻!
请把我抚爱,请把我折磨,
直待那晨曦
从小窗外透过,
晨曦来临——就会窥破
黑夜和你曾伴着我……

为了使自己不至于难堪,他马上把姑娘的话岔开……这段诗写得放荡不羁,而姑娘显然没领悟其中的奥秘。

"噢,是这一首吗?那您说吧……"

"您是问我喜欢诗中的什么吗?"姑娘打断了他的话。

"不,噢,也许是的。"

"听,往下您是这样写的:太阳的光辉又让您回到现实中来,使您那天堂般的幸福的梦想和憧憬破灭,从而在您的心中又响起了哀伤的曲调。您不喜欢现实,白日的一切在您看来都是既粗俗又丑恶……但同时您又说:您总是乐于看到曙光怎样毁灭夜间的梦幻和情感而使您返回现实……我不明白,这是为什么？为什么您'乐于见到阳光冲破那梦幻之夜'呢？"

"您看！"米利亚耶夫暗自想道。"原来她发现的是这个,我一定要用她这席话来作诗章的题材。"

他思忖着,脸上布满了愁云,——每当他谈到自己的时候,总是表露出那么一副悲痛欲绝的神情,就像是一个在生活中受到屈辱并对生活感到失望的人。尽管这并不新奇,但对女人们往往会产生影响。

"您问为什么吗？是这样,不知道您能不能听明白我的话……我尽量说得使您明白。对于像我这样的人来说,现在和将来永远是：

……乐趣在战斗中间
和在那昏暗的无底深渊的边沿……

"信念与我无缘,而且,说真的,我对生活也无所期待。我孑然一身。我不为人们所了解。同时,我又热切地期待着许多东西,并且知道,我将一无所得,一无所得！不过就人的本能来说,无不向往美好的东西,因而我迷恋着、遐想着,陶醉在片刻的虚无缥缈的仙山琼阁之中,最后又亲自把它毁灭。在生活还没有把它毁灭之前,我自己先毁灭它。我先于生活,从而感到一种痛苦的自得。这就是我赖以生存的一切。"

他稍稍停顿一会儿,暗自思忖：

"说得不免有点儿笨拙,不过这没什么！反正这姑娘什么都不懂,当然也就不会对我吹毛求疵或者训诫我。"

姑娘垂下头去,默不作声地听他说。这一停顿使姑娘震颤了一下,她连忙用悲愁而痛苦的声调喊道：

"是这样！我正是这样想象您的。可这……可怕呀！您是那样的……"她蓦地中断了,脸色惨白,神态畏怯。

"我是哪样的人呢？"他向姑娘俯下身去,温存地问道。

"不幸的人……"姑娘又忧伤地耷拉下脑袋,低声说。不一会儿,她用更低的声音补充道:"但是,是个好人!……"

他微微一笑,仔细端详姑娘纤弱的身姿、略微泛红的耳根和那么美丽的像丝一样散披着的淡褐色长发。

"是啊……生活谈何容易……说真的,是出于好奇心而活着。"

"您这是什么意思?"姑娘瞪大两只眼睛,惊恐而胆怯地追问。

"纯粹是为了了解明天同今天之间将发生哪些细微的变化这样一种淡漠的愿望而活着。而真正的炽烈的生活愿望是没有的……甚至连产生某种愿望的愿望都不存在。生活已使人心灰意懒。可以说是槁木死灰,百无聊赖。请问,您怎么啦,韦罗奇卡!请原谅……是我让您不高兴了吧?"

是啊,姑娘哭了。她对他这一席话信以为真,所以哭了。他忘了自己是在和一个孩子说话,有点言过其词。这已经是不惬意的事儿了,但更叫人不惬意的是她那泪人儿的脸庞变得难看了,像孩子一样紧锁着眉头,再也没有招人喜爱的地方。她的肩膀在抽动,眼看就要失声大哭。这位诗人真不知道该对她怎么办才好。假如这是个女人,他倒可以走近她跟前,满怀激情地感谢她那圣洁无私的眼泪,感谢她对这个孤苦伶仃、饱经风霜的诗人所抱的同情,彬彬有礼地、恭恭敬敬地吻吻她的手,虔诚地吻吻她的脖子,最后要是能狂热地亲亲她的嘴唇就如愿以偿了,——他在这种场合,常常是这样开头而又这样收场的。

然而,这是个女孩子!对她该如何是好呢?

"真叫人啼笑皆非!"他心里骂道。此刻,恨不得揪起姑娘的耳朵责罚她一番才好。"活见鬼,谁叫我和她交谈来着。这就是所谓癖好。我的心儿啊,就让我享受这份胜利的果实吧!呸—呸!"

"假如……我……能够……"她低声嗫嚅地哭诉着。

"请不要激动,韦罗奇卡!"他一面哀求,一面在姑娘的椅子旁边来回来去地打转儿,生怕门铃一响,这个哭鼻子姑娘的姐姐回到家来,那场面可就热闹啦!

"我愿把……自己的……整个……生命……都献给您……"

"歇斯底里发作了!"他暗自悲叹。

"韦罗奇卡!我走啦!请您不要激动!求求您。"

但是,她难以平静下来。她是多么激动,又是多么怜悯这位不被人了解的诗人,而他的诗却是那样富有悲怆的音乐感,对于姑娘来说又是那样亲切、那样熟悉……

"告辞了!再见!"

姑娘没有回答。他要走了……到哪儿去呢?姑娘想象着,这个愁肠百结而又无人分忧的人独自沿着阴暗的街道缓步走去,只有映在地上的影子伴随着他移动。他多么忧伤痛苦,又多么害怕那与其形影相吊的身影。

韦罗奇卡迅速抹去脸上的泪痕,恳求说:

"请您不要走!我不再哭了。请您留下来,和我做伴儿吧。"

姑娘多么想扑到他的胸前,久久地、尽情地、炽烈地亲吻他。

可是,当姑娘抬起头来的时候,他已经离开了凉台。远远地从屋子的地板上传来了急速的脚步声。

"彼得·尼古拉耶维奇!"她央求般地喊道。

然后,她稍停了一会儿,没有回应,又扑在庭院椅子上啜泣起来。

而他在街上疾步走着,心情糟糕透了。

"我何苦要跟她谈起这些呢?是我使她流泪。那眼泪对于我有什么用处呢?这是偷窃和勒索她对艺术的爱。真是个大傻瓜!但不管怎么说,她是个满招人喜欢的小滑头!倘若她的姐姐比她更聪明些,倒是……好吧,就算这是件蠢事!那又何尝不可呢?只是麻烦。女人呢,总归要简单些。真是的,我走这么快干什么!"

他放慢了步子。

"不过,她毕竟使我激动了。真令人快慰,活见鬼!应该献她一首短诗,以对她的童贞表示忏悔和崇敬。不,还是不要这样的好。不然,也许她真的会爱得发疯的。然而这一切又是多么无聊！到哪里去好呢？"

一轮明月冉冉升起。

夜是那样温暖、晴朗、星光灿灿。

辰光尚早,在城市上空依然充满着生活的喑哑喧闹声。在这生活里多余的东西数不胜数,而必需的东西却又微乎其微。

蒋望明　译

谢马加被捕记[*]

在一家小酒店里,谢马加独自坐在一张桌旁,面前放着半瓶伏特加酒和十五戈比一盘的煎牛肉土豆。

在被烟草的烟熏得漆黑的地下室里,拱形的石顶上吊着两盏亮着的灯,还有一盏灯在柜台后面;屋子里乌烟瘴气。在一片缭绕的烟雾中,一些衣衫褴褛、模糊不清、黑乎乎的人影在浮动。人们情绪激昂地扯着嗓门在咒骂、交谈、歌唱,他们感到完全不必为自己的安全担心。

街上,深秋凛冽的暴风雪在呼啸,粘湿的鹅毛大雪在飞舞,小酒店里却温暖、热闹、散发着惯有的浓烈气味。

谢马加坐着,透过弥漫的烟雾戒备地注视着门口,每当门被打开,有人从外面走进酒店的时候,他就倍加注意。遇到这种情况,他甚至略微向前探着自己强壮而灵活的身躯,有时还用手掌像挡板似的举到眉间,久久地定睛端详来人的面孔;他这样做,是有充分的理由的。

每次,当谢马加仔细看清了来客,自己需要证实的问题显然已经得到确证后,他才为自己再斟上一杯伏特加酒,一饮而尽,随后用叉子叉上五、六块土豆和牛肉,送进嘴里,从容地细嚼慢咽,津津有味地发出吧唧吧唧的声音,有时还用舌头舔舔自己硬得像鬃一样的大兵八字胡。

---

[*] 本篇最初发表于一八九五年十一月十九日《萨马拉报》。译自《高尔基三十卷集》第二卷。

他那头发蓬松的大脑袋在潮湿的灰墙上投下了古怪的、毛蓬蓬的影子,当他咀嚼时,他的影子也跟着颤动,好像这个影子一个劲儿地在频频点头,而又无人回答。

谢马加刮过的宽脸膛上颧骨突起,在浓黑的眉毛下一对灰色的大眼睛微微眯缝着,一绺灰不灰、青不青,说不上是什么确切颜色的卷发挂在左眉梢上。

总之,谢马加的面孔不能引起别人对他的信任,甚至使人对他抱有几分戒心,因为他脸上流露出的过分紧张、果断的神情,即使在他目前所处的环境和那伙人中也显得极不相称。

他身上穿了一件破旧的粗呢大衣,腰间束着一条绳子。身旁放着一顶帽子和一副手套。他把自己那根一端有个树根头的相当粗大的棍棒靠在椅背上。

他就这样坐着,悠闲自得。正当他喝完那半瓶伏特加酒,准备再要时,忽然,门发出乒乓、嘎吱的刺耳声打开了,接着一个圆乎乎、毛茸茸,像扯乱的一大团麻絮似的东西滚进了酒店,——滚进来后,发出了孩子的清脆而又激动的喊叫声:

"不好了!大叔们,快颠儿丫子跑吧!"

大叔们顷刻间全都呆愣住了,一片沉默,接着又惊慌地骚动起来。人群中可以听到一个浑厚低沉的声音,提出了一个带有几分诧异的问题:

"你没扯谎?"

"要是扯谎,就让我瞎眼。好些人正从两边包抄过来。有骑马的,有步行的……还有俩警长,好些便衣……一大群呢!"

"你不知道他们要抓谁?没听说吗?"

"兴许是要抓谢马加。他们向尼基福雷奇打听他来着……"小孩响亮地答道,这时他那圆球似的小小身影在大叔们的脚边转来转去,离柜台越来越近了。

"难道尼基福雷奇被抓了?"谢马加问道,一面把帽子扣到自己乱蓬蓬的头上,一面不慌不忙地从椅子上站起来。

"他在……鬼混……一下子就给抓住了。"

"在哪儿?"

"在斯坚卡①,玛丽娅大婶那儿。"

"你是打那儿来的,是吗?"

"嘿!我颠儿得快,穿过几个菜园子跑到这儿来的;我马上还得赶到巴尔札去,没准儿,还有谁在那儿。"

"去吧!"

小男孩一溜烟跑出了小酒店。个子瘦小、戴着一副大眼镜和一顶黑色小僧帽的酒店老板伊奥纳·彼得罗维奇,是个害怕上帝、仪表堂堂、头发花白的小老头儿。他朝着小孩的身后大声骂道:

"好一个会骗人的贼小子!啊?该死的小杂种!瞧他,整整一盘给舔掉了!"

"什么?"谢马加一边向门口走去,一边问。

"肝儿……整整一盘一扫而光。这可恶的小崽子,他怎么那么利索呢?一眨眼工夫,吃得一干二净。"

"嗯,他把你吃穷了!"谢马加走出门口时狠狠挖苦了一句。

潮湿而猛烈的暴风雪在呜呜地怒号,在街道的上空和沿街打着旋。湿润而稠密的鹅毛大雪漫天飞舞,就像稀粥沸腾时白沫翻滚一样。

谢马加在一个地方站了片刻,侧耳倾听,但除了狂风猛烈的呼啸声和雪片撒落在房顶和墙壁上的沙沙声外,他什么声音也听不见。

于是谢马加又走了,大约走了十步左右,他翻过一道栅栏,进了一家人的院子。

一条狗在向他吠叫,好像是在回答狗吠似的,什么地方有匹马打了个响鼻,跺了一下马蹄。谢马加毫不迟疑地又翻过栅栏,回到了街

---

① 石围墙里一座小酒馆的名字。

上。他加快脚步朝市中心走去。

过了几分钟,他听见前面有一种低沉的声音,就迅速纵身跳过栅栏,顺利地穿过院子,来到一扇敞开着的通往花园的栅门前,他没遇到任何意外,匆匆地接连翻过几道栅栏,穿过几家院子,来到另一条街上。这条街和伊奥纳·彼得罗维奇的小酒店所在的那条街是平行的。

谢马加边走边想,他能上什么地方去呢?但冥思苦想,一筹莫展。

真见鬼,由于这一夜警察到处搜查,一切可靠的地方都变成危险的了。但像这样暴风雪的天气露宿街头,还要冒着落入巡逻队或守夜人手里的危险,——这对谢马加来说,可并不怎么妙。

他慢慢地走着,眯起眼睛,眼前是风雪交加之夜的一片白蒙蒙的世界,在这茫茫的黑夜里,迎面不断出现幢幢沉睡的房屋、路边的短桩、灯柱、树木,一切都披上了银装。

在这狂风暴雪的呼啸声中,从前面什么地方传来了一种奇怪的声音,像是婴孩微弱的啼哭声。谢马加停住了脚步,向前探着脖子,宛如一头预感到危险时十分警觉的野兽。

那声音消失了。

谢马加摇了摇头,又迈开步子往前走。他把帽子拉得低低的,把脖子一缩,为了不让雪片掉进衣领。

就在他的脚旁有样东西在吱吱尖叫。他不禁浑身一颤,收住了脚步,俯下身子,用双手在地上摸索了一会儿,又直起腰来,他拾到了一个包着东西的包裹。他抖掉了包裹上的积雪。

"真没想到!一个婴儿……啊,你呀,饶恕我吧!"他困惑不解地喃喃低语道,一面把拾到的包裹捧到脸前。

包裹在微微动弹,还有热气。整个包裹由于雪溶化了而变得湿漉漉的。婴儿的小脸比谢马加的拳头还要小得多,他脸色通红,满面皱纹,双眼紧闭,而那张小嘴不住地张开,发出吧唧吧唧的响声。雪水从湿漉漉的包袱皮上往婴儿的小脸上和没有牙齿的小嘴里流着。

谢马加简直茫然不知所措地呆愣在那儿,但为了使婴儿不再遭罪——去吞饮那雪水,他想到,应该重新整理一下包袱布。

于是他就把婴儿翻了个个儿,让他脑袋朝下。

这样一来,婴儿想必是很不舒服,他像受了委屈似的尖声哭叫起来。

"别吱声!"谢马加严厉地说道。"别吱声!不然我就揍你。你瞧,我该把你怎么办呀?啊?我该把你送到哪儿去呢?可你还哇哇地哭呢!瞧你,真是个傻瓜!"

但谢马加这番话对他拾到的这个弃婴来说丝毫不起作用——婴儿还是一个劲儿地啼哭,哭得那么可怜,声音那样微弱,使得谢马加不知如何是好。

"小家伙,这只好由你了!我知道,你觉得又湿又冷……再说,你这个娃娃还太小。可是,话又说回来,我到底能把你搁到哪儿去呢?"

婴儿还是不停地啼哭。

"我实在无处可送,"谢马加斩钉截铁地说,于是用包袱布把婴儿裹得更严实些,然后俯下身,把婴儿又放到雪地上。

"只好这样。要不然我把你放到哪儿去呢?小家伙,我自己也像是一个被生活所抛弃的人。只好再见了……没别的法子呀!"

谢马加挥了挥手,离开了婴儿,自言自语地唠叨着:

"要不是巡逻队,我本来可以把你送到个什么地方去。可是现在你瞧——有巡逻队。我有什么办法呢?小伙计,一点儿办法都没有。原谅我。你是无辜的,你妈可是个狠心肠的人。要是知道她是谁,我非打断她的肋骨,挖出她的心肝不可。给她尝点厉害,叫她放明白点,以后别再干这种伤天害理的事。做事要有分寸,不要胡作非为。嘿,你呀,千刀万剐的女妖魔,该死的,让你上无片瓦,下无寸土,在这个人世间无立锥容身之地。叛逆的女儿,让悲伤像魔鬼一样把你折磨死!啊!你要生孩子?又把孩子扔到墙根?你想要找揍吧?我把你……这畜生!你该懂得,在这样的暴风雪天气,到处都是湿漉漉的,万万不能把孩子随便遗弃在街头,他们很脆弱,一旦雪水灌到他们嘴里,他们

195

会呛死的。混账—东西,要扔孩子也得找个风平雪止的夜晚嘛。在没有风雪的夜晚孩子也能多活一会儿,主要是过路人可以看得见他。可是像今天这样的夜晚难道会有人上街吗?……嘿,你呀!"

谢马加一个劲儿怒骂那个遗弃婴儿的母亲,他说着说着,不知不觉又回到了刚才拣的那个婴儿的身旁,并把他抱了起来。他把婴儿塞到自己怀里,又向前走去,一面还在臭骂那个母亲。这时他充满了惆怅悲伤和由于对婴儿的怜悯而产生的激动情绪,此时此刻,他也和那个婴儿一样孤苦无靠。

由于沉重的粗呢大衣和谢马加粗壮的手压着了拣来的婴儿,他在微弱地动弹,发出喑哑的哭叫声。谢马加在大衣里面只穿了一件破衬衣,因此他的胸脯很快就感到了那个小娃娃身上所发出的一股生命的暖流。

"啊,你呀,那么好动!"谢马加嘟囔着,一面冒雪沿着马路盲目地往前走,"我的小家伙,你的情况不妙呀!因为我能把你送到哪儿去呢?问题就在这儿啊!可是你的母亲……你别乱动,好好躺着!不然会掉出来的。"

但婴儿还是在不停地乱动。谢马加觉得,婴儿暖和的小脸穿过衬衣的破洞正在他胸上蹭来蹭去。

突然谢马加像恍然大悟似的站住了,他提高了声音说:

"他这是在找奶啊!母亲的奶……天啊!找母亲的奶?!"

谢马加不知为什么甚至颤抖起来——不知是因为害羞,还是由于害怕,他被一种奇异而强烈的感情,被揪心的痛苦和悲哀所打动。

"我……好像成了母亲!啊,你呀,我的小家伙!哎,你究竟在找什么?你要我做什么?……伙计,说实话,……我是个大兵,我是个贼。"

风低沉而凄凉地呼啸着。

"你还是睡吧。你睡觉吧。好,睡吧!小家伙,你什么也吸不出来的。睡吧……我给你唱支歌。本来应该是做母亲的人唱的。好啦,好啦,好啦……噢,噢,噢!睡吧,睡吧……我不是妈妈。睡吧!"

谢马加忽然向婴儿低下头,轻声并尽量温柔地拖长着调子吟唱起来:

  玛坦卡,你又傻又自私,
  真不是个好东西。

他用摇篮曲的调子唱着。

街上一片白茫茫的雪花还在狂飞乱舞,谢马加怀里揣着婴儿在人行道上走着,当婴儿不停地啼哭时,这个小偷就对他温柔地哼着:

  当我去你那里做客,
  非把你的骨头打折。

有样什么东西从他的眼睛顺着脸颊往下淌——也许是融化了的雪水。小偷不时地颤抖着,他感到喉头哽塞,胸中悲痛。他怀里揣着一个啼哭的婴儿,走在风雪交加、空旷无人的大街上,他感到凄楚心酸,眼泪就要夺眶而出了。

他一直朝前走着……

从他身后传来了一阵低沉的马蹄声,在朦胧的黑暗中出现了几个骑者的幢幢人影。现在他们已经来到了他的身旁。

"谁呀?"

"什么人?"立即传来了两声呼唤……

谢马加浑身一颤,站住了。

"你说,你抱的是什么?"一个骑马的人来到人行道紧跟前,向他问道。

"我抱的吗?是个娃娃!"

"你是什么人?"

"谢马加……阿赫特尔斯基。"

"老朋友,我们要找的正是你!喂,快走吧,站到马的前面去!"

"我们得靠边走。房子挡着,风不那么厉害,要是走在路当中,我们可不好受。就这样,我们已经够呛了。"

警察勉强听懂了他的话,并允许他靠边走。他们寸步不离地骑马跟着他,目不转睛地盯着他。

他就这样径直来到了区警察所。

"啊哈!落网了,老鹰。唔,这太好啦!"区警察局局长在办公室里一见面这样说道。

谢马加摇了摇脑袋,问道:

"可是现在娃娃该怎么办呢?我把他往哪儿搁呀?"

"什么?什么娃娃?"

"被遗弃的娃娃。我捡来的,你瞧。"

于是谢马加从怀里取出了他捡到的婴儿。婴儿瘫软地搭在他的两只手上。

"他已经死了!"区警察局局长嚷道。

"死了?"谢马加重复了一句,看了孩子一眼,把他放在桌子上。

"啊呀呀!"他叹了一口气,然后又接着说:"我要是立刻把他抱走就好了。也许,他还不至于这样……可我没有立刻抱走。抱起来又放下了。"

"你在那儿嘟囔什么?"区警察局局长好奇地问。

谢马加愁容满面地环顾四周。

随着婴儿的死去,他在街上行走时心中的某些感触也消逝了。

他的周围笼罩着官场的气氛。前面等待着他的是监狱和法庭。谢马加感到难过。他以责备的眼光瞥了一眼婴儿的小尸体,叹息道:

"哎,你呀!这么说,都白费劲了,因为顾了你,我被抓了!我还真以为……可你却死了……真没想到!"

谢马加使劲地抓挠起自己的脖子来。

"带走!"区警察局局长向警察下命令,并朝谢马加那边摆了摆头。

就这样他们把谢马加关进了牢房。

这就是事情的全部经过。

周 圣 译

阿库莉娜奶奶[*]

速　写

寒秋,地上结了一层薄冰,阿库莉娜奶奶在讨饭回家路上滑了一跤,摔倒在地上,伤势很重。她在人行道上挣扎着爬起来。一个认识她的警察见到她,走到她跟前,以为她像平常一样"喝醉了酒",便骂了起来。

"瞧你这老巫婆,"他说,"又喝醉了!你怎么不快点死呀?你给我惹了多少麻烦!啊呀,你啊……"

他很严厉地望着她,他的语调凶狠而生硬,可是阿库莉娜奶奶对这一切都满不在乎,她知道这是一个心地善良的警察,不会平白无故地欺负她,不会把她送进警察局的,——难道他是第一次把她从街上扶起来吗!

他从来没有把她送进过"班房",总是送她回家,就算骂上几句,那也没有什么,——对于给自己添麻烦的人哪能不骂两句。

阿库莉娜奶奶努力想改正自己的过错,用尽全身力气,想要站起身,可是她呻吟起来,紧皱双眉,又哼呀哎哟地直挺挺地躺在人行道上。

"老废物!"警察一边说一边扶她起来。

---

[*] 本篇最初发表于一八九五年十二月三日《萨马拉报》。译自《高尔基三十卷集》第二卷。

"尼基福雷奇,亲爱的,别碰!看来,我摔坏了。"

"来!你起来吧!你早晚要摔死的……没错……"

"我亲爱的,尼基福雷奇,腿痛极了……别碰……我右腿,等一等!痛死我了。"

"老太婆,你到底怎么回事,我怎么能不碰你呢?你躺在这么个显眼的地方,还大声叫嚷,你的腿要真是坏成那样,那你就爬到一边去吧。"

"尼基福雷奇,我快死了!求你送我回家吧!"

"还得侍候你们这些鬼东西!马车!"

过了几分钟,他们两人已经乘上马车走了。阿库莉娜奶奶坐在车座下面呻吟,尼基福雷奇忧郁地皱着眉头,扶着她的脑袋,劝说道:

"喂,老虔婆!得了……别嚎了!……"

"痛呀,亲爱的。"

"那怨谁呢?"

"哎哟!钱也撒了。所有的钱都丢了,我这个老鬼。"

"什么钱?"

"讨来的钱……七个戈比!"

"好大的数目啊!呸!"尼基福雷奇撅起红胡子不屑地啐了一口。

"要知道呀,亲爱的!有人靠我养活啊……一个铜板也顶用呀。哎哟!你让马车夫走慢点!"

"喂!"看来尼基福雷奇突然无缘无故地激怒起来,叫道:"路这么坏!难道你不明白拉的是病人吗?走稳点儿。"

他用严厉的眼光打量了一下车夫的后背,又继续对老太婆说话,语气比先前温和得多了。

"有人靠你养活。你这老太婆多傻呀。你老惦记这些人干什么?什么人哪!都是些不三不四的家伙,骗子,娼妓,你把他们当人!你是个傻瓜,老太婆,要知道你不只是傻还害人呢,把人都给惯坏了……没有你他们会去干活,可你把他们填得饱饱的……他们倒高兴,嘴上阿库莉娜奶奶,阿库莉娜奶奶!可实际上是要你给他们当牛作马!这些鬼东西!揍他们一顿才痛快呢!你也该挨揍,可别再惯他们了。是呀!嗳!你呀!你是个拄拐杖的善人!你睡着了?是吗?……"

阿库莉娜奶奶把头仰靠在警察的膝盖上,一动不动地躺着,一句话也没有回答。她脸色发青,没牙的嘴半张着,眼睛凹陷,从头上滑下的灰色的破披巾下面,露出一缕缕仍然十分浓密的波浪似的灰白头发。

尼基福雷奇盯着她看了一会儿,领悟到她大概真是摔坏了……他大声地对马车夫说道:"也许她已经死了?"

马车夫回头向叫花婆扫了一眼,简短地回答道:

"天晓得!好像还没有死。"

"对啊,她身上还有热气。看来还得把她送医院。"

"嗯!"马车夫说:"送她回家要近一些。那儿大概就是了!"

尼基福雷奇什么也没说。马车夫催了一下马。

"驾!老东西……"

他们把阿库莉娜奶奶送到了家里。

在地下室的一个潮湿昏暗的小房间里,除了仰卧在用木板加宽的睡铺上的奶奶,还有八个人:一个叫"律师"的,坐在桌上,他是个头发灰白,将近五十岁的、衣衫褴褛的男人,由于酗酒而脸颊浮肿;坐在他身旁的是他的姘妇玛丽卡·普罗谢雷加,她是一个灰眼睛,眼神迟钝的半痴半呆的胖女人,谁都可以为了寻开心而随意打她,她都从不生气,而总是感到惊奇,瞪大了双眼仔细地望着刚揉过她脖子或者摸过她肋骨的捣蛋鬼。

地板上坐着四个人:十七岁的叫作"标签"的,他由于偷窃而受过三次审讯;他的师傅"好妈妈"是个干瘦细长的流浪汉,长着一对圆圆的猫头鹰似的绿眼睛,穿着一件破大褂;彼得·伊萨伊奇·布赫,他是个仪表堂堂留着胡须的青年人,长着一张苍白的、神经质的面孔,由于他盗用了主人的钱,大约一个星期前刚坐满三个月的牢,此外,还有娜斯坚卡。

他们在玩一种叫做"不赌真钱"的纸牌。娜斯坚卡做庄家,她的脸蛋相当好看,但是被人打得满脸伤痕和血斑,她时而朝这个对手,时而朝那个对手,用嘶哑的嗓音高声叫道:

"我来发牌!赌多少?一千个卢布?怎么样!一百个?你们输了!亲爱的!我把你们都赢了!"

其余的人在靠墙的暗处蜷缩着,一个大家称作"助祭神父"的人坐在一张拼铺上,阿库莉娜奶奶的脚边。他似乎是见习修道士,生有一对黑色的大眼睛,是个体格魁梧,萎靡不振的男人,他那一绺绺掺和着稻草、乱麻和羽毛等脏东西的、又硬又黑、蓬乱竖立的头发盖满了他的大脑袋。

"要是现在能弄到擦碎的土豆和上面包就能给她敷在腿上!"墙脚边有人这样说。

"把和上醋的胶泥塞进她的长筒袜子里敷在伤处也管事!"坐在地板上的"好妈妈"说着并大声地擤了一下鼻涕。

"伏特加酒才是包治百病的良药!""助祭神父"说。

"我亲爱的!……"阿库莉娜奶奶发出那样戚戚哀哀的呻吟声,以至于地窖里顿时变得鸦雀无声。"亲人们……孩子们……我可怜的人儿……看上帝的分上你们帮我一下!……刹死我吧……扎死我吧……我受不了啦!……我要活活地烧死啦……哎哟!……"

玩牌的人当中出现了某种不安,大家都挪了挪地方,娜斯坚卡一连两次把牌发倒了……

"助祭神父"愁眉不展地抓挠着他的头发蓬乱的脑袋,"律师"猛咳起来,不知为什么用胳膊肘捅了捅邻座的女伴的腰,可是那位却照例不予理睬。

但是大家很快就恢复了常态……

"瞧,你怎么搞的!""标签"严厉地对娜斯坚卡说。

娜斯坚卡叹了口气,收好牌,重新洗了起来。"律师"抬起眼睛,吹起一支忧郁的小调。

"助祭神父"开口说道:"奶奶,不要紧,忍着点儿。"他仿佛准备要唱歌似的重重的咳了一声。

"我再也受不了啦……亲爱的孩子们……"老太婆呻吟着。

"会好的,别着急……奶奶,你结实着哪……""好妈妈"安慰她说。

"我浑身都疼。"

"一点办法也没有,你使劲哼哼吧!这样会轻松点儿,喊一喊解解痛吧!""助祭神父"这样建议。

"上帝呀!耶稣基督呀!哎哟!我会怎么样呢……还不如死了好……"

"你们输了!"娜斯坚卡高兴地宣称,"要是我们真赌钱,我该赢多少啊。"

阿库莉娜奶奶突然不再哼哼了,沉默了大约半小时,一动不动直挺挺地躺在自己的铺上。

"老太婆睡着了!""助祭神父"说着走到玩牌的那些人旁边,蹲下身来,自言自语地嘟囔道。

"律师"皱起双眉,从桌上爬了下来,坐到床上"助祭神父"刚坐过的地方。他仔细地看了看奶奶的脸,用嘶哑的声音附和道:

"对……睡了!……"

但是他错了。

奶奶张开了无牙的嘴,可怜地咂着双唇,悲哀地抱怨起来:

"尼基福雷奇,朋友!看在上帝的分上,讨些钱来吧……要知道有人在等钱用呢……把那七个戈比也找一找,它们就在这儿,你在围墙附近找找……两个二戈比的铜币……一个旧的,一个新一点儿……大老爷!给穷老婆子一个戈比买面包吧!我有家,有孩子!篮子就在那儿……你们吃吧，今天有许多面包呐。酒钱可没有！咳！不给钱哟……也许做晚弥撒时会给。"

> 我那亲爱的拉里昂啊，
> 快出来陪我散散步吧！
> 姑娘我青春好年华哟，
> 严寒里冻着把你等呀……

老太婆的声音突然中断，她来回翻着身，颤动着那只好腿，合着动作的节拍哼着：

"啾！啾！啾！"

"她在说胡话……""律师"挠挠鼻梁说道。

玩牌的人都从地板上站了起来，拥在病人周围，带着好奇的微笑仔细地看着她。

"真有你的，在跳舞！""标签"看出是怎么回事了，便大笑起来。

"你也要跳的，""律师"阴沉地拉长了声音说，"我的伙伴们，我们应该给她想想办法，看来，她真是病了。"

"给她烧酒多好。来这么满满的一杯。""助祭神父"一面叹气，一面馋涎欲滴地说。

"送医院得了。""好妈妈"冷冷地甩了一句，离开了床铺。

"人家会收她吗？别妄想啦……"有人怀疑地冷笑着说。

"是啊，没有身份证……再说，怎样送呢？要雇马车……还有其他费用，可是钱呢？""律师"接口说道。

"要是像上回送费佳什卡那样，把她送到医院，偷偷地扔在那儿……碰运气也许就收了！"娜斯坚卡建议。

"送……你要是一匹好马就行了，遗憾的是没马车。""标签"用挖苦的口吻说。

"我的孩子们，吃吧！那儿有白菜馅的烤饼，整个儿的，我这罪人……我从摊贩那儿偷来的,他正看得出神,我就……尼基福雷奇!你别打我这个老酒鬼……"

"哎哟,你,老太婆!""律师"叹了口气。

"怎么样?有吃的吗?"小屋的角落里发出了这样的声音。

"可真是,吃点才好!""好妈妈"跟着说。

"老太婆的口袋在哪儿?""标签"问娜斯坚卡。

大家都找口袋,可是没有找到。

这个情况引起了大家的不快。

'哎,见鬼!"有人骂开了。

他们彼此瞧了瞧,便沉默起来,显然,想的是同一件事情。

"现在咱们怎么办,我的伙伴们,老太婆要是有个三长两短,咱们吃什么?""助祭神父"可怜巴巴地问道。沉默被打破了。

"是吗?"

"真的?"

"是啊!说实在的,咱们都是靠老太婆讨饭过日子的!"

"嗯,现在该自个儿操心了,我们把老太婆给累死了。""律师"严肃地说。

于是大家都缩起脖子,变得阴沉沉的。

"孩子们,吃吧,趁我现在还活着……我把你们……"阿库莉娜奶奶在说胡话。

然而当事情显露出它的真正含意时,这些可敬的孙孙们感到难堪已极。

阿库莉娜奶奶是阴沟街上的慈善家。她沿街乞讨,有时也附带地就便稍稍偷一点。经常有五至十个所谓的"孙孙"寄居在她身边,而她总是能想出办法供大家吃喝。这些"孙孙"是那些不可救药的酒鬼流浪汉,小偷,以及有时由于种种原因而暂时无法操皮肉生涯的娼妓。

阿库莉娜奶奶分不清哪些人值得她照顾,哪些人不值得她照顾,她对于被命运驱赶到她地下室来的任何人都一样的热心和殷勤。

整条街上家家都知道她,她的名声远远地超出了这条街的范围。但是按照一贫如洗、走投无路的人们的说法,"成为孙孙"这毕竟意味着沦落到最悲惨的境地;因此阿库莉娜奶奶本身仿佛就是人生的穷途末路的标志,她因行善而出名,却得不到受她恩惠的人们的爱戴。

在她身边还有一个极大的不便,——警察局对她太熟悉了,当它想搜索某个它要捉拿的人时,几乎总是先从阿库莉娜奶奶的地下室下手。但凡有条活路的流浪汉都远远地避开奶奶,只有在百般无奈,眼看就要饿死的情况下,人们才会到奶奶这里来。

此外,阿库莉娜奶奶有一副非常令人讨厌的外貌。她身材矮小,几乎总是处于半醉状态,衣衫肮脏褴褛到使人难以置信的地步,她的"孙孙们"把她打得满脸伤痕,使她布满皱纹的面孔显得更加丑陋,脸部正中耸起一个臃肿的酒糟鼻子,眼睛发红,泪汪汪的。说实在的,"基辅妖婆"这个外号对她完全合适。其实这个外号在这条街上早已是家喻户晓深入人心了。她用拐杖敲着人行道走在街上的时候,没牙的黑嘴老是带着微笑,并用她那嘶哑的声音自言自语的说着什么,就像一团又脏又臭,令人憎恶的东西在那里滚动。是啊,她无论如何也难以引起别人对她的好感。这且不说,不幸的是(也许她没有感到这种不幸),这位老太婆如果身边无人她就没法活下去。假如有时命运没有把"孙孙们"赶到她这里来,阿库莉娜奶奶便努力弥补命运的这种疏忽,自己动手把能拖来的人都收罗在自己身边。

在"社会渣滓"的天地里——在这悲惨和愁闷的天地里还有它的被遗弃的人,而阿库莉娜奶奶便是这些人中最低下的一类。

"真没想到!""标签"叫了一声,打破了人们共同感到的紧张的沉寂。

"事情糟透了!""助祭神父"说。

"律师"忧郁地附和着:

"我们连最后一个落脚点都没有了!"

"可咱们还有住处啊。""好妈妈"用一种拉长了的声音安慰大家说:"不过我们今天怎么搞到吃的,吃什么,这倒是个问题。"

"是啊,今天我们没吃的了。""助祭神父"忧郁地说道。

"咕噜咕噜叫,咕噜咕噜叫,饿着肚子去睡觉!""标签"说了句俏皮话。

"孩子们……给点水喝吧!"病人睁开眼睛低声地说了一句。

娜斯坚卡给了她些水。老太婆喝够了,用哆哆嗦嗦的手画了个十字,向大家扫了一眼。随后,她重重地叹了口气,奇怪地挪了挪枕在一堆破布上的脑袋。

"天哪,你们这么多人呀!"她用嘶哑的嗓音开口说道,声音由于虚弱而发颤,所以更加难听。"那边那个人我不认识……你是谁呀?"

"我是布赫……"

"嗯,布赫,就算是布赫吧!上帝保佑你……反正是个人。我们大家都是一样的人。可我就要死了,伙伴们……我这老太婆,快死了,上帝保佑你们!我活着的时候作了孽,酗酒,偷东西……我一死,就再也不做这样的事了……"

"你说得对,大概死人从来也不想喝酒的,""助祭神父"开了个玩笑。

奶奶一恢复知觉,他今天就有指望吃到东西了。

"对,什么也不想了!你们原谅我吧……上帝会宽恕你们的。你们不喜欢我这个老太婆,嗯,随你们的便吧,我可喜欢你们,天哪!永别了,圣母会拯救你们的!"

老太婆又画了个十字。

"哎呀,奶奶,别这样说了!""律师"忧郁地说:"你会好的……躺几天就能起床了……"

"不,我再也起不来了。全身都摔坏了,看来,内脏都摔坏了。瞧我烧得这个样子……永别了!"

"奶奶!""好妈妈"不让她说下去:"你不要这样,你最好说说,今天讨到了什么?"

"我呀!全忘了,记不起来了。好像要到过……怎么能要不到呢?是啊,我总是能要到的……"

"那放在哪儿了呢?""助祭神父"问她。

"不知道……谁扶我起来的?尼基福雷奇?大概在他那儿,……"

"娜斯坚卡,快跑去问问。"

"脸打成这样,我还能上街!"

"我把你扔出去,让你飞出去,不是走出去!"

"魔鬼!"

"孩子们,别吵了……不要这样……让我听点儿别的话吧……要知道我要死了……真的,要死了……噢,孩子们,我枕头底下匣子里有三个卢布的钞票……这是我攒着买棺材的……拿出来吧……等我一死……就……"

她喘得很厉害,额上冒出了汗珠。

大家默默无言,聚精会神地仔细地观察着她,这样的沉默持续了两分钟。

"阿库莉娜奶奶……""助祭神父"开始低沉地说道。

"啊?"

"是这样,你不要生我的气。我只是说……这个,对死人来说反正都一样……他什么也不想要了,而我们活人……对你有什么关系?你有棺材还是没有棺材……反正都一样;至于棺材嘛,警察局里总是有的。你把三个卢布给我们吧,我们还能吃上点东西。"

"不行……你怎么啦?""律师"低声地说。

"助祭神父"向别的人望了望。

人们等待着他这项交涉的结果,贪婪地等待着,他也看到了这一点。

"难道我们也得死吗?""助祭神父"悄声回答说,然后俯身问老太婆:"怎么样？让我们拿吗？"

阿库莉娜奶奶张开嘴,咂咂嘴唇、用低微得勉强能够听到的声音说道：

"拿吧,拿吧,我真是个老糊涂……瞧,临死,我几乎把你们忘了……拿吧……就在这里……当然啰……警察局有棺材……老糊涂。"随即便不作声了。

"'标签'！快跑！快点！""神父"从她头底下摸出一个装有三个卢布的白色小药盒,一面得意地低声说着。

"标签"做了一个鬼脸,立即不见了。

"我们到一边去吧,朋友们,应该让病人安静。"机灵的"助祭神父"向大伙建议说。

人们忽的一下就离开了阿库莉娜奶奶,她一个人留在一堆破布上,她那灰色的脸被破布片衬托得越发明显。她一动不动地躺着,只是偶尔发出一两声微弱的呻吟。

谁也没有注意到她究竟是什么时候死的。

第二天人们埋葬了她。棺材搁在大车上,赶车的没戴帽子,走在大车旁边。阿库莉娜奶奶的灵柩车的另一边是手里拿着发文簿的尼基福雷奇,车夫愤愤不满地说着：

"说实在的！难道这像话吗？把人抓来就让赶车！得,赶吧！可是谁能贴给我一个卢布呢？嗯?！要是我在粮食集市上干,能挣一个半卢布,可这儿只塞给我半个卢布。再待一会儿我就找不到活干了。还得跟你们磨蹭多少时间？半个卢布,我连马都喂不饱。朋友,这不是明摆着的嘛！"

但是尼基福雷奇没有理睬马车夫的牢骚。"律师"和这个饱经世故的警察并排走着。"律师"低低地弯着腰,没有戴帽子,用肮脏的破布裹着耳朵,双手深深地笼在一种敞胸女短袄的袖筒里。尼基福雷奇用教训的口吻对他说：

"对你们这些魔鬼来说,老太婆就等于是母亲。她好喝酒,但这没什么。她偷,还是为了你们。知道吗?我给她送葬,你也送她。就算不派我来,我也会要求送老太婆的。明白吗?伙计,我看人看得很透。嗯,你也会死的,你很快会死的,伙计。真的,骗不了我,骗不了的,从脸上就看得出来,你很快就要死的!要是不派我,我就不去给你送葬。绝对不送!因为你算个什么东西?老废物。"

"律师"用他那没有光泽的眼睛抬头看看尼基福雷奇,苦笑了一下。

"我不需要,不用送……"

"我是不送的。你一个人进坟墓去吧。"

"嗯,那有什么?我一个人去。"

"你去吧,因为你算个什么人呢?可老太婆是你们的母亲……她有一副好心肠。明白吗?"

解冻了,下着雪。

沉甸甸、湿漉漉的鹅毛大雪落到阿库莉娜奶奶的棺材上,这具简陋的没有上过漆的松木棺材由于融雪整个儿都湿透了。

人们就这样埋葬了阿库莉娜奶奶,埋葬了这个小偷、乞丐和阴沟街上的善人。

陆桂荣　译

马 车 夫[*]

圣诞节故事

节日前的拥挤,连日来的大事扫除、洗涤,以及几乎使一个靠薪金度日的人囊空如洗的圣诞节的零星开支——这两三天把巴维尔·尼古拉耶维奇本来就不太健全的神经搞得错乱已极。圣诞节早晨一醒来,他便觉得自己彻底病倒了,并且憋着一肚子火气,他对所有这些把节日休息变成无益的空忙的繁文缛节感到气恼,气恼他的妻子把这类空忙看得异乎寻常的重要,气恼由于没人照看而吵闹不休的孩子们,气恼那个疲惫不堪、心事重重而又笨手笨脚的女用人。

他本想置身于所有这些"白痴式的挤挤攘攘"之外,可是他对节日的这种看法却在夫妻之间引起了一场争吵,于是,为了使彼此都平静下来,他便不得不参与其事了:他先被派到商店和集市上为孩子们选购小枞树,然后又为餐桌上用的鲜花跑了一趟花房,最后,一直到傍晚

---

[*] 本篇最初发表于一八九五年十二月廿五日《萨马拉报》。译自《高尔基三十卷集》第二卷。作品以一八九五年发生在奔萨省首府的一桩谋杀案为素材写成,旨在对当时俄国文坛争论最激烈的问题,即"是否存在道德与良心的准则"这样的问题表示自己的看法。尼采和叔本华否定一切道德、良心准则的思想曾为当时的俄国颓废派文学极力加以推崇。俄国文学巨匠陀思妥耶夫斯基的《罪与罚》即具有类似倾向。作者通过本篇作品批判了这一倾向。例如:作者对陀思妥耶夫斯基津津乐道的所谓"苦难的拯救力量"给予了辛辣的讽刺,本篇主人公巴维尔·尼古拉耶维奇的"公开忏悔"并不是为了"赎罪",而是为了"惊吓和慑服"众人。这一"忏悔"也同时被作者用来揭露当时社会的不合理。

五点钟,他才拖着疲倦的身子,马马虎虎吃些东西,怀着隐隐的郁闷得到了休息的机会。他走进卧室,把门关得紧紧的,往妻子的床上一躺,双手放在脑后,脑袋里空空荡荡的,两眼凝望着天花板出起神来。

圣像前的一盏油灯把洁净而舒适的卧室照得半明半暗,一些阴影投在地板和四周的墙壁上并且不住地晃动着。从街上传来阵阵雪橇滑过雪地的声音以及某种喊声和敲击声,但所有这些响声都是那样软绵绵的,催人欲睡。

"哎呀,科利亚,别缠住我好不好!"

"这是妻子在训斥儿子,孩子想必并没有什么过失,只是她累了,所以就拿孩子出气。哼,教育孩子!如果我们自己都缺乏教养,谈教育孩子简直是瞎扯。"巴维尔·尼古拉耶维奇这样想。

"不久前我也对她大叫大嚷过……很对不起她!可是她会懂得,这不过是一种病态的烦躁情绪。她对我的发脾气经常是能予以容忍的。景况如此窘困,发脾气是十分自然的事。为了每月挣得那远远不够开支的一百卢布,没完没了的干着,还不能生病——这种日子是一个现代人所难以忍受的。倘若能指望一个美好的未来倒也罢了。可是这一切都是多么愚蠢,多么卑微和庸俗啊!而整个生活又是这样琐琐碎碎。工作为了糊口,糊口又是为了明天再去工作。还有家。有人曾经提议用法律来禁止穷人结婚,这肯定是个有恻隐心的人。我这点薪金能给家里些什么呢?既不能让妻子过上勉强说得过去的舒服日子,也不能让孩子们受到差强人意的教育。一切都太愚蠢了!愚蠢得不可救药,因为一个人的需要远远超过了他的力量。不改变把我们这类想入非非的人排斥在外的分配财富的制度,就难以改变现状。咳,我干吗要这样高谈阔论呢?这也许是一种读书人的漂亮习气吧,就像酒喝多了发酒疯似的!……"

他翻了个身,扶了扶脑袋下面的枕头,两手交叉放在肩上,合起了双眼。

他想起了方才把他从集市上拉回家来的那个马车夫同他谈的那

番话。这是个穿得破破烂烂的瘦弱的乡下人,他形容憔悴,愁眉苦脸,样子十分可怜。

"一两年前我可不是这副倒霉相,嘿,才不是呐!那时候我在扎梅托娃老板娘家里当差。听说过吗?就在她那儿,日子过得可叫称心啦。搭搭下手,没有多少活儿。我闲着没事就东想西想的。想些什么呢?什么都想……正眼看看这日子,哪能不想呢?这头一条,是魔鬼。你只要动一动,他就会把魂儿附在你身上。这么一来,这头一条,你马上就会没有主意了,就是说,就要离开正道儿,像是在到处摸索;可是又有什么好摸索的呢?这头一条,就得摸清自己,就是说,要给自己找到个落脚过日子的地方。你要是找到了,那就谢天谢地,就是这么回事……

"……这位老板娘简直吝啬得要命。可她的钱真不老少!多得很!都是她攒起来的,魔鬼。她叫卡皮托林娜·彼得罗芙娜。她攒这么多钱干吗?您问她,她也说不好。她呀,自己也不知道!她还不是跟别人一样,总归是个死。这是头一条!难道为了送终用得着这么多钱吗?一个人送终一点点钱就够了,是不是,我的先生!

"……到底要这么多钱干吗呢?说实在的……她什么亲戚也没有,孤寡一个。像只待在树窟窿里的猫头鹰似的,一人住在一幢房子里。她总共有三个用人。赶车的和我这个看门的,就是说,还有一个叫玛丽什卡的,一个凶得要命的女厨子……再也没有别人了!常有些修女和朝圣的女教徒这类人来她家做客。这些人怎么会没把她掐死,上帝才知道呢。真该把她掐死,因为上帝要她一点儿用处也没有,不过这是上帝的旨意,他应该知道。咱们不能乱说乱道。反正她活得好好的,真叫人纳闷儿。想想看吧,她就一个人!照着致命的地方给她一下子,——她的钱就归你啦。一定会有人想到这一点的。他只要干得巧妙,那可就有福了!驾,你这个翘尾巴雀!"

马车夫一面饶舌,一面吆喝着那匹马,他在赶车的座位上挪来挪去,不时地把他那张小小的、由于酗酒过度而发肿的脸扭向巴维尔·

尼古拉耶维奇。他长着一对滴溜溜转的灰眼珠,眼皮由于发炎变成了红的,鼻子像个蒜头,脸上冻得红一块、紫一块的。

"我的酒量可大着呐!"他笑容满面、得意扬扬地喊着,觉得自己蛮豪放的。

巴维尔·尼古拉耶维奇似乎觉得,这个形容枯槁,满嘴哲理的小乡巴佬这会儿就在他身边某个地方待着,因而感到局促不安。车夫好像有些碍事似的。不过这种影影绰绰,模模糊糊的心神不宁的感觉只是使他把身子缩了缩,把脑袋更深地埋在枕头里。

"那个婆娘已经老了,还能活多久呢?给她一下子,也就交待啦!"车夫说。

"那么,你就去给她一下子吧!滚开!"巴维尔·尼古拉耶维奇气愤地说。

"我怎么能干呢,要是你自己干,那就对了!你老是个聪明人,就是说,你更急需嘛。"

"滚!你干吗闯到我这儿来胡说八道?我不是已经付了车钱吗!"巴维尔·尼古拉耶维奇喊道。

"是,是,"车夫心平气和地说,"别生气,我这就走。我是为你着想呀。这事干起来很简单,而且十拿九稳。你考虑考虑吧。想想看,她还有什么用呢?……一点儿用处都没有。你可是个活着的人呀。你没有钱,这么干一家伙,你就可以把她的钱拿到手了!"

"好啦,你走吧!我要稍稍睡一会儿。"巴维尔·尼古拉耶维奇的口气平静了下来。

"对,对,睡一会儿,休息休息吧,这很好。再见。"

车夫说完就不见了。

"他并不蠢。"巴维尔·尼古拉耶维奇边说边从床上坐起身来。"是的,他说得对,我不是拉思科里尼科夫①,也不是一个理想主义者。

---

① 陀思妥耶夫斯基的小说《罪与罚》中的主人公,一个穷大学生。他在帝俄社会中备受压迫,精神失常,杀死了放高利贷的老妇。

事情是有把握的。干起来有风险,但是好处大得很。噢,我哪怕有一万卢布……就能用它过得很好! ……有了钱就可以不仰人鼻息。就有了自由! 我难道不愿自由自在吗? 更何况还有种种享受呢? 这就是人们梦寐以求而又求之不得的所谓幸福呀。而这一切我一下都可以得到。我需要下的赌注是贫困、枯燥和平淡无奇的生活,而可能赢得的却是独立自主,逍遥自在的富裕生活。良心要受折磨吗? 这算不了什么,这是臆想出来的。良心这东西未必能感觉到,同时它也未必存在。既然我已经决定怎样干了,还想这些干什么。"

他不知不觉已作了决定,似乎是无意之间作出的,但是他的整个身心都感觉到,他已作出决定,再没有挽回的余地了。

"我怎么干呢?"他自己问自己。

可是他立刻又把这个问题抛开了。

"不,不须要多想,什么也不要想。要不就马到成功,要不就一败涂地,随它去吧。说干就干,什么都不考虑,这样会好些。马上就动手。"

他觉得身上有一股可怕的力量,一股泰然自若,深信可以得手,并准备冲破一切障碍的力量涌了上来。他下得床来,伸了伸腰,把两只臂膀上的肌肉绷得紧紧的,留神往四下看了一眼,准备即刻行动起来。

"可是我用什么杀死她呢? 用那把敲糖块的小锤头吗? 太轻了。用熨斗吗? 裹在毛巾里! 对,对,这样最合适,我在什么地方读到过,绝妙的办法。我要悄悄出去不让别人看到。熨斗到外屋窗台上去拿。还需要一个手提包或是装钱用的袋子。妻子那儿有这些东西。她如果知道我的决定,一定要劝阻我的,嗯……一定会这样。但是常人的观点现在已经阻止不了我这个精力如此充沛,头脑如此清醒的人去干据他们看来属于犯罪的勾当了。人是衡量一切的尺度;我第一次意识到这一点。在所有哲学家中只有诡辩家堪称为智者,只有他们才有这种权利。是的,人是衡量一切的标准。一切准则皆寓于我,而不是在我之外。我若不犹豫动摇,那就是说,我是正确的。我这就走,且不说别的,这还是挺有趣的呢。可是什么东西竟使我变成了另一个人呢?说实在的,咱们谁也难以预料,一分钟过后自己又会有什么样的遭遇!"

巴维尔·尼古拉耶维奇在女商人扎梅托娃家门口停了下来,留神看了看房子的正面。一座墙皮斑驳脱落的旧式两层楼房正用它的四扇窗户冷漠地注视着大街和门前的这个人。

这个人站在那里思量着:

"太有趣了,这一切结果将会是怎样的呢?我也许会被人捉住,那么一切将是多么愚蠢,多么可悲啊。总之,我正面临着新的生活。谁来给我开门呢,我怎样对付他呢?嗯,自然喽,这将是一个考验,来这里的第一关。"

于是他用力拉了一下门铃,在等待下一刻的到来时,他的心就仿佛停止了跳动似的。几分钟过后才听见门里响起一阵脚步声,同时有一个清脆的声音问道:

"谁呀?"

"这是厨娘玛丽什卡。"巴维尔·尼古拉耶维奇断定,并摸了摸大衣衣襟下面的凶器。

"索西帕特拉·安德烈耶芙娜[①]在家吗?"

"在家,您是哪一位?"

"您就说……是从……是从比留科夫那儿来的。"巴维尔·尼古拉耶维奇想起了城里一家最好的美食店的老板的名字。

钥匙响了一声,门打开了,在巴维尔·尼古拉耶维奇面前站着一位睁着一双灵活的黑眼睛的年轻姑娘。这使他有些气馁。

"玛丽娜难道没在家吗?"他站在门槛外面问道。

"她洗澡去了,请进。"姑娘说着把门开得更大些,并且信任地打量着来客的脸。

[①] 前面称扎梅托娃为"卡皮托林娜·彼得罗芙娜"(原著如此)。

"喔!"巴维尔·尼古拉耶维奇咬了咬胡子尖,若有所思地说,"您瞧,这太可惜了,您这么年轻,可……我还是回去吧!"

"瞧您说的!难道不都一样吗?"姑娘睁大了眼睛诧异地说。

"您说,都一样吗?嗯!不过,您说得也对。好吧,我就接着干下去。请您把门关好。"

"我这就关,总不能让它开着呀。"她笑了笑,咔的一声拧了拧钥匙,随之一个铁搭链似的东西哗啦地响了一下。

姑娘在巴维尔·尼古拉耶维奇的脚前俯下身去,想帮他脱去套鞋。就在这一刻,他高高举起熨斗,对着她后脑砸了下去。这一下砸得很准,只听闷闷地响了一声。姑娘发出一声叹息,一头栽倒在地板上,随后便直挺挺地躺在了那里。巴维尔·尼古拉耶维奇听见仿佛是什么绷裂的声音,接着便有一个金属的东西顺着地板滚开了去。

"这一定是从她胸衣上掉下来的钮扣,"他一面想,一面看着躺在他脚边的穿着一件粉红褶裙的苗条的身躯,"然而我是杀了人的呀。这并不困难也不可怕嘛。可人们把杀人说得和写得……哈哈哈!世上有多少多余和虚伪的东西啊!为什么要胡说什么人的高尚品行呢?为的就是用这类谎言来把人说成是高尚的吧。"

"安努什卡,是谁来啦?"一个女人的干涩而生硬的声音在楼上问。

"是我!"巴维尔·尼古拉耶维奇赶忙应了一声,随即两步并作一步往楼上跑去。

"您有什么事,老爷子?"

楼梯上方站着一个又高又瘦,穿着一件黑衣服的老太婆,一张长脸瘦得皮包骨,脖子也是长长的。她身体稍向前倾,用疑惑的眼光审视着朝她身边走过来的这个人。

"我把熨斗丢在楼下了!"巴维尔·尼古拉耶维奇霎时愣了一下,这一点未能逃过扎梅托娃的眼睛。

"您有什么事?"她用比前次更高的声音问道,随之向后退了两步。她身后是一面镜子,因此巴维尔·尼古拉耶维奇得以看到扎梅托娃的后颈。

"我从比留科夫那儿来！"他说完便带着一丝莫名其妙的微笑径直朝老太婆走过去。

"站住，站住！"她向前直伸着两臂说道。

巴维尔·尼古拉耶维奇走上前去把她的两臂掰开，放到自己身子的两侧，随即很快地掐住了老太婆的喉咙。

"从比留科夫那儿来！"他又说了一遍，并把手指深深地嵌进她的脖子，直到触及她颈皮下的脊骨。老太婆沙哑地嘶叫着，时而向胸前，时而从两侧撕扯他的上衣。她的脸涨得泛出了青紫色，舌头十分滑稽地从嘴里晃晃悠悠地吐出来。他用双肘紧紧压着她的肩膀，使她很难用瘦骨嶙嶙的手指抓到他的头和脸，但她极力要做到这一点。后来她终于抓住了他的衣领，一枚领扣从他的衬衫上飞落下来，顺着楼梯滚了下去。

"罪证，"他的脑子里闪过这个念头，"必须把它找到。"

老太婆已经站立不稳，但仍在搏斗；她用膝盖顶他，用手撕扯他身上的衣服。他感觉到她的指甲已触及他胸前的皮肤，于是便大声喝令她："住手！"接着他又喊了一声，两手用力掐紧了她的喉咙。她身体晃了晃便轰隆一声倒了下去，把他也带倒在地上。他整个身子扑在她身上，感到了这个衰老的躯体在临死前发出的痉挛。随后当他确信她已经死去的时候，便松手放开她的脖子，擦了擦脸上的汗，坐在她身边的地板上。他感到疲乏和说不出的气恼——他感到的不是自己的凶狠残暴，而正是气恼，如此而已。老太婆姿势很不自然，一动不动地躺在那里。巴维尔·尼古拉耶维奇无动于衷地望着她：既没有怜悯、恐惧，也没有对尸体的嫌恶心情。他什么感觉也没有。他坐在那里想：

"人死起来多么容易，要死多么不费事啊。铁块一砸，人就没有了，他的意义、言谈、行动也统统由于一个明显的粗鲁的原因而化为乌有了，而这一切的本身又是多么不可捉摸啊。死是很糟糕的。人既然终究要死，那么还值得活着吗，而为了活着值得去干这干那吗，——譬如说,去杀人?太愚蠢,太庸俗了!唉,我为什么要做出这种事呢?我要马上离开这儿,让钱财见鬼去吧!都是这个该死的马车夫。"

"呵,你在这儿吗?"

他真的在这儿;他坐在楼梯栏杆上,悬空摆动着两条腿,用好奇的目光注视着巴维尔·尼古拉耶维奇。他一只手握着鞭子,另一只手把着栏杆。

"咱在这儿待了好久啦!"他若无其事地说道,"事情已经干妥帖了吧?"

"你这畜生,野兽!你还问呐……要知道,我已经杀了人!要不要我把你也杀掉?你倒的确是该杀的,野兽!"巴维尔·尼古拉耶维奇愤怒地说道。

"是的,你的确是杀了人,可是没必要为这个生我的气。你不是并不可怜他们吗?"

"不,可终究……"

"你既然不可怜他们,那还有什么说的。何况死人有什么好可怜的?活人嘛就另当别论了。活人才真的值得可怜呢。"

"得啦,你别在这儿高谈阔论了!"巴维尔·尼古拉耶维奇厉声说道。"你走吧,我也要走了。这一切都太蠢啦。"

"可是钱呢?把钱拿上呀!拿吧,试试看。也许你有了钱就可以找到你的幸福了。钱应该拿,你正是为了它才来这儿的呀。"

"是呀!是这样的。我去拿!"

巴维尔·尼古拉耶维奇在地上坐着,双手抱着头,全身摇晃了几下。一个想法使他大为震惊。

"我怎么这样无所谓呢,我这个杀人凶手?我不是刚刚杀了人,要了她的命吗?我这是怎么啦?我的感情在哪儿?良心呢?难道我无法无天,心里没有任何法纪吗?这是怎么回事?马车夫,你把我搞成了什么样子啊?我全然无动于衷,知道吗?你懂吗,我是无动于衷的呀!"

马车夫

马车夫不动声色地往旁边啐了一口,用鞭子把敲敲自己的膝盖,然后又仔细打量了巴维尔·尼古拉耶维奇一眼,吹了一声口哨。被掐死的老太婆的尸体仍在地板上躺着。巴维尔·尼古拉耶维奇并未由于他身边的死人和马车夫的死一样的冷漠,以及他自己感情上的麻木不仁而感到恐惧,不,整个控制着他的是一种使他的心灵变得冰冷的隐隐的郁闷,仅仅是郁闷。他不禁想合起双眼,像那具女尸一样直挺挺地躺在地上。她虽说是被他掐死的,但他觉得,她比他更有力。马车夫依旧在吹着一支惆怅而又诙谐的曲调,他却始终不敢看一眼马车夫的脸。最后马车夫停下口哨开言道:

"你白白地诉了这一阵子苦,我并不相信你的话……是的,老弟。我知道你无动于衷。但又何必让情绪波动呢?没有理由这样做。你杀了人,这是真的,可是一下子就杀掉了。这在目前这个时代是挺不错的。什么罪都没受,哼了一声就完了。凭良心说,慢慢地把人一点点折磨死才是真正卑鄙的呢。一下子弄死是没关系的!倘若人死后还能说话,他会感谢你。因为无论如何,你使他得到了解脱,立即得到了安宁。你倒是应该想想活着的人。多少人由于你,由于咱们每个人死于慢性的熬煎呀?我们的妻子……难道我们不是在折磨她们吗?我们的朋友……难道我们没有让他们受罪吗?还有在我们身边熙熙攘攘的各式各样的人……难道他们不受咱们的连累吗?你眼看着这一切而无法加以阻止,因此你就在这种生活中变得粗暴而又麻木不仁了。这一点我是理解的。"

"你在讲些什么呀?"巴维尔·尼古拉耶维奇打断马车夫这番稀奇古怪的话问道。

"我讲的是正经事。你清醒地看一看生活吧。一片混乱!没有任何人对人的尊重。也没有彼此的怜悯。各扫自己门前雪。为了一点好处大家一拥而上,你争我夺,各不相让。分配不合理,也没有友爱。你是人,而所有其他的人同你没有关系吗?有关系又怎样呢?由于你和我的缘故,周围有成千上万的人在送命……而我们看着这些却认为一切都很正常。那还有什么说的？既然可以这样,那么只要手上有劲,杀人也未尝不可。当然,杀人是危险的,因为杀人要判罪,然而如果不判罪,我们肯定要随随便便就相互残杀的。别看我们衣着十分入时,可大多是貌似好人,心如铁石的。我们心目中没有任何道德准则,法律同我们毫不相干,我们并没有把它当回事。你有什么可伤心的？你已经犯了法,可你能这样做,说明你对自己还是老实的。你若有头脑,你就会逃脱审判,千方百计地避开它。至于别人,你过去就不曾怜悯过他们。如若不然,他们还会活得这么艰难吗？是这样的吧！也许你出自怜悯心曾希望减轻人们的厄运,可是你并没有减轻它,而是结束了他们的生命。在你心里没有任何禁忌,所以就用不着解释了,全都是空话。既然你的内心是无法无天的,那么表面上你用什么也约束不了自己,你在自己面前不觉得羞耻,那么其他人你就更不在乎了。事到如今,那就放手干吧。"

"你是在谴责我吗？"巴维尔·尼古拉耶维奇问道。

"这同我有什么相干？难道这是我的事吗？要知道,我和你一样也是人。我的心目中也没有法律,我怎么会谴责你呢。"

"那么我现在该怎么办呢？"巴维尔·尼古拉耶维奇发愁地问道。

"已经开了头就干到底嘛,——一不做二不休！"

说完马车夫就不见了。

巴维尔·尼古拉耶维奇深深吁了口气,环顾一下四周,在他身旁躺着死去的老太婆,楼梯下面是那位姑娘的尸体。

楼梯上铺着一块有黑边的红色地毯。在较远的某个房间里有只金丝雀在啾啾地叫。巴维尔·尼古拉耶维奇从地上站起来,大声问道：

"这是梦吗？"

房间里嗡嗡响了一阵,但是没有人给他任何回答。他顺着地毯朝前走去,在一个房间门口看见一张床铺。

"这是老太婆的卧室。钱在这儿。要把钱拿到手。一不做二不休!"他说出了声。

　　床下放着一只旧式的矮柜。巴维尔·尼古拉耶维奇一进门便立即看到从床单下面露出的一只柜角。他俯下身把它拉了出来。柜子上了锁,但钥匙就在上边。巴维尔·尼古拉耶维奇把它打开来,柜锁咔嚓响了一声。

　　柜里从上到下装满了钞票。于是巴维尔·尼古拉耶维奇便整整齐齐地往手提包里装了起来。后来他又把衣袋也塞满了,一沓沓钞票是那样沉甸甸的。他把一堆堆钞票翻弄了好久,柜子里还剩下好多,然而他毫不遗憾地把柜子关上了。

　　随后他便走出房间下了楼梯,毫不在意地从两具尸体旁边走过去,来到了街上。

　　街上空荡荡的,下着雪,风刮得很厉害。但是巴维尔·尼古拉耶维奇并不觉得冷,他慢慢地走着,一路都在想,为什么他经过这么多事情以后竟一点也没触动感情?

　　……从巴维尔·尼古拉耶维奇干下那次勾当以后已经过去了八年。

　　他的大儿子科利亚已是十九岁多了,一个女儿将要出嫁,另一个再过一年也要订婚了。巴维尔·尼古拉耶维奇的妻子原是一个为孩子和家务终日操劳、性情暴躁的妇女,现在已成为慈善家和贵夫人,而巴维尔·尼古拉耶维奇本人则已成为本市众望所归的第一名市政首脑的候选人了。老太婆的钱财帮了他的大忙,而他把这些钱也支配得十分得当。他无忧无虑过着养尊处优的生活,工作也颇为繁忙。但是熟人们却一致认为,他那朴实和爱交际的性格已有所改变。他已经由一个爱发脾气,感情真挚的人变成一个性情孤僻,心事重重,成天陷在沉思默想之中的人了。

　　并非良心不安在折磨他的心灵,不,他一直搞不清他干了些什么,但是自从杀死老太婆那天起总有一个疑问在困扰着他:

"我心目中有没有法律呢？"

他的生活越是得意，这个疑问就越是重重地压在他的心头。八年前圣诞节那天，全城的人都在谈论老太婆和她女儿神秘遇害的事，巴维尔·尼古拉耶维奇同样兴致勃勃地和大家一起议论着这件事，而同时他也警觉地注意着自己，他预期在自己的内心里随时都会出现害怕和悔过的念头。但是结果并没有产生类似的感情，于是他便问自己：

"难道在我身上不存在能迫使我自觉到犯罪的法律观念吗？"

显然，在他心里的确不曾有过这种法律。然而他不能忘记，良心责备、悔过、自觉有罪这类感情是人所固有的，所以他一直在自己身上寻找着这类感情，可找来找去找不到，因而他常常淡然地独自纳闷：

"我的所有这些感情都到哪儿去了呢？……"

他觉得生活非常离奇——仿佛是场梦呓，又仿佛是一个心灵已经死去的人的怪诞生活。

一次，正当他自问他的人类感情沦丧到哪里的时候，马车夫忽然出现在他眼前。

他依旧是先前那副可怜虫的样子，依旧是那样一个玩世不恭的哲学家；时光对他那穿得破破烂烂的外表并未产生影响，没有给他那件破褂子打上补丁，也没有增添更多的窟窿。他出现在巴维尔·尼古拉耶维奇的办公室里，坐在圈椅的扶手上，用鞭子把儿将帽子捅得歪戴着，瞅了他的主顾一眼，叹了口气。

"你这是从哪儿来呀？"巴维尔·尼古拉耶维奇冷笑了一声，对马车夫的意外而神秘的出现只觉得有趣，并不感到惶惑和害怕。

"我吗？来自天涯海角……"马车夫淡淡地答道。"你好吗？"

"瞧，我这不是好好的。你究竟是什么人，是鬼，还是阿加斯菲尔①？"巴维尔·尼古拉耶维奇又冷笑了一声。

"问这干什么？我只不过是那么一个……生命。喂，怎么样，你还

---

① 古犹太传说中的一个注定要永远漂泊的流浪汉。

没有在自己身上找到法律吗?还在找吗?"

"还在找,"巴维尔·尼古拉耶维奇唉声叹气地回答说,"还在找,老兄,可是找不到……多奇怪呀,是不是?"

"这很简单。"马车夫说,"别找啦,找不到了,你已经把种种法规统统取消啦。"

"可因为什么呢?"巴维尔·尼古拉耶维奇惊叫了一声。

"就因为你没有运用过它,没有实行过,没有付之行动。你常常是在议论什么法律好,而没让任何一种法律在心里扎根。可生活又总在压迫你,把你身上的一切都挤得光光的,因而你就沦落到了这种地步,你不仅无所谓地看待周围的死亡,而且还心安理得地亲自杀人和议论为什么杀人。你在自己周围看到的只是卑鄙龌龊和一团漆黑,而上帝却没有把你的心照亮,或者确切些说,上帝燃亮了你的心,而你却自作聪明地把它扑灭了。所以你的人便连同所有的美好感情一道干枯了,于是你就变得麻木不仁了。"

"住嘴,你胡说!我在行动,我在工作……"

"可工作为的是什么呢?你完全可以抛掉一切,像根木桩子似的待在那里一动不动。你干不干都一样。难道你的工作真正叫工作吗?得了吧!你做起事来并非出自本心,而只不过是从某种角度出发罢了。"

"什么叫从某种角度出发呀?"巴维尔·尼古拉耶维奇惊诧地问。

"什么?你好像不明白似的!你们这里有各种各样的角度——这儿是一种角度,那儿则是另一种角度。倘若你当上了市长,那么这个地位就有它的角度,如果你做了警察局局长,就又是另外一种角度了……对你来说,要紧的是声望,要符合你的同事们习惯于看待你的那种角度。可是你绝不会像火似的发出热和光,而只是按照一定的成规聊尽职责罢了,不是吗?"

"也许是这样……可我为什么会成了这种样子呢?"

"你想想看……"

"说实在的,我就像个死人一样了。"

"难道不是吗?实际上就是个死人。"

"我以后会怎么样呢?"

"时候一到就会死掉。"

"别人也会是这样的呀。"

"当然也会是这样!这是不言而喻的。"

"而在我还活着的时候将会怎样呢?"

"不—知—道!"马车夫摇摇头,拉长了声音说。"你这种麻木不仁的生活实在糟糕,是不是?你不用说我就知道很糟。我可怜你,年轻人。可是我自己对生活也是无所谓的。"

"怎么办呢?"巴维尔·尼古拉耶维奇发愁地问道。

"我怎么知道呢?你在大家面前喊上一喊,说你心无法纪,也许人们会听见的……"

"那又会怎样呢?"

"没什么,人们听见以后会看看他们自己,也许他们会发现他们自己也是心无法纪,也像你一样空虚和对生活无动于衷。这对他们是有好处的。"

"那么我呢?"

"你将成为一个牺牲品,作牺牲品是件好事,要知道,这样就会使你的罪过得到解脱……"

话声未了,马车夫就像来时一样,出人意料地猝然消失了。但是即使这一点也如同马车夫的出现一样,并未使巴维尔·尼古拉耶维奇感到震惊。他过分地沉湎在一个疑问中了:为什么这番谈话没有给他留下任何印象,也没有在他心灵上诱发出一点点思绪。他听到了一些话,并用话作了回答,可话语并未唤起他的感情。在他周围可以听到许多关于生命,关于死亡,关于所有生存者的命运,以及关于未来和现实的纷纭的议论,他自己也参与这些议论,但他的心里却哑然无声,心灵似乎并不存在。其实,他对这种内心的空虚并不感到恐惧,不过意识到这种空虚时毕竟有些诧异。

他一面思索,一面冷笑:

"可怜的人们呐!他们彼此是多么不了解,眼光多么不敏锐啊。我是个杀人凶手,可竟然没有人想到这一点,而我居然还受到众人的敬重。"

他面对爱戴他的家人时也在想:

"可怜虫,要是你们知道了……"

但是无论谁什么也不知道,而这个没有情感的人依然像是富有情感似的照常生活和行事。

他的日子就是这样一天天地消磨过去的。他的内心对生活越来越无动于衷,但是他仍旧依照常规、习惯和职责继续行动着。精神上已经死亡的他,做着死气沉沉的事情,并且自知这些事情没有生气。他没有心灵,因此他也就不能把它贯注到生活中去。可他内心的空虚却在日益扩大和发展,从而使他越来越苦恼和不自在。

表面看来,他没有什么可以埋怨的。众人敬仰他,尊重他,把他看作一个诚实而又精力旺盛的人。但这并未使他满意。在他身上一切灭亡的感觉就如同投进无底深渊中的小石子一样,响声过去便消失得无影无踪了。

"难道我心无法纪吗?"他愈发经常地询问着自己。

选举他做市长的日子临近了。他虽然知道人们一定会选他,但他并不感到高兴。他的钱不知从什么地方源源而来,他对自己作为一个德高望重者的声誉也时有所闻。然而这对他却没有任何意义。他没有任何可以用来感觉、欢喜乃至哭泣的东西。被生活搞得心志枯竭的人是懂得他这种日子的滋味的。

感觉不到自己心里有愿望存在就等于没有生命。所以巴维尔·尼古拉耶维奇有时对自己说:

"若是有某种愿望该多好啊!"

但是已经无处容纳愿望了,因为他的心已经干枯,之所以如此,是因为他热衷于作一个对生活漠不关心的人,而且确实成为一个对生活无动于衷的人了。最初他未发觉这一点,后来他那种除去自身以外对什么也不关心的态度终于使他的心灵丧失了生机。

最后的结局终于到来了,这是一个人无论在何时何地都无法逃避的。事情发生在选举市长那天,是在巴维尔·尼古拉耶维奇已经当选,城里的朋友们聚在他家向他道贺,一同进餐的时候。众人坐在桌旁一面吃喝,一面讲着奉承话,就像这种场合常有的那样,热闹而又快活。

巴维尔·尼古拉耶维奇接受大家的祝贺和敬酒,同时却对周围这些人怀着轻蔑的想法。

所有这些人既盲目而又可怜,他们都是置身于真正的生活,即心灵生活之外的。他们统统缺乏嗅觉,缺乏那种从远处即可分辨出好坏的嗅觉。然而,是否存在好坏呢?

这些人闹得多么起劲啊!这又何必呢?

他的脑海里突然闪出一个强烈的念头,它使他的整个身心都充满了一个不顾一切的、想要恐吓、震惊和慑服这群人的愿望……他端着一杯酒站起来,当大家都静下来等他说话的时候,他说:

"诸位先生们!我甚感荣幸,深为你们的盛意所感动——处于我这种位置的人通常是要作这样的开场白的。但是我不能这样开场,不能,我所怀有的是另一些感情……诸位先生们!你们在这儿所讲的一切使我深为惊讶,极其愤慨。所有这些话既愚蠢又不恰当,完全不恰当。你们并不了解我……譬如,我除去知道你们在精神上既盲目又可怜以外,对你们一无所知。所以我可怜你们。你们听到了吗?你们知道我是什么人吗?我这个,照你们的话说,甚乎众望的人是一个杀人犯!八年前是我把那个女孩子和扎梅托娃老太婆杀掉的……是我……什么?哈哈哈!是我呀,是我!你们起初把我当作富翁,后来又把我当作社会贤达来吻我,向我顶礼膜拜……可我是依靠老太婆的钱才发的财呀……你们不会认为我是疯子吧,不会吧?"

所有人都觉得他的这番话使他们蒙受了奇耻大辱,因而并不认为他疯了;倘若他在他们面前低声下气地进行忏悔,那么他们就会认为他是疯子的。但他是在谩骂,嘲笑,同时他眼睛里闪烁着的是火似的内在力量而不是疯癫。强者总是要招惹弱者的忌恨的。

众人骚动起来并挤作了一团。

"叫警察!"有人喊了一声,于是警察赶来了。

为自己的功绩所陶醉的巴维尔·尼古拉耶维奇还在那里铿锵有力地讲着:

"在我的心里不存在什么法律,我的心早已死去,但愿你们的心不要受到损害吧,让法律深入到你们的心里吧。不要无动于衷,因为无动于衷对人的心灵是致命的!"

然而他是一个罪犯……怎能把罪犯当作一位先知先觉呢?众人以凶狠而憎恶的目光望着他,而他对所有人则报之以强者的轻蔑和嘲讽。

"干得好!"马车夫的瘦小干瘪的脸上带着赞赏的笑容突然出现在他眼前说。

"干得好,这才像回事!早就该这样做了。现在你将要受苦受难了。受苦受难去吧,这很好!现在你背上了十字架,永远应该有个十字架压在你的脖子上。这对生活来说是头等重要的事。背着十字架受苦受难吧,这会净化你的灵魂……没有十字架是不行的。背着它你就会在生活中找到立足点,牢靠的立足点。现在你将会从苦难中得到新生。你也有了路:你将到达上帝那里……杀了人吗?没关系!记得那个强盗吗?他已经得到了宽恕,总共不过向上帝作了八个字的祷告。现在你,老弟,领悟了。去吧,去受苦受难吧,不要忘记人们。他们并不比你强多少……"

巴维尔·尼古拉耶维奇身旁的一切不知怎的都逐渐模糊起来:什么都不见了,逐渐出现了一缕红色的、一闪一闪的亮光,——一缕照得眼睛发痛的亮光。

大地震动了起来。

当巴维尔·尼古拉耶维奇睁开眼睛的时候,只见妻子穿着一件家常的睡衣,满脸倦意,上唇在神经质地抽搐着,她一只手端着一盏带粉红灯罩的油灯,另一只手正在摇晃他的肩膀。

"巴维尔!让开吧……到自己床上去……把衣服脱了。穿着衣服睡这么久怎么会舒服呢!"

"等等……"

"请你别这样……你知道吗,我太累了。"

"尤莉娅,我这是怎么啦!"

"你睡过了头。"

"是吗?对……是真的。这是梦——太好了。你知道吗……"

"我要睡觉了……"

"不,你听我说……多么不可思议啊!那个马车夫,懂吗——马车夫!为什么偏偏是马车夫呢?"

"因为你还没有睡醒,在这儿说胡话,走开吧!"

"可是,尤连卡①,让我全都说给你听……"

"明天再说吧……"

"那好吧。鬼才知道,有时候会梦见什么!可你知道吗,这里面包含着一个哲理。我们的确过于无动于衷了,过于屈就于生活了。"

"让我睡吧,以后再发议论好不好?你不能小声点吗?你就不体谅体谅,我是早晨八点起床的,这会儿已经是夜里两点多钟了。"

"亲爱的!我不再说啦……不说啦……"

他走过去躺到自己的床上,脑袋刚挨着枕头,一阵甜滋滋的昏昏欲睡的感觉便控制了他的全身。

"这个梦实在有趣……还包含着一种教诲。你听我说,尤莉娅……

---

① 尤莉娅的爱称。

不然我就全忘了。"

妻子没有回答他。灯火跳了一跳,墙上的阴影抖动了一下,接着,整个房间都黑了下来。

"领悟了,是呀,领悟了……"巴维尔·尼古拉耶维奇自言自语地说着说着便睡着了。

从街上隐隐约约传来一阵阵节日的钟声,偶尔还听得到一两记打更的梆子声。

张佩文　译

可汗和他的儿子*

"从前在克里米亚有一个可汗①,叫做莫索拉伊马·阿里·阿斯瓦布,他有一个儿子叫托拉伊克·阿尔加拉……"

一个瞎眼的鞑靼乞丐背靠在一棵杨梅树的鲜褐色的树干上,他用上面这段话开始讲起这个有着很多回忆的半岛②上的一个旧传说来。在说故事人的四周,围了一群鞑靼人,他们穿着颜色鲜艳的长袍,戴着金线绣的圆帽,坐在那个给时光毁坏了的可汗故宫的残石碎片上面。已经是傍晚了,太阳静静地沉到海里去;它的红光穿过在废墟四周丛生的阴暗的绿树,把明亮的光点射在那些生着青苔和爬着常春藤绿叶的石头上。风在古老的枫杨树③树枝间发出喧嚣声,枫杨树的叶子沙沙地响着,好像有眼睛看不见的溪水在空中流动一样。

瞎眼乞丐的声音很弱,而且一直在颤抖,可是他那张石头一样的脸在皱纹中间所表现的就只有安静;记熟了的字句一个跟着一个地流出来,在听众的眼前,绘出了一幅过去那些充满情感力量的日子的图画。

"可汗老了,"盲人说,"可是在他的内院里有很多女人。她们都爱

---

* 本篇最初发表于一八九五年一月十四至二十四日《尼日戈罗德报》。译自《高尔基全集》第二卷。
① 鞑靼王的称号,或译作"汗"。
② 即克里米亚半岛。
③ 法国梧桐一类的树木。

这个老头子，因为他还有充分的精力和热情，他的抱吻还是温柔的、热烈的，女人总是爱那些能够把她们抱吻得挺有劲的男人，不管他的头发白了，不管他的脸上有了好多的皱纹——美是在力气上，而不是在柔嫩的皮肤和红润的脸颊上。

"她们全爱可汗，可是他单爱一个他从第聂伯草原带来的哥萨克女俘虏，在内院里所有的女人中间他总是更高兴抱吻她。他的内院里一共有三百个从各地方来的女人，她们全是美人儿，好像春天的鲜花一样，她们都过着舒适的生活。可汗叫人给她们预备了许多香甜可口的吃食，又让她们随意地跳舞游玩，一点儿也不干涉……

"可是他常常把哥萨克女子叫到他的塔里去，从塔里可以望见海，他在那儿给哥萨克女子预备了使得女人生活快乐所必需的一切东西：甜食、各种织物、黄金、各样颜色的宝石、音乐和从远方来的珍奇的鸟，再加上情人的火一样热的抱吻。在塔里，他整天跟她在一块儿取乐，丢开他一生的勤劳休息了，他知道他的儿子阿尔加拉不会丧失可汗领土的光荣。这个儿子像一只狼似的在俄罗斯的草原上跑来跑去，他从那儿回来的时候，总是带着很多的战利品，带着新的女人，带着新的光荣，却给那儿留下恐怖和灰烬，血腥和死尸。

"有一回，他，阿尔加拉抢劫了俄罗斯人回来，人们举行许多盛大的庆祝来欢迎他，半岛上所有的贵人全出来参加这些庆祝大典。有游戏，有宴会。大家用弓箭射俘虏的眼睛来比手劲，随后他们又喝起酒来，赞美阿尔加拉的勇敢，阿尔加拉，这个敌人的灾星，可汗领土的栋梁。年老的可汗看到儿子的光荣，心里非常高兴。知道自己死后可汗领土会掌握在坚强的手里，这对于他，一个老头子，倒是一件快活的事情。

"这使他非常快乐，他为了对他儿子表示他的爱力起见，便当着所有的贵人和长者的面，——就在这儿筵席上，手拿着酒杯，说道：

"'阿尔加拉，你是好儿子！真主①的光荣，他的先知的名字要受

---

① 回教的上帝。

到赞扬！'

"众人使用有力的声音合唱了一首赞美先知名字的诗篇。然后可汗说道：

"'真主是伟大的！就在我还活着的时候，他在我这个勇敢的儿子身上复活了我的青春，现在凭我的老眼也看得出来；等到它们看不见阳光、等到蛆虫吃我的心的时候，我也会活在我的儿子的身上！真主是伟大的，穆罕默德是他的先知！我有一个好儿子，他的手很坚强，头脑聪明……你想从你父亲的手里拿到什么，阿尔加拉？你说吧，你要什么，我全给你……'

"老可汗的声音还不曾消失，托拉伊克·阿尔加拉就已经站了起来，他眨了眨他那像黑夜的海一样黑的、像山鹰眼睛一样燃烧的眼睛，说：

"'把俄罗斯的女俘虏给我，父王。'

"可汗沉默了——他沉默了一会儿，只有为着压下心里战栗所需要的那一点儿时间——在沉默以后，他坚决地大声说：

"'拿去！等宴会完了，——你带她去。'

"勇敢的阿尔加拉高兴得脸通红，他的鹰眼射出来狂喜的光，他直挺挺地站在那儿，对可汗父亲说：

"'我知道你给我的是什么，父王！我知道这个……我，你的儿子是你的奴隶。抽我的血，每点钟一滴地抽去吧——我愿意为你死二十次！'

"'我什么也不要！'可汗说，他那个戴着无数年代和许多功业的荣冠的白头低垂在胸口上。

"宴会不久就完了，两个人肩膀靠肩膀默默地从宫里出来，朝内院走去。

"夜是黑沉沉的，在厚毯似的盖着天空的浓云后面看不见星星，也看不见月亮。

"父亲和儿子在黑暗中走了许久，忽然阿里·阿斯瓦布可汗说话了：

"'我的生命一天一天地衰弱下去——我年老的心跳得越来越弱了,胸膛里的火越来越少了。那个哥萨克女子的热烈的抱吻便是我生命中的光和热……告诉我,托拉伊克,告诉我,你的确少不了她吗？把我的妻子拿一百个去,把她们全拿走,来抵她一个吧！……'

"托拉伊克叹口气,他不作声。

"'还给我剩得有多少日子呢？我在世界上的日子不多了……我一生的最后的快乐就是这个俄罗斯女子。她了解我,她爱我,要是没有她,现在谁会爱我——爱一个老头子呢？谁？在我所有的女人中间没有一个,没有一个,阿尔加拉……'

"阿尔加拉不作声……

"'当我知道你在拥抱她,知道她在吻你时,我怎么能活得下去呢？在女人面前没有父亲也没有儿子,托拉伊克！在女人面前我们都是——男人,我的儿子……我会痛苦的度过我的余生……还不如让我所有的旧伤口全裂开,托拉伊克,还不如就流尽我的血,还不如不让我活过这一夜,我的儿子！'

"他的儿子不作声……他们停在内院门口,头埋在胸前,他们在门前站了许久。四周是一片黑暗,云在天上奔跑,风摇撼树木,好像在唱歌,把树木吹得响个不停……

"'我爱她很久了,父亲……'阿尔加拉轻轻地说。

"'我知道……我还知道她不爱你……'可汗说。

"'我一想到她,我的心就碎了……'

"'然而我这颗年老的心里现在充满着什么呢？'

"他们又不响了。阿尔加拉叹了一口气。

"'看起来那个聪明的阿訇对我讲的是真理了——女人对于男人始终是有害的：她生得美的时候,她会引起别人生出占有她的欲望,让她丈夫去受妒忌的痛苦；她生得丑的时候,会使她的丈夫羡慕别人,受到羡慕的痛苦；要是她生得不美也不丑的时候,——男人就把她打扮

得漂亮，后来知道他弄错了，又会因为她，因为这个女人受到痛苦……'

"'智慧不是治心痛的药。'可汗说。

"'我们彼此可怜可怜吧，父亲……'

"可汗抬起头来，悲哀地望着他的儿子。

"'我们杀死她。'托拉伊克说。

"'你爱你自己胜过你爱她同我。'可汗想了一会儿，小声地喃喃说。

"'我看你也一样啊。'

"于是他们又不响了。

"'是啊！我也一样。'可汗悲哀地说。这哀痛使他变得像一个小孩了。

"'怎么样——我们杀死她吗？'

"'我不能把她送给你，我不能。'可汗说。

"'我再也忍受不下去了——把我的心挖出来吧，不然就把她给我……'

"可汗不作声。

"'我们把她从山上抛到海里去。'

"'我们把她从山上抛到海里去。'可汗重说着儿子的话，好像是儿子声音的回声一样。

"他们走进了内院，她已经在地上，在华美的地毯上睡着了。他们站在她面前，看着，他们看了很久。老可汗眼睛里淌出泪水，流到他的银白的长须上，像珍珠似的在那儿发光；他的儿子站在一边，眼睛闪露出光芒，咬紧牙齿来压下激情，一面唤醒哥萨克女子。她醒来了，在她的像朝霞一样娇美、一样粉红的脸上开放了她那对像矢车菊一样的眼睛。她没有注意到阿尔加拉在这儿，就把她的鲜红的嘴唇伸给可汗。

"'亲我，老鹰！'

"'你准备好……跟我们一块儿去。'可汗小声说。

"现在她看见阿尔加拉了,还看见了她的老鹰眼里的泪水,她是一个聪明人,马上就明白了一切。

"她说:'我去,我去。不归这一个,也不归那一个——就这样决定了吗?意志坚强的人应该像这样决定的。我去。'

"于是他们,所有这三个人,一声不响地动身到海边去了。他们顺着窄狭的小路走,风在吼叫,大声地吼叫……

"她是一个娇嫩的女孩子,不到一会儿工夫就累了,可是她很骄傲——不愿意把这个告诉他们。

"等可汗的儿子注意到她落在他们后面的时候,他对她说:

"'害怕吗?'

"她向他闪一下眼睛,给他看她的血淋淋的脚……

"'我来抱你走!'阿尔加拉说,把两只手伸给她。可是她却抱住她的老鹰的颈项。可汗把她举在自己的胳膊上,好像举起一根羽毛,他抱着她走;她坐在他的胳膊上,一边把树枝从他的脸上拨开,害怕它们会戳伤可汗的眼睛。他们走了好久,而且已经听见远处海的喧响了。本来一直跟在他们后面顺小路走着的托拉伊克这时便对父亲说:

"'让我到前面去,不然我会拿剑砍你的颈项。'

"'你过去吧,真主会满足你的欲望,或者会宽恕它——这是他的意思,而我,你的父亲,我宽恕你。我知道爱情是怎么一回事。'

"突然它,海,就在他们面前了,那儿下面,浓浓的,黑黑的,无边无际的。海浪在悬崖脚下唱出低沉的歌声,那儿下面很暗,很冷,而且很可怕。

"'再见!'可汗吻着女孩子说。

"'再见!'阿尔加拉说,向她鞠一个躬。

"她埋下头看那波浪在唱歌的地方,把身子往后一缩,两只手紧紧按住胸口。

"'把我扔下去吧,'她对他们说……

"阿尔加拉向她伸出两只手,发出一声呻吟。可汗却把她抱在自己的胳膊里,紧紧搂在自己的胸前,吻了她,然后将她高举在自己的头上——从悬崖上扔了下去。

"波浪在那儿飞溅,在那儿唱歌,声音响得厉害,所以他们两个人都没有听见她是在什么时候落到海里去的。一声叫喊也没有听到,一点儿声音也没有。可汗倒在石头上,默默地看下面,望着黑暗,望着海和云汇合的远方,密密的浪花正从那儿喧响地奔流过来;风吹过,吹拂着可汗的白胡须。托拉伊克站在他身边,双手蒙着脸——像石头一样地不动也不响。时间在消逝,云让风赶得一片接一片地在天空飞过。它们是黑暗的,沉重的,跟这个躺在大海上空高崖顶上的老可汗的思绪一样。

"'我们走吧,父亲。'托拉伊克说。

"'等一会儿……'可汗喃喃说,他好像在倾听什么似的。又过去了许多时间,波浪在下面飞溅,风飞上悬崖来,把树木吹得响个不止。

"'我们走吧,父亲……'

"'再等一会儿……'

"托拉伊克·阿尔加拉不止一次地说:

"'我们走吧,父亲。'

"可汗还是不离开这个他失去他晚年的欢乐的地方。

"然而——凡事总有一个结束!——他,有力的,骄傲的,站了起来,皱着眉头,声音低沉地说:

"'我们走吧……'

"他们动身走了,可是不到一会儿工夫可汗又站住了。

"'可是我为什么走,我到哪儿去,托拉伊克?'他问他的儿子。'为什么我现在还要活着,既然我整个的生命都在她身上?我老了,已经没有人再会爱我了,要是没有人爱你的话——活在世界上也就没有意思了。'

"'你有光荣同财富啊,父亲……'

"'我只要你给我她的一吻,那一切你都可以当作报酬拿去。那一切全是死的东西,只有女人的爱是活的。人没有这样的爱——也就没有生命,他便是一个乞丐,他的生活是可怜的。再见,我的儿子,望真主降福在你头上,他的祝福跟着你一生一世。'可汗转过身来,脸朝着海。

"'父亲,'托拉伊克说,'父亲!……'他不能再说什么了,因为对一个死亡正在向他微笑的人,是没有什么话可说的,是没有任何语言能使他对生命的爱又回到他的心里去的。

"'让我去……'

"'真主……'

"'他知道……'

"可汗迈着快步走到绝壁的边缘,纵身跳下去。他的儿子没有阻止他,而且也来不及了。又是什么声音也听不见——没有一声叫喊,也没有可汗摔下去的响声。只有波浪一直在那儿飞溅,风在狂歌。

"托拉伊克·阿尔加朝下面看了许久,随后他大声说:

"'真主啊,也给我一颗这样坚强的心吧!'

"说完他便走进夜的黑暗中去了……

"……莫索拉伊马·阿里·阿斯瓦布就这样地死了,在克里米亚是托拉伊克·阿尔加做可汗了。"

巴　金　译

伙　伴[*]

一

七月的炎阳耀眼地照着斯莫尔基纳村,灿烂的光芒像洪流般倾注在村子的旧农舍上。不久前村长农舍的房顶用新刨平的、又黄又香的木板重新铺过,因而承受的阳光特别多。这天是星期日,几乎全村的人都到街上来了。街上长满杂草,到处都是晒干的污泥的土坷垃。村长农舍前面聚着一大群农民和农妇,有的坐在农舍墙根周围的土台上,有的干脆坐在地上,有的站着。这当中有些娃娃互相追逐,大人不时生气地吆喝他们,在他们额上弹个爆栗。

人群中央立着一个高身量的人,留着很长的唇髭,往下耷拉着。他那棕色的脸上布满浓密的灰白色硬胡子,深深的皱纹密得像网一样,肮脏的草帽底下滑出几绺白发,从这些来看,这个人有五十岁光景。他眼睛瞧着地下,鼻子又大又软,鼻孔颤抖,每逢他抬起头来,看一看村长农舍的窗子,人们就可以看见他的眼睛大而悲哀,深深地陷在眼眶里,两道浓眉在乌黑的眼珠上投下阴影。他身上穿着修道院见习修士的长衣,深棕色,破破烂烂,短得盖不到膝头,拦腰系一根绳子。

---

[*] 本篇写于一八九五年,最初发表于一八九七年一月六日和八日《尼日戈罗德报》。译自《高尔基三十卷集》第二卷。

他背上有个背包,右手拄着铁顶长木杖,左手插在怀里。周围的人怀疑地瞧着他,露出嘲笑和轻蔑的神情,而且分明挺高兴:这条狼还没来得及给他们的牲畜带来损害,就给抓住了。

他本来穿过村子,走到村长的窗前,讨点喝的。村长就给他喝克瓦斯,跟他攀谈起来。可是这个过路人跟普通的香客相反,很不乐意答话。村长向他要身份证,身份证却没拿出来。他们就扣留过路人,决定把他押到乡公所去。村长选好乡村警察做他的解差,目前正在自己的农舍里对他交代一些话,把犯人留在人群当中,听任群众粗鲁地拿他取笑。

可是后来从村长门廊上走出一个眼睛半瞎的老人,生着狐狸般的脸和楔形的白胡子。他庄重地让穿着靴子的脚一步步走下台阶,小圆肚子在花布长衬衫里稳重地颤动。从他的肩膀后面露出乡村警察的胡子蓬松的四方脸膛。

"听明白了吗,叶菲穆什卡?"村长问乡村警察说。

"这有什么不明白的?都听明白了。也就是说,我得把这个人押到区警察局局长那儿去,别的事就没有了!"乡村警察一字一顿地说着,露出滑稽的威严相,对群众挤一挤眼睛。

"公文呢?"

"公文,在我怀里揣着呢。"

"嗯,行了!"村长清楚地说着,使劲搔一搔胸旁,补充道:

"好,求上帝保佑,上路吧!"

"走吧!咱们走着去,怎么样,神甫?"乡村警察对犯人含笑说。

"您该找辆大车来才好。"犯人听见乡村警察的建议就闷声闷气地回答说。村长冷冷一笑。

"大—大车?你倒想得不错!你们这班人,这些过路的,多的是,在这儿田野上、村子里串来串去……哪有那么些马车给你们大家坐。你就一步步地走着去吧。"

"没关系,神甫,咱们走吧!"乡村警察用鼓励的语气开口说,"你当是我们要走很远的路吗?上帝保佑,也就是二十俄里罢了!我和你,

241

神甫,很快就会赶到的。到了那儿你就可以休息了……"

"你就要关进牢房里了。"村长解释说。

"这也没关系,"乡村警察匆匆地申明道,"人要是累了,在监牢里也一样休息。再说,牢房倒也挺凉快呢。热了一天,到那儿歇息一下怪美的!"

犯人严厉地瞅着他的解差。解差却快活坦率地微笑。

"好,上路吧,尊敬的神甫!再见,瓦西里·加弗里雷奇!走吧!"

"主跟你同在,叶菲穆希卡!……要当心啊。"

"千万要提防着!"人群里有个年轻小伙子暗地里对乡村警察说。

"得了吧!我是个小孩子还是怎么的?"

他们贴近农舍的墙根走去,为的是在那条长阴影里赶路。穿法衣的人走在前面,脚步懒散,可是麻利,走惯路了。乡村警察跟在他后面,手里拄着粗大的木杖。

叶菲穆希卡是个矮壮的农民,宽脸膛,神态善良。脸上,从明亮的灰色眼睛起,生满蓬松纠结的淡褐色胡子。他几乎老是为了什么事微笑,龇出黄牙,皱起鼻梁,仿佛要打喷嚏似的。他身穿农民式大褂,底襟掖在腰带里,免得裹住两条腿,不便于走路。他头上戴着深绿色便帽,没有遮檐,类似囚犯的制帽。

他们沿着一条狭窄的乡间土道走。那条路在黑麦汹涌起伏的海洋里像泥鳅似的蜿蜒而去,两个旅伴的阴影在金黄的麦穗上爬动。

天边有一带森林,像是耸起长鬃,颜色发青。左边是种了庄稼的田野,往远处无穷无尽地伸展开去。这中间有个村子,看去像是个黑点,村子后边又是田野,淹没在淡蓝色雾霭里。

右边,在一丛白柳当中,教堂的钟楼耸入蓝天,钟楼的尖顶包着铁皮,还没油饰过,在阳光下亮光闪闪,看上去刺痛人的眼睛。

空中有云雀啭鸣,矢车菊在黑麦田里微笑,天气炎热,几乎使人透不出气来。两个旅伴的脚下扬起灰尘。

叶菲穆什卡嗽了嗽喉咙,用假嗓唱起来:

这是罪过啊,

而且为了什么……

"我的嗓子不成了,真该打!嗯,是啊……以前我挺能唱……那时候维申基的老师说:'来,叶菲穆什卡,唱吧!'我就跟他唱起来!他是个规规矩矩的青年人……"

"他是谁?"穿法衣的人用闷声闷气的男低音问。

"维申基的老师……"

"他姓维申基?"

"维申基是村名,老兄。老师叫帕韦尔·米哈雷奇。他是头等的好人。他前年去世了……"

"年轻吗?"

"三十岁不到……"

"怎么死的?"

"大概是伤心死的。"

跟叶菲穆什卡谈话的人斜起眼睛看他一眼,微微一笑……

"事情是这样的,你要知道,他是个挺招人喜欢的人。他教书,一连教了七年,后来就开始咳嗽。他咳啊咳的,而且愁眉不展……喏,他因为心里不好受,当然,就喝起酒来了。阿列克谢神甫不喜欢他,等他灌起酒来,阿列克谢神甫就给城里写一封公文,如此这般讲了一通,说教师喝上酒了,这就成了坏榜样。城里也来了复文,还派来个女教员。身材老高,瘦得皮包骨头,鼻子挺大。好,帕韦尔·米哈雷奇看得明白,大事不好。他苦恼得很,他说我教了这么多年的书,……可是临了,见他的鬼!他从学校直接进了医院,没出五天就把灵魂交给上帝了……就是这么回事……"

他们沉默片刻,一步步走着。树林离两个旅伴越来越近,随着他们的脚步而在他们眼睛里长大,由青色变成绿色。

"我们穿过树林吗?"叶菲穆什卡的旅伴问。

243

"我们要擦着林边走,有半俄里光景。可是你说什么?啊?真有你的!你这家伙别耍滑,尊敬的神甫,我可是瞧着你呐!"

叶菲穆什卡笑起来,摇头……

"你说什么?"犯人问。

"我随便说的,没什么。嘿,你啊!你说,咱们往树林里走?亲爱的人,你有点傻,换了别人,要是聪明点,就不会问。人家就会照直往树林里走,然后可就……"

"怎么样?"

"没什么!我,老兄,看得透你。哼,你这个宝货,小心眼儿瞒不了人!不行啊,你这种想法,关于树林的想法,趁早丢开!莫非你想制住我?像你这样的,我一个人就能收拾三个。要对付你,我光伸出一只左手就行①……明白吗?"

"我明白!你这蠢货!"犯人简短而又意味深长地说。

"怎么?我猜中你的心思了吧?"叶菲穆什卡得意扬扬地说。

"丑八怪!你猜中什么了?"犯人似笑非笑地说。

"关于树林呗……我明白!你心里说,我,这是指你……等我到了树林里,就在那儿把他干掉,也就是说把我干掉,然后穿过树林和旷野逃掉。不是这样吗?"

"你真混,"被猜测的人耸起肩膀说,"哼,我跑到哪儿去?"

"反正爱上哪儿就上哪儿去,那是你的事……"

"可是上哪儿去呢?"叶菲穆什卡的旅伴也许生气了,也许真想听解差指出他究竟能到哪儿去。

"我已经说过,你爱上哪儿就上哪儿去!"叶菲穆什卡平静地说。

"我没有地方可跑,老弟,没有地方!"他的旅伴轻声说。

"得了吧!"解差怀疑地说,甚至摇一下手,"要跑,总有地方可跑嘛。这个世界大得很呢。一个人在这个世界上总有地方可去。"

---

① "伸出一只手"意指只用一只手同对方打架,同时另一只手用宽腰带缚紧在自己身上。可是对手用两只手打人。——高尔基注

"可你这是什么意思？你要我跑掉还是怎的？"犯人好奇地笑着说。

"瞧你说的！你也太好了！难道能这么办事？你倒跑掉了,可是谁去替你坐牢？那我就给关进去了。不,我这是闲着没事,没话找话说……"

"你有点傻里傻气,……不过呢！好像倒是个好农民。"叶菲穆什卡的旅伴叹口气说。叶菲穆什卡立刻同意他的话。

"这话不错,有些人就叫我傻子……讲到我是好农民,这话也不错。我老实,主要的缘故就在这儿了。有些人讲话总是绕弯子,耍滑头,可是我哪儿成？我在世上做人,老是这个样子。反正你要滑头也是死,你老老实实做人也是死。所以我总是直来直去。"

"这很好！"叶菲穆什卡的旅伴冷淡地说。

"可不是！既然我孤身一个人,全在这儿了,我又何必昧良心？我是自由人,老兄。我想怎么过就怎么过,我按我自己定的法律过日子……嗯,是啊……不过,请问,你叫什么名字？"

"什么名字？哦,……伊凡·伊凡诺夫……"

"哦！大概是在教会里工作吧？"

"不是……"

"真的吗？我还当是你在教会里呢……"

"这大概是因为看了我这身打扮吧？"

"是啊！你简直像个逃跑的修士,要不然就是个革除教籍的教士……不过呢,你的脸却不像,光看你的脸倒像是当兵的……上帝才知道你是什么路数。"说完,叶菲穆什卡用好奇的目光向漂泊者瞟一眼。那一个叹口气,戴正头上的帽子,擦干汗湿的额头,问乡村警察说：

"你会抽烟吗？"

"啊,请抽烟吧！当然,我会抽烟！"

他从怀里取出肮脏的烟荷包,低下头,没停住脚,动手把烟草装进陶制的烟斗里。

"喏,请抽吧！"

犯人就停住脚，低下头去凑近解差点燃的火柴，把腮帮子吸进去。空中浮起一小股蓝色的烟。

"那你到底是什么人呢？也许是小市民吧？"

"贵族。"犯人简短地说，随后往旁边麦穗上唾口唾沫，这时候麦地里已经蒙上金色的亮光了。

"哼！妙极了！那你怎么会没有身份证，四处飘荡呢？"

"我就这么飘荡嘛。"

"得了吧！越说越奇了！你们这些贵族恐怕过不惯这种狼一般的生活吧？唉，你啊，可怜虫！"

"哦，行了，也唠叨得够了。"可怜虫干巴巴地说。

可是叶菲穆什卡越发好奇而且同情，不住打量那个没有身份证的人。他沉思地摇头，接着说：

"唉！仔细一想，命运多么捉弄人啊！要知道，这也许是真的，你真是个贵族，因为你的气派很庄严。你照这样生活很久了吗？"

气派庄严的人阴沉地看一眼叶菲穆什卡，摆了摆手，就像要赶走一只纠缠不已的黄蜂似的。

"我说：你住嘴！你干吗缠住人不放，像个娘们儿似的？"

"你别生气！"叶菲穆什卡用安慰的口气说。"我凭清白的心说话，……我的心很善良……"

"哦，那是你运气好……不过你的舌头转动不停，我却倒运了。"

"好，也行！我闭嘴就是，……既然人家不想听你说话，那也不妨闭上嘴。不过，你生气还是没道理……你落到流浪汉的地步，莫非也是我的错？"

犯人停住脚，咬紧牙，弄得他的颧骨耸起两个尖角，那上面花白的硬胡子一根根竖起来像刺猬一样。他眯细两只燃着愤恨的眼睛，从头到脚打量叶菲穆什卡。

可是叶菲穆什卡还没来得及看清他的面部表情，他却又迈开大步自顾走去。

唠唠不休的乡村警察的脸上带着漫不经心的沉思神情。他抬头看,云雀正在天空啼啭。他咬着牙关吹口哨,手里的长杖合着他的脚步点着地面。

他们往树林的边上走去。树林立在他们面前像是一堵不动的黑墙,那里面没发出一点声音来迎接两个行人。太阳已经在落下去,斜射的阳光把树梢染上紫红和金黄的颜色。树木发散好闻的潮气;林中一片幽暗,万籁俱寂,使人生出不寒而栗的感觉。

每逢眼睛前面铺开一片树林,幽暗,不动,每逢整个树林浸沉在神秘的寂静里,每棵树都仿佛在专心倾听什么声音,人就会觉得整个树林里似乎充满一种活的东西,只是暂时隐藏起来了。人就会等着马上从林中忽然走出一个为人类智慧所不能理解的庞然大物,它一走出来,就用强大的声音讲大自然如何进行创造的伟大秘密……

二

在去林边的路上,叶菲穆什卡和他的旅伴决定休息一下,就在一棵大橡树的树墩旁边草地上坐下。犯人慢腾腾地从肩膀上卸下背包,冷淡地问乡村警察说:

"要面包吗?"

"你给,我就吃点。"叶菲穆什卡笑吟吟地说。

他们开始默默地吃面包。叶菲穆什卡吃得慢,不住叹气,眼望着左边的田野。他的旅伴却全神贯注,一心要吃饱肚子,吃得快,把嘴唇吧嗒得挺响,眼睛瞅着一大块面包。田野黑下来了,麦穗失去金黄的亮光,变成橙黄色。蓬松的乌云从西南方游过来,在田野上投下阴影,阴影爬过麦穗,往树林这边拢过来。树木也在地上印下阴影,那些阴影往人的灵魂里送进忧郁的情绪。

"光荣归于你啊,主!"叶菲穆什卡叫道,从大褂的底襟上拾起面包渣,放在手心上,用舌头舔净。"主把我们喂饱,可就是没人瞧,就算有人瞧,他也不会恼！朋友！咱们在这儿歇一个钟头好不好？何必急急忙忙赶着去坐牢呢？"

朋友点一下头。

"是啊,你瞧!……这是个非常好的地方呢,我记得很清楚……喏,那边,左边,就是地主图奇科夫家的庄园……"

"在哪儿？"犯人往叶菲穆什卡挥手指着的那边望过去,很快地问……

"喏,就在那道土坡后面。这一带都是他们家的地。他们原是最富的地主,可是农奴解放以后家道中落了……我原也是他们的农奴,我们这一带的人全是的。他们是个大家庭……地主本人是上校亚历山大·尼基蒂奇·图奇科夫。他有孩子,是四个儿子,不知道现在他们都到哪儿去了。仿佛一阵风来,把人都刮走,就跟秋风扫落叶一样。只有伊凡·亚历山德罗维奇还在,现在我就是把你押到他那儿去,他是我们这儿的区警察局局长……年纪已经老了。"

犯人笑起来。他的笑声低沉,有点特别,是从丹田发出来的,胸脯和肚子起伏不定,可是他的脸仍旧呆呆不动,只从龇出来的牙齿之间发出狗叫般的低沉声音。

叶菲穆什卡战兢兢地缩起脖子,把他的木杖移到手边来,问他说：

"你这是怎么了？你发病了还是怎么的？……"

"没什么……我是随便笑笑的!"犯人断断续续,然而亲切地说。"你讲下去吧,自管讲好了……"

"哦,好吧……喏,是这么回事,以前地主图奇科夫一家过得挺好,现在全完了……有的死了,有的不知下落,一点消息也听不到。特别是这当中有个儿子,……也就是年纪最小的那个。他叫维克托尔……简单点就叫维佳①。我跟他原是朋友……那时候我跟他都是十四岁……那孩子真好,主啊,让他的灵魂安息吧！他就像一道清澈的小

---

① 维克托尔的别称。

溪！成天价像小溪那么流动不停,发出那么好听的声音……可是如今他在哪儿啊?他究竟是活着还是死了?"

"他哪点特别好呢?"叶菲穆什卡的旅伴轻声问他说。

"处处都好!"叶菲穆什卡叫道。"相貌漂亮,有头脑,心肠好……啊,你这个朝山拜圣的香客,我的好人,他简直是个熟透了的果子呢!那时候你真该看看我们俩……啊啊啊!我们玩些什么样的游戏,生活多么快活,美极了!有的时候他叫道:'叶菲穆什卡!咱们打猎去!'他有枪,是他父亲在他生日那天送给他的。我呢,总是替他背着枪。我们就跑进树林里去,一玩就是两三天!等我们回到家里,总是他挨一通骂,我挨一顿打,可是说不定第二天他又叫道:'叶菲穆什卡,咱们采蘑菇去!'我们一块儿打死不少鸟,好几千只呢!蘑菇也采得多,有好几普特重!他往往捉些蝴蝶和甲虫,放进小盒里,用别针别上……好玩得很!他还教我念书写字……'叶菲穆什卡,'他说,'我来教你。'我就说:'教吧!'好,我们就干起来……他说,'你念 a!'我就嚷:'a——a!'可有意思了!起初我把这件事当成闹着玩:一个庄稼汉念书写字有什么用呢?……得,他就劝我了。他说:'傻瓜,解放农奴就为了要你学习嘛……等你学会念书写字,'他说,'你就会知道该怎么生活,该到哪儿去找真理……'当然,小孩子好模仿,大概这类话在大人那儿听过许多,自己就也讲起来……自然,这都是空话……真正的学问在心里,心才能指出真理……心是一眼就能看穿的……喏,他就这样教我……教得很起劲,简直不容我歇口气!要命啊!我不由得苦苦地求他!'维佳,'我说,'老教我念书写字,我受不了。学问上的事我降伏不了……'这下子,他对我大喊大叫起来!'我要拿爸爸的马鞭子抽你。你好好学!'好,学就学吧!我就学……有一回我上着课却溜掉了,干脆逃得不知去向!他拿着枪找我一整天,有心打死我。后来他跟我说:'要是那天我碰见你,'他说,'我准会一枪打死你!'他就有这么厉害!他性子倔强,是个真正的主人……他喜欢我,他的心跟火一样……有一回我爹用缰绳把我的背抽出一条条血印。他,维佳,一见我挨打,就来到我们的小屋里,我的天啊,大闹一场!他脸全白了,浑身发抖,捏紧拳头,一直跑到我爹的高板床跟前。他说:'你怎么敢这么打人?'我爹说,我是他父亲嘛!'啊哈!哼,好吧,你是父亲。我不来跟你多说,可是你的背早晚也要跟叶菲穆什卡一样。'他说完,哭起来,跑掉了……你猜怎么着,神甫?他真照他的话办了。看样子,他大概私下里吩咐过仆人们,有一天我爹回到家来,嘴里哼哼唧唧。他动手脱衬衫,可是衬衣粘在他背上,脱不下来……这时候爸爸对我发脾气说:'我都是因为你才挨了打,你这个老爷家的走狗。'他把我痛打一顿……其实他不该说我是老爷家的走狗,我不是那号人……"

"对,叶菲穆什卡,你不是那种人!"犯人肯定地说,浑身打个冷战。"这一眼就看得出来,你不会是老爷家的走狗。"他有点急匆匆地补充说。

"可不是!"叶菲穆什卡叫道。"我简直爱他,也就是维佳……他是个很有才气的小伙子,大家都喜爱他,不光是我……他会讲好几种外国话,……我记不得都是哪些外国话了,从那时候起大概过去三十年了……啊,主!如今他在哪儿呀?要是他活着,也许做了高官吧,或者……也许落难了……人的一生莫名其妙啊!它沸腾,不住地沸腾,可是结果却没煮出什么像样的东西来……人呢,就此完了……可怜啊,人们,可怜得要命哟!"叶菲穆什卡深深地叹口气,把头耷拉在胸脯上……他们沉默一分钟。

"莫非你可怜我?"犯人快活地问道,他整个脸上喜气洋洋,露出美好善良的笑容……

"那还用说,怪人!"叶菲穆什卡叫道,"怎么能不可怜你呢?要是仔细一想,你算是什么人呢?既然你到处流浪,那就可见你在世界上什么东西也没有,没有一个角落,没有一片木柴……也许你心上还负担着一桩大罪吧,谁知道呢?一句话,你是个苦人……"

"是啊。"犯人说。

他们又沉默了。太阳已经落下去,阴影浓重多了。空中弥漫着潮湿的泥土和花卉的气味以及树林的霉气……他们默默无言地坐了很久。

"不管这儿怎么舒服,还是得走……我们还有八俄里路要走呢……走吧,神甫,站起来!"

"我们再坐一忽儿,"神甫要求道。

"我倒无所谓,我自己就喜欢晚上呆在树林旁边……可是我们什么时候才能走到乡里呢?我去迟了会挨骂的。"

"没什么,你不会挨骂……"

"莫非你会帮我说几句好话?"乡村警察笑着说。

"行啊。"

"真的吗?"

"怎么了?"

"你可真会说笑话!他,区警察局局长,会狠狠地收拾你一顿哟。"

"莫非他打人?"

"凶得很!他专抡起拳头打人家耳光,等你出来,连腿都站不直。"

"哦,我们总能应付过去的。"犯人有把握地说,亲热地拍解差的肩膀。

这个举动过于随便,惹得叶菲穆什卡不痛快了。不管怎样,他大小是个当官的,这个蠢材不应该忘记叶菲穆什卡怀里揣着铜徽章!叶菲穆什卡站起身来,把木杖拿在手里,把徽章挂在胸部中央,厉声说道:

"站起来,走!"

"我不走!"犯人说。

叶菲穆什卡慌了,瞪大眼睛,沉默半分钟,不明白这个犯人为什么忽然变成这个样子了。

"算了,别拖拖拉拉,走吧!"他说,口气缓和点。

"我不走!"犯人坚决地又说一遍。

"你不走是什么意思?"叶菲穆什卡又惊奇又愤慨,大叫一声。

"没什么意思……我想在这儿跟你一块儿过夜……来,烧上一堆篝火……"

"我让你过夜!我给你烧上一堆篝火烤一下!你想得倒美!"叶菲穆什卡威胁说。可是在灵魂深处,他感到惊讶。那个人说了句"我不走",可是此外并没有什么举动,也不想打架,光是在地上躺下,别的什么也没有。这可怎么办呢?

"你不要嚷,叶菲穆什卡。"犯人心平气和地劝道。

叶菲穆什卡又沉默下来,在他身旁换一条腿站定,瞪大眼睛瞧着他。那一个呢,也瞧着他,瞧啊瞧的,微微地笑。叶菲穆什卡费力地思忖:现在该采取什么行动呢?

这个流浪汉本来那么阴沉,一肚子怨气,怎么会忽然嬉皮笑脸了?要不要干脆扑到他身上去,拧住他的双手,照准他的脖子给两下子?叶菲穆什卡使尽全身力气,用最严厉的长官腔调说:

"喂,你这混蛋,听我说,你要了一阵无赖也够了!站起来!要不然我就把你捆上,那你恐怕就肯走了!听明白了吗?啊?小心着点,我要动手揍你了!"

"揍我?"犯人笑着说。

"你想怎么样?"

"你,叶菲穆什卡,要揍我维佳·图奇科夫?"

"啊,你说笑话也离题太远了,"叶菲穆什卡惊讶地叫道,"可你到底是什么人?你干吗跟我打马虎眼?说呀!"

"哎,你别嚷,叶菲穆什卡,现在你也该认出我来了。"犯人说,平静地微笑,站起来,"你好!"

叶菲穆什卡见到那人向他伸过来一只手,不由得倒退一步,瞪大眼睛瞧着他押解的犯人的脸。随后他的嘴唇颤抖,整个脸皱起来……

"维克托尔·亚历山德罗维奇……莫非真是你?"他小声问道。

"你要我拿出证件来看吗?不过,最好还是回想一下往事吧……喏,你记得你在拉缅斯基松林里掉进狼窝里去了吗?还有,我为了掏鸟巢,爬上树去,头朝下挂在树上,你记得吗?还有,我们不是一块儿到卖牛奶的彼得罗夫娜家里偷过鲜奶油吗?她不是给我们讲过故事吗?"

叶菲穆什卡沉甸甸地往地上一坐,心慌地笑起来。

"相信了吧?"犯人问他说,也挨着他坐下,瞅着他的脸,把一只手攀在他的肩膀上。叶菲穆什卡沉默了。他们四周完全黑下来。树林里生出含混的嘈杂声和低语声。远处,树林里什么地方,有一只夜鸟在呻吟。

"怎么,叶菲穆什卡,你不为这次相逢高兴?也许,挺高兴吧?哎,你啊……圣灵!你从前是个孩子,如今也还是个孩子……叶菲穆什卡?你倒是说话呀,我最最亲爱的人!"

叶菲穆什卡撩起大褂的底襟,开始用力擤鼻涕……

"得了,老弟!哎呀,哎呀,哎呀!"犯人不以为然地摇头说。"你这是怎么了?该害臊才是!也许你快六十岁了吧,可是怎么干出这种无聊的事来?算了吧!"他抱住乡村警察的肩膀,轻轻摇撼他。乡村警察笑起来,声音发颤,眼睛没看着邻人,终于开口说话了:

"难道我有什么不高兴的?……我高兴……原来真是您?这怎么叫我相信呢?居然有这样的事!好端端一个维佳……却落到这般地步!坐牢……没有身份证,……啃面包过活……没有烟草……主啊!莫非这算是世道?如果我是犯人,……您好歹是个乡村警察……那也叫人好受些!可现在成了什么局面?我怎么忍心瞧着您的脸?我素来一想起您就快活……我常想维佳……简直想得心都痛了。可是现在,这是怎么搞的!主啊……真的,要是告诉人家,人家还不信呢。"

他唠唠叨叨讲着,眼睛固执地瞧着自己的脚,时而用手抓住胸口,时而抓住喉咙。

"这些事你别去对外人说,用不着。你也别唠叨了……你不用为我操心……我有证件,我没拿给村长看,怕这儿的人认出我来……我哥哥伊凡不会把我下监牢,正好相反,他倒会帮我忙,扶持我站起来……我就在他那儿住下,我和你又可以去打猎了……你瞧,事情安排得多么好?"

维佳讲得很亲切,听那口气就像成年人安慰伤心的孩子似的。月亮从树林后面升上来,迎着乌云游过去,乌云给月光染得银白,边缘现出柔和的蛋白石颜色。鹌鹑在麦地里咕咕地叫,一只长脚秧鸡在什么地方嘎嘎地叫……黑沉沉的夜色越来越浓。

"话是不错的……"叶菲穆什卡轻声开口说,"伊凡·亚历山德罗维奇会关心亲兄弟,那您又能正经过日子了。这些话都对……我们也可以去打猎……不过,这跟从前完全不同了……我本来想,您这一辈子总能干出些了不起的工作!结果呢……"

维佳·图奇科夫笑起来。

"我,叶菲穆什卡老弟,工作倒干过不少……论田产,我那一份,全花光了,做官也没做长。我当过演员,后来办过一个戏班子……后来全垮了,到处欠下债,牵连到一件麻烦事里去了……唉!样样事都干过……结果全完了!"

犯人摇一下手,好心地笑起来。

"我,叶菲穆什卡老弟,现在已经不是老爷……跟老爷不相干了。现在我跟你可以痛痛快快地一块儿生活了!真的!打起精神来吧!"

"话说回来,我倒很愿意……"叶菲穆什卡用低抑的声调开口说,"只是我觉得害臊。刚才我在这儿跟您说过各式各样的话……全是些荒唐的话……当然,庄稼汉说得出什么好话呢……那么,您是说,我们就在这儿过夜?那我来烧一堆篝火……"

"好,你动手吧!……"

犯人仰面朝天,平躺在地上。乡村警察钻进林边的树丛里,不见了,立刻从那边传来枯枝的折裂声和窸窣声。不久叶菲穆什卡走出来,怀里抱着一堆干树枝。不出一分钟,一小堆碎枝上,已经有蛇一般的火苗快活地爬来爬去。

两个老伙伴面对面坐着,呆呆地瞧着火,轮流吸一只烟斗。

"完全跟从前一样呢。"叶菲穆什卡凄凉地说。

"只是时代不一样了。"图奇科夫说。

"嗯,是啊,生活比个性强……比方说,它把你打得好凶哟……"

"哼,究竟是它打胜我,还是我打胜它,现在还不得而知呢……"图奇科夫说着,笑了笑。

他们沉默了……

他们身后,像一堵黑墙似的耸立着树林,在柔声细语。篝火发出快活的爆裂声,四周有些阴影不出声地舞蹈,田野那边却黑得伸手不见五指。

汝 龙 译

读　者[*]

　　……夜晚,我在熟人的圈子里读完我发表的一个短篇小说后,走出屋子,来到街上。为了这个短篇小说,人们大大夸奖了我一番。我怀着愉快而激动的心情漫步在僻静的街道上,有生以来第一次感受到生活是如此充满快乐。

　　这是二月里的事。晴朗的夜晚,万里无云、繁星点点的天空向覆盖着新降的松软积雪的大地吹送着凛冽的寒气。伸出围墙的树枝在我经过的路上投下古怪的、花纹般的影子。雪在淡蓝色的柔和的月色辉映下,明亮地、兴致勃勃地熠熠发光。任何地方都看不到一个有生命的东西,我脚底下的雪的吱吱声是惟一的音响,它破坏了这个明朗的、值得我铭记的夜晚的庄严静谧……我在想:

　　"在大地上,在人们中间能干出点什么名堂来,那该多好!"

　　于是,想象不惜以明快的色调给我描绘了我的未来……

　　"是的,您写出了很好的东西!……是这样!"有人在我的背后沉

---

[*] 本篇写于一八九五年,最初发表于《世界文献国际杂志》一八九八年第十一期上,题目为《谈话》。这是一篇幻想作品,作品中的作家和读者都是作者本人。高尔基一八九九年十二月二十三日给列宾的信中说:"'读者'——这是我,一个人,同我自己,一个文学家的谈话。"——实际上,《读者》乃是高尔基最早的一篇比较系统的文学论文,不过它是用小说形式写的。作品全面地表述了作者当时的美学理想,其中谈到了文学的目的、作家应当是一个什么样的人等一系列激动着作者的重要美学问题。作品也反映了高尔基早期在探索美学问题上的艰苦道路。

思地说。

这突然的声音使我打了个寒战,我回头看了看。

一个小个子的、穿一身黑的人赶上了我,和我齐步走着。他从下至上瞧着我,带有一种尖刻的微笑。他的一切都是尖刻的:眼光、颧骨、长着一部短而尖胡子的下巴;他那整个瘦小、干瘪的体形都以其奇怪的凹凸不平的棱角使人感到刺眼。他走起路来轻飘飘地没有任何声音,就像在雪地上滑行一样。在读小说的地方我没看见他。自然,他的招呼使我感到惊讶。他是从哪里来的,他是谁?

"您……也听了吗?"我问他。

"是的,很愉快。"

他说话是男中音。他的嘴唇是薄薄的,又黑又细的胡髭没有掩饰住他的微笑。这微笑没有消失,给我留下一种不愉快的印象。我感到这微笑的后面隐藏着一种讥讽的、对我不赞许的意思,不过,我的心情太好了,就没有过多地留意我的同路人的这个特点。由于我这种喜形于外的扬扬自得的心情,这种微笑便像一个影子,在我的眼前一掠而过了。我同他并肩走着,等待他说话,暗自希望他会延长我在这个夜晚所感受到的愉快时刻。人是贪婪的,因为命运极少向人爱抚地微笑。

"感到自己有点不平凡是否很愉快?"我的同路人问道。

我没有听出他的问话里有什么特别的意思,就立即同意了。

"嘿,嘿,嘿!"他讥讽地笑起来,神经质地搓了搓自己的小手,他的手指细而有力。

"您是一个开心人!……"我冷淡地说,因为他的笑刺痛了我。

"是的,我是个开心人。"他微笑着承认了这一点,晃了晃脑袋,"而且我还是个很好奇的人……我时时都想求知,我想知道一切,这是我经常的企望。这种企望支撑着我身上的朝气。所以,现在我也想知道——您为自己的成就付出了什么代价?"

我瞧了他一眼,不乐意地回答他说:

"将近一个月的工作……也许还要多一些……"

"啊哈!"他连忙接下去说,"少量的劳动,其次是一点点日常生活的经验,这种经验总是有点价值的……但是,当您意识到目前有几千人由于读您的作品而接受了您的思想的时候,您付出的代价毕竟是不大的;以后您还会有这样一种希望:可能,将来……咳,咳!……当您死了的时候……咳,咳,咳!……为了这一切您能给的东西可以比您已经给予我们的更多些,——不对吗?"

他仍旧以其尖刻的刺人的笑声笑起来,用锐利的黑眼睛狡黠地打量着我。我生气了,也从头到脚打量他一番,冷漠地问他:

"对不起……我荣幸地在跟谁谈话呢?"

"我是谁?您猜不着吗?暂时我还不告诉您我是谁。难道对您来说,知道一个人的名字要比知道他对您所说的话更重要吗?"

"当然不是……不过这一切——我觉得奇怪!"我答道。

他有意碰一下我的袖子,小声笑着说:

"就算是奇怪吧,不过,一个人为什么不允许自己有时能跳出简单而平庸的框框呢?……如果您不反对做到这一点的话,那么就让我们开诚布公地谈一谈好吗?试想一想,我——一个读者……一个奇怪的读者,我很好奇,我希望知道,比方您……为什么写书和怎样写书的?让我们谈一谈吧。"

"噢,好吧!"我说,"我很高兴……这样的见面和谈话……不是每天都可能的。"不过我已经在对他撒谎了,因为这一切对我来说已成了不愉快的事情。我在想:"他要干什么呢?"而且我自己又何必赋予这种同素不相识的人的会见以某种学术讨论的性质呢?

但是,我仍然与他并排走着,尽量在我的脸上表现出对我同路人殷切的关注。我记得,这一点我是费了好大劲才做到的。不过,暂时我的心情还十分愉快,我不想用拒绝同他谈话的方式来得罪这个人,并决心暗自留意。

天上的月亮从背后照着我们,我们的影子投在脚下,它们合成一个黑块,在我们前面的雪地上蠕动。我看了一下影子,感到心里产生了某种像这影子一样的东西,黑暗而不可捉摸,也像影子一样,走在我的前面。

我的同路人沉默了片刻,然后以自己思想的主宰者的坚定口吻说:

"生活中再没有比人的行为的动机更重要和更有趣的了……不对吗?"

我点点头。

"您同意!……那我们就坦率地谈谈吧,趁您还年轻,不要放过坦诚相见的机会!……"

"一个奇怪的人!"我想道,由于他的话使我感兴趣,便笑着问他:

"不过,谈点什么呢?"

他瞧了我一眼,以老相识的亲昵态度提高声音说:

"我们来谈谈文学的目的吧!"

"好吧……虽然我觉得已经晚了……"

"啊!对您来说还不晚!……"

这些话使我很吃惊,我站住了,——他说这些话时是如此的严肃、自信,就像说的是譬喻。我站着想问他点什么,但他却捉住我的手,轻轻地和坚决地把我往前引,对我说:

"别站着,因为您同我走的是一条好的道路……闲话休提!您告诉我,文学的目的是什么?……您是从事文学工作的,您应当知道这个。"

我的惊讶发展到使我丧失自制力了。这个人要从我身上得到什么呢?他是谁?

"您听着,"我说,"您认为我们之间所发生的一切……"

"有其充分的理由——请您相信我吧!要知道,没有充分的理由世界上任何事情都不能发生……我们快点走吧,但不是向前,而是往深处……"

毋庸争辩,这个怪人是有意思的,不过他使我生气。我重又不慌不忙地朝前走;他跟在我的后面,平静地对我说:

"我理解您,目前您对文学所追求的目的还难于下一个定义。——让我来试试下个定义……"

他缓了一口气,然后微笑地瞧着我。

"您同意我吧,如果我说,文学的目的,是帮助人了解自己本身,提高他的自信心,激发他对于真理的企求,同人们的鄙俗行为作斗争,善于在人们身上找到好的东西,唤醒他们灵魂中的羞耻、愤怒和勇气,做一切使人能变得高尚坚强、能用美的圣洁的精神来活跃自己的生活的事情。这就是我的公式。诚然,这一公式还是不完全的、提纲式的……请您用能鼓舞生活的一切去补充它,告诉我,您同意我的意见吗?"

"是的,是这样!……"我说,"差不多是这样。我高兴地认为,一般地说,文学的任务——是使人变得高尚……"

"您看,您从事的是多么伟大的事业啊!"此人感动地说……重又发出他那挖苦人的笑声:嘿,嘿,嘿!

"不过,您为什么要说这些呢?"我问道,装作他的笑声并没有刺痛我的样子。

"您怎么想的呢?"

"坦率地说……"我开始说话,由于想找句挖苦话,我又沉默了一下。"坦率地说"是什么意思呢?此人并不笨,他应当知道,人的坦率的界限是多么狭小,而且自尊心又是多么坚决地卫护着这种界限。我瞧了我的同路人一眼后,感觉到他的微笑是十分侮辱人的,里面含有多少奚落和蔑视啊!我觉得我开始有点害怕什么东西,这种害怕驱使我离开他。

"再见!"我把帽子稍稍往上提了一下,冷漠地说道。

"为什么?"他安详地提高声音说。

"我不喜欢开没有分寸的玩笑。"

"因此——您就走了?……请便吧……不过要知道,如果您现在同我分手的话,我们就永远不能相会了。"

他强调了一下"永远"这个词,这个词在我的耳朵里犹如丧钟鸣响起来。我憎恨这个词,也害怕这个词,我总觉得它是类似某种命定要去砸碎人们的希望的沉重而冰冷的大锤。这个词使我站住了。

"您要干什么?"我厌烦而激愤地问道。

"我们在这里坐一坐。"他又讥讽地说,并且牢牢地揪住我的手,往下拉。

这当儿,我同他坐在城市公园的林荫道上,在呆板的,结了冰的金合欢和紫丁香的树枝中间。在月色辉映下,这些树枝悬挂在我头顶上空,而且我觉得,这些蒙上了冰和霜的僵硬的树枝穿透了我的胸,触到了我的心脏。

我望着我的同路人,默不作声,因为我被他的狂妄行为弄得莫名其妙,困惑不解了。

"这是一个病人?"我心想,同时希望自己能提起精神来,解释他的行为。但是他好像猜到了我的思想。

"你以为,我不正常吗?别这么想,这是多么糟糕而有害的思想!在这种思想的掩饰下,我们常常只是因为某个人比我们更有独创性而拒绝去了解他,而且这种思想又是多么顽固地助长和恶化我们相互关系中的令人伤心的漠不关心啊!"

"噢,是的!……"我说道。在这个人面前我觉得越来越难受了。"不过,对不起,我走了,我该……"

"走吧,"他说,并耸耸肩膀,"走吧……不过,要知道,你是急于失去自己……"他松开了我的手,我离开了他。

他留在山上花园里,这山延伸到伏尔加河,上面覆盖着一层白雪,被一条黑色的带子似的小道切开。花园的前面展现出一幅辽阔的风景:伏尔加河对岸的一片寂静的凄凉的平原。这个人留在花园里,坐在一条长凳上,开始眺望荒漠的远方。我沿着林荫道走着,我觉得我离不开他,不过我还是走了。我边走边想:"为了要向他——坐在我后面的那个人——表明他对我无关紧要,我就必须走得平静而迅速么?"

瞧,他低声地用口哨吹着一支我熟悉的曲子……我知道,这是一首关于盲人的滑稽而又忧伤的曲子。这个盲人自愿做其他盲人的引路人。"他为什么吹这个曲子呢?"我想。

这时候我明白了,打从我碰到这个小个子的时候起,我就陷入了一种特殊而奇怪的感觉的黑暗世界里。我精神上不久前那种平静而满意的心情被某种重要而沉重的期待之雾遮蔽了。

如果你不认得路,
又如何替别人引路呢?

我重新想起了那个人用口哨吹的歌子。

我转过身来看他。他一手支在膝盖上,手掌托着脑袋,打着口哨,望着我,他那被月光照亮的脸上的黑胡子在微微颤动。我由于受一种不祥之感的推动,决定返回去。我很快地走到他的身边,并排坐下,不激动却是很热情地对他说:

"您听我说,我们随便谈谈吧……"

"对人们来说,这是必需的。"他点点头。

"我觉得,您有一种能对我起某种作用的力量,显然,您是有什么话要对我说……是吗?"

"你终于找到听话的勇气了!"他提高声音笑着说,但这笑已经温和多了,甚至我还在其中听到某种近乎愉快的东西。

"那么,您讲吧!"我说道,"如果可以的话,请别说怪话……"

"噢,好!但是,要知道,怪话曾经是为吸引你的注意力所必需的东西,你承认吗?现在已不像先前那样敏感地把简单而明确的东西当作过分冷漠而僵硬的东西来注意了。然而我们不善于鼓励和安慰什么,因为我们自身就是冷漠而僵硬的人。我们好像重又希望梦幻,希望美丽的杜撰、幻想和怪诞,因为我们所建立的生活缺乏颜色,晦暗而无聊!我们有个时期曾经热心地想加以改造的那个现实却摧毁和折服了我们……怎么办呢?我们试一试,也许杜撰和想象能帮助人暂时站得比地面高一点,从那里重新观察自己在大地上失却的地位。失却的地位,不对吗?要知道,现在,人不是大地的统治者而是生活的奴隶。他已失去了自己的嫡长权的骄傲,拜倒在事实的面前,不是这样吗?他从自己所建立的事实里作出结论并对自己说:这就是经久不变的法则!而且,由于他屈从于这一法则,他也就觉察不到,在通往生活的自由创造的道路上,在争取为了建设而进行破坏的权利中,是什么东西在给自己设置障碍。他再也不作斗争了,只是虚与委蛇地应付……他为了什么去斗争呢?他为之建树功勋的理想又在哪里呢?这就是生活如此贫乏和无聊的原因所在,这就是人身上缺少创造精神的原因所在……有些人盲目地寻求某种东西,希望能振奋才智,恢复人们对自己的信心。一些人常常不是朝着保持一切永恒的、使人们团结的方向,上帝生活的方向走……那些在寻求真理的道路上迷失方向的人——必然灭亡!就让他们灭亡吧!不需要阻止他们,不值得替他们惋惜——人很多!重要的是企求,重要的是内心中寻求上帝的愿望,如果生活中存在渴望追求上帝的心灵,上帝就会同这些心灵在一起并使它们复活,因为上帝就是对尽善尽美的永无止境的企求……是这样吗?"

"是的,"我说道,"是这样……"

"你到底还能同意。"我的交谈者挖苦地笑着说。然后他就凝视着远方,沉默了。我觉得他好像要沉默很久,便不耐烦地叹了一口气。此时他并没有把遨游远方的目光转向我,却问道:

"谁是你的上帝?"

在提出这个问题之前,他说话是温和的、可亲的,听起来很愉快;如同所有爱思考的人一样,他有点忧郁,他于我是亲近的,我了解他,在他面前我的腼腆也消失了。可是现在他却突然提出了一个致命的问题,这个问题当代人是如此难于回答,如果这个人对自己是诚实的话。谁是我的上帝?要是我知道就好了!

我被问住了。处在我的地位,谁又能保持自制力呢?而他却用刺人的目光看着我,微笑着等待我的回答。

"你沉默得太久了,而你是能够作出解答的。如果我问你下面几个问题,你也许能告诉我一点什么吧:你写作,而且有成千上万的人读你的作品;你究竟宣传什么呢?你考虑过你的教育人的权利吗?"

我有生以来第一次如此用心地窥察自己的内心深处。但愿人们不要以为,我是为了吸引人们对我的注意而提高或者贬低自己,——人们是不向乞丐祈求施舍的。我发现我自己有不少善良的情感和愿望,有不少平时被称为好的东西,然而我却没有在自己身上找到那种联结上述一切情感和囊括全部生活现象的严整的、明确的思想。在我的心灵里有着许多憎恨,它常常在哪里无焰地燃烧,时而迸发出愤怒的烈火。但是,我的心灵中更多的是怀疑。有时候它们是如此地震撼着我的理智,如此地挤压着我的心,因此很长时间我都是内心空虚地活着……什么东西都不能激起我对生活的兴趣,我的心是冰凉的,就像死了的一样;才智在睡觉,而想象却受到噩梦的扼杀,就这样,我像瞎子、哑巴和聋子那样生活了许多的日日夜夜,什么也不希望,什么也不明白。于是,我觉得自己已经是一具死尸,仅仅是由于某种奇怪的误会还没有埋入泥土罢了。这种对生存的恐怖,由于意识到必须活着,变得更厉害了,因为,在死亡里理智要少些,更多的是黑暗……大概,死亡甚至连憎恨的乐趣也要剥夺掉……

我就是这个样子,事实上我能宣传什么呢?我又能告诉人们什么呢?就告诉他们那些大家早已说过而且现在也还经常说的道理,宣传那些获得听众,但不能使人们变得好些的道理吗?可是,我有权宣传这些思想和概念吗,如果我本身就是这些思想和概念中培养出来的,又常常并没有按这些要求去做的话?如果我反对它们,这是否意味着,相信它们的正确性的信念就是我的真诚的、构成我这个"我"的基

础的信念呢?……我怎么回答坐在我身旁的这个人呢?他已经不耐烦地等待我的答复了,于是又说道:

"如果我没有看到你的人格还没有被你的虚荣心所扼杀的话,我就不向你提出这些问题了。你有勇气听我的话……从这一点我可以断定,你的自爱是有理智的,因为,为了增加这种自爱,你甚至不逃避痛苦。由于这点,我才减轻了你在我面前的难堪的处境,并把你当作一个有过错的人而不是罪人来同你谈话。

"……从前我们中间也曾有过一些伟大的语言大师,他们是精通生活和人类灵魂的细腻的行家,他们不懈地力求改良生活,充满着对人的深刻的信念。他们创作了永远不被遗忘的书,因为这些书里表现了永恒的真理,使人感到一种不朽的美。这些书所描绘的形象是活生生的,他们由于灵感的力量而富于生气。在这些书中,既有勇敢精神,也有强烈的愤怒,里面鸣响着真挚的、自由的爱,而且没有一个多余的字眼。我知道,你从其中为自己的灵魂汲取了养料……不过,大概你的灵魂供养得不好,因为你的关于真理和爱的话说得不自然而且虚假,当你说这些话时,好像你是违心的。你像月亮一样,用别人的光在照耀,你自己的光却是令人伤心地昏暗,它产生许多阴影,光线微弱,而且不能温暖任何人。你是乞丐,不能给人们任何真正有价值的东西;而你给,并不是为了以思想和言词的美来丰富生活这一崇高的乐趣,更多的是为了使你的生存这一偶然的事实提高到为人们必需的奇观的程度;你给,是为了从生活和人们那里拿到更多的东西。你是不能给人东西的,你不过是个高利贷者:你拿出一点点经验,是要人们对你的厚意作为利息来抵押的。你的笔无力发掘现实,只能悄悄地发掘生活琐事,而且,在描写平常人的平常感情时,你可能向他们的理智揭示出许多卑微的真理,但你能为他们创造一种哪怕是小小的使人心灵振奋的谎言吗?……不能!到日常生活的垃圾堆里去翻找,而且除了找到那种只是证明人是恶的、愚昧的和不正直的,人完全地永远地依从于一系列的外部条件,人是软弱的、贪婪的、孤独的等这些可悲的卑微的真实外,不善于在其中找到任何别的东西,——你相信这也是有益的吗?要知道,人们也许已经使他相信这一点了,因为他的灵魂已经冷却、才智已经迟钝了……可不是吗!他在书本里看自己的形象,而这些书——特别是如果它们是用一种常常被认为是天才的妙手写成的——总是要给人施些催眠术的。他在你的描绘里看自己,而且看到他是多么坏,看不到有变好的可能性。难道你能给他指出这种可能性吗?当你本人都……难道你能做到这一点吗。但是我原谅你,因为我感到你在听我的话时,不是在考虑如何反驳我并为自己辩解。是这样!因为,一个教师,如果他是正直的人,就应当永远是一个细心的学生。所有你们,我们今天生活的教师,从人们那里拿去的东西要大大地超过了你们给予他们的东西,因为你们老是只谈缺点,只看到缺点。可是在人身上应当也有优点;你们有优点吧?可是你们呢,你们把自己看成是传教士,为了善的胜利而揭发恶的人,你们与那些被你们如此激烈而挑剔地描绘出来的平凡的、愚昧的人又有什么区别呢?不过,你们注意到没有,善与恶——以你们的力量去判定它们——只能是混乱的,就像黑的和白的两个线团,由于彼此挨近而成了灰色,因为它们相互接受了一部分原有的颜色?未必是上帝把你们派到地球上来的……上帝是会挑选比你们更强的人的。上帝要在他们的心灵中燃起对生活、真理和人们炽热的爱情之火,而他们也会在我们生活的黑暗里像力量和荣誉的明灯一样照耀辉煌……你们却像魔鬼庆祝会上的火把在冒烟,而且你们的烟雾浸入智慧和灵魂,以不信任自己的毒素来毒害他们。你说,你们教的是什么呢?"

我的面颊感觉到这个人的热腾腾的气息,我没有看他,怕碰上他的目光。他的话像火点似的落在我的脑际,感到疼痛……我非常吃惊地理解到,要回答这些简单的问题是何等的困难……于是我没有回答他。

"总之,我作为你所有的作品以及所有别人写的类似你的作品的热心读者,问问你:你们是为了什么而写作?你们写得很多……你们想不想在人们的心中唤起善良的情感？但是你们用冰冷的、无力的言词是做不到这一点的，不行的！你们不仅不能给生活任何新的东西，就是给旧的东西时，你们也把它揉得不成样子了。读你们的东西，得不到任何教益，只有为你们感到害臊。老是日常生活，日常生活，平凡的人们，平凡的思想、事件……什么时候才会讲到激动不安的精神和精神复兴的可能性呢？哪里有对创造生活的号召？哪里有勇敢精神的培育？哪里有鼓舞灵魂的朝气勃勃的话语？

"……你可能对我说：除了我们再现的那些东西之外，生活没有提供别的形象。别这样说，因为对于一个有幸支配语言的人来说，承认自己在生活面前无能为力，不能站得高于生活，是可羞而又可耻的。如果你同生活站在同一水平上，如果你不能用想象力去塑造出生活中所没有的，但对于生活的教育来说却是必需的形象，那么你的工作又有何益处？你又拿什么来解释自己的称号呢？拿那些从毫无重大事件的生活中摄制下来的照片垃圾去填塞人们的记忆和注意力，请想一想，你这不是害人吗？因为——你要认识到！——你不会使描绘的生活图画唤起人们的强烈的羞耻感和创造新生活的炽烈的愿望……你能够加快生活脉搏的跳动吗？你能够像其他人所做的那样给予生活一种动力吗？"

我的奇怪的交谈者停顿了片刻，我却默默地在思考他的话。

"我看见我周围有许多聪明人，但其中却很少高尚的人，即使有也是一些心灵上被摧毁了的和病态的人。而且不知为什么我总是这样看：愈是好人，其心灵愈是纯洁和诚实，他的毅力就愈小，愈近乎病态，生活也愈艰难。孤独与苦闷——是这些人的命运。尽管在他们当中有许多人是为了追求美好的事物而苦闷的，但他们却没有力量去创造它。他们如此软弱无力和可怜，不就是因为人们没有及时地用鼓舞心灵的言词去帮助他们吗？"

"……再者，"我奇怪的交谈者继续说道，"你能不能在人身上激起一种荡涤灵魂的乐观的笑呢？你看看吧！须知人们已经完全忘记好好地笑了,他们现在笑得刻毒,笑得下流,常常是含着泪水的笑,但你任何时候都听不到他们的愉快的、真诚的笑声,听不到那种能激荡成年人的胸怀的笑声,因为好的笑能使心灵健康……对人来说,笑是必需的,要知道,笑是人高于动物的不多的优点之一。除了奚落人的笑、除了嘲弄你——只是由于可怜而可笑的人——这种下流的笑之外,你能在人们身上激起另一种别的什么笑吗?你要明白,你的宣传的权利应当有充分的理由,这理由就是你有能力去激发人们真诚的情感,这种情感像锤子一样应当砸烂并摧毁一种生活方式,为的是创造另一种更自由的生活方式来取代狭隘的生活方式。愤怒、憎恨、勇敢精神、羞耻、厌恶,以及最后是极端的绝望——这就是能够摧毁世界上一切东西的杠杆。你能创造这样的杠杆吗?你能拨动这种杠杆吗?为了拥有对人民说话的权利,心灵里应当有或者是对人民的缺点的伟大的恨,或者是为了他的苦难而对他有伟大的爱。如果你的心灵里没有这样的感情,就请你放谦虚一点,并且在你要说什么话之前,多加考虑考虑……"

天已经亮了,可是我心灵上的黑暗却越来越浓厚了,而这个完全了解我的心灵秘密的人却仍在不断地说。有时候我心里闪现了一个思想:

"他是人吗?"

但是,我完全被他的话吸引住了,不能揭开这个谜,他的话像许多针刺似的重又扎入我的脑际。

"生活依旧在向纵深发展,可是它的发展是缓慢的,因为你们没有力量和本领去加快它的运动。生活在发展,人们也在日益学习提出问题。谁去回答他们的问题呢?本应该是你们这些冒充的圣徒们去回答的。但是,你们对生活的了解达到了能够向别人解释它的程度了吗?你们明白自己时代的要求吗?你们对未来有预感吗?为了唤醒那被醒醍的生活所毒害的、精神沮丧的人,你们又能说些什么话呢?他精神颓唐、对生活的兴趣不高、过高尚生活的愿望也在枯竭,他现在想生活得像猪一样简单。而且,你们听见没有,当别人说出理想这个词时,他却厚颜无耻地发笑:人已成为肉和厚皮囊包裹着的一堆骨头了,而推动这一堆肮脏的骨头的不是精神而是淫欲。需要关心他——快点!趁他还是一个人的时候,帮助他生活!但是,为了激发他对生活的欲望,你们能做什么呢,如果你们也只会诉苦、呻吟、辱骂或无动于衷地描绘他如何腐化的话?生活的上空散发着腐烂的气味,心中充满胆怯和奴才气,智慧和双手为懒惰的软绳子所捆绑……在这醒醒的混乱中你们带进来什么呢?你们是多么渺小,多么可怜,你们又是这样多!啊,但愿出现一个具有火热的心和具有强大而又包罗无遗的智慧的严肃而又至亲的人!但愿在可鄙的静默的窒息气氛中像钟声一样响起了预言,也许就能震动一下活尸们的卑劣灵魂吧……"

说完这些话之后,他沉默了很久。记不得了,我当时到底是羞辱更多,还是恐惧更多呢?

"你能告诉我什么呢?"他冷漠地问。

"什么也没有!"我回答说。

又是一阵沉默。

"你现在将如何生活呢?"

"不知道!……"我回答说。

"你还说点什么吗?"

我没有作声。

"没有比沉默更高明的了!……"

在他的这些话与这些话之后的笑声之间的间歇是使人十分难受的。他的笑含有一种快感,就像一个人已很久没有如此轻松和愉快地笑了。这种可恨的笑使我的心都哭出血来。

"嘿,嘿!这就是你——生活的教师吗?你是一个如此容易发窘的人呀?我想,你现在该晓得我是谁了吧?是吗?嘿,嘿,嘿……而且,你们这些生来就是老头子的青年人,如果想同我打交道的话,个个都会这样地窘住的。只有穿上了虚伪、无赖和厚颜无耻的铠甲的人才会在自己良心的审判面前无动于衷。所以你瞧,尽管你身强力壮:一推——你就倒了!喂,你说说,你随便说点为自己辩解的理由吧,把我说的话驳倒吧!把你的心从羞愧和痛苦中解脱出来。哪怕你有一分钟的坚强和自信,我就收回我当面对你说过的话,我就拜服你……你指给我看看你灵魂里那种有助于我承认你是教师的随便什么东西吧!我需要教师,因为我是人;我在生活的黑暗中迷了路,并寻找通向光明、真理、美和新生活的出路,——指给我路吧!我是一个人,——憎恨我吧,鞭打我吧,但你要把我从对待生活的冷漠态度的泥潭里解救出来!我想变成一个比我现在更好的人;这该怎么做呢?你指教吧!"

我在想:我能够吗,能够满足一个人根据自己的权利而向我提出的这些要求吗?生活愈来愈昏暗,人们的头脑愈来愈严实地受到猜疑的黑暗所包围,必须寻找一条出路。路在哪里呢?有一点我知道:需要去追求的不是幸福,要幸福做什么呢?生活的意义不在于幸福,而且人也不满足于自己的富足:他毕竟比这一切更高。生活的意义寓于美和追求生活目标的力量,而且,应当使生活的每一时辰都有其崇高的目的。这本是可能的,——不过不是在生活的旧制度里,在旧制度里一切都是如此挤拥,在那里人的精神没有自由……

他又笑了笑,不过已经笑得平静了。这是一种心灵受到了思想的侵蚀的人的笑。

"地球上有过那么多的人,但地球上给人们建立的纪念碑却又是那么少!为什么这样呢?让过去受到诅咒吧!——它激起的对自己的嫉妒心太多了。因为现在根本就没有那种死后能在地球上给自己留下什么痕迹的人。人在昏睡……而且——谁也不去叫醒他。他在昏睡,并且——正在变成牲畜。需要鞭打他们,并且在鞭打之后给予火热的爱抚。不要怕把他打痛了:如果你是由于爱而打他,他就会理解你的抽打并把它看作是应受的惩罚。当他感到自己痛和羞愧时,你再热情地抚慰他,——他就得到新生了……人们?——还是孩子,尽管有时候他们会以其凶暴的行为和乖戾的思想使人震惊。他们总是需要有对他们的爱,需要经常地关心给他们的灵魂以新鲜的、健康的营养……而你善于爱人们吗?"

"爱人们?"我疑惑地重问了一遍。因为我实在不知道我是否爱人们。应当作个诚实人——我确实不知道这一点。谁会对自己说:你瞧,我爱人们呢!谨慎从事的人在决定说出"我爱"之前,是长期考虑过这些问题的。大家知道,我们的近亲离我们每个人都还多么的远。

"你沉默?反正一样——你不说话我也了解你……我走了……"

"走了?"我小声问道。因为,不管他对我来说是多么可怕,我对我自己——却要更可怕……

"是的,我走了……我还要常来找你的,你等着吧!"

于是他走了。

他怎么走的?我没有注意。他很快地无声无息地走了,就像影子消失了一样……而我仍在花园的长凳上坐了很久,没有感到外面的寒意,也没有发觉太阳已经出来并把结了冰的树枝照得通亮了。晴朗的白天,与平时一样冷漠地照耀的太阳,铺盖着积雪并在阳光底下刺眼地闪闪发光的古老而又疲倦的大地——看到这一切我觉得很奇怪……

李辉凡　译

旧　年[*]

寓　言

"旧年"在自己生命的最后一天,也就是在他要返回"永恒"之前,总要为自己的继承者举行一个类似庆典的聚会。他把人类所有的"特性"召集到自己面前并且同他们谈到十二点钟——谈到他注定要死的时候,即"新年"诞生的那一刻。

昨天就正是这样。傍晚时分,一些稀奇古怪和捉摸不定的人物相继来到"旧年"家里做客,我们都很熟悉这些人的名字和外表,但是我们还不能清楚地想象出他们的本质和对我们的意义。

"伪善"和"温顺",手挽手来得比所有人都早;继他们之后"虚荣心"在"愚蠢"的恭恭敬敬的陪同下傲然而至;而跟在这一对后面蹒跚而来的是一个仪表堂堂,但又十分孱弱,显然有病的人,这就是"智慧",虽说在他深沉而敏锐的双眸中闪露着自傲的神色,但更多的则是对自己的软弱无力所怀有的悒郁之情。

继"智慧"之后来的是"爱情",她是一个半裸体的非常粗鲁的女人,她有一双充满了情欲,但没有一点思想的眼睛。

"奢侈"接踵而来,她低声提醒"爱情"说:

"噢,'爱情'!瞧你这身打扮!呸,难道这样的衣着和你在生活中

---

[*] 本篇最初发表于一八九六年一月一日《萨马拉报》。译自《高尔基三十卷集》第二卷。

的身份相称吗?"

"啊呀!""冥想"答了话,"太太,您要求'爱情'怎么样呢？您过去一直是,现在仍然是理想主义者,这就是我要说的。依我看,穿得越简单就越鲜明、越好,而我非常满意,我能从'爱情'身上扯下幻想家给她穿上的梦幻的外衣。我们生活在大地上,它是坚实的,它的颜色是肮脏的,而天空是如此之高,在天地之间永远没有任何共同的东西！难道不是这样吗?"

但"爱情"本人沉默不语,她几乎早已不大能讲话了,她再也没有往日那些火热的词句了,她的愿望是粗鲁的,血液是稀薄和冰冷的。

"信仰"也到场了,她是一个疲惫不堪和犹疑不决的人。她怀着不共戴天的仇恨朝"智慧"瞪了一眼,神不知鬼不觉地避开他的视线,躲进来拜访"旧年"的那群客人中去了。

随后,紧跟着"信仰"来到的是"希望",她像火花一样照了一个面儿,便不知躲到哪儿去了。

那时出现了"明哲"。她穿着色彩鲜艳,质地轻薄的衣裳,上面缀满假宝石做的饰物。她的衣裳有多么鲜艳和光辉夺目,她本人便有多少郁闷和悲愁。

现在"颓丧"也来了,大家都恭恭敬敬地向他鞠了一躬,因为他是受到"时间"尊敬的。

最后来到的是"真理",她胆怯而抑郁,同平时一样面带病容,郁郁寡欢,她未引起任何人的注意,悄悄地走到屋子的一个角落里,孤单单地坐在那里。

"旧年"走了出来,望了望自己的客人,像靡非斯特[①]似的冷笑了一下。

"向你们问好,也向你们告别了!"他开口说,"永别了,因为我要死了,这是'命运'的安排。我不是长生不死的,而我高兴我会死,我的暗

---

① 歌德名著《浮士德》中的魔鬼。

淡无光的生活这么苦闷,哪怕再让我多活一天,也是难以忍受的。只同你们打交道,生活就永远是乏味的!我由衷地可怜你们,因为你们是永生的。我可怜你们,还因为你们大家在我出生的那天,比今天我死亡的时候更加强壮有力、精力充沛和完美无缺。是的,我真诚地怜悯你们,你们大家已被人们弄得疲惫不堪、萎靡不振、庸俗无比,你们丑陋得如此相像。你们也算得上是人类的'特性'吗?你们没有力量,又没有精神,没有热情!我可怜你们和人们。"

于是"旧年"冷笑起来,接着他又环视了一下自己的客人,向"信仰"问道:

"'信仰'!你那种曾推动人们去建立功勋并使生活充满崇高精神的力量现在到哪儿去啦?"

"是他把我洗劫一空!""信仰"指着"智慧"低沉地说。

"正是因为她,迄今为止人们还不相信我的威力。由于同她斗争我耗尽了我最好的精力!""智慧"愤然地应声回答。

"不幸的人啊!别吵了,"垂死的老人又冷漠地笑了笑,沉默片刻之后又说道,"是的,你们大家都是这么黯然失色、陈旧过时了的。作为一个人并且长年累月天天同你们打交道该是多么令人恶心啊!这是谁在那儿肯定地点着头呀?呵,'真理'!是你啊,你还是那个样……不受人们尊敬……得啦,那又怎样呢?……永别了,我过去的同伴们。永别了,我再没有什么可对你们说的了……但是……在你们中间有一个人我没有看见,是啊?'独创性'在哪儿呢?"

"她早已不在人世了。""真理"怯生生地答道。

"可怜的人世啊!""旧年"惋惜地说,"它是多么苦闷啊!假若人们失掉了思想、感情、行动的'独创性',就必定是可怜和平庸的。"

"他们甚至不会把他们那失去古典美的丑陋的外表稍加装点装点。""真理"轻轻地抱怨说。

"他们出什么事了?""旧年"疑惑不解地问道。

"他们丧失了愿望,只剩下了种种情欲……""真理"解释说。

"难道他们也要死了吗?""旧年"惊讶地问。

"不,""真理"说,"他们还活着。可是他们是怎样活着的呢?大多数人按照习惯,有些人则由于好奇,但是所有的人都弄不清楚究竟为了什么活着。"

"旧年"冷笑了起来。

"时间到了!还有一分钟我的时辰就到了——我从生命中解脱出来的时刻就到了。临走我还要说几句……我存在过,同时我发现这种存在是非常可悲的。再一次告别了,这是最后一次。我可怜你们,可怜你们永远活着并且得不到安宁。我是'时间'的儿子,是冷淡的,但是我还是怜悯你们和人们。钟声响了,一下!两下……"

这是怎么回事?

时钟敲了两下之后,就不响了。

大家非常惊讶地望了望时钟,他们见到了一桩怪事。

有一个美妙得像埃拉多斯①的诸神之一的人,头上和脚上都长着翅膀,站在时钟旁边,用手按住时钟的分针,瞧着"旧年"在死亡的预感中失神的眼睛。

"我是墨丘利②,是'永恒'派我来的,"墨丘利说,"'永恒'说,衰朽的人们要'新年'干吗?告诉他们,在新人没有诞生之前,'新年'是不会到来的。让那个原来同他们在一起的'旧年'留下来吧,让他脱下白布殓衣,穿上年轻人的衣服活着吧。"

"可是,这多么痛苦呀!"老人说。

"你要留下来!"墨丘利坚决地重复了一句。"老头,当人们还没有把他们的思想和感情更新的时候,你就留下来同他们在一起!'永恒'是这样吩咐的,你活着吧!"

"永恒"的使者说完便不见了……当他消失的时候,时钟在令人惊讶的寂静中低沉地敲了十下。

---

① 古希腊人称希腊为埃拉多斯。
② 古罗马神话中的商业神和诸神的信使。

于是，举行过死亡盛典的"旧年"依旧留下来重新与"颓丧"一起生活，后者对着他那布满皱纹的脸凄凉地笑了笑。

"旧年"的客人们静悄悄、凄惨惨地各自散去。

"希望"在离开时沉默不语，而"伪善"一面装出一副悲哀的样子，一面却在和"冥想"调情，同他议论着"智慧"和"忍耐"，说话时，"伪善"一直在担心，生怕"颓丧"偷听他的话并对他的话加以斥责。

最后，大家都走了。

只剩下了"旧年"一人，他已经换上了"新年"的装束，而"真理"——总是最后一个。

陆桂荣　译

初次登台*

她渴望有朝一日登上舞台，不像墨守成规的舞台匠人那样矫揉造作，而是朴实、明晰地向观众道出自己所扮演的小角色的台词，观众听她念时将会暗暗作想：

"多么逼真！这才是真正的艺术！为使人们了解一个人的内心活动，就要这样来表现精神世界。"

这位初次登台的演员还只是一个缺乏舞台经验的小姑娘，她认为，只有当一个诚挚的表演者，才能打动观众的心，是的，只有当一个诚挚的表演者！

她想，她表演的角色将以自身的朴实和天真来表明，真正的美在于质朴。为打动观众的心，角色应当是朴实和真实的。

她深信能打动观众。她从心底里感到，自己在从事着伟大的事业，因为对于一个信仰善与美的人来说，质朴而动人地向观众道出思想、感情以及他们的喜怒哀乐，既是一件巨大而又重要的工作，又是刻苦磨炼人的正直的事业。

而她，这位初登舞台的演员，对此深信不疑，因为她还年轻。

她终于登上了舞台，她同观众只隔着一层帷幕。

---

* 本篇最初发表于一八九六年一月十日《萨马拉报》。译自《高尔基三十卷集》第二卷。

帷幕升起。这位初登舞台的演员面向观众,浑身战战兢兢。寒噤使她姿势呆板,张口结舌。

数百双眼睛凝望着她,全场鸦雀无声,仿佛在守候着什么;人们似乎都怀着同一个愿望——想听到一种能使他们兴奋的东西,——他们都静了下来,像死去了一样,被这寂静的场面所慑服。

初次登台者虽然没有看着观众,却觉得有几百双眼睛在探视、观察和品评着自己,他们的目光冷漠无情。这使她产生了恐惧心理。

当她瞥了一眼观众席时,看见人们都在好奇地望着她,不过这是他们为了消闲解闷的那种淡漠的好奇心罢了,——在观众的目光里仅此而已;观众同那些向他们表演真实的内心世界的人之间,缺乏应有的精神沟通。

这是可怕的。

观众的眼睛依然在探视这位初次登台的演员,她没有意料到观众的目光具有同响尾蛇的目光一样的威力。

分分秒秒格外漫长。随着这一分一秒的消逝,初次登台者对自己从事的事业的意义的信念也一点一点地被夺走。

观众在等待,他们同往常一样的冷漠,同平素一样的贪婪,像莫洛赫①那样地吞食自己的仆人。观众用掌声来回报那些呕心沥血、以语言为他们服务而甘受磨难的人们。

台下的观众像一只百头巨兽保持着沉默,以怀疑的神情打量着初次登台者的小巧身姿,仿佛是用这种沉默表示:

"嗯,看你用什么和怎样来振奋我这疲劳的神经?"

他们始终用一个贪食者盯着新鲜调味汁的眼光盯住这位初次登台的女演员,使她手足失措。

在猎奇中感到失望和扫兴的观众对新演员投以威严的目光——一种永远贪得无厌、吞噬一切而又感到自己对别人拥有强权的庞然怪

---

① 古代腓尼基等王国的宗教中的太阳神,以焚烧活人(主要是儿童)为祭品。

物的目光;在他们看来,别人的存在价值,仅仅在于他像一片能维持他们生趣的微弱火光的小劈柴。

一个演员,不管他是谁,倘若不是天才,便是观众的奴隶。

而对于一个人来说,没有比为观众效劳更痛苦、更难以忍受的奴役了。

他们一点一滴地吮吸着你的心血,漠然地观望着你怎样丧失横溢的才华和心神的力量,他们吞噬着这一切,吞噬着一切,哪里还谈得上什么效劳呢?

他们大量吞噬了,正在大量吞噬着,并且还将更多地吞噬别人的心血,他们依然如故地活着——这些铁石心肠、愚昧无知、忽热忽冷的人们,他们冷酷、懵懂而又无聊,他们强大却又无情,他们阔绰但又愚不可及⋯⋯

他们是可怜虫,归根到底是可怜虫,所以,人们为了使他们变得高尚而作出自我牺牲,使自己变成他们的玩物,——因表演新颖和变幻无穷而成为愉人心目的玩物。

初次登台者由于在众目睽睽之下感到拘泥、怯场、沮丧,使自己所扮演的角色失去了生命,在意兴索然、无动于衷的观众面前,她将表演草草收场。

她坐在自己的化妆室里号啕大哭,痛心得浑身战栗,她仿佛感到刚才数百双眼睛对她的邪恶注视就像吸血鬼贪婪的长爪侮弄和玷辱了她。

她掉泪,觉得受了凌辱和鄙薄。观众席已经空空如也,人们都散去了,然而在他们步出剧院的时候,谁也不会知道,他们使那颗小小的心灵蒙受了巨大的伤害。

她哭了很久。

咳,只有相信自己的力量,并且相信能用自己的力量征服观众的人才能登台当众表演。否则,观众就会把他摧毁,甚至将他吞噬掉。

蒋望明 译

邮　差[*]

……一座有三扇窗户的小房子优美地隐藏在庭前花园深处。邮差走近这所房子时,放慢了脚步,整了整邮袋和头上的帽子,把一些信件从一只手递到另一只手里。走到中间那扇窗户跟前时,他先咳嗽一声,然后停了下来……

在那窗台上的盆花后面和庭院的丁香树丛的枝条中间,立刻出现一张年轻女人的面孔。她用焦急而又充满希望的语气问:

"有信吗?"

"今天又没有您的信。"邮差惋惜地说,同时彬彬有礼地用手碰一碰帽檐。

女人的面孔消失了。邮差踮着脚向窗口望了一眼,叹了口气。他挥了一下手,严肃地皱着眉头,向前走去。走出十来步,他突然啐了一口,大声说:

"嘿,鬼东西!连这样的女人也……"他话没说完,不好意思地停住了,看了看四周,揪了一下小胡子,快步朝前走去。

晴朗的六月天。暑气从万里无云的天空倾泻到大地上。街上空无一人。花园围墙后面的树木伫立在那里,枝叶纹丝不动,像是在炎热的困倦中停止了呼吸一样。

---

[*] 本篇最初发表于一八九六年二月十四日《萨马拉报》。译自《高尔基三十卷集》第二卷。

晚上九点来钟,邮差又从这条街上那座带有三扇窗户的小房子跟前走过。但是,他没有背邮袋,不慌不忙,迈着悠闲的步子,像是出来散步似的。他身穿白色直领制服,闪闪发光的接缝说明衣服是刚刚洗烫过的。年轻的、留着小胡子的脸膛上显出一副若有所思的神情,灰色的大眼睛上浓眉紧锁。当他走到小花园后面那座灰色小房子的窗前时,已不再咳嗽了,只是朝窗子望了望,没有放慢脚步,径直走了过去。

春季一开始他就常到这所房子来送信;几乎每天一次,以后信来的少了,最后是每周一封,如今已第十天没有信了……

收信人总是那么急切地盼着来信,一接到信便喜形于色,马上拆开,兴高采烈地站在窗前读了起来。

这一切给邮差带来了极大的愉快。他每次都是微笑着把信交给收信人,对方也总是友好地报以微笑。递交信件时,他常听到那么美好的、发自内心深处的笑声。有两次还同他搭了话。一次问:

"您大概很累吧?"

另一次问:

"今天真热,是吗?"

两次他都是愉快地笑着表示同意,说他很累,他觉得很热。

而今,再也不对他微笑了,问到有没有来信时,声调老是那么干巴巴、气呼呼的,好像没有信是他的过错似的。

这使他心里很委屈,很不愉快。在邮局分拣自己的邮件时,他很希望看到一个男人的刚劲有力的笔迹写着下列地址的信:

　　H城城厢大街　　韦拉·达尼洛夫娜·索西娜收

但是,总没有这样的信。

邮差从街上来到郊外,向离城不远的暗绿色条带般的小树林走去。途中,先要穿过长满茂密的灌木丛的小山谷;于是,他沿着陡峭的羊肠小道下到谷底,半路上折了一段树枝,把帽子推到后脑勺上,用枝条抽打着自己的靴筒,顺着谷底走去。

有时,在他闭上双眼的刹那间,面前立刻浮现出一张女人的苍白的鸭蛋脸,柳叶眉,淡灰色的鬓发散落在她的前额和玫瑰色的双颊上。她的一双明亮快乐的蓝眼睛那么温存、亲切地微笑着,好像在抚慰着你的心。他由于忆起这女人的容貌而满意地摇了摇头,叹了口气,也微笑起来。

突然,他听到离自己不远的树丛中发出一种类似叹息的声音。他站住脚,定了定神,仔细地谛听着。那声音又传了出来。

他看见左边的绿树丛中露出一角粉红色的衣裳。某种东西促使他走近前去……

"韦拉·达尼洛夫娜!行行好,快起来!"他俯下身,对坐在地上哭得痛不欲生的女人激动地低声说,"您自己想想看,这怎么能行呢?我可以扶您起来吗?"

她不答话,还是一个劲儿地痛哭。邮差莫名其妙地挥动着手臂,不知如何是好。

"哎,上帝呀!您怎么能待在这样的地方呢?走吧,韦拉·达尼洛夫娜!啊?您怎么能这样折磨自己呢?再说,地上很湿,您会感冒的……"

"走开!"她边哭边冲他说。

"现在我怎么能走开呢!"他惊奇地耸耸肩,跪在她面前的地上。"'走开!'这怎么行呢?把您留在这里……我每天……总是想着,您怎么样,在干什么……可以说……您是这样的美丽、善良……我整夜整夜地,也就是,可以说,思念着您……看在上帝的面上,咱们离开这里吧!"

"不要管我……"

"韦拉·达尼洛夫娜!这……怎么行呢!我一心为您好,而您却要一个人留在这里,又是这样悲伤。唉,让那个该死的见鬼去吧!不值得为那样的骗子难过!随他去吧……配得上您的男人还少吗?您长得又是这样漂亮!您只要用一个手指头招一下……任何一个……而他呀,给您写信的那个人……请问,他是干什么的?我要敲断他的肋骨……打得他满脸……开花!"

"混账!"她突然跳起来对他喊道,哭得红肿的眼睛闪着愤怒的光芒,苍白的嘴唇抖动着,"无赖!"

他就这样目瞪口呆地仍然跪在地上。

粉红色的衣衫从他身旁一闪而过,伴随着树丛低微的沙沙声消失了。天色暗下来。夜影慢慢爬入山谷,笼罩着葱葱林木;散发出浓重的湿气,小鸟儿在什么地方啾啾叫着。群星闪烁在天鹅绒般柔和的蓝天上。

"上帝呵!"邮差坐到地上,手抱双膝,低声说。

过了一会儿,他悲伤地摇了摇头,又小声说:

"唉,上帝呵!"

说完,他久久地坐在那里,一动也不动。

天已经完全黑了。他站起身来,环顾了一下四周。山谷里还是一片死寂。

"她这个滑头,耍得我好苦!"邮差说,离开山谷,向山上走去。

天亮时他出现在城里的一条街道上,喝得醉醺醺的,摇摇晃晃,大声嘟哝着:

"哼,您就这么对待我?呵哈!我领教了!万分感谢!我把心掏给您了,而您呢?扭过脸去,还骂得那么难听!太好—好了!请—请问,我犯了什么过错呀?啊?不——请别着急?为什么?我是什么人?您在痛哭,莫非我是个麻木不仁的牲口?我是一片真心呵,我说……要是对您这—这样可—可爱的女人他都不能理解……就让他见鬼去……那就是说,他是个恶棍!坏蛋!我有权—权打他的耳光。"

"别大声叫唤了,先生,再叫就把你送到警察局去……"巡夜人出现在邮差的眼前,对他说。

"这是什么？也是个人？好极了……再见！你大概也是个畜生；我走……我再也不会去关心……畜生……我也是个畜生，可我有感情。懂吗？你说，我想干什么来着？"

"你想喝酒来着，就喝醉了，现在你该回家了。"巡夜人好心地劝他。

"我走，一定走……我不会再心疼你啦，别妄想了！你就是死了，我啐口唾沫就从旁边走过去。我再也不愿意……是呵……所以，我怜惜你，你却为这个来污辱我。哼，你这副狗—狗脸！我再也不想可怜你，你这个不知好歹的贱货！"

响起了一阵尖细的、震耳欲聋的哨音，另一只哨子在近处回应了一声。

"我们马上会让你安静下来的。"巡夜人抓住邮差的胳膊肘，把他紧紧地按到围墙上。

邮差一边想竭力从巡夜人的手中挣脱出来，一边用哭哭啼啼的声调说：

"为什么？为什么？啊？"

孙静云　译

科尔日克老师在工作之余[*]

特　写

晚上,屋里的旧挂钟带着嘶哑的呲呲声敲了十下,安东·彼得罗维奇·科尔日克老师从桌旁慢慢地站起来,伸伸懒腰,带着心满意足而又不屑一顾的微笑,向一大堆改好了的学生练习本扫了一眼,便拿起一盏灯,向房角走去。

他把灯放在一张桌子上,打开用糊墙纸遮住的小小的壁橱,取出一瓶只剩四分之一的伏特加酒,一碟黑面包片。他把这些东西通通放在桌子上,然后仔细地关上壁橱的两扇小门,坐在一张大圈椅里,面对桌子,侧身向着窗户。冬夜的月亮透过结了淡蓝色冰花的玻璃窗,窥视着这间屋子。

在桌上,除了伏特加酒、下酒的小吃和那盏灯以外,还摆着三个镜框:其中一个是用黑色长毛绒做的,框里嵌着一张相片,那是一个上了年纪的身材高大的女人,她的脸很宽,双下巴——这是他母亲慈祥而温和的面孔。另一个镜框是青铜铸成的,里面有一个姑娘笑盈盈地望着教师。她长着一对大大的杏子眼,丰满的上嘴唇稍稍向上翘着,黑色波浪形的卷发像一顶桂冠戴在她的头上。第三个镜框里

---

[*] 本篇最初发表于一八九六年三月十七日《萨马拉报》。译自《高尔基三十卷集》第二卷。

是一个身穿托加①的罗马人的版画。他的头是圆圆的,修剪得很平整,尖尖的脸,一双深陷在眼窝里的小眼睛。虽然他的脸刮得像演员的脸那样干净,但对于从事这种职业的人来说,是过于庄重了……

科尔日克老师一动不动地坐了几秒钟,他用一个抓不住自己思路的人的那种捉摸不透却又聚精会神的目光端详着这些相片。

一会儿,他斟了一杯伏特加酒,慢吞吞地举到嘴边,一饮而尽。然后,眯了眯眼睛,把头靠在圈椅背上,似乎在兴致勃勃地品味着顺着食道往下流去的烈酒……

他喝完一杯,又斟一杯,紧接着斟了第三杯。喝完第三杯,他从碟子里拿了一小块面包,慢慢地嚼着,同时稍稍眯起眼睛,目不转睛地盯着桌上的几张相片。

科尔日克的脸是四十岁单身官吏常有的那种蜡黄的面孔,留着唇髭和小小的短尖胡子,薄薄的嘴唇紧闭着,两边嘴角颇具特色地向下耷拉着。这张脸方才还是严厉而又郁闷的,霎时间泛出一片片红晕。往常他那没有表情的眼睛,老是眯缝着,似乎不愿与人交往,现在却睁得大大的,闪烁着心灵的光芒,这种光芒使人的相貌变得高尚起来,显得神采奕奕,颇有思想……

"我开始了,妈妈……"科尔日克小声地、近乎耳语般地说,一只臂肘支在桌上,另一只手又斟了一杯酒。

这时,他脸上带着略显羞愧又十分凄凉的笑容。这是一个宿命论者的笑容,他明知酗酒的严重后果,却又无力改正……

在喝第四杯酒之前,科尔日克老师这种休息日程是一成不变的,——始终如此,直至每一个细小的动作。可是从喝第四杯起,科尔日克却要采用他所能采取的种种方式来排遣他的工余时间……

有时,他向安奈乌斯·塞内加②发表演说,——因为这位小眼睛的

---

① 托加,古罗马的男长袍,以一块布从左肩搭过缠在身上。
② 塞内加(约前4年—65年),罗马政治活动家,哲学家和作家。

罗马人是著名的斯多噶派哲学家,科尔日克按照《致卢奇利乌斯书信集》①的格调低声向这位哲学家发表颂扬他的演说:

"塞内加,你说过:'凡路皆有终极。'这句话说得好。你说:'人生犹如寓言,不因其长短,仅因其内容而受人珍视。'②这句话更为英明。你善于教人忍耐,你既有才略又有远见,可是在你生活的那个时代,你想象不到,人们在十八个世纪之后竟然有本事过着毫无内容的空虚生活,比起你教人忍耐时所希望的那种对生活的淡漠态度,有过之而无不及。尽管你曾经对卢奇利乌斯③说过:'啊,卢奇利乌斯,祈待命运对我们赐福与降祸的人,是错误的。'④你还肯定地说:'我们的精神胜过命运。'可是,现在的人们对于是福是祸都漠不关心,精神也很空虚。一旦遭到命运的打击,他们马上就屈从命运,甘当它的奴隶,既不斗争,也不感到内疚……塞内加,我就是这样的人,而且类似的人还多的是……"

科尔日克在演说中不时停下来斟酒,越喝脸越红。

他的手一阵一阵地发颤,但总的还是稳当的,他仔细地把酒杯斟满,举杯到唇边,手并不发抖。只是有时他喝完一杯,低声说:"妈妈,我在喝酒……"的时候,已经带有醉汉的嘶哑声。

然后,他凝望着窗外……

他带着歉意微笑着,向那个高个子女人的相片点着头。

窗户对着花园,他看见花园里有一些黑糊糊的、一动也不动的椴树和槭树的树干,挂满银霜的樱桃树枝和丁香树枝,白中透蓝的积雪;这一切都静止不动,四周一片寂静。

可是当暴风雪在窗外哀号的时候,大树干和灌木枝不时被雪雾遮

---

① 它是塞内加最著名的哲学伦理著作,于一八九三年译成俄文,十九世纪九十年代初在俄国知识分子中广为流传。
② 《致卢奇利乌斯书信集》中第七十七封信《论生活的无价值》中的格言。
③ 卢奇利乌斯(约前180年—前102年),古罗马诗人,他的喻世性作品内容涉及到革拉古兄弟统治罗马的时代的道德、政治、哲学、宗教、文学等诸方面的问题。
④ 引自《致卢奇利乌斯书信集》的第九十八封信《幸福取决于我们自己》。

掩，积雪轻轻地敲打着玻璃窗；树干和树枝时隐时现，刚露出片刻，又消失在昏暗的雪雾之中。它们似乎不是长在花园里，而是在那里惊惶地乱窜。暴风雪唱着异常凄凉的歌曲……可是有时它怒号着，有时又停下来，发出笑声。

教师看着这一切，从窗边转过脸来，喝一杯酒再向窗外望去。接着又是喝酒。

在静谧的月夜里，他喜欢摸黑静坐。他将灯火吹灭，——刹那间整个房间似乎颤抖了一下，立即沉入黑暗中……但是过了片刻，一道明亮的月光射到窗户上、桌子上、又越过桌子照在地板上和屋子最里边的宽沙发上……月光下隐约可见窗前花园里槭树枝的参差的阴影。

科尔日克久久地、聚精会神地凝视着这些影子，仿佛想猜透，为什么这里总有这些影子，影子的花纹又意味着什么。当花园里的树枝迎风摆动时，房内桌子上、地板上、沙发上的阴影也活动起来……

安东·彼得罗维奇深深地叹了一口气，使劲地擦着前额。

"原谅我，妈妈……我再喝一杯。"

他又喝了一杯……时钟早就敲过十一点，现在它又嘶哑地、断断续续地用缓慢而响亮的声音敲着十二点。后来，挂钟里的发条还老在出声，好像是已经逝去的昼夜的凄凉的回声……

"'生活不断地向前进，一面将往事弃诸脑后，使其湮灭，一面创造新的……'"①教师随着钟声的节奏抑扬顿挫地说……同时伸手去拿酒瓶。

但是他的那只手已经不听使唤了，他不能利落地将酒杯斟满。酒瓶碰在一个镜框上，房间里又响起了忧郁的声音……

"热尼娅，原谅我……我大概是碰了您一下吧？"教师的喃喃低语尚可分辨。他朝桌子俯下身去，用手臂把身子支在桌上，对着姑娘的相片微笑。他善意地笑着，像是在请求饶恕。"您是个多么可爱的姑

---

① 俄国诗人纳德松（1862—1887）《在黑暗中》的诗句，这里的引文不大准确。

娘啊……时光又是怎样地珍惜着您……让您久久地留在我的记忆中。已经十二年了……可我什么都记得清清楚楚啊……我对您一见钟情,您马上就看出了这一点。我的爱慕使您高兴……这我明白。是呀……您是个聪明人,拒我于千里之外,并且……我再喝一杯,妈妈……原谅我……

"……于是您走了,消失了,不见了……在那两个月中,我什么也没来得及对您说……可是我日夜思念着您……您消失了……是啊……留下了您的一张照片和我……这样很好……如果您成了我的妻子,也许会更糟……对妻子是不会像对情人那样尊敬的……现在您没有了……您在哪里呢?……可我还活着,记着初次相逢时您的模样。大概您早就把我给忘了,而且……

"……我再喝一杯……妈妈!你的儿子变成酒鬼了……没关系……他懂得这一点……他还没有完全……妈妈,你放心吧,他不会让自己堕落得比现在更糟的……现在已经……到头了!……

"……热尼娅,也许您完全不是我所了解的那样的人……大概是这样……您自然也像所有的女人一样,既凶狠,又邋遢,既尖酸刻薄,又庸俗卑微……但是我还没来得及在您身上看到这些……直到现在……十二年了……我还认为您是所有女人中最完美的一个……我尊敬您并且珍惜对您的美好回忆……把它当作生活赐予我的惟一美好的东西珍藏着……我并不贪婪……也无所需求……话又说回来——我喝它一杯。

"……妈妈,我喝得太凶了,就是这样……我知道——我喝得太不像话了,像猪猡似的烂醉如泥,然后躺下睡觉,然后醒来……然后……"

这时,安东·彼得罗维奇靠在圈椅背上,皱起额头,睁着一双可怕的眼睛。

"简直卑鄙透顶。我来教育'这些青年人'……这些年轻人全都是大笨蛋,头脑异常迟钝……为什么让他们这么早就学习呢?他们根本弄不明白,要成为有用之才,就必须学习……也不明白知识是有用的……正如塞内加说的……知识是一种享受……让他们见鬼去吧,——我恨他们……他们大概像我一样,也就是说,他们大多数……这是毫无疑义的!……但他们本来是有天赋的……实际上,他们应该得到同情……对!他们不仅不了解……而且也不愿意通过他人来了解生活……只相信自己的经验!不过要取得经验,得付出昂贵的代价……这些可怜虫用什么支付呢?……我怜悯他们,这些男孩子……"

"……可是……我已经喝得烂醉了。妈妈,我知道,这是非常糟糕的……我已经四十六岁,可是世界上谁也不需要我!是这样吗,妈妈?没有一个人!谁也不需要我!谁也不需要!而我大概也已经不需要任何人了。因为我……嗯?我是什么?热尼娅?我吗?……酒鬼……还有什么呢?……还有……我很快就会结束自己的道路……够了吗?……怎么回事呢?"

教师看了看自己周围,——他觉得,似乎有人用沉重的叹息声打断了他醉后的喃喃自语……房间里阴暗而寂静。钟摆发出尖叫声,计算着分分秒秒。这个孤独的人已经烂醉如泥了。

他使劲地用一只手擦着自己的前额,另一只手放在圈椅的扶手上,他想站起来,但已经站不起来了。

"我喝醉了,妈妈……像个畜生!"

于是他悲伤地把头耷拉到胸前……

"塞内加,你曾经说:'即使生命是毋容置疑的巨大幸福……我也不以承认自己丑恶的弱点为代价去换取它……'[①]你没有去换取……你死得很高尚。[②] 可是我却要去换取……生命于我有什么意义呢?有何意义?于我还有千万个和我一样的人?……你说过:'生活不照顾

---

① 《致卢奇利乌斯书信集》,第118页。
② 塞内加曾是罗马暴君尼禄的老师,后因他参加元老院贵族反对尼禄专制统治的活动,尼禄命令他自杀。

我们……'对,但是我们也够……机灵地逃避着死亡……这是谁在说话?"

于是他睁大了布满血丝的眼睛看看周围。一个人也没有。

"不—不错……没有人说话……可是我听到了声音……我知道,这是什么……我明白……尽管我醉了……为什么我要喝酒……为什么?妈妈,为什么呀?……要知道我这样会完蛋的,妈……"

哭声,一种刺耳的尖叫声打断了他醉后的喃喃自语。教师把头垂在胸前,双手撑在圈椅的扶手上,轻声地为自己痛哭着,因为他非常可怜他这个正在渐渐死去的人。这种怜悯之所以特别痛苦,特别沉重,是因为在整个世界上只有一个人是真心诚意地怜悯他的。而且无论他醉成什么样,无论他有多么痛苦,在他身上总还存在着某种感情,这种感情迫使他噙着泪水说出这样一番话来:

"难道这是我自己吗?难道我会死吗……只要……有谁……哪怕只有一次……只有你,妈妈……往往会……怜爱你的儿子……只有你,亲爱的……我的亲人!"

一想起母亲,他那红肿的醉眼里,泪水便似泉水般涌出。

房间里黑暗、寂静,月亮已经高高升起,月光再也照不进窗子里来了。

教师凝视着桌子,伏特加酒瓶模糊一团,像是谁的长着白内障的大眼睛……

"该睡了……"

他想站起来,但折腾了好久也站不起来。

"原来喝得这么醉了呀!"他大声说,他的头无精打采地垂到胸前……

"'人就是宇宙,在每一块墓石下面都埋葬着一整部世界史。'①这是海涅这位浪漫主义作家在作品中发表的奇谈怪论……为什么一切

---

① 出自德国诗人海涅的《旅行札记》第三部,但引文不甚准确。

291

著名的犹太人都是唯心主义者和浪漫主义者呢？……是呀……怎么回事？……

"……坟墓……我在坟墓中也是……整部世界史……这真可笑……我是酒鬼……而宇宙——鬼知道是个什么东西……但我在宇宙中是孤零零一个人……"

由于他使劲地说话，又极力要忍住涌上喉头的号啕大哭，他的脸一会儿变一个样。他的双颊被泪水沾湿了……胡须的两角向下垂着，领带歪到了一边，衬衣已经解开，露出他那喘息不停的胸膛……

有时候，房间里只听到钟摆的尖叫声、滴答声，还有醉汉的嘶哑的呼吸声。

不过，这样的时刻很短，因为教师总是想说点什么，嘟嘟囔囔地说着不连贯的话语。

他请求妈妈饶恕，向她诉说生活的辛酸，又在她面前替自己辩护……

然后他用痛苦的怀疑的语调向热尼娅说了一番恭维话。他又用尊敬的语气同斯多噶派哲学家塞内加谈他对于生活的见解……

突然间，他爆发出醉鬼的狂笑。然而，他不会惊醒任何人。因为他的女房东早就对他这套习以为常，何况除了她，谁也不可能听到他的声音。

他往往无力走到自己的床边，就这样在圈椅里一直睡到天亮……

谭得伶　译

钟*

速　写

　　三圣教堂矗立在山顶上,小小的县城在山坡上伸延着,直到小溪冲击着的山麓。从教堂的钟楼上俯瞰全城,可以望到最边缘的一间草舍。

　　这座掩映在绿荫中的小城,从上面看去,给人一种古怪的印象:似乎它往昔曾屹立在山巅,后来被某种外力从山顶推了下来。

　　一大堆式样单调的小屋零散地涌向山脚,在杂乱无章的状态中突然煞住了。它们的去路被高山上生意盎然、郁郁葱葱的树木和丛林所挡住,被隔成一小片一小片的。

　　在这片翠绿茂密的树木的背景上,到处露出屋顶和墙垣的暗色斑点。城里另一座教堂的钟楼在它们中间挺拔地耸立着。钟楼上金属的十字架,反射着太阳的光辉,在绿荫笼罩的城市的上空闪闪发光,宛如一座灯塔,指点着城市居民的去向。

　　这座钟楼和消防队的瞭望台——是绿色海洋中的两个顶点。在山顶上茂密的椴树林中,白色耀眼的、带着金灿灿圆屋顶的三圣教堂,高高地矗立着。它是很久以前由一个大地主建造的。地主选择了山顶上一座旧花园作堂址。教堂的三面环绕着许多参天的古老椴树,芬芳的椴树枝叶覆盖着教堂的墙垣。而在第四面,即朝着县城的那面,

---

　　＊ 本篇最初发表于一八九六年三月二十四日《萨马拉报》。译自《高尔基三十卷集》第二卷。

树木已被砍伐一空。教堂的台阶面向县城,似乎在欢迎人们的到来。树林在教堂门前闪开了道路,也仿佛是为了便于人们从远处望见这座圣殿的沉重的大门。

大约五年前,城里的首富——商人安季普·尼基季奇·普拉霍夫重新修建了这座教堂。他把教堂扩大,把钟楼加高,将圣像壁和圆顶镀了金,还捐献了一口六百多普特[①]重的大钟。像这么大的钟,县城里过去从未有过。

人们把大钟抬上钟楼的时候,普拉霍夫着实辛苦了一番,市民们也付出了大量的劳动。照城里人的说法,当时大钟似乎是"很不乐意"地、吃力地向上移动着。

人们往上扯着钟,疲惫不堪。一会儿钟碰着屋檐,一会儿绳子又弄乱了、扯断了……人们在盛夏干活,累得筋疲力尽,人群中间或听得到这样的喊声:

"它当然轻巧不了啰!别忘了,这口钟是谁捐献的,花了多少钱铸成的……"

市民们一面这样议论着,一面不时冷眼看看在他们当中跑来跑去的普拉霍夫。精力充沛、情绪激昂的他正在那里威风凛凛却又和气地向人们喊道:

"来吧,小伙子们,同心干哪!教徒们,齐心协力地干吧!为上帝干活呀。"

市民们吭哧着,哼唷着,神情紧张、汗流满面,他们拉着绳子,彼此小声地说道:

"为了上帝,是吗!说得真好听!吸血鬼,你还记得上帝呢。倒不如说是为了炫耀你自己吧……"

这时普拉霍夫又精神振奋地喊着:"往上扯呀!"随即自己也抓住一根绳子。

[①] 六百多普特约合八千二百公斤。

钟

他是一个年约五十,身材高大结实的人。黑色的头发中已夹着浓密的银丝。一双狡黠的大眼睛,带着冷漠讥讽的神情,从浓眉下不信任地看着一切。巨大的鹰钩鼻使他那长着又黑又密的大胡子的宽脸显出凶狠威严的表情,他那布满皱纹的高高的前额,还有那响亮的发号施令的声音,坚定的动作——这一切顿时使人感到普拉霍夫具有倔强、傲慢、始终如一的性格,似乎他从未尝过精神动摇的痛苦,也从不受良心的折磨。

他为富不仁,因此城里的人谁都不喜欢他。可是他家财万贯,性格倔强。因此人人都惧怕他,也更加讨厌他。

尽管安装大钟时人们对普拉霍夫进行了种种非议,但在公开场合却只能听到这样的声音:

"主啊,祝安季普·尼基季奇长寿吧,——他帮助我们修建教堂!"

不过,普拉霍夫不至于那样愚蠢,竟会相信这些话的诚意。他对人们的颂扬无动于衷,对指责也不气恼。只是有一次,当那口大钟已经抬上山并安装就绪的时候,普拉霍夫听到了一句使他当时极为震惊的话。

那时市民们正坐在教堂门前台阶上休息,其中有一个人没有注意到安季普·尼基季奇就站在近旁,他沉思地又有点特别认真地说:

"但愿这口钟裂了,那才好哩……"

普拉霍夫紧皱双眉,暗自冷笑了一声,默默地走回家去。

圣母升天节①那天,在做早弥撒的时刻,大钟第一次敲响了。安季普·尼基季奇由于渴望听到钟声,激动得喘不过气来,他亲自用颤抖的双手来回摆动钟舌。当浑厚悦耳的钟声振荡着空气,在城市上空飘荡,越过河流,飞向草原的时候,——普拉霍夫的心收缩起来了,他兴高采烈,踌躇满志,两条腿都发软了。身强力壮的他,心满意足地站在钟楼上,叉开双腿,卷起袖子,用他那健壮的双臂摇动着钟舌,沉重的

---

① 俄历八月十五日为圣母升天节。

钟摆敲击着响亮的铜钟,——他敲着,使劲摆动着钟舌。他满身大汗,浑身颤抖,然而心花怒放,高兴得两眼炯炯发光。

响彻云霄的钟声在夏季清晨的新鲜空气中荡漾着、荡漾着,把它的召唤播向遥远的地方。

敲完钟,普拉霍夫坐在钟楼入口的栏杆上,他觉得,均匀的钟声似乎仍在他的胸中回荡,他喘着粗气,俯瞰着这座曙光初照的城市。

他看到人们在街上来来往往,仰望着山顶和他所在的钟楼。当然,他听不见他们的谈话,但能看见他们有时用手指着山上。这种情景使他感到非常得意。

使他更为高兴的是,所有在山下的人们,都显得这么渺小、可怜、低贱。他满意地笑着,意识到他们当中任何一个人,如果能在清晨的新鲜空气中,独自傲立在高山上,敲着自己的钟,那一定会像他一样,感到非常惬意。全城只有他一人能享受这种幸福。现在,大家都会议论这口钟和他普拉霍夫这个人。

自然啰,人们也会谈起商人的累累罪恶。

但是,随他们去吧!普拉霍夫有自己的钟,钟声比任何人的话语都洪亮得多,——钟声着,召唤着人们到他的教堂去做礼拜……至于人们的闲话,这又有什么关系呢?

"你们不要论断人,免得你们被论断。""你们中间谁是没有罪的,谁就可以先拿石头打他……"①那些在山下的人,大概都以为自己是无罪的,因而对他普拉霍夫进行种种肮脏的诽谤……除了妒忌他的财产,妒忌他的经营才能之外,还有什么别的原因促使他们这样做呢?

自从装上了这口钟,普拉霍夫对人的态度变得更加傲慢、更加残忍,也更爱嘲笑人和不信任人了。

"等着瞧吧!"他干笑着,心里暗想,"快要选举了,让咱们看看,谁能当上市长!"

---

① 见《马太福音》第七章第一节、第二节;《约翰福音》第八章第七节。

钟

　　他知道,人们会推选他。不会有别的可能,因为城里大多数有影响的人物都站在他这一边。这些人有的欠他的债,有的靠他供养,也有的想巴结他,——他们都会把城里的第一把交椅让给他的。对于这些人来说,让出这个位置比他们自己占有它更为有利。当然,也会有向他投反对票的顽固派,但是这样的人毕竟很少。

　　他能当上市长,准能当上。整个城市将由他控制。只要他愿意,他就能把全城的民脂民膏榨得一干二净。他会干得很高明,谁也妨碍不了他,假如他想做一个声誉卓著的慈善家,那时,他就把自己的全部财产投入城市的公用事业。修建几所养老院,再造一座教堂,铺设或平整几条街道。总之,他可以为所欲为,因为他是富翁。金钱是万能的,只有上帝比金钱更有力量。可是上帝却对他特别开恩;他一生的经营虽然辛苦,但总是一帆风顺。

　　每当安季普·尼基季奇想起,有多少人曾在他面前痛哭流涕,有多少人曾抱怨和咒骂过他,他就变得心事重重了。他知道,不少人在他的资本的逼迫下破了产。正是由于他,这些人过去、现在都忍受着贫穷和痛苦。他一想起这些,就产生一种锥心的痛楚。不过他很快又振作地摇了摇他的大脑袋,小声说道:

　　"显然,这是上帝的意志。我生来就走运,这难道能怪得了我吗?你活在世界上,就不要坐失良机。这些事完全与我无关。这是上帝的旨意……"

　　于是,他又去经营自己的业务。他的营业范围愈来愈广。他抢购、投机倒把、抛售。他的那双手就像一张铁网,控制着整个县城。他对这座县城,简直是了如指掌。

　　他就是这样地生活着,胃口愈来愈大,愈来愈渴望着把权力——也就是金钱,集中在自己的手里。

　　……五年来,东正教的十二个节日[①]和所有礼拜天的晨祷都由安

[①] 东正教有十二个主要节日,如圣诞节、主显节、复活节等。

季普·尼基季奇亲自敲钟,他尽情地欣赏着悠扬的钟声。

复活节到了。今年的复活节来得特别晚。树木早已吐翠,教堂四周高耸入云的椴树含苞欲放①,发出阵阵幽香。大地散发着清新湿润的气息,整个城市隐藏在翠绿的树丛之中。小溪还没有泛出河床,但草原上已形成许多绿色的岛屿。在复活节的前一个礼拜,安季普·尼基季奇开始斋戒祈祷。他严格遵守这一教规。复活节前夕,在领受圣餐后,他只喝了一杯带圣饼的茶,他打算像往常那样,上午不再吃东西。他像一个真正的基督徒和城里有声望的人那样,整天在家里张罗着,准备迎接节日。晚上躺下休息时,他还吩咐妻子在十点钟唤醒他,他要到教堂去查看查看,那里的一切是否都安排就绪。普拉霍夫喜欢在教徒们面前炫耀自己教堂的富丽堂皇。他一早就吩咐用花草把教堂的里里外外布置得焕然一新。他买了好多五彩缤纷的碗灯和灯笼,又雇了许多木匠,让他们尽可能地多制作一些"花样"——五角星、十字架、光轮……

晚上十点多钟他已来到教堂。他巡视了一周,看到一切都装饰得异常美丽,这使他心情舒畅,话也多起来了。

"卢卡,一切都安排好了吗?"他问一个教堂仆役。这是一个阴沉的老头,过去当过兵。他正站在高高的梯子上,在教堂的枝形大吊灯旁忙碌着。

卢卡对别人说的话常常不置可否,他在说出自己的意见之前,总要考虑半天。这时,他双手举着一支点燃的蜡烛,从梯子上向下面望着,皱着眉头答道:

"看来,全都差不离儿了。"

"你别把蜡油滴在我身上呀!"

"难道我滴了吗?……"卢卡冷淡地说。

"要不,我怎么会说呢?你看,就滴在我袖子上……"

---

① 椴树是一种落叶乔木,春天开黄色或白色的花。

钟

"真的吗……可是我从这儿看不见。"

"爬下来瞧瞧……"安季普·尼基季奇笑着说,他觉得卢卡有些傻里傻气。

"啊……那么我就下来吧。"

"得啦,草包!干你的吧。把活干完。"普拉霍夫埋怨了几句,便离开了梯子。

教堂里昏暗得可怕。有的地方点着神灯。颤抖的灯影在墙壁、地板和圣像上晃动。处处散发着新鲜的花草香、神香和燃烧着的灯芯的气味。

圣像壁的那些突出的圣像,好像是谁的黯淡无光的大眼睛,在昏暗中发出微弱的闪光。那些身穿镀金袈裟的圣像的模糊不清的面容,显得忧郁而傲慢。在教堂里,每走动一步都会引起很响的回声,一切都显得那么神秘,似乎一切都沉浸在一个包罗万象的思绪之中。四周万籁俱寂,仿佛在敏感地期待着什么。先知伊萨伊亚从唱诗班左侧的席位上瞪着炯炯有神的双眼,他的面孔严肃而富有灵感,从他突出的前额上深深的皱纹里,隐约可以看出一种想惩罚人的意图。在唱诗班的右侧,疲惫不堪的伊叶列米亚则带着沉思和悲伤的神情,坐在一块石头上。他俯身向前,用忧郁的目光看着教堂的领班普拉霍夫,仿佛要讲几句朴实而感人的话。

看到这些圣像,普拉霍夫叹了口气,画了十字。他回想起订制圣像时的情景,回想起为了购买祭坛两侧门上的几位先知的圣像,曾经怎样同工匠讨价还价。工匠坚持要他付三百卢布。安季普·尼基季奇好不容易才减少了四十卢布。其实,四位福音书编述者[①]的尺寸小得多、质量也差得多的圣像,还得花将近四百卢布才能买到呢!

教堂里的昏暗和死气沉沉的寂静使安季普·尼基季奇感到压抑。他看了看表,时间是十一点二十分。他很想到外面去走走。

[①] 马太、约翰、马可、路加四个使徒被教会认为是福音书的编述者。

"卢卡！假如有人问起我,就说我上钟楼去了!"他向老头喊了一声,走出了教堂。

"我会告诉的。"卢卡平稳的声音在他身后清晰地响着,这声音向教堂的四壁散开,变成连绵不断的、响亮的回声,普拉霍夫听了,不禁毛骨悚然……

"真是一个怪里怪气的老兵。该把他换掉……"普拉霍夫一面登上钟楼,一面不满意地说。

……漆黑的夜色使一切显得那么庄严寂静。

月亮已经隐去,在漆黑柔和的天空中,繁星闪烁,似乎在沉思。在星光上方的远处,一团棉絮似的乌云,缓慢地、隐隐约约地向上升去,一路上扑灭了许多星光。乌云的边缘似乎在冒着浓密的蛋白石色的烟雾。伸向城市上空的树枝树叶也像一片黑压压的乌云。其中有的地方被窗户里射出来的一道道光芒所照透。城里教堂的白色围墙上,有一些小黑点在移动……

"这是孩子们在准备彩灯……"安季普·尼基季奇想,他掏出怀表,低头凑近挂在钟楼门口柱形栏杆上的一盏路灯看了看。还差十分钟就十二点了。

这使普拉霍夫不安起来,他焦急地皱着眉,朝城里的教堂看了一眼。如果那里比他早敲晨祷钟,他会感到难堪的,因为他已经接连五次在复活节第一个用雄壮的钟声庄严地召集人们来做晨祷。于是,他脱去身上的外衣,挽起衬衣的袖子,响亮地朝下边喊道：

"孩子们！点上彩灯吧！"

接着他往手上吐了几口唾沫,站到大钟下面,用一只手轻轻地摆动着钟舌,另一只手拿着表,密切注视着分针的移动,同时斜视着城里的钟楼。那座钟楼的墙上已经点燃了许多灯笼,组成灯火辉煌的五角星和十字架。这时,三个小男孩带着点燃的灯笼跑到他的身边,他们兴奋地倒腾着双脚,开始把镶在钟楼窗口的木制十字架上的一些小玻璃灯点亮。

钟

只差三分钟就到十二点了。安季普·尼基季奇决定敲钟,他迅速地把怀表塞在坎肩的口袋里,画了个十字,把钟摆推到右边,用双手抓住钟舌,内心一阵紧张,接着就使劲地敲起来,愈来愈用力地敲着……

……浑厚庄严的钟声从钟楼飘向城市的上空,普拉霍夫被震得耳朵发聋,但他陶醉在雄壮的钟声中,心满意足地眯着眼,张着嘴,微笑地站着,深深地呼吸着,似乎希望在吸进空气的同时,把由他敲响的,在他头上荡漾着的钟声也一并吸进去。这时,山下也开始敲钟了。

"嘿!"安季普·尼基季奇听到城里那口三百普特的钟发出凄凉而微弱的声音时,惋惜地叹了口气。他又敲了一次,敲完之后等待着回音。

两口钟似乎正在用单调的,但力量不等,涵意不同的响亮的鸣声进行对话。

普拉霍夫的钟发出浑厚而庄严的声音,每一击都有力地震动着空气。钟声犹如雄伟宽阔的巨浪,气势磅礴地倾泻下去。回答它的是比较尖细、有点发颤的钟声,它在空中停留的时间没有前者那么长久……其中似乎还夹杂着被压抑的呻吟。

安季普·尼基季奇微笑着,铜钟的轰鸣震动着他的神经,使他如醉如痴。他更使劲地用钟摆敲击钟的边缘,而且敲得越来越快。尽管目前从山下传到他的耳鼓里的钟声已经微弱得几乎同空气一样了,他还是恨不得完全压倒城内教堂里的那口钟。普拉霍夫感到热起来。他的两条腿叉得很宽,牢牢地支撑着他那还没有丧失青春活力的灵巧的身躯。他竭尽全力用钟摆敲击着铜钟,伴着钟鸣低声喊道:

"嘿—嘿!"

在他的眼前,一切都在晃动。山下钟楼的灯火连同钟楼一起时而跳到右边,时而又跳到左边。他觉得,似乎他脚下的地板也在从一边摆到另一边,甚至钟楼本身,连同钟摆一道,也在空中来回摆动。

铜钟神气地、得意扬扬地轰鸣着。周围的一切都在震动。安季普·尼基季奇似乎觉得自己飘然飞翔于天宇之中……

301

可是,当他又敲了一下的时候,——钟不知怎么发出了奇怪的当啷声。普拉霍夫起初以为是他敲得太轻了的缘故,就使足了全身的力气用钟摆猛敲钟壁。大钟发出了奇怪的、病态的、叮当碎裂的声响。钟声短促而可怜,刚一响就中断,并且消失了,它已经不似原先那样像平稳的波浪一般向山下流去。可是山下那口可怜的颤动着的小钟却还同刚才一样,向着苍天呼吁和哭泣。

不知从哪里有一股寒气向安季普·尼基季奇袭来。他屏息不动,放开钟舌,简直不敢相信……铜钟在他的头顶上不知怎么奇怪地发出嘶哑的声音……他伸出双手,用一个指头轻轻地抚摸着它。钟是热乎乎的,但普拉霍夫感觉到它正在自己手里冷却。而山下那口钟却似乎一分钟比一分钟更响了。

普拉霍夫浑身哆嗦了一下。他找到原因了。现在他已经深信不疑——钟裂了:它的边缘有一条小裂缝。安季普·尼基季奇用双手紧紧地把钟抱住,将自己的前额贴在钟上,木然不动……

钟的回声在他的脑海里轰鸣,他感到腰酸背痛,双膝发抖。他望着这座城市……城里有许多稀奇古怪的点点星火在浮动;它们渐渐地在各处都出现了,并在黑暗中朝着同一个方向——山上——移动着。这是市民们手持灯笼去做晨祷。

大概他们全都已经知道,这口钟裂了。

"主啊,你惩罚了我!狠心地惩罚了我……你毁了我的自尊心。"普拉霍夫恭顺地小声说,他用胆怯的目光仰望着漆黑的苍穹,满天星斗都已经被乌云所遮盖。

明天全城都将纷纷议论这口钟,并且谁都不会可怜安季普·尼基季奇·普拉霍夫。谁也不会想到,站在钟楼上的他,这时竟会觉得自己一落千丈,跌得遍体鳞伤,这种痛苦是何等难以忍受。他记起五年前抬钟时他在教堂门前台阶上听到的那句话:

"但愿这口钟裂了,那才好哩……"

……主长期容忍了普拉霍夫的贡品,但这贡品是主所厌恶的,他终于拒绝了它。

在黑暗中时隐时现的那些火光,越来越高,升到山上来。可以听得见人们的话语声;这些声音犹如刮风天在阳光照耀下的一些阴影,在一瞬间产生,又在刹那间消失。

"主啊!"安季普·尼基季奇一面用激动得颤抖的双手抚摸着钟上的裂纹,一面祈祷着。"主啊! 你的惩罚是够残忍的! 为什么你偏偏要在今天,在你最快活的日子里,惩罚我呢? 难道我是世界上罪过最大的人吗? 所有的人都将欢呼你的复活,可是你却使我受到咒骂和嘲笑。我的那些敌人会取笑我……狠狠地取笑我。太阳一出山,大家都会兴高采烈、欣喜若狂,只有我,承蒙你的关照,却悲痛欲绝。天上的主宰,心灵的安慰者啊! 你原谅我欠下的债吧! ……难道我比别人更加罪孽深重吗? ……你看,叶利扎罗夫霸占了他亲兄弟的老婆……甚至同他亲兄弟的女儿……同亲侄女……难道世界上有罪的人还少吗? 难道只有我一个人应该在你复活的光辉日子里受到惩罚吗?! 啊,主啊……难道我是自己愿意的吗? 主啊,生活就是如此……这样的生活不是我造成的,——我们大家在你的面前都有罪……饶恕我吧:我真心诚意地向你忏悔。既然有许多人比我还坏,你并没有惩罚他们,叫我怎么活下去呢?"

他紧紧地贴着钟站着,喃喃自语,激动得口干舌燥。他祈祷、他抱怨,许多思绪和回忆犹如火花一样,在他脑海里时隐时现,急剧地变化着,这一切使他变得心灰意懒。他认为自己蒙了冤,无辜受罚,感到极不公正。他想对上帝说些什么极为厉害的话,但怎么也说不出来。破晓前清新的空气包围着他燥热的身体,他不禁颤抖了一下,连忙穿上外衣,从钟旁走开……临走时还用手抚摸了一下曾是那么响亮的铜钟,似乎对它异常惋惜。他坐在阶梯的最高一级上,双脚下垂,沉思起来,一面眺望远方,感到愁肠百结,浑身发冷。

……有人从下面上来了……卢卡的秃脑袋出现在楼梯的拐角处。他差点儿撞到普拉霍夫身上,于是站住了,搔了一下腰,冷漠地对普拉霍夫说：

"我本来……想来敲晨祷钟……那口钟怎么样了？听说裂啦，是吗？"

"你去敲节日的钟吧……"安季普·尼基季奇简短地回答他。

"行啊……看来，真的裂了……简直是意想不到的事！在基督的复活节快到来的时候——这么突然……看来，这是因为我们的罪孽……连钟都忍受不了啦……"

他沿着吱吱作响的楼梯往下走得越远，他那平静的声音就显得越弱，最后完全消失了。卢卡离去时，普拉霍夫从上面看着他的秃脑袋，心想卢卡是不是会怜惜他普拉霍夫呢？但卢卡的秃脑袋像金属般冷冷地闪着光，——于是普拉霍夫断定，卢卡对什么都无所谓，他丝毫不怜惜普拉霍夫。

"主饶恕我吧！"普拉霍夫叹息着。

钟的回声经久不息地萦回在他的脑海里。每一下都奇怪地唤起了他对于往事的回忆。

他想起了许多早已忘怀的情景和事件。强烈的苦闷越来越剧烈地刺痛着他的心。他回忆过去的生活，发现有许多事他本来可以不干，那么他的心灵也不至于像现在这样，感到如此痛苦。他一生中待人太苛刻，对金钱也太贪婪了……

……天渐渐地亮了。

在浮现着乌云的地平线上，现出了一抹淡红色的光芒，草原上星罗棋布的模糊不清的水洼越来越亮，仿佛它们原来蒙着一层灰尘，现在灰尘已经消散。

钟楼上空的乌云分裂成许多絮状的暗色的云块，它们缓慢地向四方散开，露出一片片镶嵌着星星的蔚蓝色的天空，群星在黎明之前已经失去了它们原有的光辉……

"基督复活了！"神甫的声音隐隐约约地传到了钟楼上。

安季普·尼基季奇哆嗦了一下，站起身来……从山下传来了奇怪的嘈杂声,犹如一阵风突然掠过树林时发出的声响。

普拉霍夫知道,这是教徒们在答复神甫:

"真的复活了!"

接着,传来了教堂唱诗班嘹亮的歌声,其中有一个男低音在唱着,好像冬天暴风雪中的电线在低鸣。这些声音传到安季普·尼基季奇的耳朵里已经很微弱,也不能打动他的心……他扶着楼梯的栏杆,光着头站着,眼睛凝视着远方,心里在想:

"主会宽恕我的……人们却忘不了我的罪过!但我并不跟上帝过日子,而是同人们在尘世生活……明天他们就会议论我,他们说:'连钟都容忍不了普拉霍夫的罪孽啦……'他们有什么资格评判我呢?可他们偏要评判……我也只好听着,这对我将是……主啊,我的上帝!难道我真是全城罪孽最深重的人吗?难道除我之外,在你复活的日子里就无人可以惩罚了吗?"

他想象着明天所有的市民都会容光焕发地互相拥抱接吻,并且说:

"基督复活了!"

于是对方回答:

"真的复活了!"

他们也会到他身边来,也会吻他。大概他们一边吻他,一边会这样想:

"怎么样,老兄?这下子主狠狠地治了你一下吧?他叫你在复活节的晨祷时倒霉了吧……你呀,爬得太高了!嘿,现在你可摔下来啦——高兴吧!"

也许有人会假惺惺地可怜他……可是他们的吻全是犹大式的……

"我早就对工厂那个该死的家伙说过:'钟要铸得厚实一些!'可他说:'如果那样,声音会走样的——不能铸得那么厚!'现在你看,明天就听听这种声音吧!"普拉霍夫懊恼地想着,一边不断地揉搓着自己的胸部。

"啊，主啊，主啊！"他叹口气，闭上了眼睛。其实他并没有灰心丧气，可是钟破裂这件事使他极为震动，由于自尊心受到损害，他感到痛心和难过。因而他希望白昼不要来临。

可是，太阳已经光芒四射，好似一把火红的扇子，伸展在蔚蓝的天际。草原上青翠欲滴的丛林和水潭都映衬着太阳的光辉。丛林上好似撒了一层金色的粉末，水潭闪闪发光，像彩虹一样。一线火红的阳光从乌云后边升起，那团轻轻袅袅像烟雾一般的云彩，顿时染上了朱红和金黄的颜色。春汛的河水淹没了一望无际的旷野。现在，直到遥远的地平线，草原上到处都是一汪汪银白色的水潭，犹如绿茵茵的草地上放了各式各样的镜子。在这些镜子里，映出了蔚蓝色的天空。

城内教堂里"所有的钟"都响起来了。卢卡也敲响了"所有的钟"。阳光普照的城市似乎在抖动。城市周围的绿色丛林，在晨风的轻微的吹拂下，轻轻地摇曳着。看上去，像是城市在抖动，它渴望漂向辽阔宽广的河的对岸。对岸也洒满了阳光，到处是一簇簇翡翠色的绿茵和一汪汪珠光闪烁的水潭。

……人们从教堂里涌出来，可以听得见他们含糊不清的谈话，间或能听到这样的喊声：

"基督复活了！"

安季普·尼基季奇咬牙切齿地从钟楼往下看。人们潮水般地涌出教堂，然后分成若干小股向四方散开，走下山去。孩子们响亮的声音听来是兴高采烈的，就像卢卡的巧手中的钟声一样。节日的钟声仍在轰鸣……

普拉霍夫烦躁地倾听着快乐的喧哗声，仔细看着灿烂的阳光，慢慢下了楼梯。他非常希望能遇到一个像他那样受了委屈的人，或者是他自己去欺侮别的什么人……狠狠地欺侮他，使那个人也感受不到节日的气氛。

安季普·尼基季奇的面孔是严峻的，他皱着双眉，紧闭嘴唇，鼻子阴沉地下垂到唇须上。他一步跨两级阶梯,从严峻的眉毛下用凶猛的目光往外看,似乎他是去迎接战斗。

"基督复活了!"迎面而来的声音越来越响亮。

"主啊!太狠心了!"普拉霍夫又叹了口气说,他站了片刻,摇了摇头……

然后,他像往常一样,以战斗的姿态,坚定地、满怀信心地朝前走去。

谭得伶　译

婚　礼[*]

特　写

……彼佳和索尼娅把所有会玩的游戏都玩腻了。最后,他们决定玩结婚典礼的游戏。彼佳先想出了这个主意。他将妹妹用纸牌搭的四层宝塔给推倒了,小姑娘对他很是生气。彼佳只好扫兴地走到窗前,爬上一张椅子,用脑门贴着玻璃,默默地望着街上。

外面下着雨,天色阴暗,只听得见枯燥而单调的淅淅沥沥的雨声。

街道中间是一汪汪的水洼,一辆马车刚驶过去。车上坐着一个身披蒲席的庄稼汉。在彼佳听来,就连车轮碰撞马路上的石头的声音,也是湿漉漉的。街对面是一座门窗封闭了的旧房子。索尼娅坐在地板上,慢慢地收拾着纸牌。她噘着小嘴,不时看看哥哥的后背,眼睛里明显地流露出想同他吵一架的神情。

"你听我说,"彼佳对妹妹说,并没有从椅子上下来,"咱们玩结婚游戏吧!……"

"我再也不跟你玩了……"索尼娅坚决地说。

彼佳从椅子上跳下来,走到妹妹身边。他一只手插在裤袋里,另一只手放在妹妹的头上,用一种带优越感的口气劝她。索尼娅两手抓着纸牌,小脑袋来回摆动,竭力要把哥哥的手从她头上甩开。

---

[*] 本篇最初发表于一八九六年四月七日《萨马拉报》。译自《高尔基三十卷集》第二卷。

"你们这些女孩子多傻啊……为这纸牌搭的小房子,也值得生气吗?房子总归会倒的……咱们最好还是玩结婚游戏吧……"

"我不,不……"

"索涅奇卡①!来,咱们玩吧……挺好玩的。咱们把灯罩戴在头上……我再披上红披巾……因为神父——也由我来当。神父和新郎——都是我。你是新娘,你戴上客厅里的白灯罩,披上妈妈房里圆桌上那块编织的台布……咱们把椅子都排在一起,围着椅子转圈,唱歌……好不好?过后咱们还给自己布置新房。咱们什么都会有的,就像女仆安努什卡那样……你记得不?她结婚那天,也是下着雨,爸爸妈妈都不在家。曼尼娅阿姨正头痛……保姆关门把韦尔内的尾巴夹痛了,小狗满院子乱跑,尖声叫唤……保姆使劲骂它!"

这些回忆使索尼娅的小脸露出了笑容,她又变得温和了。

"新娘子应该戴头纱……哪儿有头纱呀?"她瞅着哥哥,一本正经地说。

彼佳看看四周,沉思起来。

"要是能从窗户上取下窗帘,那该多好!可惜够不着……"

"要是撕破了,咱们会挨骂的。"

"是呀……"彼佳同意地说,他跟妹妹并排坐到了地毯上。

他们都不说话了。真是没意思……从楼下的厨房里,传来了一阵阵含混的嘈杂声,有时还夹杂着几声叫喊……

"这是安努什卡同法杰伊在吵架……"索尼娅说。

"他们老是吵嘴、打架……爸爸说,得把他们俩赶走一个。"

"可是法杰伊没同安努什卡结婚,只当马车夫的时候,他没打过安努什卡。"索尼娅沉思地说。

"那时候可不能打,安努什卡会告状的。"哥哥满有理由地解释道。

"向谁告状?"

---

① 索涅奇卡、索尼娅都是索菲娅的爱称。

"向爸爸……"

"那么现在呢?"

"现在告不告都一样……他们已经结婚了。"

"难道结了婚就可以打架吗?"

彼佳没有回答。

"法杰伊说:可以打架……他特别有劲儿。他跟邻居家扫院子的打过架,把人家摔倒了……"

"安努什卡也挺有劲儿的呢……"

"可是女人不能同丈夫干架……"

"为什么呢?"

"那就有罪!"彼佳想了想说。

索尼娅从地板上站起来,她瑟缩成一团,说她冷极了。

"这是因为待着没事儿干,"彼佳解释道,"要是咱俩玩游戏,不像木头似的待坐着,那咱们就会又快活,又暖和。咱们玩吧?!"

"玩结婚游戏吗?"坐在圈椅深处的索尼娅问道。她连人带脚都陷到椅子里面去了,只露出她那白皙的披着浅色卷发的小脑门……

"对!咱们玩吧!没有头纱不要紧,咱们玩的是穷人家的婚礼。我们每人从爸爸桌上拿一支大铅笔当蜡烛……铅笔挺像蜡烛的,里边的黑心像烛芯,外面的木头像蜡……"

"我得有一件后襟长长的拖到地上的结婚礼服。"索尼娅同哥哥商量。

"可我们举行的是穷人家的婚礼呀!为什么非要有结婚礼服呢?"

妹妹的那股倔犟劲儿使彼佳急了。这些女孩子就是这么任性。

"我们的新房设在哪儿呢?"索尼娅又问。

"在三扇镜后面。我们把镜子挪开一点儿,拿屏风挡住……用软座凳子拼一张床,再把妈妈桌上的小书架拿来——当五斗柜。还有,把沙发上的靠垫拿下来当椅子……"

"还有呢?"

"什么?"彼佳皱着眉头问道。

"然后我们干什么呢?"

彼佳被问住了。妹妹寻根问底地望着他,看来,这个游戏也开始使她感兴趣了……小眼睛里闪烁着兴奋的火花……

"然后——那是以后的事了……到时候就知道的……咱俩过日子……接待客人,可以把茹扎和小猫咪都弄来,它们也是客人……咱们还要上剧院——妈妈的房间当剧院……总之,要像结了婚的人那样过日子;我要学爸爸那样,带着书去上班,你呐,在家做饭,收拾屋子,像……"

"妈妈可什么也不干……"索尼娅对这样的家庭生活安排提出了异议。

"我是想说——像安努什卡一样……我要学爸爸那样噘着嘴,绷着脸,你就走进里屋去,假装把门锁起来……我还要对你嚷嚷,记得吗?像爸爸在礼拜天那样。他还用拳头敲桌子,唪人哩。"彼佳讲得可带劲儿了。

"他还用脚把椅子踢翻了呢……那会儿可真把我吓坏了。"索尼娅想了想也补充了一句。

"你记得妈妈是怎么跟他嚷嚷的吗?我从儿童间的小缝里偷偷看见,妈妈的眼睛瞪得大大的,大极了,她的嘴唇发乌,颤抖着。她全身摇晃着……"

"真可怕!"索尼娅缩在圈椅里说。

"这没关系……你要是不愿意,咱们就不这么干……咱们光玩过日子。再说,吵架也不过是当时不好,吵完就没事了!爸爸和妈妈吵完架总是挺好说话的……他俩讲和的时候,你想要什么都行。"

"说得对……"索尼娅同意地说。

"那么,咱们玩吧,好吗?"

"好吧!"索尼娅从圈椅上跳了下来。

过了几分钟,房间里便乱成了一团。家具几乎都被挪到了一个角落里;地板的正中摆着一张椅子,铺上桌布。一本敞开的乐谱靠在椅子背上。

"这是举行婚礼时神父读的那本书。"彼佳对妹妹解释道。

索尼娅穿上了"结婚礼服"。她从餐室的柜子里拽出一块大台布,胡乱地裹在自己小小的身躯上。看到自己穿上这么一件漂亮的结婚长袍,她乐了。她的头上晃动着一个很大的翠绿色的中国灯罩。罩子边老是往下滑,碰着她的鼻子,这时她就扬起头,把她的头饰推到脑后去。灯罩的阴影遮住了她的小脸和浅色的卷发,使她的脸色显得异常庄重。

彼佳却把客厅桌子上那块天鹅绒台布当作他的法衣。他头上戴着的天蓝色的玻璃灯罩不时发出叮叮当当的响声。彼佳戴着它觉得特别别扭。

"我不当普通的神父,我当主教……好不好?"

"都行啊。"索尼娅赞同地说,她从灯罩上揪下花朵,用扣针别在自己的肩上。

"怎么样,你快准备好了吗?我全都准备好了……就差手套和领带了……当新郎的都得戴这个……你记得有两个新郎打这儿路过吧。"

"他们不是去结婚……只是坐马车出去玩玩。"

"可是他们前面的车上坐的是新娘呀!"

"那不是他们的新娘,同新娘并排坐着,头上戴一顶圆帽子的那个人才是新郎……"

"得了……这没关系。我就不要手套算了……因为我还当主教呐。"

"还该干什么呢?"索尼娅问。

"准备好了吗?把你的一只手递给我……"

彼佳拉着索尼娅的一只手,带着她围着桌子转了起来。他鼓起腮帮,样子很神气……

"上帝饶恕我们！上帝啊……"彼佳拉长声调唱着,他眼睛朝上,左手摇晃着,仿佛是在摇炉散香①。索尼娅垂下眼睛,扭扭捏捏地把脑袋偎在哥哥的肩上,一只手提着衣裙,随在哥哥身后。

"上帝,救救你的奴仆索菲娅吧!"彼佳拉长声调说,新娘的长后襟把他绊了一下。"你看,你把自己缠住了……我也会摔倒的……再撩起一点儿……"

"咱俩都没有戒指啊……"索尼娅突然停下来……"应该有戒指。"

彼佳扶正了自己头上戴着的灯罩,犹豫地看了妹妹一眼……

"是呀,"索尼娅向他点点头,"该有!"

"得啦,不要紧的……已经结束了,咱们结婚了……现在咱们回家去。"

他们走到房间的一个角落,那就算是他们的家。他们到了那里,手拉着手,并排坐在两张软座椅子上。

"咱们说点儿什么。"彼佳建议……

"说什么呢?"妹妹问。

"随便说点什么……总不能结了婚就干坐着,什么话也不说啊!"

"我不想说话……"索尼娅说,像在想什么。

"瞧,你又任性了……简直没法跟你玩了……"

索尼娅小心翼翼地把自己的手从哥哥的手里抽出来,把她结婚礼服上的别针解开。

彼佳身上裹着一块花桌布,有许多褶子,头上戴着灯罩,紧皱着眉头,带着烦闷的神色看着妹妹。

"你脱衣服啦?"

"嗯……还有什么呀?"索尼娅问。

"我不准你脱衣服……"

---

① 这是一种宗教仪式,神父手摇香炉,使香烟散播出来。

"你可真是!"索尼娅做了个鬼脸。

"我有权不准你这么做!因为我现在是你的丈夫,就像爸爸是妈妈的丈夫那样。我……"

"要知道,我可不玩了!"

"可是我不许你不玩……你是我的妻子,该听我的话……不许脱……"

"别嚷嚷……傻瓜!"

"不许你骂,蠢货!"彼佳恶狠狠地叫道。

可是索尼娅跳了起来,从肩上甩掉台布,从头上取下灯罩,气鼓鼓地跺着脚,满肚子委屈。她气得脸色刷白,嘴唇发抖,向彼佳喊道:

"我要告诉妈妈……你骂人……傻瓜,怪物,傻瓜,糊涂虫。"

"嘿,你……这只小蟑螂!"彼佳叫起来,对着新娘子的胸脯推了一把。

当彼佳骂索尼娅小蟑螂的时候,她再也受不住了。哥哥的那一推使她摇晃了一下,倒在软座椅子上,接着又笨拙地从椅子上摔在三扇镜脚旁的地板上……她气得满脸通红,从一大片黄蘖叶子后面瞅着彼佳。可彼佳还在地板上跺着双脚、弯着腰,冲着她恶狠狠地叫道:

"小蟑螂,小蟑螂!可恶透了的小甲虫!"

索尼娅把身子转过去,没有从地板上爬起来,她用一双小手捂着脸,伤心地痛哭起来。

"你哭吧,哭吧!我不可怜你……等妈妈回来,还要给你个厉害瞧。我要告诉她,是你把房间里所有的东西都弄得乱七八糟……嗯,我就这么说,罚你站墙角,不给你吃点心,也不带你去看杂技。"

可怜的小姑娘觉得,在结婚第一天,这一切实在够受的了。她尖叫着,双脚跺着地板。

"彼季卡[①],滚开!"

[①] 彼佳是彼得的昵称,彼季卡是彼得的卑称。

彼佳对自己的报复行为感到很得意,走到窗边去了。他从头上取下灯罩,从肩上摘掉台布,又望着窗外。

雨还是下个不停。真是没意思透了……

窗外是淅淅沥沥的雨声,屋子里是妹妹的号啕大哭声。彼佳觉得难受极了……

"好啦,别哭了……"他说着,可并没有转过身来。

索尼娅哭得更伤心了。

"我送你五张画儿,你要不要?"彼佳过了一会儿又问道。

可是索尼娅尖声叫起来。

彼佳走到她身边说:"好了,索尼娅!别哭了!"

"就哭……"

"那就哭吧!"彼佳跟索尼娅并排坐在地板上,把手搭在妹妹的肩上。可是她甩掉彼佳的手,一时露出了她哭得红肿的脸。

"索涅奇卡!喂,你要不要我今天晚上读书给你听?……要不要我把墨水涂在保姆的脸上?"

这两件事平常都是最能使索尼娅开心的。特别使人逗乐的是,有时彼佳借口保姆脸上有点脏,他用事先涂了墨水的手指去擦她的脸或鼻尖,让保姆脸上留下一个小黑点。想到这儿,索尼娅渐渐平静下来了。

"等一等!"彼佳忽然全身激动起来。"索尼娅!你真傻!难道我是真的推你吗?我骂你,你也当真了吗?"

索尼娅露出了她的脸,坐在哥哥身边,半信半疑地望着他,被他热烈的语调吸引住了。

"我们刚才是不是玩游戏来着?"

"是……"

"怎么样?是不是扮演夫妻来着?"

"那怎么啦?"

"那你还哭个什么劲儿呢?真是个小傻瓜!"

彼佳哈哈大笑起来。

"那又怎么啦？又怎么啦？"索尼娅笑着问。

"你真傻呀，你真傻！"彼佳拍起手来……

"你不是真骂吗？"索尼娅不好意思地笑着问。

"你以为是真的啦？当真了吗？哎，你呀——真是个傻瓜！"

"彼佳……你……"

"本来嘛，玩这种游戏就是应该吵嘴！夫妻总是要吵嘴的，那么，玩这种游戏，就该吵嘴。嘿，我把你给骗了！你想想——事情本来就是这样的嘛……"

"我是多么……"索尼娅说，突然间忍不住笑了。她抱着哥哥，用自己的头顶着他的膝盖。她的双肩笑得颤抖起来。彼佳一面哈哈大笑，一面说：

"我的小蟑螂，你是我的小甲虫！"

可是索尼娅再不为这些话生他的气了。

他们俩坐在地板上，周围堆着家具，他们快活地放声大笑，笑这种滑稽的扮演夫妻的游戏，笑了好久……

谭得伶　译

十戈比银币[*]

一个浪漫主义者生活的一页

……我想讲一讲我一生中最伤心的一件事,讲一讲命运对我的初次戏弄,讲一讲使我第一次懂得忧伤,并迫使我的心由于那件事的残酷戏弄而在恐惧中战栗的事情,——现实生活是这样经常而又无情地使幻想者们遭到这种戏弄。

那是在春天。树刚发芽。它们披着淡淡的、娇嫩的绿色盛装。嫩芽浓郁的甜香味儿就像和那肉眼望不见的云雀的歌声一起从云天外飘来似的。

我周围的一切都显得朝气蓬勃、富有生气,甚至我躺着的那块林边的土地也焕然一新,仿佛它要给人们带来许多他们从未见过的东西一样。

那是在中午。

一小队为铁路支线进行技术勘测的工人在田野里歇息,那时我是一个二十岁的"实习生",工学院的大学生。我离开工人们走了大约二百俄丈,在林边躺下,用胳膊肘支在老树根上,仰望着天空。

我周围一切散发着的新鲜和生意盎然的气息,以及凡是习惯于孤独和喜爱大自然的人都熟悉的那种春天的愉悦与幻想——所有这一

---

[*] 本篇最初发表于一八九六年四月二十三日《萨马拉报》。译自《高尔基三十卷集》第二卷。

切都使我沉浸在蒙眬欲睡和某种虚幻的境界之中,这种虚幻的境界是由许多迷茫的思想和模糊的感觉交织而成的。这些思想和感觉使人超脱现实、又似乎使思想境界更加开阔。

有时风儿轻轻地拂动着森林,于是树木柔和的飒飒声更加催我入睡。飒飒声飘向无际的天空,淹没了百灵鸟欢快的歌唱,渐渐消失在淡蓝色的长天里。天空的色调柔和,使我赏心悦目。

我感到心旷神怡,像往常在这种时刻一样,我没有注意到时间的流逝。当我听到林中传来的歌声时,天知道我已经在梦幻中沉醉了多少时刻。我没仔细去听那歌词儿,也懒得睁开眼睛看看,是谁在唱歌,我将这歌声以及周围发出的一切其他音响都吸进我的身心里。

可是我知道,这是一个女子在唱歌——她唱着,离我越来越近了。富有感情的、嘹亮的女中音发出音域宽阔、带颤音的歌声,树叶悄悄的私语仿佛在为这歌声伴唱。

"准是一位美人……"想到这时,我睁开了眼睛。

我没猜错。她刚好在这一霎那走出树林,她战栗了一下,在林边止住了脚步。她一只手抓住树枝,另一只手迅速地贴到了胸前……

她是个高个儿,身材苗条,肩上披着一条白色的茸毛披肩,身穿一件贵重料子的浅紫色的裙衫。裙衫紧紧地束着她的胸部和腰部,许多蓬松的褶子从臀部一直撒到脚边。她站在那里,纹丝不动,用她那双黑色的大眼睛凝视着我,在她的两道细眉之间出现了一条分明的纹路。

她被我吓了一跳,她的眼睛里闪出恐惧,她的双颊上泛起了玫瑰色的红潮……

脸色红润,准备着自卫的她美得像一位公主!恐惧没有使她完全失去矜持,她注视我时,目光中仍然露出几丝鄙视。

而我却为她的艳丽所倾倒,呆若木鸡,目不转睛地凝望着她的面容,我望着她,要是她的头发不是黑色的,我可能会把她当成仙女……

她面对着我,一动不动地大约顶多站了一秒钟。但这一秒钟却使我思绪万千。在生活里,我们命中碰到的一切美好的东西,都是以秒计算的。

如若一个人的眼光没有被卑下动机的迷雾所遮住,欣赏美人是一种巨大的享受。

我正是这样望着这个女人,而且我也不能用别的目光去看她,因为当时我还不能确信,这是一个真正的女人——一个血肉之躯呢,还是在蓦然见到她之前,我的那些不可捉摸的幻觉的化身呢。

瞧,现在她的嘴角上微微地露出一丝笑容,然后她又走动了,当她从我身边经过时,她的裙边几乎扫着我的脑袋,一股轻风拂到我的脸上。

能够看着她,我感到说不出的幸福:真的,她美得出奇!给我印象特别深的是她的前额,——那高高的大理石般的前额,上面凸出两条细眉,细眉之间有一道深深的、骄矜的、帝子一样骄矜的细纹。这使她像一尊由于凡人竟敢不拜倒在她的绝色仙姿面前而面带愠色的女神。

她慢慢地、从容不迫地、轻盈地走去。我觉得她脚下的草茎都没有弯曲,她走得越远,我越感到忧伤。她走了,我再也见不到她惊人的、骄傲而又无限姣美的面容了!

我的忧伤随着她离去的每一步而俱增,我的心随着她离去的每一步而越发猛烈地跳动,就像要随她而去似的……我刚要喊一句什么,好让她回转头来——哪怕再一次,只是再一次——看我一眼。

她真的又突然回过头来,看了我一眼。那时,由于内心的某种冲动的驱使,由于幸福而激动,我从地上站了起来,向她伸出了一只手……

她面带亲切、爽朗的微笑向我走来。我怀着虔敬的、战战兢兢的激动心情等着她,眼前一片昏暗,一切都在奇怪地旋转。我感到从未有过的惊喜,我战栗着,也许,我甚至幸福地哭了……

她走到我跟前来了,我闻到一股淡淡的香水味。一个冰冷的东西落进我的手里……我痉挛地握紧了手。

然后我久久地目送着美人的背影——久久地，直到她隐入远处路边的灌木丛中为止。望着她的背影，我感到心里异常甜蜜。我觉得她并没有离我而去——对姿容艳丽、心地豁达、颖悟和骄傲的她的回忆，就像生活中最美好事物的象征，与她那绝色面容上的表情一起，都永远铭记在我的心中。

但是，我觉得手心里留下了什么东西，便张开了手……

我情愿在张开手之前瞎了眼睛！

我手里是一个十戈比的银币，一个小小的、十戈比银币，但它是如此可怕的沉重！说不出有多么沉重！

我情愿她，这个美人，猛击我一掌！

为什么，为什么她如此善良？

我感到我的心灵蒙受了致命的创伤……

我明白了，我的肮脏的短上衣和我全身的工人装束使她误认我是一个流浪汉；她把我的手势理解为请求施舍……

为什么她这样富有恻隐之心？

……在我一生的岁月里，我不止一次不由地想起这个俗气的、小小的、像小市民一样卑微而又亮晶晶的银币。

我有勇气在爱情中寻找崇高的、纯洁的精神上的享受，等待爱情带来精神上的复活和崭新的生活，而当我把自己的心灵奉献给她的那个女人在我面前打开她的心扉时，我满怀痛苦地回忆起那个没有分量的、卑俗闪亮的银币。

我寻觅过许多东西，并且等待过许多次……但是寻得的却甚少，而且总使我记起这个卑俗的银币。

而现在，正是在我的生命已经消耗殆尽，既空虚、又寂寞时，——因为我已经无所追求，无所追求了！——而现在，当我回首往事，回顾我生命的朝霞曾经光辉照耀过的地方，回顾我留下了自己的希望与夙愿的遥远的过去，我有时自问：

"这个女人是否就是命运，是否就是生活，因为生活总是这样，当她接近我们时,许了那么多愿,而当她一旦抓着我们之后,却像对待乞儿一样,掷下几个小钱,施舍出一点残羹,就消踪匿迹,——留下我们像初出娘胎一样赤贫,一无所有呢?"

孙新世　译

恼羞成怒*

素　描

　　夜幕徐徐降临。

　　轮船前后的河水变暗了，看上去像油一样浓。河的一岸陡峭的山坡上覆盖着密密的树丛，它那鲜绿的枝叶也变成了暗黑色。吹起了潮湿的冷风。满天乌云一动不动地凝聚在宽阔的河面上。另一岸的草地上浅浅地漫着一片茫茫的河水，平静而又闪闪发光，只有个别地方在河水退落后突露出水面，形成星星点点的黑色小岛。但溢出岸边的河水还四处泛滥着，极目望去，到处是一片片闪着寒光的水滩，它们平静而又清晰地映照出层层叠叠的浓重的乌云。

　　在轮船的周围，在航道上，风儿在河面上激起了热闹场面：层层细浪前推后拥，拍打着船舷，被沉重的轮叶击碎，变成了水花和泡沫；翻腾的河水泛着白沫，分成两条波光粼粼的长带，不断地从船尾向两岸涌去；机器的沉重的喘息声，加上波浪不停息的、令人烦闷的喧嚣，使春天潮湿而空旷的夜空充满了低沉的噪音。这噪音就如同那被风儿和轮船搅乱了的汹涌的河面上布满乌云的天空一样，是那么单调，混沌。

　　河岸山坡上，时而闪现出渔人的篝火，它的倒影在水面形成一条

---

*　本篇最初发表于一八九六年五月十九日《尼日戈罗德报》。译自《高尔基三十卷集》第二卷。

红艳艳的花纹,与翻卷着的浪花交相辉映,欢乐地跳跃着,一会儿又突然消失在河岸低洼处的岩石后面,消失在树丛中。

轮船的左边,高高的河岸仍然像一道黑色的墙壁,默默地移动着。右边,辽阔的草原向漆黑暗淡的地平线伸展开去,又从地平线伸向遥远的天边。沉重的、黑压压的、奇形怪状的乌云像从地面上冒出来一样,预示着带着雷电的暴风雨即将到来。

黑夜越发临近了。河面上沉闷的噪音也越来越响。

青山呼应着它,发出微弱的回声……

一个矮个子老头儿在轮船的走廊上慢悠悠地踱来踱去。他下巴上留着一绺小白胡,长着鹰钩鼻子和一双深陷的倔强的小眼睛。每当他走过二等男客舱的窗口,总要朝里望一望。

每一次,当他向船舱的窗口投射出尖利的目光时,他那干瘪的、布满皱纹的两颊上就出现一阵痉挛,接着便干咳几声,把背在身后的两只手使劲儿往厚大衣的袖筒里揣一揣。他脚蹬毡靴,走起路来几乎没有一点动静,这给他的外形增添了几分凶相。他好像在暗中窥视什么人,极力按捺着胸中的怒火。他双手抱着肩胛,整个身子瑟缩着,但不是由于寒冷,而是由于激动。头上戴的一顶暖和的便帽滑到后脑勺上去了,老头儿不时晃晃脑袋,像是要使帽子恢复原位。

船舱里传出响亮的谈笑声、碰杯声,一缕缕灯光从窗口透出来,射在舱外的走廊上和河水里。

老头不声不响地在廊子上走着,不断地把锐利的目光投向船舱的窗口。

船舱里,一大帮男人围坐在桌旁,为首的是一个头戴贵族宽檐帽的先生,他身材肥胖,满面红光,绘声绘色地谈论着,不停地哈哈大笑。他坐在椅子上,蜷着一条腿,一只手端着酒杯,另一只手起劲地比画着。他身边坐着一个瘦高的青年,长着一双细小的带有嘲弄神情的眯缝眼和没有血色的薄嘴唇。青年人怀着强烈的好奇心看着说话人的脸。

桌旁还有几个人摆出各种姿势,随便地坐在那里。他们喜形于色,一阵阵狂笑声不时传入老头的耳际。

"呸!一群狗东西!"当舱里的人们笑得格外起劲的时候,老头恶狠狠地用力啐了一口。

一个身穿毛皮长襟常礼服的高个子出现在船头的廊子上。他朝老头走来。

这个人宽肩膀,神态庄重,长着一副典型的俄罗斯人的宽脸膛和深褐色的又宽又密的络腮胡子。他走到老头的身边,和蔼地朝他笑了笑,用沉厚的低音问:

"伊凡·彼得罗维奇,你又在琢磨什么新的生意哪?"

"哪儿还顾得上呀!上帝保佑,我死之前把旧的买卖管好就不错了。"

"你怎么不待在舱里?干吗跑到这风口上来晃荡?"

"人家把我撵出来了……"

"谁呀?"

"就是这帮家伙!"老头朝船舱的窗口恶狠狠地点了一下头……他的熟人带着温和的、轻蔑的微笑看了看窗口,沉默了一会儿,然后拍了拍老头的肩膀,劝慰他说:

"没什么,彼得罗维奇,让他们发疯去吧……自己心里明白就是了,理他们干吗!……来,咱们到这儿来坐坐,这边风小一点……"

他们坐下来,默默地注视着河岸。

轮船从一个坐落在山脊上的小村旁开过去……微弱的灯光在农舍的窗上闪耀着,白柳梢在屋顶上忧郁地摇曳,几只狗汪汪汪地吠着,隐隐约约的歌声时断时续地传来,这慢吞吞的歌声同轮船和河水的喧闹声奇异地交织在一起。山坡上零零落落地兀立着几座农舍,丛林中也闪烁着灯光,烟囱直竖在灌木后面……

"该到玛里约夫卡了……"高个子朝岸边点了点头,大声打了个哈欠。

老头没有答话,又瑟缩成一团。

水中有一个长长的黑点一闪而过,一条小船像大鱼似的潜入河岸的黑影里,消失了。山上的歌声越来越响,两个人在唱。可以肯定地说,歌声来自灯光比较明亮的那座房子,三个窗子里都亮着灯,光线从敞开的门里照射到河面上,形成了一个明亮的四角形。

"酒馆……"老头的熟人这次用手指着山坡说。

可是,老头仍旧没有作声。

他的旅伴回过头来,俯下身子,朝他的脸看了一眼……老头叹了口气,把头扭了过去。

"看样子,他们把你刺得够呛!……"高个子似问非问地说。

老头颤抖了一下,好像在凳子上跳了一跳,突然,用干巴巴的、尖细刺耳的嗓音急促地小声说了起来。

"你知道那个从奥列宁来的贵族先生说了什么话吗?他是条爱挖苦人的疯狗!从喀山一上船,他就想方设法刺我……一会儿说三,一会儿道四,总想勾起我的火来……我一声不吭,心想,去你的吧,该死的!闹腾去吧!不管你怎么找碴儿,我就是不理你!虽说你是个贵族,可你口袋里才有几个铜板?!我呢?虽说是个二等商人①,可连你和你的心肺都能一起买下来。我不理他,可他还是一个劲儿地挖苦我。看来,他没有忘记我是怎么骗了他的妹妹的……他妹妹原本是个地主,后来沦落为城里一个中学学监的老婆……"

"他到底是怎么惹得你发这么大的火呢?"对方好奇地问。

"是这样……我要了一套茶具,好喝茶用。我从小背包里掏出茶叶、白糖,还有甜面包干,是在萨拉托夫买的,还有一小片橙子。我把

---

① 帝俄时代,商人依其财产的多寡分为三等。

茶倒在茶碟里,面包干蘸茶水,我一声不响、安安静静地嚼着。这时候,他一头就闯进了船舱,坐在我的对面,就这么撇着嘴盯着我。还有那个和他一块儿来的瘦高个,是个什么农医师①,乘客们是很喜欢看热闹寻开心的,他们都伸长脖子瞧着。尽是些油头滑脑的家伙,什么大学生呀,还有这些饿着肚皮的贵族老爷们……吃了上顿没下顿……他们这帮家伙都是肚皮外头穿绸缎,肚皮里头直叫唤……我呢,还是喝我的茶,边喝边想:'我何苦要坐二等舱呢?怎么能跟他们这帮子混在一起呢?!连个正教徒都没有,全是些无赖……'"

"你说下去,说呀。"对方催促着他。

老头停了一下,叹了口气,啐了一口,用脚把地上的唾沫仔细地擦抹了一番,脊背在沙发背上蹭了一阵痒,又叹了口气,接着说下去时已经是心平气和的了:

"哼,他这个从奥列宁来的贵族老爷就这么坐在那儿,胳膊肘支在桌子上,两只手托着下巴颏儿,扫了一眼四周看热闹的人,开口说:'先生们,'他说,'都来瞧一瞧伊凡·彼得罗维奇·兹维廖夫老板吧,大家得向他学一学怎样爱惜半戈比铜币。看哪!'他说,'这可真是一个地地道道的俄罗斯人,就是他这种人,'他说,'来接我们贵族的班。'他说,'他有几十万卢布,有许多轮船、驳船、磨房,还有土地……'他说,'他能把活人身上的皮全都给剥下来……还干了不少诸如此类的事……正直的先生们,可是至今,'他说,'他连像样的吃喝还没有学会呢!让咱们来看看,'他说,'他这个拥有几十万家产的人吃的是些什么玩意儿吧!从他的吃食看,他简直像一只鸽子,一只小麻雀,一只小鸟儿,可他的胃口却赛过饿狼……'他说,'真不明白,他吃得那么少,又吃得那么糟,可他干吗,'他说,'要把别人刮得精光,害得人家只剩下一只讨饭口袋呢?'"

老头的声音越来越低,几乎低到耳语的程度:

---

① 应为"农艺师",是个外来语,商人说走了音,成了"农医师"。

"后来,他对我说:'伊凡·彼得罗夫!你可怜可怜自己和俄罗斯吧!花上四十戈比要份肉饼吧……不然,这么吃会把你饿死的!你要爱惜自己,'他说,'因为你们商人是当今生活中的头等人物啊……你可得学会像个体面人物那样吃喝呀!'他说着说着就哈哈大笑起来了!大伙也像一群牲口似的跟着嘶叫起来。他们气得我像打摆子一样,一阵冷一阵热。我把杯子扣在茶碟上,对他说,'先生,要把钱吃光并不难,可你试试攒攒钱看……'他却对我说:'攒钱干吗呀?'我说,'可以赎回你的庄园呀,要不,银行也会把它从你手里夺走的……'我说完这些话,他像野兽一样死盯着我,我把帽子一戴就出来了……看,这会儿他们还在起哄呢,他正在向他们讲我如何如何呢……这个无赖……"

老头停了停,气呼呼地用两只手揉了揉自己的腰。

"是的,说到吃喝,他们倒真是行家,他们会吃……"他的伙伴微笑着说。

"不,你听我说!"老头喊叫起来,"你我在这方面就比不过他们吗?只要我想吃……"

"咱们吃的是粗茶淡饭。"伙伴打断他说。

"粗茶淡饭?要是我愿意吃山珍海味,谁管得着我花自己的钱去吃?!我这就到餐室去,叫他们给我上二十五卢布的菜!把桌上摆得满满的……哼!可是我不吃,我要爬到桌子上去用脚踩,把碗碟、餐巾,把所有的东西都踩个稀烂,然后,我通通用现钱来赔偿!他这个因犯,怎么能说我这个正教徒不会吃喝?!胡说八道,凭我的钱财我什么都会干!我什么都办得到!我辛辛苦苦干了六十三年,托上帝的福,就这样我都吃饱喝足了,他怎么能为这个来数落我呢?!说我连吃都不会!哼,你可真是……"

"可你刚才没这么做呀!你要好好摆摆阔气,叫他们傻眼,"他的伙伴给他出主意说,"现在你就去叫一份最贵的菜……"

"等等!"老头摆了摆手,"看你说的!我叫他笑怕了还是怎么的?!"

他不再言声,叹着气,怒气冲冲地揪着胡子。远处河岸上突然闪现出一片零乱的灯火。

"码头……"

"不,我正在想,他们有什么可自夸的呢?有什么阔气可摆呢?这群人已经破落了,可是他们还把鼻子翘到天上去!他们已经走投无路,只有死路一条了,可他们却一点儿也不在乎,还在笑呢……不管走到哪里,到处都会听到,'贵族的事情糟透了!'可这些老爷们还过得挺快活。这是什么道理呀?"

"他们是今朝有酒今朝醉……"

"是这样吗?"

"可不是!咱们整天为一个卢布去奔命,累得气都喘不过来,浑身的力气全都用在这番事业上……"

"他们可不这么干……他们,是的,他们像小鸟儿一样无忧无虑地混日子。"

两个人都不作声了……

前面的灯光越来越亮。岸上的房屋,岸边的驳船和小船在黑暗中已经隐约可见……

"伊凡·彼得罗维奇!咱们该吃晚饭了吧?"

正在朝码头方向观望的老头急忙转过身来,冷冰冰地问对方:

"你说咱们怎么个吃法呢?"

对方笑起来:

"别害怕,不是照他们那样吃……咱们按咱们自己的吃法,俄国人的吃法,要个鱼汤,牛犊肉,或是一个冷盘……啊?还要点什么……"

"行啊,不过,别……别……别在这儿,"他朝舱里歪歪头,"咱们到三等舱去吧!"

"就这么办吧!看来,这个从奥列宁来的先生可把你气得够呛啊?!"

"可不是!说我不会吃……哼!吃!他知道不知道他这么笑话

我,我可以把他连人都吃掉?! 我的干亲家是瓦尔兹金,奥列宁的树林和整个库尔图姆地段都抵押给他了。我只要对瓦尔兹金说一声:逼紧点! 卡紧点! 卡住奥列宁那个贵族老爷的脖子! 卡得他掉眼泪……我的干亲家马上就会来一下的! 看那时候你这位老爷吃什么? 那你就什么也吃不上啦,虽说你在吃喝上是行家……"

"去他的吧……别生气了……咱们的归咱们,他们的归他们……"对方和蔼地笑着说。

"他们的也得归咱们……"老头固执而又严厉地说……

他们站起身来,向舱里走去。老头悄悄地、气势汹汹、一声不响地走着。他的伙伴穿着皮套鞋,咯噔咯噔地走过甲板,一路清着喉咙,吐着痰,擤着鼻涕,总之,不断地发出各种各样稀奇古怪的声音……

轮船的速度慢了下来……岸上柳丛的深暗背景上出现了一座白色教堂的轮廓。它的钟楼高高地矗入云端,从钟楼上传来了凄凉的钟声。不知什么地方有人在拉手风琴……船舷碰撞着码头,木板抱怨地发出吱吱的响声。河水在轮桨下面呼噜呼噜地翻滚着。

孙静云　译

苦　恼[*]

一

……季洪·帕甫洛维奇做完祷告,慢慢地脱下衣裳,搔了搔背,走到严严实实地罩着一顶杂色印花帐子的床前。

"主啊,施施恩吧!"他小声道,然后张开大嘴,打了个呵欠;在嘴巴上画了个十字,便拉开帐子,望着妻子的肥大身躯:她盖着一床柔软多褶的被单。

季洪·帕甫洛维奇凝神仔细地瞧了瞧这动也不动熟睡着的一堆肥肉,严厉地皱起了眉头,小声道:

"一架机器!……"

然后他转身走到桌前,熄了灯,重又唠叨起来:

"魔鬼,我跟你说过,我们到干草棚去睡;可你不去!木头疙瘩!喂,你挪动一下吧!"

于是他用拳头在妻子腰间捅了一下,便在她身边躺了下来,没盖被子。后来,他又用胳膊肘有力地推了一下妻子。她哼哼唧唧地乱动了一阵子,便背朝着他又打起鼾来。季洪·帕甫洛维奇伤心地叹了一

---

[*] 本篇最初发表于一八九六年六月、七月《新语》杂志。译自《高尔基三十卷集》第二卷。

口气,透过帐子的缝隙目不转睛地望着天花板:月光和点燃在墙角里耶稣圣像前的长明灯投下的影子,在天花板上不停地晃动。敞开的窗户里,随着轻微和煦的晚风传来了花园里树叶的簌簌声,散发着泥土和新鲜皮革的气味,这张皮子是今天早晨刚从枣红马身上剥下来并抻开晾在谷仓墙壁上的。可以听见磨坊水轮下柔和的滴水声。水坝后面的小树林里,鹭鸶咕咕地叫着。忧郁的呻吟在空中回旋;这声音消失后,树叶的簌簌声便显得更响,好像是受了惊似的。从什么地方传来了蚊子响亮的歌声。

季洪·帕甫洛维奇看了看天花板上晃动的影子,又把目光转向房间前面的角落。那里的油灯被风吹拂得闪烁不定,救世主的面孔也随之变得时隐时现。季洪·帕甫洛维奇觉得这个面孔正在思考一个巨大的重要问题。他叹了一口气,又恭恭敬敬地画了一个十字。

远处鸡叫了。

"难道已经十二点了么?"季洪·帕甫洛维奇自问道。另一只鸡也叫了,第三只……连续不断……终于屋外的那只火红的公鸡扯着嗓门大叫一声,鸡舍里的黑公鸡也应声叫着,于是整个鸡舍都骚动起来,大声宣告是子夜时分了。

"啊,魔鬼,"季洪·帕甫洛维奇生气地乱动起来,"我没法睡觉……把你们撕碎才好哩!"

他骂了一声,觉得好像轻松了一些:从最后那次进城起,一种可恶透顶、莫名其妙的忧郁情绪就控制了他;当他发火的时候,这种压力反倒小了一点,当他大发雷霆的时候,这种忧郁感就完全消失了……但是,这些天来,家里的一切都像平常一样顺利,没有波折,因此,要想散散心,痛快地骂一顿都不可能,没人可骂,也没有理由骂。人们发现"主人"的心情很坏,都谨慎起来。季洪·帕甫洛维奇看到,家里的人都怕他,都在等待着一场灾难,他感到自己在全家人的面前都有罪,这是他过去从未感受过的。大家都这样愁眉苦脸,躲着他,这使他觉得羞愧,使他从城里带回来的那种沉重的、不可理解的感觉更加强烈起来。

甚至库兹马·科夏克,一个新来的磨坊添料工,奥廖尔人——他是个爱嘲笑人和爱惹是生非的青年,身强力壮,有一双快乐的蓝眼睛和由于挑逗性的微笑而总是露在外面的两排整齐洁白的牙齿——甚至就是这个过去常常为了一点小事就要挨他一顿骂的库兹马,现在也变得恭恭敬敬和热情周到了;他从前是一个唱歌能手,现在再也不唱了,从前到处可以听到他的切中要害的俏皮话,现在却没有了。季洪·帕甫洛维奇从他身上发现了这一点,不由地寻思道:"见鬼,看来我也够好的了!"这个想法使他越来越屈服于某种纠缠不休、使他痛苦的东西。

季洪·帕甫洛维奇喜欢体味对自己和自己的生活感到满意的情感,当他有这种感觉的时候,他就经常提起自己的富裕生活,提起邻居对他的尊敬,以及一切其他在他看来能提高他地位的东西,有意地、人为地来加强自己的兴致。家里人知道他的这个弱点。这种弱点可能并不是虚荣心,而仅仅是酒足饭饱的健康人的一种愿望:他想用自己的饱足和健康的感受尽量使自己得到快慰。这种心情尽管没有使季洪·帕甫洛维奇放松自己的权利,却在他身上产生了一种善意看待事物的观点,因而使他在熟人中享有好人的声誉。可是现在,牢固的、乐观的感觉却突然倾圮了,消失了,幻灭了,取代它的是某种新的、沉重的和阴郁的东西。

"唉呀,你,上帝!"季洪·帕甫洛维奇躺在妻子身边小声嘟哝,仔细倾听着窗外夜晚的柔和的叹息声。由于暖和的绒毛褥子,他开始感到发热;他不安地翻腾了一阵子,诅咒着妻子,擦着脸上的汗水,把双脚伸到地下,在床上坐起来。

从离磨坊五俄里的沼地村那边,传来了守望楼的钟声。忧郁的铜钟的敲击声从钟楼上飘下来,轻轻地在空中回响,然后消失得无影无踪。花园里树枝咯吱咯吱地响,鹭鸶仍在小丛林里咕咕地叫,像是发出一阵阴郁的笑声。

季洪·帕甫洛维奇站起来,走到窗前,坐在深凹的皮圈椅里,这皮椅是他不久前花两个卢布从破产的邻居地主老太婆那里买来的。当冰凉的皮子接触到他的身体时,他打了一个寒战,向四周张望了一下。

他感到很害怕。月亮透过窗台上的花和窗前椴树的枝叶照进室内,在地板上描出阴暗的颤动的花纹,在花纹的中心有一个黑点,很像皮椅主人的脑袋。同当时做买卖时的情景一样,这个脑袋裹着一顶黑色毛茸茸的包发帽,带着责备的意味摇晃着,老太婆的嘴唇含糊不清地对他——磨坊主说:

"要敬畏上帝,老弟,皮椅是已故的费多尔·彼得罗维奇临死前买的,花了十八个卢布,他死了才多久呢?完全是新东西,可你只给一个半卢布!……"

已故的费多尔·彼得罗维奇就在这里,在地板上:这就是他那巨大的头发蓬松、长着浓密的乌克兰人式大胡子的脑袋。

"上帝,饶恕吧!"季洪·帕甫洛维奇叹了一口气,然后从椅子上起来,把窗台上的花盆搬到地上,自己坐在原来放花的地方。

窗外是一片静寂、愁闷,花园的树木静止地直立着,夜色使树木变成一堵黑墙,墙后面似乎有某种可怕的东西。水磨的轮子响亮地、千篇一律地滴着水,好像在计算时间似的。窗户下面锦葵的长长的细枝没精打采地摇晃着。季洪·帕甫洛维奇画了一个十字,就闭上了眼睛。这时在他的想象里开始慢慢地出现了在城里那段使他脱离常轨的经历。

在尘土飞扬、被炎阳晒得发烫的街道上,静静地移动着一队出殡的行列。祭司和执事的法衣光彩夺目;执事手里的香炉叮当作响,小小的淡蓝色的烟团消散在空中。

"神……"矮小的白发苍苍的祭司发出尖细的男高音。

"……圣的!"高大的、戴着浓密的黑毛帽子的执事接着发出沉闷的男低音。

"上……帝。"两个嗓音溶成一体,消失在无云的高空中;那里空旷而又宁静,闪烁着光耀夺目的太阳。

"不——朽——的！"执事大声喊叫，他那洪亮的嗓门压倒了街上一切声音：四轮轻便马车的叮当声，送葬的人群走在马路上的脚步声和拘谨的谈话声。他喊叫，并睁大眼睛把自己的大胡子脸转向人群，好像要对他们说：

"嗨呀！我的调子唱得多棒啊？！"

棺材里躺着一位穿长礼服、有一张尖腮脸的先生；在这张脸上凝聚着一种傲慢的、安详的神态。棺材抬得不平稳，死者的脑袋机械地左右摇晃着。季洪·帕甫洛维奇看了看死者的脸，吁了一口气，画了个十字。他受人群的吸引，也跟在棺材的后面。他不时瞧瞧执事，执事那洪亮的声音和强壮沉重的身躯使他感兴趣。执事边走边唱，不唱时，就同旁边的人说话。很明显，棺材里的人没有使执事触景伤情：他执事也会有这种自然的义务，有朝一日他也会这样在街上被人抬去埋葬；他也会躺在棺材里，像这位死者现在这样晃动着脑袋，却听不见任何声音，哪怕一个最轻的音符。

季洪·帕甫洛维奇不愉快地看着快活的执事。他停下来，许多观众在他身边走过，他问一个中学生：

"亲爱的，这是给谁送葬呢？"

学生瞟了他一眼，什么也没有回答。这使季洪·帕甫洛维奇很不舒服……

"这个小家伙，对长者毫不尊重！真该揍一顿！怎么，你以为，我不知道我该做什么吗？你算个什么人物！"

他继续往前走，无意中又走到了棺材旁边。棺材由四个人抬着，走得很快，步子也不合拍。其中一个抬棺人的夹鼻眼镜老往下滑，他重新把眼镜架在鼻梁上。这时候，他总要撩起他浓密的红色长发。

"看来，死者的尸体很轻，"季洪·帕甫洛维奇想道，"大概是个官员，他们大多是身躯小而筋肉强壮的人……"

大家走得这样快，好像躺在棺材里的人活着的时候就使大家十分厌烦了，因而要尽快把他送走。季洪·帕甫洛维奇觉察到这一点。

"嗨,好像有人在追赶他们似的!忙着上哪里去呢!这也算是上帝的人呀!你瞧,一个人活着的时候,这个那个的,而死了——赶快扔进坑里:我们没有功夫!"

磨坊主很忧郁:到时候他也会像这样被人拖出去。也许,已经很快了——他四十七岁了。

"这是怎么回事呢?"当看到棺材上放着花圈、带金字题词的绦带和花束时,季洪·帕甫洛维奇问自己。"对了……就是说,不管怎么样他还是一位要人。不过,你瞧,送葬的人——却是衣衫褴褛的平民。""出葬的是谁呢?"他赶上一位仪表堂堂、戴着眼镜、留着卷曲胡子的先生问道。

"一个作家……"那人对季洪·帕甫洛维奇扫了一眼,开导似的加上一句:"一个著作家……"

"我晓得,"季洪·帕甫洛维奇很快地回答说,"我们订了《田地》杂志,小女儿读过关于他们的东西。死者是一位要人吗?"

"不……不是要人……"他的交谈者笑了一下。

"是呀……没什么……总还是对世界有功劳的人吧。太阳有太阳的光荣,月亮有月亮的光荣……就是星星同星星的光荣也不一样……可是——这些花圈……"

季洪·帕甫洛维奇不知为什么感到心痛起来,痛得这么厉害——像是有时把它拧了一下,有时又把它压了一下一样。

嗓音洪亮的执事还在唱:

"神—圣的,不朽的!……"

祭司的叮叮响的男高音勉强透过执事的男低音,怯生生地小声地请求道:

"宽—恕我—们吧……"

送葬的人群踏着低沉的步子在道上扬起尘土;死人的脑袋仍在摇晃,上面是炎热的七月天空,恬淡地泛着光辉。

季洪·帕甫洛维奇被某种沉重的心情所压倒——既不愿意动脑

子,也不愿意说话。他也充溢着人群共有的混乱情绪,一边走,一边感到内心深处有一种令人讨厌的烦闷情绪,他找不到力量,也不愿意摆脱它。

大家来到了墓地,在坟坑旁边停下来,把棺材放在从土坑里挖出来的土堆上。这一切好像干得并不利落,并不高明:死人滚到棺材的一侧去了,然后又恢复原来的姿势,好像死者环顾四周以后对停止摇晃他和很快将不再受到烈日的烤晒而感到满意。执事仍在十分热心地唱着,震动着空气,祭司也不甘落后;人群中有一个人用低沉的嗓音伴唱。声音在十字架和干枯的树木之间散开来,传到墓地,使季洪·帕甫洛维奇感到压抑。

这就是——最主要的东西。

季洪·帕甫洛维奇曾向他打听过死者情况的那位仪表优雅的先生走到坟墓的边缘,一只手理着头发说道:

"先生们!……"

他这样说话,使得磨坊主甚至哆嗦了一下,然后目不转睛地盯着他。这位先生的眼睛奇怪地闪着,他时而看看棺材,时而瞧瞧观众,从他的称呼到开始演说之间的停顿有那么长,竟使墓地上所有的人都安静下来,屏息不动地等待着他说话。终于传来了从容不迫的带胸音的声音,这声调像是若有所思又充满着悲哀。说话的人合着讲话的节拍从容地挥动着一只手,他的眼睛在眼镜下面闪闪发光。尽管季洪·帕甫洛维奇不大明白这位先生说的是什么,但从演说中却知道了死者是一个穷人,此人为人们的利益不倦地劳动了二十年,却没有一个家庭,活着的时候,谁也对他不感兴趣,谁也不重视他,他一个人死在医院里,一辈子都是孤身一人。季洪·帕甫洛维奇有些怜悯死者,钻心的疼痛在他心中加剧。他凝神地看着死者,用眼睛衡量着死者瘦削的、疲惫不堪的脸和矮小、单薄、笔直的身体,突然发现,这个死者像一枚钉子。他对自己这个想法笑了一下。这时,那位仪表优雅的先生提高嗓门说道:

"命运的打击一个接着一个落在他的头上,终于把这个人击毙。他为了替人们在大地上建立美好的生活,把自己整个儿献给了收效甚微的、艰难的准备工作!不加选择地替所有的人……"

正在这个时候,讲演者的目光停留在季洪·帕甫洛维奇的脸上。讲演者看见他在微笑,眼睛严厉地闪了一下。磨坊主感到很窘,向后退了一步,觉得自己既对不起死者,也对不起这个对他讲述死者事迹的人。

太阳酷烈地照晒着,蓝色的晴空安详地俯视着这块死人的领地,俯视着新坟周围的人群。讲演者的声音仍在鸣响,悲哀而又真挚。

季洪·帕甫洛维奇转过头来,仔细看看听众的阴沉的面孔,觉得不仅是他一个人,而且所有的人都充满了忧伤。

"我们用日常无谓的琐事填满了我们的心灵,而且习惯于过没有灵魂的生活,习惯到这种地步,以致觉察不到我们大家已经成了木头人,成了毫无感情的死人。像他这样的人,我们是不理解的……"季洪·帕甫洛维奇听到了这样一番话。

"对!"这时他暗自说,"是这样……难道我不是忘记了自己的灵魂么?!主啊!"

他叹了一口气,睁开了眼睛。一股暖空气从花园涌进窗口,沾满露水的野草、鲜花和池塘腐水的气味钻进冥想着的人的鼻子里。地板上的影子晃动得更厉害了,好像试图站起来并飞出去。磨坊主跳下窗台,重新把皮椅移到窗前,又走到床边去。妻子在褥子上伸开四肢躺着,呼哧呼哧地打鼾,两只肥胖的胳膊宽阔地伸开。这双胳膊和裸露的乳房在这个夜晚使季洪·帕甫洛维奇觉得有点不大得体,好像是在向他挑衅似的。他生气地把被单扔在妻子的身上,拿起枕头,重新走到窗前,坐在皮椅里,把枕头放在窗台上,臂肘支在枕头上,又开始沉思。

忽然他想起了他永远记得的出殡那天在墓地上空飞翔的一群白鸽子。他闭上眼睛,想象着蓝天中的这些小白点……默默地责备自己:

"老兄,看来,你急个什么劲儿呢? 就这么活着……遭罪吧!"

种种非同寻常的、令人不安的、有碍于正常生活潮流的念头在磨坊主不习惯于思索的脑海里翻腾着。这些念头,一个接着一个出现,又消失了,再重新出现时,已经变得更加沉重了。在晴朗的夏日,天空中轻薄的云彩也是这样地奔跑着、躲藏着,溶化在太阳的光辉里……你瞧,一片……一片……又一片……阴沉的大雷雨的乌云遮住了天空,闷声闷气地怒吼着,缓缓地在大地的上空移动。由于磨坊主在思考问题,他拥有了某种特别的、他过去所不熟悉的能力:发现一切,记住一切,对一切事情都要问,"这有什么必要?"

"我们在压制灵魂!"磨坊主想起了讲演者的感叹,有点畏缩起来。

"对了——灵魂并不存在。没完没了的事——这是主要原因。没有时间想到灵魂。而灵魂却突然那个了……就是说,造反了。灵魂找到了时机便蹦了起来……瞧,事情就是这样! 你反正是要死的,何必想出许多事情来呢? 既然我们过的是穷光蛋的生活,干吗还要求自己这个那个呢? 是为了死……我们带什么去见上帝呢? 灵魂就提醒说:人,发抖吧,因为你的死期你是不知道的……主啊,开恩吧!"

季洪·帕甫洛维奇哆嗦了一下,画了个十字,看看屋角里救世主的面孔,灯光的影子仍在圣像脸上晃动,他神态严峻,好像一直在思考着他的伟大的事业。磨坊主感到心里冰凉。他突然觉得现在……或者不,明天……明天他将突然死去! 对人来说,这是常有的事:一下子,没有任何疾病就倒下去,死了……

"安娜!"季洪·帕甫洛维奇高声唤道,"安娜,你哪怕醒一醒吧,上帝保佑。人家在受折磨,可她却在安睡!"

但是,熟睡的妻子没有听见。季洪·帕甫洛维奇没有等到她的回答,就站起来,穿上衣服,在她的鼾声的伴随下,走出房子,来到台阶上,在那里站了一会儿,便到花园里去了。天已经亮了。东方开始发白,一道鲜红的朝霞照射在一动不动地凝聚在地平线上红中透青的乌云的边缘。槭树和椴树的梢端在轻轻地摇动;露水在滴着肉眼看不见的水珠。远处什么地方长脚的秧鸡吱吱地叫,池塘后面的树林里椋鸟发出忧郁的啸声。天气凉爽……椋鸟也该觉得冷吧……

他想道:"这位老爷是有头脑的!他主意多……最好同他去谈谈心。他会告诉我该怎么办,该做些什么的……难道自己能做什么吗?我的脑袋在这方面是完全不中用的。"

磨坊主悲伤地耷拉着他那不适于思考大事的脑袋,但仍继续在想:

"难道我该到亚姆基去找那位教师吗?他也是那么……一枚钉子!阿列克谢神父说,是他在报上揭发我的。瞧,黄嘴的阴险的家伙!"

季洪·帕甫洛维奇回想起,当他的女儿在报上读到关于他同基留兴的庄稼人进行一场大胆斗争的消息时,他觉得很惭愧。当时女儿用报纸盖住脸小声问道:

"爸爸,难道是有这回事吗?"

他当时大发脾气。

"难道你父亲是强盗?'有这回事'!蠢货,你在中学学什么来着?"

事情正是像那位教师写的那样。但是——在女儿面前是不能承认的!她懂得什么呢?现在他同基留兴人算是账目两清了:当他的堤坝差一点被水冲毁时,他们把它加固了——而他们却捞回了自己的一半:每天向他勒索三个卢布的工钱。干了一场!当然,做得不对,你就该倒霉。是的……教师当时也在场。

"怎么,"他说,"商人,他们也欺负您了吗?"说罢,他笑笑。他的脸干枯,憔悴而严肃。"商人,不管怎么说,是你们不好……你们贪婪,你们太次。"

磨坊主心里生气,又觉得——是事实!贪婪——是事实;太次——也是事实。

"啊,上帝,天快亮了吗?"他苦闷地想。天快亮了:乌云边缘上的鲜红的彩带变得更明亮更宽阔了。

附近地方有人在谈话。磨坊主走近篱笆,在靠篱笆的长凳上躺下来。他由于失眠而感到有点不舒服。人们的谈话声却越来越近了……

"莫特丽娅,你别央求,别白费唇舌了——我不留下!"

季洪·帕甫洛维奇哆嗦了一下,从凳子上欠起身来,用胳膊肘支着。在不远的篱笆后面,在接骨木的灌木丛里有人在说话。这是库兹马·科夏克,磨坊添料工在跟谁说话。

"我说,你就别央求了!留在这里,我是做不到的,我要到库班去。"

"那我怎么办呢,库贾?你想想看,我没有你会怎么样呢?要知道,我爱你,鹰,我爱,我的自由人!"回答库兹卡的是一个女低音。

"哎,莫特丽娅!已经有许多姑娘爱过我,我同她们都分手了,还不错——她们出嫁了,在劳动中慢慢失去了活泼劲!下一次再见面时,你瞧,——简直不相信自己的眼睛:难道这就是她们——就是我吻过和抚爱过的那些姑娘吗?嘿!一个比一个更糟。不,莫特丽娅,命中注定我不能结婚,是的,小傻瓜,我不能。无论什么样的妻子,什么样的农舍都不能代替我的自由。你听见没有,我是在围墙下面生的,我也会死在围墙下。命运就是如此。直到老死我都会到处游逛……老待在一个地方我觉得无聊……"

"可是我呢?库贾,我呢?没有你,我该怎么办呢?你想想吧!难道你不爱我了吗?你不可怜我吗?"

"你,你……我把你留在这儿……你去嫁给鳏夫切克马廖夫……他虽然有孩子……但不要紧,他本人是个不错的庄稼汉。"

"你不爱我!……"女人小声说。

"既然我跟你讲话,我就是爱你的。要是不爱你,就不这样同你闹着玩了。人们爱姑娘,才肯花时间同她们玩。如果不爱她们——那他们又到哪儿去呢?我是可怜你的……但要知道,不论可怜谁,一个人最可怜的总是他自己。要是我同你吵一顿再分手,那就更糟糕了,不是吗?现在我们很亲密——相爱、温存,一切都很好。也就是说,你和我,各奔前程听天由命。哎呀,这还有什么可谈的呢!怎么样,再吻我一次吧,小雏鸠!"

接吻的声音传进季洪·帕甫洛维奇的耳朵,又在树叶的簌簌声中消失了。椋鸟唱得更响更欢了。磨坊后面有几只公鸡在迎接黎明。

"啊,你是我的亲人,库贾……你是我的好人!把我这个苦命的人带走吧!"姑娘又提高声音说。

"你看,怎么这样!她还是坚持自己的要求……我吻她,把她当成有出息的人,可她却像块石头往我的脖子上挂。唉,姑娘!总是跟你这么无聊地拖时间。"

"是的,——难道我不是人吗?……"

"好吧,是人。可我呢?那么,我不是人了吗?别人也会这样说……我和你因为相爱到了一块儿……那么,到分手的时候了,也要相爱地分开。你要活下去,我也是这样,我们不应该互相干扰……可你却哭起来了!小傻瓜!你该想一想,同我接吻不是够快活的吗?你说?唉,你这个……油煎饼①……"

重又响起了接吻的声音。这声音时而被热情而急促的低语和深深的痛苦的叹息所打断。

突然,树梢、周围的一切以及整个天空都好像震动了一下,露出清新、绯红的微笑——这是旭日光临大地。好像是迎接旭日似的,从梦中苏醒的花园发出一片柔和的喧闹声,一股清新的、令人神爽、充满各种花香的微风扑面吹来。

库兹马·科夏克响亮的男高音的说话声和姑娘的忧郁热情的女低音似乎减轻了季洪·帕甫洛维奇心中的一些痛苦。

"嗨,魔鬼!"他暗自地对磨坊添料工说,"啊哈,你这只狗!"

---

① 这里是添料工对莫特丽娅的亲昵的称呼。

他有点嫉妒这个自由自在的人,嫉妒他对自己行为的自信。他站起来,叹了一口气,想回家去。

"到时候了,莫特丽娅,我该上工了!看着,有空就来!"

"最好别来了,可我又不能不来,我的鹰!"姑娘呻吟道。

"喂,别伤心!到时候是要抹眼泪的。在这之前我们还可以见几次面,不是吗?再见!"

季洪·帕甫洛维奇背后的篱笆发出了咔嚓声。

风从草原上
刮来,嬉戏着……

"喂!……您好,老板!"

季洪·帕甫洛维奇摘下头上的便帽,难为情地看了工人一眼。

"好哇!"

在他敞开的红色衬衣下面,清楚地露出了工人宽阔而黝黑的、正在均匀地深深地呼吸着的胸膛,红色的唇髭可笑地颤动着,整齐细密的白牙在唇髭下面闪闪发光,蓝色的大眼睛狡黠地微微眯起。主人觉得,库兹马整个人都显得骄傲和妄自尊大,因而磨坊主想尽快离开他,免得添料工发觉自己比主人优越。

"你还在闲逛呀?"

"趁现在有兴致也有时间——干吗不逛逛呢?工作时间到了——我就去上工!现在磨什么呢?或许,把神父的黑麦磨完?说到碾米机,它该修理一下了!"

"是呀,是该修一下了……我也那个……"季洪·帕甫洛维奇说,突然不知怎么他不由自主地结束道:"老弟,我就躺在那张长凳上,听见你是怎么……同姑娘周旋的……你对她们倒挺会用心计……"

"平常的事!"库兹马说道。

"也许,你糟蹋了好多姑娘吧?"

"没数过……什么叫糟蹋？我又没有使她们变成残废……"

"是这样,可毕竟……比方说,你,库兹马,难道不可怜姑娘吗？……"

"可怜……总是可怜她们的……"

"要是,比方说,有了孩子呢？有过吧！"

"也许有过,——谁知道呢……"

显然,库兹马对审问感到厌烦了,他倒换着脚站着,懊丧地紧闭着嘴唇,咯咯地叫了一声。

季洪·帕甫洛维奇很高兴,因为工人被他问得发窘了,于是他又严厉地皱着眉头继续说道：

"可是有罪——怎么样？要知道,这是有罪的！"

"什么有罪？"

"你这种行为……"

"但要知道,孩子,不论是跟丈夫生的,还是跟过路人生的,都一样生下来。"库兹马说道,怀疑地向旁边啐了一口唾沫。

"这你就完全不对了。跟丈夫生的孩子——是合法的,可如果是你弄出来的——他算什么人呢？她,一个姑娘家有了孩子,——为了遮羞——就会把孩子扔进池塘里去。这就是你的罪过！"磨坊主把工人弄得很不耐烦,但他却因此感到一种满足。

"可是,老板,如果认真地想一想,"库兹马严肃而冷漠地说,"就会得出这样的结论:不论你怎样生活,都一样有罪！这么做是罪过,那么做也是罪过。"库兹马为了说明自己的意思,向左右挥着手。"说了——有罪,不说——有罪；做了——有罪,没有做——也有罪。难道你搞得清吗？要我进修道院还是怎么的？我可不愿意。"

他们沉默了。由于早晨清凉的空气,库兹马打了个寒噤。

"老弟,你的生活是快活的,轻松的。"季洪·帕甫洛维奇叹了一口气。

"我不诉苦。"库兹马说,耸了耸肩膀。

"生活是惬意的……对！……好吧,添料去吧！"

"给神父添料吗？"

"给神父添。你谈得多简单……真的！什么都是罪过……是的……库兹马，你很轻巧……像个气泡。"

库兹马仔细地看了老板一眼。

"上帝保佑，我们这儿的米季卡会吹泡泡：他用麦秆吹，整个气泡——泛出彩虹，飞起来，飞一会儿就破了。"

库兹马笑了。

"瞧，我们扯到哪里去了！"

"是真的吧。你是要离开我吗？"

"我要走。"

"那么，到哪儿去呢？留下吧，我给你加工钱。"

"不，不要。我在这里觉得憋得慌，反正我要走。"

"我舍不得让你走，你干活干得不错。"季洪·帕甫洛维奇沉思地说。

"不，我还是要走。我也舍不得离开你——习惯了。我要走，因为我很想走！自己不要跟自己抬杠。谁要是跟自己抬杠，这人就完了。"

"这是对的，库兹马。嘿，是对的！"季洪·帕甫洛维奇全身都颤动起来，摇晃着脑袋，紧紧地眯着眼睛。"瞧，我也是……在抬杠……"

"季洪·帕甫洛维奇！来喝茶吧。"妻子从什么地方喊道。

"我走了！你也去吧，库兹马，上工去吧，上帝保佑你。"

库兹马瞟了老板一眼，就吹着口哨走开了。

在宽敞、洁净的房间里，靠窗的桌子上放着喧闹的茶炊、一块圆形的白面包和一壶牛奶。妻子靠桌边坐着。她健康，容光焕发，两颊绯红，无忧无虑。房子里充满着柔和的不太热的朝阳。

季洪·帕甫洛维奇咬了咬胡子，漫步走到桌子跟前，背着双手，阴郁地看着妻子的背影。

"早晨好，帕甫雷奇！"她转过头来向他说，亲切地笑了笑。"怎么，你又是一个晚上没睡觉吗?你该去治一治,要不我会放不下心的……"

"你是由于放不下心才打了一个通宵的鼾,像工厂的烟囱一样吧?"磨坊主笑着说。

"瞧你说的……谢天谢地,哪怕你笑一下也是好的,你近些日子已经不笑了,你脸上的笑容完全没有了……你老是生气。"

"过这样的日子,恐怕是要完蛋的!"季洪·帕甫洛维奇小声说。

"难道事业上有什么不顺心的吗?"妻子惊慌地问道。

"圣书上说,不要只关心面包……这也是对的。抓住你的心折磨你……如果不给灵魂一点自由,就还得折磨下去……我们心里装满了乌七八糟的东西,它喘不过气来,只好哼哼了。"

"该上教堂去作些施舍——这样就一切都会过去。"妻子劝道。

磨坊主没作声,心里想着阿列克谢神甫。这是个非常贪心的神甫,当磨坊主同附近农民争斗时,神甫曾多次给他下过绊……

"要不,还是去领一个孤儿吧……"

"这也好。比如说佳比尔金家的孩子就行。"

"再给你倒杯茶好吗?你干吗捂住杯子?"

"不要了。"

季洪·帕甫洛维奇望着妻子的脸,他觉得妻子这么肥胖,蠢笨,令人发腻。她干吗老在笑呢?

"还是应该请个医生来。请不请?"

"请什么医生,去你的吧。"磨坊主生气地说,走到另一个房间去,忽然看见睡在地板上的儿子。季洪·帕甫洛维奇在儿子身边停下来,仔细地看着儿子黑色鬈发的头,他的头埋在皱褶的枕头和揉成一堆的被单里。在孩子那黝黑的面颊和额门上都冒出了小小的汗珠。

"真有你的……累垮了。"季洪·帕甫洛维奇想道。"你还睡呐……你的生活道路又会怎么样呢?……"

"季洪·帕甫雷奇!库兹马叫你了!"

这是歪嘴的玛尔富特卡从碾米房那边发出的喊声。磨坊主去年无意中使她全家破了产。现在他还记得这件事。玛尔富特卡的父亲福马要到什么地方去找工作的时候,站在台阶上对磨坊主说:

"就是说,不能延期了?那……好吧,算了吧。那就是再见了,帕甫雷奇!上帝会裁判你的。大概,我们孤儿的眼泪会报应你的,就是说,亲爱的朋友,将来也有你哭的时候!再见!"

福马在台阶前站了许久,时而搔搔腰部,时而又搔搔背,神色紧张地一句话重复五遍,使季洪·帕甫洛维奇感到很难受。

"不能延期了?是吗……"

磨坊主终于把他赶走了……

"是的,什么事都会有,"现在他想道。"有的事情确实是不合法的。可是不这样做又不行,声誉要受到损害。"

但是,这一推理并没有使他安下心来,思绪越积越多,压得他心里愈加难受了。

"到亚姆基去。"他突然作了决定。"马尔法,告诉叶戈尔,让他备马车。"

碾米房门边站着库兹马,灰尘使他全身变成灰白色;他打着口哨,望着天空。天空中一小片松软的乌云在阳光下融化了。碾米房里的什么东西发出呼呼声和吱吱声,碾米房后面从磨房那里传来清脆的水的拍溅声和忧郁的沙沙声,整个空气充满了沉重的呻吟,弥漫着一层灰尘的薄雾。

"季洪·帕甫雷奇,瞧,那条皮带裂开了。"库兹马说道,向旁边吐了一口痰。

"你到我妻子那里拿一条新的来……工作顺利吗?"季洪·帕甫洛维奇问工人,他发现,自己还从来没有像今天这样温和地同工人谈过话。

"过得去。"库兹马回答说,皱起眉梢看着老板。

"嗯,很好……就是说,你——是个气泡?"

"嗯,是气泡,如果你愿意这样说的话。"库兹马表示同意,耸了耸肩膀。

"你的日子过得挺轻松!……"

"有什么可发愁的呢?"

"对!"磨坊主叹了一口气,"如果……快要死了……那又怎么办呢?"

"要死了,——就躺下去死好了。"库兹马回答说,更加疑心地瞧着老板。

"这—样。可是其他的人呢?"

"什么其他的人?他们也是要死的,他们也会有那一天的……"

"是—呀!"季洪·帕甫洛维奇叹息道。"是这样,——大家都得死……这对于人来说,是悲伤的……"

库兹马动了动胡子,一只手放在自己的红头发上,另一只手塞进了肥大的灯笼裤兜里,倒换着脚站着,突然咧嘴笑起来。

"老板,您上路吧,到了城里,快活地消遣消遣,这对您会有好处的!"

库兹马用手碰了碰老板的肩膀,大笑起来。他的动作和笑声使老板吃了一惊。老板好像失去了知觉,有些飘飘然,对工人傻笑了一下,同时又感到自己受到了莫大的侮辱。

"喂,你,库兹马……你这是怎么啦?我是到亚姆基去,真的……去找教师……"

"走吧!在那里,杜妮亚莎·季科娃对您会讲那么一番话,叫您所有的想法都像跳蚤一样蹦出来。"这是库兹马对老板的临别赠言。

五分钟后,肥壮的枣红马卢基奇以矫健的大摇大摆的从容步伐驰骋在蜿蜒的松软的大道上;道路两旁是茂密的榛树和绣球花的灌木林。柔韧的树枝碰到了季洪·帕甫洛维奇的脑袋,察看着他的面孔;当树叶扫到他的嘴唇时,他便转过头去,啐一口唾沫,仍旧在想着他自己动荡不安的生活。

"糟糕,一切都很糟糕,"他想。"这也算是……生活!像大家一样,活着,本来没什么……可突然有了那么一种犹豫不定的心情,于是一切都来了个底朝天,乱七八糟了。"

种种想法奇怪地、断断续续地萦回在磨坊主的脑际,对于他,这一切都是不习惯的、陌生的。他惋惜过去那些安静的日子:那时候一切都是那么明快和美好。

有时,喝过晚茶之后,他坐在台阶上,叫米季卡读《环球》上刊登的可怕的故事;全家人——妻子、女儿都在他身边,四周是那么宁静、和睦。灵魂是安静的,什么也不想。有时看到一幅很有趣的图画:图画上的树长着那么宽大带有花纹的叶子;河水在奔流,旷野、远方、辽阔的大地,不是我们俄罗斯的——那地方荒凉而寂寞——然而是多么诱人啊。一家人都议论说:"瞧,在那里盖个磨坊多好!"说完,大家又沉浸在某种像绒毛褥子那么温暖、柔和的气氛里,再也不想说话了。大家就这样默默地坐着,不想动弹。

亚姆基到了。坐落在丘陵地上的烘谷房、贮藏室和农舍,好像是谁一下子把它们投掷到地上来的,因此它们便惊恐地、垂头丧气地东躲西藏着,不敢站在一条直线上。这些房子污浊灰暗、又矮又小,上面是沉郁而傲然的天空。在这冷漠深邃的天空衬托下,这些房屋显得更加可怜和简陋。

"瞧,这也算是人住的房子!"季洪·帕甫洛维奇走近这些房子时想。"在每一座这样的'大房子'里都住着活人。我去找教师……为了谈话……真是怪事……他会责备我,说:'吓,你这人,考虑考虑灵魂吧!'那我就对他说:'轰我走吧,别客气!……我悔过——我有罪……你在报纸上写得对——我欺骗了他们。尽管他们也欺骗过我,但他们骗我一次,我却骗了他们三次!你想写——就写吧!干吧!但你先得解释一下,为什么过去我没有什么事,没干任何蠢事,可是现在,你瞧,我却陷入了困境?这是人的极限,还是他自己缺乏理智呢?是命中注定,还是他自己在瞎想呢?……"

卢基奇被灰尘呛得打了一个响鼻,摇了摇头,傲慢地抬起脚,驮着自己倒霉的主人到了亚姆基。

这就是学校,与其说这是学府,不如说它是个底朝天没油漆的驳船。教师坐在三扇窗户中的一扇窗旁。他正在用刀子刮削着一根木棍,冷漠地望着走到他跟前的磨坊主。

"身体好,亚历山大·伊凡诺维奇!我到你这里串门来了,怎么样,接待吗?"

"欢迎。"教师说道,离开了窗户。

教师的冷淡的语调以及他那严肃、瘦削而又生硬的面孔使季洪·帕甫洛维奇感到难为情,他的心不愉快地紧缩起来。

他在小车旁边磨蹭了好久,把缰绳从车座上解下来。进学校之前,他先走过一扇窗户,看见教师正把一本厚厚的书放到书架上,带着微笑——一种挖苦的微笑。

"再一次向你问好!"磨坊主带一种不自然的放肆态度说道,伸手给教师。"咳,天气多热呀!"

教师默不作声,把冰凉的瘦骨嶙峋的手指塞给他,向长凳点点头,简短地说:

"请坐……"

"我坐。"磨坊主同意道,在窗户旁边的一条长凳上坐下来,这地方原先是教师坐的,现在他双手放在背后,一边咳嗽,一边在房子里走来走去。

一阵沉默。季洪·帕甫洛维奇坐着,左手揉搓着膝盖,右手捋着胡子,留心地望着墙壁。

教师走近书架,察看着上面的书,好像想证实一下——在客人到来之前,放在这里的是否就是这些书?他们两人都不自然,而且两人都感觉到了这一点。这就使沉默变得更加难堪……

"找我有什么事吗?"教师问,从书架旁走到客人跟前,从近处瞧着他。他皱着额头,眉毛阴沉地缩做一团,想咳嗽,但不知为什么却克制着,紧闭嘴唇。他的脸上出现了棕褐色的斑点,干瘪而凹陷的胸脯高高地、神经质地扬起。

"哼……"磨坊主哼了一声,把目光从教师身上移开,暗自思忖道:"多么瘦弱……老兄,你活不了多久了,苟延残喘……"他说:"怎么对您说才好呢,亚历山大·伊凡诺维奇?"

磨坊主边说边想道:"这也是……一枚钉子……就像那个……死人……谁也不会同他谈一句话……就这样孤独地死去。农夫们把他埋进土里——这一切都不要多少时间。尽管他也在写……但,显然,并没有多大能耐,他写作,——却住在农村……我怎么开始跟他谈话呢?"

"也许,您要喝点茶吧?"教师问道,终于可怕地咳嗽起来,双手捂住胸口,他脸色变得灰暗,全身弯了起来。胸腔里什么东西在嘶嘶作响,砰的一声,发出吱吱声,就像那里面藏着一个老挂钟,马上准备敲钟了。

"喝点茶也行。"季洪·帕甫洛维奇肯定地说,"可是,你咳得很厉害!是由什么引起的?现在是夏天——暖和……不是吗?"

"是的……"教师说,坐到凳子上。从这些简短的、不说明任何问题的话语里,磨坊主领略到一种冷落的寂寞感。

"伊凡诺夫娜!把茶炊放上。"教师向窗口喊了一声。"好吧,那么……就是说,您想同我谈谈……"

"正是……"磨坊主同意地点点头。

"好……我猜想,您要谈的就是关于……"

"真的吗?"季洪·帕甫洛维奇提高声音说,不信任地笑了笑。

"当然,是我在报纸上写的关于您的那件事啰。"教师皱着眉头说道,担心地鼓起两颊,额头皱得更厉害了。

"我也这样想过,这是你写的!我说,这一定是他,因为只有两个人有可能——你和阿列克谢神父,他也在生我的气……"

"这个'也'是什么意思呢?难道我在生你的气吗?"教师诧异

地说。

"要不,这是怎么回事呢!"

"是呀,为什么呢?"

"谁知道你是怎么回事!你写了——就得了;我愿意怎么理解就怎么理解……"

"对不起!我并不是由于对您个人不友好才写的,而是出于正义感,"教师哆嗦地说,他提高音调,激怒地补充道:"你没有任何权利说我是因为生您的气才写的……"

"你解释一下,"磨坊主怀疑地挥了挥手,"你为什么要写?"

"因为您对待基留兴村的农民不诚实。"

"啊!原来你是为了这事才来么一下子!不诚实!可是当我决堤的时候,他们就做得诚实吗?恐怕,关于他们的事你没有写吧?!"

"但是,对不起!"教师越来越激动了。

他的脸上泛起许多血红的斑点,开始口吃起来,显然,他想说的话很多,但是找不到需要的词汇,他的耳朵可怕地抖动着,眼睛冒火。磨坊主瞧着他,也激动起来了。

"什么——对不起!你写了我,也得写他们。如果我对待他们不诚实,那么,你知道,他们也是这样对待我的,你是看见的,可是,你都不说话!还说什么——出于正义!哎嗨,你啊……"

"好吧,您下面还要说什么呢?"教师问道,突然全身弯起来,成为弓形,又咳嗽又慌张,急急地说,叫人听不清楚:

"您不明白……我不能……我……鬼知道,您怀疑我什么!我怎么可能对您有什么敌视呢?就是说——不……是有敌视,永远有!"他突然高声喊起来。

"瞧!啊哈!你还说:凭正义感!既然是由于敌视,又怎么是凭正义感呢?哎嗨,你呀!你已经活不了多久了,可你还折磨人!我女儿就是由于看了你写的东西不相信我了!亲生女儿——你知道吗!"

"对不起!"教师已经喊起来了,"您的女儿又关我什么事呢?我没有说,我对您个人感到仇恨,我是说——对集团,对阶级。"

"你不用对我卖弄聪明了,用不着! 就这样我也很了解你。"

"不,我……您的怀疑侮辱了我! 您可以拿事实来驳倒我,证明我对事情不理解,证明我不对……但是,您说……"

"我什么都可以同你说。"磨坊主拍了拍自己的胸膛站起来,意识到自己的尊严,说道:"我是省里有地位的人……一百俄里方圆内外大家都知道我,尊敬我,而你,全部身价是一个月十八个卢布。"

"我并不想……"教师跺了一下脚,全身颤抖起来,由于激动和咳嗽的发作而喘不过气来。当他咳嗽时,由于疼痛和有病的肺里空气不足而痉挛,发出了呻吟声。季洪·帕甫洛维奇以胜利者的姿态站在他面前,觉得自己有理,激动得满脸通红,大声清晰地一字一句地对他说:

"喂,你呀,公正的人! 揭发别人,也揭发自己吧! 这么一来,你还有什么价值呢? 我原来把你当作一个聪明人,来跟你谈话……谈心……而你怎么样呢? 你懂得我的话吗? 写文章! 又怎么样? 就算写了! 可是谁读呢? 只有一个神父读……我从前怎样,现在还是怎样……我是诚心来找你的,不是带着仇恨来的,可你却不放弃自己的东西,还对我大喊大叫。你有资格对我嚷嚷吗? 你一个月不过十八个卢布,孑然一身,没有结婚,却也来一套什么正义感! 哎,嗨! 再见了,老兄! 我并不因为你的无礼而生你的气,但我可怜你……可怜……再见! 你的生活很糟,将来我们大家都会死的……不要忘了这一点……是的!"

这番话结束时,季洪·帕甫洛维奇几乎忧伤得掉下泪来。被猝发的咳嗽折磨的教师弯着身子坐在凳子上,头垂得很低,全身发抖。他一只手支撑着腰部,另一只手痉挛地在空中挥舞,也许他想留住就要离去的商人。

磨坊主看着他觉得可怜,同时又想说些使他难受的话,使教师也感到磨坊主内心那样的痛苦,但这种话并没有说出来,尽管他的嗓音发颤而且变成了像哭泣似的低调。磨坊主意识到,他同教师之间发生的一切使他们两人都感到难堪,他想尽快地结束这种难受的场面。

"再见!要是有什么对不起你的地方,就请原谅吧……"磨坊主手一挥,把便帽深深地戴在头上,急忙走出去了。

"不,对不起……"在磨坊主的后面响起了教师沙哑而激越的声音。

"得了!"磨坊主从鼻子底下嘟哝一声,一边在解缰绳。

"您回来……我们应该……"教师走到窗口,一只手扶着窗框,探出半个身子,另一只手使劲地做手势。

"谁也不该谁什么……我们大家都是人……"季洪·帕甫洛维奇喃喃地说,抬起脚跨上小车的踏板。

"您回来!"教师大声喊道。

他喊得很奇怪。季洪·帕甫洛维奇转过身来看着他。他的脸很可怕,两眼浑浊、额头冒汗,喉咙痉挛地紧缩起来。

磨坊主感到有些难受。

"哎……下次再来!反正是一样!"

他用缰绳狠狠地打了一下卢基奇,它拉着小车立即敏捷地跑起来。教师紧追在后面,叫喊着什么。

"驾!"季洪·帕甫洛维奇喝了一声,给马加了一鞭。他甚至牙齿咬得格格响,希望以此消除他全身的痛苦感觉。

出了村子,他稍稍冷静下来。卢基奇迅速地用碎步跑在蜿蜒的道路上,两旁是一片成熟了的金色麦浪。在道路前面地平线上,乌云在集结:一团团暗蓝色的云彩慢慢地积聚成黑压压的一大片,朝磨坊主这边移过来,在地上投下一块浓密的阴影。他的心灵上也笼罩着阴影。他猛地拉了一下缰绳,不假思索地转到左边更宽阔的被压得很瓷实的车辙上。现在乌云留在右边了,而前面,在谷物的黄色海洋里,可以看到一小块黑色的树林;被太阳照得通亮的岗峦起伏的荒漠中,有些地方现出了被耕耘过的土地的一条条宽大的黑带子,它们在富饶的田野里是孤零零的。这孤零零的情景在磨坊主心里也引起了一种类似的感觉。卢基奇在奔跑,前方正在变绿——快要到树林地带了,它越来越明显地呈现在田野的金黄色的背景上和暗蓝色的天边。

"我这是去车站吧!"当小丘后面出现了电线杆的时候,磨坊主想道。"我是否进城去呢?派个人把马从车站送回家去⋯⋯嗯,对。上教师那里去了一趟,谈了话。教师呀!你教你的书,可自己也该学习学习,了解一下自己周围的情况如何。要不是心里感到痛苦,我怎么会鬼使神差地来找你呢!教师呀,你应该永远站在使人能够接近你的地方。要不然——你瞧!你一本正经地爬得比炉子的烟突还高,从那里发布预言⋯⋯了不起的美德啊!"

他想得越久,就看得越清楚:是教师对不起他。磨坊主意识到这一点,心里感到很高兴⋯⋯

"哎呀,人们!要是你们并不需要一个人,也不害怕他的话,你们就不会注意到他了。还是教师呢!显然,对你们来说,保持自己的一本正经,比别人的灵魂更宝贵⋯⋯"

卢基奇精神饱满地跑近了车站。而对面,火车快要进站了,一边呜呜叫着,一边向四面喷散粗辫形的白色蒸汽,空气中充满了沉重的隆隆声。

乌云中的雷声同火车的隆隆声遥相呼应。乌云已经把三分之二的天空吞没了。几分钟后,季洪・帕甫洛维奇已经坐在车厢里,奔驰在草原上,他目送着窗边闪过的大片谷物和翻耕过的土地。

闪电的火箭不时划破漆黑的天空;在迅速飞驰的火车上空,雷声隆隆;铁轨接合处车轮的响声、离合器的铿锵声都被雷电的怒吼淹没了,不可捕捉的、快速的闪电不时在窗边闪现,使人睁不开眼睛。

"我干吗进城呢?"磨坊主懊恼地问自己。

他摇晃、颠簸着;闪电的亮光使他不时眯缝起眼睛,雷声使他发抖,他开始祈祷,最后终于打起盹来。

二

"我到哪里去呢？找谁呢？"季洪·帕甫洛维奇离开车站走了两个街区时问自己，他觉得，他并不想去看望任何熟人，而且什么也不想做。

他一路都在睡觉；进城后，来到旅店，胡乱地吃了一点东西，喝了茶，便望着窗外，外面在下雨。

雨下得很大、很久——将近三个小时，这三个小时磨坊主都是在某种痴呆状态中，在沉思中度过。后来他决定回家。但当他来到车站时，发现火车已经开走了。他坐在车站月台上，观看着火车如何调度，看着形形色色肮脏的人们——送油工人、机务编组人员、机车联结员、货车乘务员——如何来去奔忙。火车出的出进的进。季洪·帕甫洛维奇觉得，车站这种纷忙的生活是轻率的，未加仔细考虑的。既然所有的人都是要死的，为什么还要这样忙忙碌碌、运来运去呢？应该更多地关心安静……磨坊主十分希望安静，一种深深的、梦幻的、无忧无虑的安静。这种希望吸引着他到什么地方去。这样，他来到了城里，他现在是冷漠地、对任何事物都漠不关心地走着。

街上是一片静寂和黑暗。朵朵乌云从天际飞驰而过，在马路上和房屋的墙壁上投下了浓黑的阴影。空气潮湿、闷热，散发着新鲜的树叶气味、腐烂的泥土气味和沉浊的都市气味。风从花园上空吹过，树叶簌簌作响——空气中发出静静的柔和的絮语声。街道狭小、僻静，仿佛被这种沉思的寂静弄得灰心丧气。远处传来四轮马车喑哑的辘辘声，非常难听，使人讨厌。磨坊主双手搭在背后走着，陷入一种神志不清、半思想半感觉的状态。这使他心中感到凄凉和迷茫。

突然，从什么地方传来一组奇怪的、好像在相互对骂的吹奏乐的音响，在城市的上空奏起了异常响亮的圆舞曲，有一支调子非常沉重而不连贯，似乎发出哎哟、哎哟的声音。它与别的音调完全不合拍，而且困难地喘着气,比其他的调子都要高……好像某种巨大而沉重的东西在笨拙地跳跃,企图挣扎出来却又无能为力。

"怎么,进去吗?"磨坊主问自己,在点着两盏明亮的灯笼的敞开的大门前停了下来。洋槐树的林荫道从大门径直通向远处什么地方。尽管季洪·帕甫洛维奇还没有决定是否要进花园去,他却已经走进了花园,观赏着沿林荫道分别挂在铁丝上的灯笼。这些灯笼在栗色的道路上投下五颜六色的斑点。林荫道猝然向右拐个弯,季洪·帕甫洛维奇看到了舞台。舞台上正在演奏军乐。舞台前面是一些长板凳,上面黑压压地坐着一些人。他不想到舞台那边去,就在林荫道旁的一条板凳上坐了下来。

树木簌簌作响。树木的上空,一片片乌云疾驰而过,不断地扫着天空。一个女人在季洪·帕甫洛维奇旁边走过……他冷漠地看了一眼她的背影,她转过身来,又从他身边走过。这时季洪·帕甫洛维奇暗自骂了她一句……忽然她走到他的跟前,坐在他的旁边,瞟了他一眼。在他面前闪现出一双乌黑的试探性的眼睛,两片鲜红的大嘴唇,笔直、漂亮的鼻子。他持重而嫌恶地挪开一些,觉得更加无聊。

"无聊吗,商人?"他的邻座问道。

"是—啊……"他拉长声音慢慢地说,不过立即就醒悟过来,阴沉地对她说:"滚开……没有什么可闲聊的……我不是那种人……"

她以一种深沉的胸音笑起来。

"好生气的人……别害怕,我不会触犯你……我自己也很寂寞,所以才问你……"

他默不作声,等待着她站起来走开。但她没有走开,而是不断地打呵欠,继续坐在他旁边。他斜视了她一眼:她很年轻而且漂亮。音乐停顿了一下又重新演奏起来,这一次不知为什么噪音少一些了。

"你既然寂寞,干吗还待在这里呢?"季洪·帕甫洛维奇问自己的邻座。

"可你呢?"她简短地回了一句,并没有看他。

"我是从外地来的……我到哪里去呢？……"

"上旅馆去,在那里住下,去吧,要不就到小饭馆去。"

"真有你的!"季洪·帕甫洛维奇说。停了一会儿,又补充说:"大概,在那里一个人也是寂寞的……"

"找伴去……"

"在大街上召集伙伴吗?"

"在小饭馆里经常有一伙人。"

"这,未必吧……"磨坊主叹了一口气,并想道:"我是否真的到小饭馆去呢? 把这位也带上……也许,还能成功?"他问道:"你肯跟我到小饭馆去吗?"

她没有立即回答,好像有点犹豫。

"也许……不过这里有一个人要来找我。"

"嗯,哪有什么人呢?"

"不,真的……是一个工厂的工人。"

"他是你什么人? 管他呢,我们走吧……"

想到美好的会餐,他当真高兴起来了。

"好,我去……他,也许会迎面而来,会碰上的……"

"没有他不行啦!"磨坊主说,从凳子上起来。"走吧!"

她站起来,个子高高的,体态匀称而又美丽,头上扎着一条白围巾,跟他,一个壮实的男人并排走着,他穿的是腰部带褶、拖到脚跟的外衣。

"不,要能遇上他才好。"她说道,然后不知为什么又解释了一句:"这是个没有手的人……"

"这是怎么啦?"

"手在机器上切断了。"

"那么,他是你什么人?"季洪·帕甫洛维奇感到有点诧异。

"他很会唱歌。"

"是吗?"

"今天我和他本来要过河到树林里去……"

"是这么回事……"磨坊主笑了笑。"那么现在呢?"

"没有什么。"她简短地说。

他们出了花园。磨坊主先问她上哪里去,之后便叫了马车。四轮马车在高低不平的马路上跳动,叮叮当当地行驶在两排房子的中间。天还不算晚,灯光和说话声从窗口传到街上。车子穿过小花园后面的一座白色小房子时,季洪·帕甫洛维奇听到了一阵低沉的男低音笑声,接着是一个女人的清脆而亲切的笑声。

"人们活着……不胡闹,不卖弄聪明。"他伤心地想道,为自己感到难过。

"你是说……没有手?"沉默了一会儿,他问女人道。

她紧偎着他,一只手抓住车板,另一只手扶着他的膝盖。

"米沙吗?是的……"她说道。

"那么,他是你的什么人呢?好朋友,是吗?"

"得啦!什么好朋友……他已经老了,是病号。他是我的老相识——我还小的时候,他就抱过我。"

"你怎么!那你父亲是谁?"

"油漆工人。"

"死了?"

"得霍乱死了……我们快到了。"

"是这么回事……在这之前你是干什么的呢?"磨坊主好奇地打听。当他说话的时候,他觉得好受一些。

"女裁缝。"她答道。

几分钟后,他们坐在一个大饭厅的角落里。饭馆又肮脏又拥挤,充满油烟味。在饭厅中央的一张桌子上,一伙酒鬼在喧哗。在摆满天竺葵和倒挂金钟盆花的窗户旁边,有两个形迹可疑的人在喝茶:一个是秃子,长着鹰钩鼻子,不时地咳嗽;另一个全身黑,留着士兵的胡子,凄戚地从牙缝里打着口哨,注视着自己的杯子。靠近瓷砖面火炉的角落里坐着一个白发苍苍的老头,他有一张笃信宗教的疲倦的脸和一对甜蜜地微微眯起的眼睛。还有一些人十分奇怪地散坐在熏黑了的大房间里,彼此谁也不注意谁。

磨坊主和女朋友坐在一个黑暗角落里,在一扇通向小房间的门边,他能很清楚地看到由五盏壁灯照明的整个饭馆。他们的桌子就在敞开的窗户旁。从街上吹来了掺杂着种种气味的浓郁的暖风。

"你叫什么名字,美人?"

"安娜。"

"好吧,安努什卡,为我们的相识干杯!"

他从面前放着的酒瓶里斟了两杯酒,碰了杯喝了。安努什卡解下头巾变得更漂亮了:她的头发是波浪式的、栗色的、眼睛椭圆形,深棕色。她时而眯一下眼睛,时而又张开;手臂丰满、白嫩,她正在用手指翻弄着印花布女上衣胸前的褶条。

"你会跳舞吗?"季洪·帕甫洛维奇问道,审视了她一眼后便断定:她跳舞的时候,像这样侧着身子走步,肩膀一动一动的,传送着秋波,一定特别好看……

"会跳……"她答道,又斟了两杯。

"显然,你也是能喝的。"磨坊主笑着说。

"那又怎么呢?这样的生活……我们不能不喝……"她平静地说道。

"难道已经很难受了吗?"磨坊主盘问道,并不掩饰对她的怀疑,而且讥讽地笑了笑。

她没有立即答话,先是理理头发,掰下一块黑面包,以老酒鬼的姿态闻了闻它,然后放进嘴里,一边慢条斯理地咀嚼着,一边说道:

"假如强迫您去跟所有想同您接吻的婆娘亲嘴,那么,别看您是个男人,这事也会使您讨厌的。而我们妇女们应当……要知道,你们中的好人太少了,越来越多的是……这样的人:一不小心,就使人上当。又是罪孽……我们不是那种麻木不仁的人——我们记着上帝……问心有愧。我们常常——特别是醉后醒来时——感到那么可怕,真想把自己吊死……好吧,现在就喝它半瓶吧,空着肚子把自己灌醉……然后就进去……干这种事不喝酒是不行的——会愁煞你……"

从她一开始说话,季洪·帕甫洛维奇就感觉到,她的眼睛有点儿刺痛他的心,因为她的眼睛停留在他的脸上时,好像要竭力把它记牢似的。她在说到"这样的人"这个词时,就停顿了一下,——他觉得,在这停顿中有许多使他难受的东西;然后她又谈到上帝。他邀请她来完全不是为了这个。于是他心里激起了对她的愤懑。他严厉而有分量地说道:

"规定了谁该做什么,他就应该挑起自己的担子……是吗?我同你到这里来是为了寻欢作乐,不是为了斋戒的谈话,这样的谈话跟我们的事毫不相干,我想寻欢作乐,想热闹一番……明白吗?我可以花一百卢布,但要使灵魂得到休息。我要旋风,这方面你能帮我点儿忙吗?干吧——我给你十个卢布!但要做到我所希望的那样!"

他用手在脖子上摸了一阵,眯起眼睛,摇了摇头。

她明白了他的意思,也立即激动起来。在这之前,她觉得他是个毫无毅力的人,是个顾家的大胡子大叔。这种人想要作孽也是有一定限度的。但是现在她明白了,他是能够纵情放荡的。她眼睛发亮,站起来,边扎头巾边说:

"这您该立即就说明白,可您却说废话,不知您要干什么?您坐一会儿,我就来,马上就有拉手风琴的人来,我们要唱歌、跳舞……您在我出去这会儿,搬到那里去……"她用手指了一下隔壁房间,"并且定购一些茶、酒,还有吃的……好吧,我再灌一杯。"

她又"灌了"一杯酒,笑了笑,便出去了。

他叫来了跑堂的,定购了需要的一切,搬进了隔壁的房间里。这个房间有三个窗户,全是朝街开的,其中一个间壁上挂着一幅猎熊的画,另一个间壁上挂着一张女人裸体像。季洪·帕甫洛维奇看了看这些图画,便在圆桌旁边坐下来。圆桌就放在一张宽大的皮面的长沙发跟前,沙发上边也挂着一幅画,这画不知画的是草地还是画的平静天气的海洋。在隔壁房间里,人声嘈杂,人愈来愈多,酒杯叮叮当当,瓶塞砰砰响。

"我试试消遣一下……"季洪·帕甫洛维奇一边想,一边给自己斟了一杯酒。"也许,以后精神会恢复过来。算啦,混混日子得啦。假如我能明白该做什么和怎么做——又是另一码事了。可是我不明白。我苦恼,什么东西使我苦恼呢?——不知道。譬如,一个人死了——又是怎么一回事呢?问题是清楚的——活过了,——因此就死了。我也会死……可别忘了灵魂——这是实话。但是,灵魂又想要什么呢?如果我能了解这一点就好了!"他想起了库兹马:"瞧,他自由自在。他活着……不受任何思想牵制。可是要知道,如果正确地判断一下,他也是有灵魂的。教师也有灵魂。不过所有的人——都各不相同。瞧,就连这个小婆娘也说什么:活着问心有愧。既然是命运,又有什么问心有愧的呢?没有上帝的意志,连头发也不会从头上脱落的……"

他沉重地叹了一口气,喝了一杯酒,靠在沙发上,倾听着自己。

不知为什么,他脑子里浮现出花园里军乐队的一个大喇叭。

"呜弗,呜弗"喇叭在吼叫,从其他音符里脱离出来。后来他又清楚地回想起了四轮马车的叮叮声,这声音粗暴地破坏了夜晚的忧郁的静谧。

"假如一个人,可以说像一个磨坊,整天用自己的智慧去磨各种不同的东西,难道他能了解自己吗?"季洪·帕甫洛维奇怀着一种抱怨什么人的心情想道。

他觉得,他好像已经分成了两半:他的这一半在另一半没注意的情况下力求把另一半推到什么地方去。他警惕地提防着自己,就像提防各种同他做交易的庄稼人一样。

"难道我在争辩?"他自供道,皱起额头。"我作恶多端,执迷不悟——这我明白……但是我怎么才能摆脱开呢?斋戒期到来——我就少吃,可在这之前——不管怎么样——要忍耐。"

361

他终于清楚地感觉到,他是不宜于一个人留在这里太久的。他慢慢地又被苦恼所包围和折磨了。

"这个鬼东西怎么也不见了呢?"他气愤地想道。就在这时候,门开了。

在他面前站着一个穿红衬衣的高个子,衬衣的两个空袖子从肩上耷拉下来,在两侧晃动。楔形的淡褐色的胡髭使他那苍白、枯瘦的脸孔显得更长了。灰色的眼睛放射出一种害热病的光芒,长脖子上有一个弯曲的向前屈伸的喉结,它使这个奇怪的人有点像鹤一样。他脚上穿着毡靴和棉绒的肥大的灯笼裤,裤的膝盖部分已磨破了。他大约是五十岁,不过眼睛使他变得年轻。他看了季洪·帕甫洛维奇一眼。

"那么,您就是商人了?……"

"我就是……"

"请给我斟一杯酒。"

"好。"

"请端过来。"

"可以。"

磨坊主斟了一杯酒,端到没有手的人的嘴边,他立即探过身来,发出一种特别的啸声,把酒喝得一干二净。

"要点吃的吗?"

"第一杯之后不用。"

"再来一杯?"

"十分感谢……"

他说话是一种高调门的尖嗓子。两杯之后他更加目光炯炯,两颊出现了两块红斑。季洪·帕甫洛维奇给了他一块面包,带上一点鱼,他用嘴唇接了过去,坐在沙发上,脑袋垂在桌上,把食物放在桌旁,吃它。咬的时候,他的下嘴唇伸得老远,设法使食物不致掉在地下。季洪·帕甫洛维奇看了他一眼,觉得这个残废人很可怜。

"这手是怎么一回事呢?……"他用一种同情的语调问道。

"很简单:喝醉了,在传动皮带上——一、二!——就去医院住了三个月——成了乞丐!"残废人说得很快。

"那是多么痛苦呀!"季洪·帕甫洛维奇吧嗒一下嘴唇,感叹地说。

"这已经过去了。过去的事就让它过去吧。现在的事才糟糕呢,要不,我什么都满不在乎。"

"这是什么意思呢?"季洪·帕甫洛维奇不明白他的话。

"很简单:没有手是没法生活的。甚至人家给你东西,你都没法拿——瞧,多糟!用嘴去咬——人家打掉你的牙。"

"确实是这样。"季洪·帕甫洛维奇笑着说。

残废者的身上有着某种敏捷的、令人精神振奋的东西。他目光炯炯,机灵聪慧。季洪·帕甫洛维奇想:想必过去他也是一个很好、很快活的小伙子,别看现在他没有手。

"安努什卡快来了吗?"磨坊主问道。

没有手的人立即抬起头来,尖刻地看了季洪·帕甫洛维奇一眼,使对方感到,这是一种特殊的不友好的目光。他把眼睛转到旁边去,有点不好意思起来。

"您是在什么地方同她勾搭上的?"没有手的人问道。

"在花园里……"

"啊!……"

"怎么啦?"

"没有什么……"

"漂亮的妞儿。"季洪·帕甫洛维奇说,感觉到他的交谈者对他的不友好态度越来越明显了。

"也是一个残废……"没有手的人简短地说了一句。

"这是什么意思?"

"没有灵魂。机器把我的手弄断了,而生活把她的灵魂毁了。穷人的生活是可诅咒的——毫无道理地摧残人。残酷的生活。"

他们沉默了一会儿。没有手的人在沙发上坐立不安,好像心情十分烦躁,季洪·帕甫洛维奇皱着眉梢看了他一眼,自己也感到不自在起来,他很生气,并且有点害怕什么似的。

"再来一杯吗?"

"好……不过再多就不要了,否则我就唱不了歌了。"

"您当过教堂唱诗班的歌手吗?"

"我?什么都当过——做过钟表匠,当过教堂唱诗班歌手,当过铁路上的供油工,做过角制品买卖,当过森林区的管家……我活得很久了!"

"是啊……竟是这样……"季洪·帕甫洛维奇说道,交谈者的能干使他吃惊。两人又沉默一会儿。

"安努什卡这么久还不来……"

"安纽塔?"没有手的人不知怎么抖动了一下,"会来的!"他冷淡地笑了笑,"一定会来的……您想给她十个卢布吗?会来的!当然啰!为了十个卢布,当她为了卢……嘿!"他咳嗽起来,瘦长的身躯变成弓形。"这个安纽塔从六岁起,我就知道她。是啊……我十分珍爱她,给她买蜜糖饼干,可现在我在她的保护下过活……我过去给她买蜜糖饼干,现在她给我面包和酒……时代是多变的。人们——跟牲畜一样。不过,一切都有自己的常规,地球上的人也不过是渺小的虮卵罢了。一切都正常,不值得去诉苦和哭泣——这不会有任何结果。活着等待着,看什么时候该你倒霉,如果倒了霉,你就等着死!世界上只有动听的言语。明白吗?不论是安纽塔、是我、还是您——我们大家都是在年轻时就失去了一切,到现在还只是碰钉子!其他什么也没有。所有的谈话——全是胡说八道,不屑一提。我过去对生活抱着另一种观点,总是为自己也为别人感到不安,总是问:为什么,怎么样,什么意思,实质在哪里,为什么目的,什么缘故……可现在——我满不在乎!生活的进程有一定的法则,好吧,就按一定的法则吧——也许,就该这样,这跟我没任何关系。法则,不能违反法则……也用不着去违反,因为就是万事通的人也什么都不知道。对于这一点,请您相信我吧,关于这些,我曾同最聪明的人谈过——同大学生以及教堂的很多神职人士谈过。嘿嘿!"

这个没有手的残废人兴奋起来了,激动了,向季洪·帕甫洛维奇说出一句又一句不连贯的、含糊不清的话语。他的语调很奇怪,里面既有痛苦的抱怨,也有绝望、嘲笑以及对法则和力量的恐惧——因而他讲这些话的时候,有时特别加重语气,有时降低了嗓门。

季洪·帕甫洛维奇不大明白他的话。但这些话却给他带来了某种神经过敏的不安,他觉得,残废人在给他解释什么东西。当没有手的人说得喘不上气而停顿片刻时,他胆怯地、犹豫地问道:

"就是说,人已经走投无路了吗?"

"寸步难移!"没有手的人闪亮了一下眼睛说道,整个身躯向季洪·帕甫洛维奇这边移了过来,用一种压低的和严厉的声音补充道:"法则!您知道隐秘的原因和力量吗?"他的眉毛往上扬了扬,意味深长地晃了晃脑袋。"无论谁对什么事都不知道……一无所知!"他缩成一团,脑袋紧贴着胸。磨坊主想象着,假如他的交谈者有手的话,大概会对他作出威胁的手势的。

"是—啊!"磨坊主拉长声音说,默默地揪了揪胡子,皱起了额头。"那么,灵魂怎么样呢?"

"灵魂?……您在下等酒店或其他类似的地方看见婴儿、小孩吗?这就是世上的灵魂!这是对灵魂的一种考验……"

"那么,现在怎么样,如果良心?……"

"看,他们来了……"没有手的人点点头。

安努什卡站在门口,满面通红,气喘吁吁;在她的肩膀背后,探出一个戴着制帽、留着小胡子的面孔,耳朵放肆地抖动着,讪笑地眯缝着眼睛。

"米哈伊尔·安东诺维奇!科斯佳来了……"

"科斯佳?"没有手的人精神抖擞起来。"想得真不错!这是一件乐事!科斯佳,到这边来!……商人,您瞧,这人是天才!这就是——

灵魂!"

从安努什卡胳膊肘下面走出了一个又瘦又黄的青年,他有点驼背,胸部凹陷,两片薄薄的嘴唇半开着,露出两排被牙垢损坏了的黑牙齿。

房间里一下子变得热闹起来——进来的人们带来了一阵不同音响的声浪;带着讥笑的目光、留着小胡子的人原来是个手风琴手,他立即坐在沙发的一角,把一个装有许多按钮的大手风琴放在自己膝盖上,拉出了一个非常高的、活泼的和音,然后得意扬扬地瞧季洪·帕甫洛维奇一眼,给自己倒了一杯酒。

除安努什卡外,还来了一个姑娘:塔尼娅——那个穿西服上衣的人(此人不知是个"有洁癖的"手艺人还是个小伙计)是这样称呼她的。他们都靠窗坐着,而安努什卡、手风琴手、季洪·帕甫洛维奇、没有手的人以及科斯佳成为一组坐在桌子旁边,大厅那边也聚集了许多人,发出一片醉汉的喧嚣声。

没有手的人和科斯佳低声地谈着什么;科斯佳的脸上闪烁着一双深深凹陷的蓝眼睛,在蓝眼睛底下是两个大黑点。他穿着腰部带褶的男外衣、红衬衫和靴筒上有小褶的皮靴。安努什卡小声地对手风琴手说什么,狡猾地笑了笑,对方听到她的话后冷漠地看了看磨坊主。

大家都觉得有点拘束。特别是季洪·帕甫洛维奇在这么多陌生人的目光下惘然若失了,他因为喝了酒,加上同没有手的人的一席谈话,觉得脑子迷迷糊糊的。

磨坊主想引起别人对自己的注意,咯咯地叫了两声。大家明白了他的意思,都奔忙起来,马上更严实地凑到桌子跟前;安努什卡从沙发上一跃而起,坐到磨坊主旁边的凳子上;另外两人也从窗前走到桌子这边来。

"伙伴先生们,作为开头,让我们来干一杯!"季洪·帕甫洛维奇宣布道,他感到很满意,因为他说出的这些话是如此端庄、持重、有分量。

大家都喝了酒。没有手的人也喝了,是由坐在他旁边的科斯佳给他的。

"您,就是说,"季洪·帕甫洛维奇对没有手的人说道,"作为这么一个人……"他看了一下这个人的肩膀,有点踌躇起来。"您就指挥一切吧,为的是要快乐,要使一切都抖动起来……让我们也为同样的收场干一杯!"

"可以,"没有手的人同意道。随着酒量的增加,他的眼睛睁得越来越大了,喉结上开始有什么东西在翻腾。"我们喝酒,再来个合唱,行吗?一定会很好的!你,科斯佳唱衬腔,安努什卡领唱,而您,马尔克·伊凡内奇拉手风琴。"

大家都一起说起话来。穿西服上衣的青年认为,合唱搞不起来——声部少;手风琴手也同意他的意见。显然,他为了想表现出自己内行,用了许多不同的专门术语。

"怎么也搞不好,因为几个声部都是大调,会变成一种喊叫。三重唱——马上就可以唱起来,就是说,需要三个人一起唱。"

喝了酒并兴奋起来的安努什卡像猫一样向磨坊主表示亲热。他虽然尽量保持庄重,但也已淫荡地咧嘴笑了,并且在她的腰上捏了一把。她轻轻地尖叫了一声,在他的手上打了一下。他们渐渐地痴恋起来了。他们周围关于如何唱歌和唱什么歌的争论愈加热烈起来。

"马尔克·伊凡内奇,不是这样!"没有手的人以一种烦闷的声音扬声说道。

"不,是这样!"手风琴手用低沉的男低音断然地说。

科斯佳没有加入争论,背靠在沙发角上,挺起胸膛,半闭着眼睛,不知为什么脸色发白。

"科斯秋什卡[①],唱一个!"塔尼娅用女低音高声喊道。她臂肘支在桌子上,一只手托着脸颊。她的男伴在她的耳边低声说些什么,眼睛向磨坊主这边斜视着。磨坊主拦腰搂着身边的女人并把一杯花楸

[①] 即科斯佳,两者都是康斯坦丁的爱称。

果酒端到她的嘴边,她却扭扭捏捏,把头歪到一边去。塔尼娅用浑浊的蓝眼睛的懒洋洋的目光瞧她一眼,重又保持原来的姿势,对手风琴手说:

"您算啦!"

没有手的人整个躯体向他歪过去,唾沫四溅,高声喊道:

"也不是这样!开始时要带点悲伤的调子,把大伙的灵魂引入宁静的境界,好好听你拉。"

"这是怎么啦?"手风琴手怀疑地表示反对,皱起眉头,捋捋小胡子。

"是这样——灵魂对悲伤的调子是敏感的……懂吗?您现在就对灵魂试探一下——比如来一个《船歌》或者《红太阳落山了》——灵魂就会安静下来,听得出神,这时您再立即来个《皮靴》或者《在牧场上》,再配合一阵急剧细碎的乐曲,要热情奔放,再加上快速的舞曲!您刺激它,它就会振作起来!那时候,就一切都开动起来了。那会儿就像发疯了似的——你要什么呀?什么都不需要了!什么苦恼呀快活呀——全都像彩虹一样闪现出五光十色!……"

没有手的人激动得喘不上气来,整个身体奇怪地摇晃着,好像要隐匿到手风琴手脚下的地板底下去。饭馆里的喧嚣声越来越混乱了,充满着一片震耳欲聋的醉汉的嘈杂声。

突然,一个响亮的男高音的旋律钻进了这片嘈杂声中,这旋律病态地颤动着,拉得长长的,令人感到沮丧:

哎嗨,在恶劣的天气中……

"嘘——嘘——嘘!"没有手的人像蛇一样发出咝咝声,脑袋向上扬起,睁大眼睛向大家环视一周,眼睛里既有请求也有某种畏惧和满意的表情。大家立即安静下来,都望着科斯佳,他坐在沙发上,脸色苍白,痉挛地张开嘴唇,从里面倾泻出一种优美的、悲哀的音响,旋转上升,越来越高……

"塔尼娅,亲爱的,同他一起唱吧!"没有手的人小声恳求道。

  风在吼,在呼啸……

科斯佳很快地改为宣叙调。

塔尼娅冷淡地以一种说明"我能够——我反正都一样"的人的姿态瞧了科斯佳一眼,把手紧贴在面颊上,在科斯佳结束宣叙调之前,接口唱了起来。

  而我的小脑袋……

"可怕的忧伤在折磨人!……"科斯佳继续唱道,他屏息不动,完全陷入了深思。科斯佳个子小,又瘦又黄,但他的嗓子是响亮的、金属般的男高音,由于号啕而颤抖,并在忧伤中停止了。不过在他停止之前已响起了塔尼娅沉厚的女低音。女低音沉思地、悲戚地从她的喉咙里悠悠地倾泻出来、平稳而且极其平和,这就使歌词变得更加悲哀。房间门口站着一大群人,他们脸色通红而激动,并且冒着汗。在这群人后面,在房间里仍和原先那样,响着碰杯的声音和醉汉的叫声。不过这些声音已经变弱了,门口的人群进一步往房子里挤。

  哎嗨,我也到草原去……

科斯佳忧郁地唱道,脸上泛起了红晕。

  到草原去……

塔尼娅伴唱道。她的声音好像仅仅是别人的悲伤的一种冷漠的回声。

　　　　在那里寻觅命运……

　　两个声音融为一体,像一股和睦的暖流平稳地流进了充满烧酒、烟草和汗臭气味的房间里。突然,声音发颤、跳动、号啕起来,犹如它在这里感到挤拥、难受。然后科斯佳的嗓音猝然中断,停了下来,塔尼娅则继续在唱:

　　　　沙漠——我的母亲……

　　"沙漠——我的母亲!"科斯佳用忧郁的声音重新唱起来。

　　　　请收留孤儿吧……

　　"请收留孤儿。"第三个新的声音加了进来。这声音与科斯佳的声音汇合在一起,同声齐唱,柔和地,也在颤动着,像是一个回声、一个基音的影子。它哭泣似的呻吟起来,只唱一些元音。这是没有手的人在唱,他闭着眼睛,弯着自己的喉结。塔尼娅的女低音鸣响着——低沉,平滑,浓郁,它变成一条类似卷曲在空间的宽大的丝绒带子,在这条丝绒带上的古怪的花纹里,没有手的人和科斯佳的声音像金线和银线似的抖动着。

　　这个叙述孤儿寻找自己的命运的故事把听众吸引住了。季洪·帕甫洛维奇早已一动不动地坐在凳子上,脑袋耷拉在胸前,贪婪地聆听歌声。这些歌重新勾起了他心中的烦恼,不过这时已渗进了一些甜腻腻的、愉快得刺心的东西。他觉得好像有一种像新挤出来的奶似的温暖而又浓郁的东西浇在他身上,浇完之后,这种东西渗透到他的肌体里去,灌满了他所有的血管,洗净了他的血,触动了他,使他更烦恼,他的心就越来越软了。在磨坊主的心里,一种奇怪的甜腻腻的痛苦增长起来,像苦闷的冰块压在他的心上,溶解了,化成许多小块,在内心中把他刺得好痛。

安努什卡脑袋靠在邻座的肩上,眼睛望着地下,呆然不动。手风琴手沉思地拈拈胡子;而那个穿西服上衣的人走到窗前,靠着墙,可笑地把脑袋探向歌手们,好像是用嘴去捕捉歌声似的。站在门口的人群里发出衣裳的窸窣声。他们溶成了一个庞然大物,在喑哑地唠叨着什么。

三个歌手唱着唱着,他们自己也被歌声迷住了。这歌时而像忏悔的罪人的祷告,阴沉而又强烈;时而像有病的小孩的哭声,悲哀而又温顺;时而又充满悲观和失望的苦闷,就像所有优秀的俄罗斯民歌那样。

哎,我坐在大海边……

科斯佳号啕起来,由于紧张,他额头冒汗,汗水像眼泪一样,从两颊流下来。

哎——啊,哎——哟哟——哎——啊!

没有手的人用单一的元音附和着他。他紧眯着眼睛,鼻孔神经质地颤动,嘴唇和下巴也在颤动。

我期待着自己的命运!

塔尼娅摇晃着脑袋,用一种充满绝望的声音唱着,并且她的笑也是这样的忧郁和尖刻。

我的心灵……

男高音科斯佳唱着并哭了起来。

眼泪……
眼泪灼热地洗涤！……

没有手的人的声音在颤动。

歌声仍在哭泣、荡漾，好像马上就要中断并消失似的，但是它又复活了，把正要消失的音符重新振作起来，把它推向高处，并在那里挣扎和哭泣，然后落下来。没有手的人的假嗓子更加重了这声音的垂死挣扎的色彩。塔尼娅仍在唱着，科斯佳重又号啕起来，时而追逐着她的歌词，时而又重复着它，也许这首哭泣的、祈祷的——叙述寻找命运的人的歌子，是没有结尾的。

"弟兄们！"季洪·帕甫洛维奇低声地说，站起来，"我再也受不了啦，行个好吧，我再也受不了啦！"

他满脸通红，热泪横流，被泪水浸湿的胡子揉成一团。睁得很大的眼睛吃惊地充满着病态的紧张神情，其中闪烁着一种粗野而又兴奋、可怜而又热烈的东西。他站起来的时候，推了一下安努什卡，她差一点跌倒了；她整理了一下自己的衣服，像刚刚睡醒似的，用一种浑浊而又迟钝的眼光——精疲力竭的牲口那样沉重的目光——瞧了一下没有手的人。

"你们戳穿了我的心！够啦——我的烦恼呀！你们触动了我的心……在我一生中还从来没有过这样的时刻。"

塔尼娅无神地看了他一眼，从她的嘴里仍然发出平和而嘹亮的音调，这调子温和并不激越。

"弟兄们，现在我的心中像一团火在燃烧，瞧，多么烦恼啊！我现在该怎么办呢？我要拼命了！"磨坊主闷声说道，可怕地瞪着眼睛，双手揉搓着胸脯。"我们来狂饮！尽情狂饮！哎，你呀，生活！"

没有手的人和塔尼娅停止了唱歌。塔尼娅立即为自己斟了半杯酒,往嘴里一泼,动作是如此之快,好像嘴里有火炭在燃烧,她要尽快地把它熄灭似的。没有手的人激动而又疲倦,默默地直喘气。他好像立即消瘦了,两颊深陷,眼神迟钝、昏暗,并且毫无表情。

"马尔克·伊凡内奇,给我倒一杯花楸果酒来!"

"唱得不赖。"手风琴手平静地说,把一杯酒送到他的嘴边。

人群清醒过来了,响起了混乱的嘈杂声和说话声。也可以听见赞叹声和温和的叫骂声。

  命运,我的命运,你在哪里……

科斯佳的男高音忽然又唱了起来。

他一直是闭着眼睛在唱,为自己的歌声所陶醉,大概他什么也没有听见,停顿了一下之后,他又重新唱起来。响起了一阵笑声,站在门口的人群在大声地笑,塔尼娅也和他们一起笑。科斯佳的这种兴奋情绪显得很滑稽,笑声也把他唤醒了。他睁大眼睛,急躁而又神经质地看了一下笑着的人们的脸孔,缩成一团,脸色发白。他不知为什么马上就安静了下来,又变成刚到这里来时的那个又瘦又黄的青年了。

"小爪子,唱吧!"季洪·帕甫洛维奇向安努什卡邀请道,"唱吧,玩吧,我要纵情作乐,我要毁掉自己……"

手风琴手拿着手风琴,想了想,昂起头来,奏出一支活泼的曲子。

"瞧,商人的心受到了多大的感动!"没有手的人在桌子底下用脚碰了碰手风琴手。对方点点头,没有作声。季洪·帕甫洛维奇的桌旁出现了一群无赖。他们敬他酒,他喝了大家的酒,很快地醉了。安努什卡也醉了。

"我想跳舞,马尔克,来一个卡马林斯基舞曲!"安努什卡喊道,动了动肩膀。没有手的人皱着眉头,从沙发上看着她,紧咬着嘴唇。

"哎,米哈伊尔·安东诺维奇,别生气!要知道,反正都一样!"她注意到他的神色,对他微笑了一下,"人生在世只能活一次……"

"婆娘,你哪怕活四次,也还是个牲口。"他恶狠狠地给了她一句。

"朋友,别骂人!她是个可爱的姑娘,我爱她!"磨坊主生气地说,"你们触动了我的心,也清洗了我的心,我现在觉得自己——哎,怎么样!要是我钻进了火坑……"

"人哪儿也不该瞎钻……你给我斟杯酒吧!"

"哪儿也不该瞎钻吗?这是对的!手!是啊,你没有手……好吧,我们来亲亲嘴吧。"他搂住没有手的人并吻他。科斯佳自己给自己斟酒,一杯接一杯地喝,因为他发现,谁也没有注意他。

"来一个俄罗斯舞曲!我想跳舞!"安努什卡仍然在坚持自己的意见。手风琴手突然拉出了一个奇怪的和弦,便奏起了《沿着石头马路》。

安努什卡双手叉腰、抖动着肩膀,具有一种诱人的美,并且由于兴奋而满面红光。她像一只雌孔雀,在酒性发作的磨坊主身边走过,挑逗地对他使了一个眼色。

"嗯,你呀!我也跳!"他放纵地叫了一声,响亮地跺起脚来,跟在她的后面。

没有手的人看着他,可怕地龇着牙齿,翻着白眼。

人群又聚集了起来,观看跳舞的人,欢声雷动。

"季洪放荡地玩起来了!"磨坊主威胁性地喊道,"人更新了!哎——哎嘿!"

在上述这件事发生后的第五天晚上,季洪·帕甫洛维奇从车站回家,到田庄去。

他头痛、极端疲乏、忧郁,坐在颠簸的马车里,胸中充满着四天狂饮之后淤积下来的厌恶和痛苦的感觉。他想象着,妻子会怎样迎接他:她仍老调重弹:"怎么,老兄,又脱缰啦?"并且会说到他的年岁、花白的胡子、说到孩子们、说到这样做的可耻和她自己不幸的生活。季洪·帕甫洛维奇心头发紧,狠狠地往路上吐了一口痰,低声嘟哝着：

"嘿，这样的生活……"

"您怎么啦？"马车夫问他。人们把这个马车夫叫做多嘴的"车站上来的潘捷列"，以区别于另一个"外来的"潘捷列。

"没什么，没什么！赶你的车吧，懂吗！"季洪·帕甫洛维奇生气地责备道。

"啊哈，这是常有的事：一个人想着想着，就自己对自己说起话来了。想得多的时候，往往就会这样，假如……"马车夫不甘寂寞地说。

"别说话了！"季洪·帕甫洛维奇打断了他。

"好吧！可以不说……"潘捷列同意道。但是过了不久他又说起来了。

阴沉的夜晚以浓重的黑暗遮住了整个草原。天空中静止地停滞着一些灰暗的乌云，其中有一个地方现出暗白色的奇怪的斑点——这是月亮想穿过乌云而又穿不过去。他们来到了拦河坝。

"停下！"季洪·帕甫洛维奇说道，走出马车，向四周望望。离他四十步开外的庄子在黑夜里好像一堆黑色的凹凸不平的东西，右边是拦河坝，坝里面发黑的水纹丝不动。这种静止使人觉得害怕。四周的一切是如此恬静和可怕。被浓密的夜色披盖着的柳树直立在堤上，端庄而又严肃。什么地方已经掉雨点了……忽然，风从小树林刮到了拦河坝，水受惊地波动起来，响起了平静的悲戚的拍溅声……树木摆脱了昏睡，也喧嚣起来了。

季洪·帕甫洛维奇看着被风搅动的水慢慢地平静下来，重新入睡，暂时还覆盖着一层微弱的涟漪，好像仍在颤动。他看着，深深地叹一口气，便向庄子里走去，低声嘟哝着：

"生活……不过是一种摆动……一种涟漪。"

但是这并没有使他安静。他感到他在所有的人以及在他自己面前都有罪，他停下来，揪着胡子，猛地一拉，摇摇头，大声说道：

"季什卡，你这老鬼！……"

"什么?"车站的潘捷列从黑暗中应道。

"没有什么,你走吧……"

什么地方已经鸡叫了。

李辉凡　译

演　员[*]

素　描

一群装卸工人在铁路路基旁休息,等候货车到站后好卸货,他们无精打采地说上片言只语,心里烦闷得很。他们面容疲惫、肮脏、满身汗水,一个个精疲力竭、萎靡不振,话也懒得多说,大多数人把手枕在脑袋下边打瞌睡……从远处展览会和旅馆那边传来了雄壮欢快的乐声、低沉而嘈杂的人声、喷泉喷水的潺潺声,从另一边传来火车头来回掉头的隆隆声和汽笛刺耳的尖叫声。

"无聊透了。"一个头戴大学生制帽,长着火红色大胡子的大块头说道……

"那你就听一听音乐。"一个麻脸的、矮壮的伙伴打着呵欠,向他建议道。

"他们在寻欢作乐……人家有的是闲工夫搞这种玩意儿。"一个秃顶的,脸长得像苏兹达尔人的中年庄稼汉用教训人的口吻说……

一阵沉默。太阳一会儿躲入云中,一会儿又探出头来,阴影不时落在工人们身上。热闹的乐声变得更加欢腾,火车头的隆隆声仿佛淹没在这乐声中……

"瞧,演奏得多么起劲。"一个圆脸的年轻人带着羡慕的微笑说……

---

[*] 本篇最初发表于一八九六年六月五日《尼日戈罗德报》。译自《高尔基三十卷集》第二卷。

"你上哪儿去,随着音乐给他们跳一阵子舞。也许他们会给你……"

"一巴掌……"大胡子接着秃头的话茬儿说。

人群里有人哈哈大笑。

"他们这种寻欢作乐法不合咱们的胃口……我是说,咱们不懂,"一个满脸麻子、矮墩墩的工人朝展览会那边点着头,说道,"要是米隆给咱们表演个打铁的节目,那咱们哥儿们可就太高兴了。"他结束道。

"行!我能把一根木头橛子连枝带丫一齐塞进你嘴巴里!"人群里响起了米隆的声音,这快乐的叫喊声立刻使人群活跃起来……大家都朝这个庄稼汉围了拢来,他是一个独眼龙,满头乱发竖立着,一脸皱纹,脖子、下巴和脸颊上都长着一绺绺稀稀拉拉的须毛。

"喂,米罗沙①,来一个!"大家笑眯眯地、还带点给他捧场的味道鼓励他。他在兴致勃勃、紧紧围成一圈的人群中央蹲下来,抓了一把沙子,将拳头举到嘴边,尖声叫道:

"打铁!咚咚!"

从他的拳窝里喷出了一股细沙。

"隆隆!噗—哧!咚咚!得儿……"

他用嘴角向自己握着的拳头吹气,沙子像火花一样从里面喷射出来。他用另一只手使劲儿敲打自己鼓起来的肚皮。发出了低沉的咚咚声,他的脸在抖动,独眼闪着光辉,双脚在地上跺着,发出一阵阵急速的声音。他全身在震颤着,抖动着,像在跳圣维特舞②一样,一会儿用男低音叫喊:"咚咚!嗷喝!"一会儿做着鬼脸,发出哑哑的声音。

沙子像一道道泉水,从拳窝里涌向四面八方,肚皮像大鼓一样响个不停。远方传来圆舞曲梦幻般的旋律。轻松的、抚慰心灵的音乐在空中飘荡,又渐渐消逝。米隆发出了一连串那么奇怪的声音——他嘴里哑哑作响,打着唿哨,又咚咚地敲打着自己的胸脯和肚皮——发出一连串各种各样古怪已极、难听透顶的声音……铁被放进水里发出的

---

① 米罗沙是米隆的爱称。
② 一种土风舞。

哐哐声,火花的噼啪声,铁锤在低沉的敲打着……在冒着烟……演员的额头上冒出了汗珠……

"咚咚!我打铁!哐—哐—哐!……完了!"

"车皮到了!"

这群兴高采烈的工人们消除了疲劳,他们走上前去卸货。米隆的独眼在闪闪发光,他扬扬得意……

轻柔的圆舞曲的旋律还是不断地从远方飘过来。

孙新世　译

小 偷[*]

素 描

　　一个七八岁模样的男孩子已经在一个卖梳子、刷子、肥皂、钱夹等各种零星物品的杂货摊旁边转了好久了。摆摊的小贩正忙着把一个钱袋卖给两个青年,那两个青年带着不放心的脸色仔细看着货色,将信将疑地听着小贩的劝说,轮番地一会儿用手指摸摸钱袋的锁,一会儿把它举到鼻子跟前,对着亮光左看右看,然后又把它放到货摊上,坚决地说:
　　"四十戈比!"
　　他们似乎在互相模仿——这一个做什么动作,扮什么样的鬼脸,那一个也照样做,连细节都不漏。小贩老大不高兴地对他们说:
　　"四十?唉,你们!我的成本就要六十戈比!等一等,"他拦住他们,"五十五吧,要不要?"
　　"四十戈比!"买主们单调地重复着。又开始讨价还价。
　　小摊贩是一个身材高大的汉子,红头发,眼睛里露出一点儿狡猾的神色,有力的手指在关节处长满了汗毛,他尽管忙于做买卖,却用一只眼睛牢牢盯住那个小男孩的一举一动。杂货摊旁边,除了两个青年以外,还站着三四个人,看着这场买卖,那个小男孩一面在他们中间钻

---

[*] 本篇最初发表于一八九六年六月十五日《尼日戈罗德报》。译自《高尔基三十卷集》第二卷。

来钻去，一面也在观察着小贩。他光着脚，穿的衬衫又脏又破，没有结腰带，裤子原来是棉绒的，现在却好像是用麻袋做的，他的肮脏的麻脸晒得黑黑的，一双灰色的、活泼的小眼睛从皱着的眉头下面闪烁着，目光贪婪……

"唔，好吧，给四十五！"两个顾客中的一个断然地挥了挥手，说道。

"四十五！"他的同伴好像回声一般重复了一遍，接着他们两个都带着期待的眼神盯住了小贩。小贩苦笑了一下，诉起苦来：

"小伙子们，难道要我做亏本生意吗？要知道，我也要吃，要喝，我也有老婆、孩子，我总得赚点钱，是不是？"

"随你的便！"两个顾客说完就离开了货摊。观众也跟着他们走了。那个小男孩利用这些人移动的机会，弯下身，在两个青年中间钻过去，立刻把一只手伸到前面，从货摊上抓起一块肥皂，可是……身子朝后一仰，就跌到地上。

"哈哈，小鬼！"小贩得意扬扬地说，一面抓住他的一条腿，在地上把他拖过来。他从货摊底下抓住他，现在这个小男孩就像蛇一样弯绕着，两手撑在马路上，一条没有被抓住的腿摇晃着，脸吓得通红，不住地往货摊底下钻。这时红头发大汉又抓住他另外一条腿，把他往自己跟前拖，这当儿小男孩的下巴磕在马路的石板上。最后，小男孩和小贩面面相对了。小孩站在这个红头发汉子的两膝中间，被两个膝盖和按在他肩上的有力的手指紧紧夹住，他吮着磕破的嘴唇，朝旁边吐着血水和唾沫，两条胳臂在身子两旁垂下来，手掌放在小贩的膝盖上，温顺地等待着。

红头发汉子的深色大眼睛里露出得意的神色，由于微笑而露出来的牙齿在浓密的红胡子中间发亮，他仔细打量着小男孩，默不作声，显然是在考虑如何惩罚这个小偷。

小偷的小胸脯不均匀地起伏着，肩膀不住地颤抖着……他的麻脸上露出了恐惧、忧愁和期待的神色……

"唔—唔……"小贩皱着眉头，咬着牙，开始说话了，"现在我拿你怎么办呢,啊?"

小男孩耸耸肩。

"我把你送到牢房里去呢,还是揍你一顿?随你挑吧……"

"饶了我吧,叔叔。"小偷愁眉苦脸地说。

"饶—了—你?亏你说得出!想得倒不错!小鬼,我怎么能饶你?你是个小偷,你偷了我的货。所以,应当把你扭送到监狱里去。要是我饶了你这个小偷,另外一个又饶了另外一个小偷,那么你倒说说看,谁去蹲监牢,啊?"

"叔叔,我再也不—偷了……"小男孩眼睛里含着泪水,嘴唇发抖,低声央求道。

"这我管不着!不,你倒说说看——要是都饶了小偷,那么谁去蹲那黑洞洞的牢房?"

小男孩饮泣起来,泪水顺着他的两颊流下来,在面颊上留下一条一条的泪痕……

"你说啊,小鬼;——谁去蹲牢房?"小贩的眼睛恶狠狠地闪了一下,他高叫一声,揪了一下小偷的耳朵……

"强……强……盗……"小男孩忍住了哭泣,轻轻地说。

大概这句话博得了小贩的欢喜,他满意地高声笑起来。

"啊,小滑头!回答得妙!强盗……你这个伶牙俐齿的小鬼,你要当囚犯了。唔,你说说,你为什么要偷肥皂?……"

"叔叔!行行好吧,我再也不偷了!我永远不偷了!"小男孩高叫起来。

"嘘嘘!别大叫大嚷!也许我还可以饶恕你,可是你要是大叫大嚷,招来一个挎军刀、吹警笛的人,那时候,小兄弟,你就完蛋了。他抓住你,把你关进监牢,推到地窖里,那边尽是老鼠啊、青蛙啊、蛇啊,每天还要把你从地窖里拖出来鞭打!"

小男孩的肩膀痉挛地颤抖起来,张得大大的眼睛露出恐惧的神色。小偷想从小贩的双膝中间挣脱出来,但是小贩用有力的手指牢牢按住他的双肩,用手指在他的前额上弹了一下。

"喏,尝尝味道看!真有你的,居然想逃跑……哼,你说说,你准备把肥皂送到哪儿去?"

"想卖—卖掉……"小男孩温顺地回答。

"哦……想卖掉……好吧,那么钱你准备怎么花?"

"想买一磅……论斤卖的……面包……"

"还有呢?"

"一小瓶……巴伐利亚的……克瓦斯……"

"真有你的!"小贩冷笑了笑。"还有呢?"

"别的再也不能买了……"小男孩叹了口气。"一块肥皂只给八戈比。"

"哈哈!那么你就不是第一次偷肥皂了?哼!如果你是这样一个坏蛋,叫我怎么饶恕你呢?"

小偷垂下头,不作声了。

"难道你家里没有面包?……"

小偷叹了口气,摇摇头,一只手抹了抹脸上的泪水。

"难道你的爹妈不给你面包吃?"

"我没有爹……"

"他到哪儿去了?"

"不知道……"

"那么你妈呢?"

"她老是喝酒……"

"原来这—样!"小贩拖长声音说。同这个小偷纠缠,他已经觉得乏味了。他甚至打了个呵欠。

"叔叔!放了我吧……"小男孩轻轻地说,他转动着脑袋,先吻了红头发小贩的一只毛茸茸的手,又吻了另一只。小贩很喜欢这种亲吻。他暗暗笑了笑。他本来还想再折磨一下这个小男孩,让自己开开心,但是这已经乏味了。加上有两个妇女带着一个小女孩从远处朝他的货摊张望。小贩叹了口气。

"好,走吧……"

小偷挣脱出身子,他的脸上现出了高兴的神色……

"哪—哪儿去!不,等一等,让我先拧拧你的耳朵,当作惩罚……"

于是这个红头发汉子用一只手不慌不忙地、有条不紊地把小男孩的脑袋从一边扳到另一边,他拧完一只耳朵,又去拧另外一只。他的脸上并没有流露出这个动作使他得到的乐趣,一点也没有,这张脸是冷漠的,过了一会儿他才打了几下小男孩的后脑勺,对他说道:

"好,去吧!可是你要记住我啊。"

小偷红着脸,两只手捂住发烧的耳朵,朝旁边走了几步,猛地又转过身来……小贩奇怪起来。

"难道嫌打得不够?"他扬起眉毛,问道。

"叔叔……"小男孩恳求地望着他的红脸盘,悄声说道,"给我一个戈比吧!"

"到这儿来……"小贩皱着眉头说,"尼基塔·叶果雷奇!"他一面抓住小男孩的肩膀,一面朝街对过的一个人叫道。小男孩朝街那边望了望,打了一个哆嗦。一个脸色严峻、手拿军刀的警察正穿过街道走过来……

小男孩抬起眼睛看了看小贩的脸。这张脸也是严峻的。这时他哆嗦着缩做一团,大哭起来。他的脑袋好像缩到了肩膀里。

"老兄!劳你驾,替我把他送到局里去!"小贩用手指戳着小偷的脑袋,说道。

"偷了什么东西?"警察抓住小偷的手,简短地问道。

"一块肥皂……这个小鬼是个惯偷。"

"我们认识的。"警察点点头。"咱们走吧,米什卡,还是你叫别的名字?"

"叫米季卡。"小偷温顺地说。

"米季卡……走吧！……咱们就走着去吧——很近。"

他们走了。小男孩因为跟不上警察，在石板路上跳跳蹦蹦地走着。小贩目送着他们，一面打着呵欠，同时在嘴边画着十字。

水 夫 译

清扫烟囱的人*

人们都管他叫费季卡。这是一个年约十八岁的小伙子,长着淡褐色的头发,一双炯炯有神的蓝眼睛,他那圆乎乎的面庞一星期有六天被烟炱染得漆黑,厚厚的双唇总是露出快活而善良的微笑,两排密实洁白的牙齿在满脸烟炱的衬托下显得格外触目。尽管费季卡在城市已经生活了三年,但由于他一天的活计多半在房顶上操作,所以还没有完全失掉庄稼人的朴素气质;繁华的城市生活没有改变他身上那股乡下人的忸怩劲儿,因此,他那些见过城市世面的伙伴们——砌炉工人都笑称他是傻瓜和"老粗"。

人们几乎总拿他打趣,因为他给人的笑柄太多了:他不喝酒,不去寻花问柳,也不玩猜钱面儿的赌博①,而是月月把自己挣来的钱如数寄给他在乡下的父亲,他自己尽可能地只花去那一部分偶尔因替人家用黏土抹炉门、修"炉床"或者补砌烟囱里脱落的砖头所得到的"小钱"。

当有人取笑他的时候,他总是报以腼腆的微笑,要不就也随和大家伙儿哈哈大笑起来。这一下可把伙伴们给惹怒了,于是他们更加笑话他,叫他下不了台。这使他落落寡合,对伙伴们退避三舍。在那些好寻欢作乐、厚颜无耻的砌炉工组合中,费季卡仍不失为一个纯朴可爱的小伙子。他总是更乐意离开这个集体,不肯回到他们中间去。他

---

* 本篇最初发表于一八九六年六月十六日《尼日戈罗德报》。译自《高尔基三十卷集》第二卷。

① 一种用硬币掷于地上,猜其正反面以决输赢的赌博。

很喜欢爬到城市建筑物的高高的屋顶上去。从这里举目眺望,一幅优美的城市景色展现在他的眼前。城市淹没在花园的绿树浓荫中,它濒临一条宽阔的河流,河对岸是一片绿茸茸的草地,草地上有一座座黑乎乎的岛屿般的村落和一片片黑黝黝的树林,还有那溢出的河水所形成的水洼,星罗棋布,银光闪闪。茫茫的草原辽阔地伸展开去,伸向遥远的天边。

开阔的视野总是令人赏心悦目,同时也仿佛在丰富着内心的感受力。有时费季卡坐在烟囱上,卷一支纸烟吸着,久久地坐在那里,默默地观察着他脚下的生活。他攀登得离地面越高,那些在街头来去匆匆的行人似乎越发显得忙乱、渺小,甚至有些可怜,而对岸碧油油的草原则显得更加辽阔无边,他头顶上的天空也分外明朗、幽深。这一切使费季卡觉得十分有趣。居高临下地观察生活,这生活好像同现实生活不是一个样儿……只有天空对谁都一样地永远高不可攀。观察是不是使费季卡变得聪慧一些,当他从自己的瞭望台俯瞰下界或极目远眺时,他又是怎样触景生情——这有谁知道呢?然而毫无疑问,这种观察丰富了烟囱清扫工的想象力……同时也使他的思想感情发生了变化。

也许正是由于这一切相互作用的缘故,有一次费季卡遇到了这么一件事。

他在市区一个人烟最稠密的居民点的一幢三层楼房的高屋顶上干着活儿;他一面把系着锤砣和拭布的绳索垂入烟囱,一面东张西望,嘴里哼着歌子。忽听得从下面什么地方也传来了歌声,歌声是那样优美、欢快、爽朗,如同这天的天气一样,阳光灿烂,晴空万里。费季卡想知道,是谁在唱歌、在哪儿唱歌;他从屋脊上往下爬,把房盖铁踩得隆隆直响,接着他便朝院子里瞥了一眼。

歌声离他更近了——这歌声是从对面那幢房子的阁楼上传来的。阁楼窗台上摆着两盆鲜花,透过花叶费季卡瞧见一个淡褐色头发的姑娘正低头做着针线活儿,一条长长的发辫从前胸垂到膝盖,一双白皙的小手,薄薄的白上衣裹着她那溜圆的肩膀,耳朵上面有一绺卷发,又浓又黑的眉毛,逗人喜爱的小翘鼻子,绯红的唇角。此外,还可以看见房间的墙壁,上面糊着浅蓝色的壁纸,床上放着洁白的枕头,床脚边搁着一个挂有衣服的衣架。姑娘连头也不抬,认认真真地在做针线活儿,嘴里哼着歌子,费季卡双手抱住膝盖,坐在房顶的边沿上,笑眯眯地望着她。

姑娘的小脑袋出现在窗口和盆花中间,仿佛镶嵌在镜框里……阳光尚未射进她的房间,她坐在背阴处显得那样的白皙、美丽。看来,烟囱清扫工会一直待在那里把她端详,可是姑娘蓦地抬起头来,朝窗外看了一眼。她瞧见一张露着满口白牙,黑不溜秋的面孔正从房顶上直勾勾地盯着她。她连忙躲闪到一旁。费季卡难为情地匍匐着,又朝那屋脊上的烟囱走去,把房盖铁踩得隆隆作响。

从那以后,出现在窗口和盆花间的少女那淡褐色头发的小脑袋便深深地印入了他的心中。就在那周的星期六,他到澡堂去干干净净洗了个澡。星期日,他穿上节日的服装,朝那座带阁楼的房子走去。他在这幢房子附近差不多守候了一整天。他并没有任何明确的目的,不过要是能够见到她,见到这姑娘,该是多么惬意。

可是费季卡没有见到她……他怀着一种从来没有感受过的莫名其妙的苦恼心情回到了自己的住所。他知道,等下次再到那所房子清扫烟囱之前,他将很久见不到这位姑娘。这所房子的烟囱每月清扫两次。费季卡好不容易盼到了下一次,而且他提前一天就去了。

他又在房顶上坐了许久,那张泛出幻想般微笑的黑脸对着窗口,盯住姑娘。他凝视着姑娘,毫无旁念,只觉得非常愉快。这一回姑娘没有唱歌,只见她忙着做活,默默地做着针线活儿。费季卡定睛细看,看到银针在她的手中飞快地闪动。他倾听姑娘用手撕布的哧哧声,一个劲儿在笑。他觉得世上没有任何人的手比这姑娘的手更灵巧的了。

不料,他的一只脚碰在房顶的雨水槽上——铁皮声把姑娘吓得哆嗦了一下,她朝窗外瞧了瞧。费季卡不好意思起来,便装着在雨水槽里摆弄东西的样子,好像在干活似的。但当他往窗口瞟了一眼的时候,只见姑娘又缝了起来,不再理会他了。费季卡想再次吸引她的注意;倘若他能仔细地瞅一瞅姑娘的眼睛长得怎么样,那就心满意足了。他为了使姑娘再看自己一眼,两只脚使劲将房盖铁踩得轰隆作响,脸上装出一副焦躁的神态。当然,这是多此一举,因为他脸上和脑门上那层厚厚的烟炱会把这焦躁的表情掩盖得严严实实的。

他的举动没有产生任何效果:姑娘再也没有瞅他一眼。

费季卡忧心忡忡,一种不可名状的苦恼涌上心头,他没精打采地从房顶上爬了下来。此后,还是在那个地方,在房顶上,费季卡又见到过她两回;可是在大街上——每逢节日,无论费季卡怎样痴心地在她的住所前守候,——却一次也没能有看见她。然而姑娘的小脑袋却越发鲜明、清晰地镂刻在他的心里;它的模样几乎总是浮现在他的眼前;只要费季卡一闭上眼睛——霎时间,姑娘的小脑袋便栩栩如生地出现了。费季卡一面想象着,一面得意的微笑,仿佛在夸耀自己的想象力。可是他的微笑却使自己在伙伴们中间更落得一个傻瓜的名声。

一次,费季卡想象着即将见到她的幸福,便像小猫一样沿着梯子敏捷地爬上房顶,急急忙忙地滑到屋顶的另一边,怀着喜悦的心情往窗口望了一眼……他把身子慢慢向后挪动,两脚蹬住雨水槽,傻呵呵地、滑稽可笑地张着大嘴,一动不动地愣在那里。

傍晚。红红的夕晖穿过窗口射进屋里,照着靠墙的床上那雪白的被褥和坐在床上的姑娘裸露的胸脯。被褥和她那白净的身子仿佛都撒上了微微泛红的金色粉末,夏日的斜阳也在那窗前盆花的绿叶上闪烁着光芒。一个蓄着乌黑的长长的唇髭的男人坐在姑娘身旁,他一只手搂住姑娘的脖颈,另一只手使姑娘的头向后仰着,久久地吻着她的嘴唇,一撮胡须耷拉在姑娘的肩膀上;姑娘却全身蜷缩成一小团儿,用肩膀偎依在他的胸前,两手一会儿抚摩他的脸颊,一会儿又抚摩他的脑袋和脖颈,对他微笑,费季卡只见姑娘的嘴唇不停地翕动。

费季卡没扫完烟囱就从房顶上爬下来,回到了住所。他回来,脱下衣服，洗过脸便躺下睡觉了。但他却不能入睡。

刚才这番情景始终没有在他的眼前消逝。这幸福的一幕异常鲜明地在他的脑海里出现。后来，他睡在板棚里终于感到心烦意乱，闷得发慌。于是他走出大门，来到了街上，整整一夜，直到天亮，都紧贴墙根，一动不动地坐在那里思索着自己内心里究竟发生了什么变化，却怎么也弄不明白。大约在两年前，当有人偷了他准备寄给在乡下的父亲那初次挣得的七个半卢布的时候，他也有过类似的感受，但那时毕竟比现在要好受一些。一天过去了，两天过去了，费季卡却难以摆脱这个印象。无论是干活也好，疲劳也好，无论伙伴们如何取笑他，说他越来越没有出息也好，——任何事都不能磨灭他记忆中那个美好的场景。

星期天到了。费季卡同往常一样，做完礼拜与伙伴们一道来到小饭馆喝茶。他竟出人意料，突然给自己要了一瓶啤酒。这引起了大伙儿对傻小伙子的嘲笑和一连串的挖苦。他的脸色刷白，忧伤的、睁得大大的眼睛显得有点呆滞，似乎他的目光所及的一切都已变了样儿。他接连喝下两杯啤酒，后来，别人又给他端来伏特加酒——看看这傻瓜喝得烂醉如泥后会成什么样子，该是很有趣的吧？但令人扫兴的是，他喝醉后竟突然哭了起来。他默默地坐在桌旁，跟谁也不说一句话，臂肘支在桌子上。泪水从那愁眉锁眼的面庞上簌簌地滴落在洒满了啤酒、茶水和伏特加酒的托盘里，——泪水同茶酒交融在一起了。本应得到深切同情的眼泪，却没有引起任何人的怜悯。不过当人们把这个小伙子捉弄了好一阵子以后，有人把他送回住所，照料他躺下休息了。

从此以后，老实憨厚、郁郁不乐的费季卡愈来愈经常地借酒消愁了，——酒是一种无色的液体火焰，它迅速、准确地把人的心灵中一切人性的东西统统烧尽。嗜酒提高了他在伙伴们心目中的身价，因为他喝得酩酊大醉以后，变得阴沉而寻衅好斗，他们甚至还有点儿怕他，再也不像以往那样嘲笑他了。事情往往是这样的：当一个人变得愈低贱、愈卑劣的时候,我们便愈能理解他和觉得他可亲近;坏人总是比好人更能得到我们的关注。这是因为对于我们每一个人来说,同坏人相比要比同好人相比更有利。

费季卡觉得已经过了很长的时间。他又曾三次爬上那座房顶,但三次都克制住了想朝窗内望一眼这姑娘的强烈愿望。尽管心里是多么想……

然而,第四次他却忍不住了。事情发生在九月初……秋天的气息已把葱郁的树叶变成黄澄澄的一片,朵朵浓云接连不断地在天空漂游,空气变得清新透明,遥远的天际也显得分外深邃。

费季卡遭到不幸的那一天下着连绵秋雨,大地和天空——一片沉寂、阴郁、潮湿。色调单一的黑压压的乌云犹如晦暗的幔帐遮蔽了天空,凄凉的秋雨像过筛子一样,透过阴云淅沥淅沥地落个不停。房盖铁又潮又滑。费季卡站在烟囱旁边,全身都淋湿了。他感到空气有点霉湿和沉重。他,费季卡,觉着醉后头痛,而且还想在下了房顶之后再到酒馆去喝上一盅儿。

忽然间,不知怎的他的双脚不由自主地从房顶往窗口那边滑下去……锤砣咯隆咯隆地在他身后滚动着。费季卡滑到了房顶的边沿,像以前一样,两脚蹬住雨水槽,向窗口张望……

他的心快乐地跳起来,他兴奋得差点儿没笑出声来。她在那儿,这个淡褐色头发的姑娘,她那个黑胡子的男人也和她在一起,可是姑娘胆怯地紧紧靠在墙上,而那个男人挺着胸脯站在她的面前,冲着她的脸举起一只大拳头,威吓她。姑娘把两只手藏到背后,样子很不高兴。

"你不给吗?"那个黑胡子用粗重而低沉的声音对她吆喝了一声,并向她逼近了一步,好像要用他挺起的胸脯把姑娘挤进墙壁里面去似的。

姑娘默不作声地从背后向他伸出了一只手,把另一只手举到了自己的头上。

391

"这还差不多!"他对姑娘说,"害怕了吧,骗人精。那么就——再见了!你下回得上我那儿去求我;这样,也许我还会来……过来吧——吻我一下!"

姑娘搂着他的脖子,亲亲他的嘴。他走了,再也没有对姑娘说什么,姑娘将胸脯伏在靠窗口的桌子上,咕咕哽哽地、低沉地喊了一声:

"天呀!"

费季卡看到她怎样用两只手掌打了自己的嘴巴,看到她那条又粗又长的发辫在空中晃悠了一下,随后她的肩膀抽搐起来了。费季卡听到她失声痛哭。起先,他喜欢看见她这样。一种新奇的甜蜜的感觉不禁使他心酸起来,他很想从房顶向她吆喝一声,可是当姑娘哭泣时,他又非常心疼她。因为他亲身体会过,当眼泪夺眶而出的时候,该是一种什么样的心情。他怀着炽烈的愿望,想对姑娘说点儿亲切的话。

"小姐!"他从房顶上俯下身来,小声地说。

姑娘自然听不见他的低语声。

"小姐!"他稍稍提高了嗓门,身子往下弯得更低,喊了一声。

姑娘没动弹,她的双肩依然在抽搐,两手抱着头。

"小姐,往这儿瞧瞧呀……"费季卡焦急地喊了一声。

这时,姑娘哆嗦了一下,抬起头来,可是费季卡站得要比她高一些,再说泪水模糊了她的眼睛,因此没有看见那个从屋顶上把身子俯向她窗口的费季卡。

而费季卡还在竭力把自己的脸向她伸得更近些。这一天,他的脸不那么黑,因为下着雨,费季卡每清扫完一座烟囱,便在排水管下洗把脸。

可怜的姑娘又抱头痛哭起来……

"哎—哎呀!"费季卡惋叹了一声,"怎么……"

这时,姑娘看见他了——他蜷缩成又大又黑的一团在空中从姑娘的窗前一闪而过,瞬间遮住了光亮……

接着从楼下传来了低沉的响声。她连忙跑出房门往楼下奔去,很快来到了院子里,用她那哭肿了的眼睛惊异地望着费季卡。费季卡仰面躺在地上,两眼睁开,一只手搭在胸前,另一只手甩在一旁。

管院子的人已经站在他的身边,沉思地抓挠着腰部,一个厨娘尖叫着,在院子里奔跑。院子里的窗户一扇扇都启开了。

"是跌下来的……"管院子的叹息道。

"我看见他是怎么从我的窗前摔下来的……多年轻……那双眼睛多大,多善良……"姑娘浑身颤抖地说。

但是费季卡再也听不见她的话了——他因胸部摔裂和脊椎折断而死去……

他一动不动地躺在泥水里。悲哀的秋天把它那冰冷的泪水洒在费季卡的身上……

蒋望明　译

致叶·帕·彼什科娃[*]

夜已深沉,黑魆魆的花园
那么奇怪地向我的窗口张望……
树木伫立,默默无语,
四周万籁俱寂……但不管怎样——
我心潮起伏,不能平息。
我朝思暮念的——只有你,
只有你,我心爱的、温柔的知己……
但四周一片黑暗,四周万籁俱寂,
不见你的踪影、你在遥远的他乡异地!
我的心啊——充满了悲戚。

孙新世 译

---

[*] 本篇写于一八九六年六月十九日,最初刊载于一九六三年出版的《高尔基诗集》。译自《高尔基全集》第二卷。题目是《全集》编辑部加的。叶卡捷琳娜·帕甫洛芙娜·彼什科娃是高尔基的妻子,本姓沃尔任娜,生于一八七八年。此诗写在他们结婚前两个多月。

发　现[*]

素　描

一

……纸烟熄灭了。

米哈伊尔·伊凡诺维奇把纸烟放到烟灰缸上,全神贯注地揉搓着烟头,他是那么一丝不苟地揉搓着,仿佛把这个烟头揉碎了,就能同时消除那缠绕在心头的焦虑不安和一种不愉快的、沉重的预感似的。这些令人心烦意乱的思虑就要闯入他那自认为已经完全定型了的生活中来。

揉搓完烟头,他弹了弹手指,把手举到眼前,发现手指弄脏了,于是,从衣袋里掏出手帕,细心地擦起来,仰靠在圈椅上,高挑着两道漂亮的黑眉毛。烟垢从手指上渐渐被擦掉,模糊不清的思虑也随之从米哈伊尔·伊凡诺维奇那富于表情的、清秀的、傲气十足的脸上消失了,代之而来的是一种坚决果断的神情。

"要解释清楚……坐在这里胡思乱想,这很愚蠢……我看只不过是她有点神经质。"他用小剪刀修着指甲,心里想着。

---

[*] 本篇最初发表于一八九五年六月二十五日《尼日戈罗德报》。译自《高尔基三十卷集》第二卷。

天渐渐黑下来，高大的、摆满家具的书房里显得更加拥挤。一片昏暗笼罩着它，烟气腾腾，隐约可见的、蛋白石色的烟雾像轻纱一样静静地悬在半空。低垂的帷幔遮掩着窗户，夜空透过纱帘星星点点地闪着光，外面传来了人行道上响亮的脚步声。除此之外，再也听不见别的声音了，这却惹恼了米哈伊尔·伊凡诺维奇，因为他很想借助某种强烈的印象来转移一下自己的注意力，以便尽量摆脱一直停留在昨天那件事情上的缠人的念头。

"最好去问问……直截了当地问问，怎么回事？……嗯？莫非我们沿着夫妻生活的小路走进了家庭纠纷的峡谷？我到她那儿去……再说，这儿又黑又闷……"

他从圈椅上站起来，走到门边又停了下来，突然觉得，很想再一次确切地、详详细细地回忆一番昨天使他失去内心平衡的那个场面。

昨天他和妻子到记者胡达托夫家里去做客。在那儿，像往常一样，探讨各式各样的问题。谈话的基调是自由派的观点。米哈伊尔·伊凡诺维奇跟他们观点不同，他很讨厌胡达托夫和他那一伙的自由主义。他心想，这些职业自由派根据习惯和按照职务上的需要而兜售的自由主义，只不过是一种陈旧、肤浅、因袭腐朽的东西，任何新的思想，哪怕是没有生命力的但总是值得注意的新思潮都穿不透也渗不进这个发了霉的自由主义学说。

这些从破落权威那里和过时的书本中引证出来的陈词滥调，使他气愤，也使他好笑。当时，他用他所特有的怀疑论观点简略地谈到了俄国思想界贫乏得是那样可怜，在某些陈腐的观点上是那样地停滞不前，是那样地热衷于宗派偏见，以及照他看来，存在着那么多严重妨碍它发展和使它失去力量和独特性的东西。人们当即以相当挖苦的口吻反驳他，请他把自己的论点讲明白些。这很伤他的自尊心。如果真的有必要，或者对方尊重他的发言时，他向来是很乐意发挥自己的论点的，可现在，他很想知道，为什么要用这样挖苦的口吻来对待他，他已经感觉到，对方显然是有意向他挑起一场激烈的论战。

对于这场论战,他当然要认真对待。当他看到记者们像在自己报纸的版面上那样也要在自己的客厅里拼命维护自己的论点时,倒觉得高兴,不过,他认为,用不着这样对待他,因为他和他们在总的原则上是一致的。

胡达托夫是一个矮小、神经质的人,戴着眼镜,留着小山羊胡子。为了驳斥对手的论点,他莫名其妙地咬着又干又薄的嘴唇,用一种自认为比对方高明的冷漠语调说:

"您的观点,我们把它作为一个次要问题先放到一边,我敢说,您是以想象代替事实。您说什么新思潮渗透不进俄国知识界的思想领域,因为您怀疑俄国知识界保守和肤浅。那么,请问,您所指的新思潮到底是什么,是颓废主义吗?"

他从眼镜架上边意味深长地看了米哈伊尔·伊凡诺维奇一眼,仿佛用他那双锐利的灰眼睛在说:

"我了解你,老兄!你的那个新东西我也知道。如今,你们这类人多得很哪,连你们在新思潮的旗帜下想推行什么货色我也知道。"

这一瞥使米哈伊尔·伊凡诺维奇感到恼怒,他很想对这帮人说出一连串刺激性的话,给他们列举出一系列他们完全不知道的文献、他们完全不了解的思潮、他们完全忽略了的现象,使他们在同自己论战时目瞪口呆、无言以对。照他的意见看来,他所讲的这一切似乎都是崭新的、没有探讨过的客观实际。他还准备历数对方的遗漏和疏忽……但是,就在这个时候,他的目光和妻子的目光相遇了。

她带着那种使他感到极不愉快的、怜悯而陌生的新的目光望着他,脸上流露出那么奇怪的神情,——使他感到惊讶、窘迫,已到口边的话也吞回去了,思绪很乱,他差一点儿脱口问她:

"你怎么了?"

但他欲言又止,心中立刻对她的那种目光和自己的窘态愤恨起来。他定了定神,又铺开了思想的战场,跟敌人进行了一场小小的厮杀。但是,在论战过程中,他感到软弱无力,他注视着妻子时,总遇到她的那种目光。近一年半来,她头一次这么看着他。她在想什么? 她的目光简直妨碍他讲话,所以,他考虑得很不周到,矛盾百出,杂乱无章,语无伦次,甚至采用了诡辩和粗陋不堪的词句。

他和她从胡达托夫家里出来,沿着空旷的人行道慢慢走着,从院墙和篱笆里伸出来的树枝的阴影落在路面上。在回家的路上,尽管他一再开口,但他们怎么也谈不拢来。妻子显出一副若有所思的模样,答话非常简短,但是,已经不再用那种"新的目光"来瞧他了。这是他暗地里讥讽地给她那奇怪的目光所下的定义。下了这个定义,他感到恐惧。事实上,这可能就是新的目光。

"阿尼娅,你怎么啦?"他惊慌不安地问。

"什么?"妻子吓了一跳。

"你今天怎么这么愁眉苦脸,心事重重的……怎么回事? 你不舒服吗?"

"噢,没有! 这……没什么!"她含糊地说,忧郁地对他一笑……这一笑使他安下心来,他甚至开了几个刻薄的玩笑,称胡达托夫和他的同伙是旧教徒①中的保守派,因为他们不善于捕捉生活中的新东西,实质上,除了他们的记者生活之外,他们对任何别的东西都毫无兴趣。但是,他们有装腔作势的本领,例如,论证的问题需要激动时,他们会立刻变得十分激动,虽然他们心中一点也不激动。职业特点和江湖习气几乎把他们变成了冷血动物。

"别谈他们了……"妻子低声对他说。

"好,好!"他高兴地大声说。

回到家里,他们和和气气地分了手,到各自的房间里去了。临去时,她像往常一样,吻了吻他,在她的亲吻中他实在没有发现什么特别的东西。

但是,今天一整天她的举动是那么不正常……她心事重重,对他

---

① 旧教徒,十七世纪俄国宗教分裂运动中产生的旧教派的教徒。

漠不关心,冷若冰霜,全神贯注在一件重大的心事上。她的这种反常的神态和谈话时迟迟不作回答、说话前言不搭后语的举动一次又一次地刺痛了他……

"你怎么啦,夜里睡得不好吗?"吃中饭的时候他问她。

"是的!"她说,甚至点了点头。

"瞧,我昨天就说过,你病了……"

"噢,没什么了不起……"她挥了一下手,仿佛用这个动作请求他别打断她的思路。他只好回到书房,呆坐了将近四个小时,一边吸烟一边想——她怎么了?

现在,回忆起昨天一整天的情景,他感到心中充溢着一种更加强烈的不安。

"鬼知道,莫非是他们那些关于友爱和美德的陈词滥调对她产生了影响?真是意想不到的事!"

米哈伊尔·伊凡诺维奇无可奈何地苦笑了一下,烦躁地抓搔着自己的头发。

他历来认为关于国内民众的一切高谈阔论都于事无补,纯属空谈。在他看来,国内没有伟大的人物,也就是说,没有志同道合、知识渊博、具有一定的社会地位和影响、有信心、有目标并能指明前进方向的"社会中坚"和真正的"文明阶层"。那些"职业自由派奉献给民众的颂歌和赞美诗",那帮由于无能,更确切些说,由于软弱而变得模棱两可、晦暗平庸的可怜虫,还有他们的那个像慢性风湿顽症一样使人痛苦难忍的"老牌的"自由主义——他认为,所有这一切都毫无用处,没有任何价值,甚至有些荒唐可笑……

"难道说?"他不停地搓着额头,心里想着,"噢,不可能!她比那帮人聪明、高尚……她那么秀气,文雅,酷爱美学,对一切美的东西都非常敏感。他们呢?笨嘴拙舌,连话都不会讲。她不会迎合这种'平民腔'的……"

他讥讽地强调一下"平民腔",然后,朝门口走去。

"我亲亲热热地跟她好好谈谈,一切都会过去的。"他蛮有把握地想,抓住门把手,不知为什么又回过身去环顾了一下书房。

书房里已经全然暗下来了。风吹拂着窗帘,发出轻微的沙沙声,像是在窃窃私语。一轮明月冉冉升起,它的一束光芒照在书桌上,米哈伊尔·伊凡诺维奇的妻子的金属相框闪闪发光。黑暗,寂寞,在这样大的房间里使人感到恐怖。米哈伊尔·伊凡诺维奇叹了口气,推了一下门。当合页轻轻地抱怨似的嘎吱一响,他觉得,他的心也颤抖了一下。

二

在门口,妻子带着令人难以捉摸的微笑迎面走来。他飞快地把她从头到脚打量了一番。她今天非常漂亮,乌黑的鬈发使她那富于幻想的鸭蛋脸的清晰线条变得更加鲜明,大大的、灰色的杏仁眼稍稍眯缝着,鲜艳的厚嘴唇带着微笑,蓬松雪白的宽大罩衫美妙地裹着她那圆圆的肩膀、丰满的胸脯和苗条匀称的身段。

"噢,你今天……真美呀!"米哈伊尔·伊凡诺维奇搂着她的腰,满意地说。他觉得,他非常爱这个漂亮女人。她优美地转动了一下身子,毫不费力地从他的手臂中挣脱出来,把左手放在他的肩上,用右手把拽地长后襟甩到身后,说:

"我到你这儿来啦!我觉得闷得慌……"

"你瞧,我也是这样!"米哈伊尔·伊凡诺维奇高兴地大声说。他和她一起向窗前的沙发走去。窗口面向花园,敞开着。

"我想跟丈夫聊聊天。"她一直在微笑。

"人们说,'人各有心,心各有见',我看不见得吧!我也是来找妻子聊聊的。不过,噢,我打算跟你认真地谈一谈。"

"你好像是不愿意跟女人认真谈话的,是吧?"她舒适地躺在沙发上问道。他看到她这般妩媚可爱,曾想打消同她谈话的念头,可是,当他发现她的话里含有一种新的腔调时,心想,还是应该跟她认真地谈一谈。

"妻子是例外。"

"啊!我忘记了,男人已经不把妻子看成女人了。"她漫不经心地脱口而出,她的话里又流露出某种新的东西。

他心中模模糊糊地再次出现了对这种难于摆脱的新的东西的恐惧,好奇心又加重了这种感觉,使他很想快些解开自己的疑团。他坐在她脚边的一张矮凳上,拉着她的一只手,用无限深情、充满了爱情和略带恐惧的声音说:

"听我说,阿尼娅,我想问问你……昨天在胡达托夫家里,大家争论时,你为什么那么奇怪地看着我?啊?你能告诉我吗?"

如果房间里点着灯,丈夫会看到妻子现在也是像昨天那样奇怪地望着他的。可是,房间里没有点灯,只有月光从花园里照到窗上,它那乳白色又略带淡蓝的光芒斑斑点点闪烁在家具的白罩上,镶木地板上,躺在沙发上的女人的长衫上。在月光的照射下,长衫的花边像泡沫一样蓬松,紧裹着她匀称的身体。

"不谈这个好吗?"她皱着眉头请求他。

"不谈?你看,这样合适吗?这样下去的话,一个感觉接着一个感觉,一个念头紧跟一个念头,你的心中就会形成一堵高墙,使我不能了解你,它还可能变成一座大山,最终使我们互相看不到对方的心,甚至把我们拆散。人们正是忘记了或者不好意思讲出自己的想法,没有及时说出自己的见解,或者,应该讲出来的话没有讲,才造成彼此之间的隔阂。我并不坚持我的想法,阿尼娅,可是,说实话:我非常非常希望你回答我。"

花园里静悄悄的,树叶发出低微而温柔的沙沙声,鲜花、泥土和青草送来了阵阵清香。月光洒满了树顶,暗黑色的树丛深处一只不惹人注目的小鸟儿在忧郁地啾啾叫着。

阿尼娅皱着眉头凝神思索,沉默不语。米哈伊尔·伊凡诺维奇吻了吻她的手,抚摸着她的手心,满怀期望地盯着她的脸。

"你今天讲得多么好啊,多温情……"她慢吞吞地、懒洋洋地、像是半睡不醒似的说。

"看来你是不想回答啦?"他温和地问,用她的手抚弄着自己的小胡子。

"也许,我说……可是,今天是那么好,说实话,我什么也不想说。"

"好极了,那就别说了,吻吻我吧,这我就心满意足了……"

"今天就到此为止吧!"他心里想,因为他觉得他们的心离得越来越远了,闹不清她到底想些什么。

"不。"她突然在沙发上转过身来,面部表情是那么难于捉摸,威风凛凛,就像那些自信心很强的女人常有的表情一样。她的情绪也在急剧地变化着。这套忽阴忽晴忽冷忽热的本领只有女人才掌握得最熟练,这时常使人觉得,女人的心灵具有一种瞬息万变的特性。

"不,我要说,虽然,这可能会破坏你我的情绪……你愿意听吗?"

她坐起身来,两只手搭在他的肩上,俯身对着他。他从下往上打量着她,心中充满了非要拥抱她不可的愿望。他把这种想法告诉了她。

"等一等,谈完了再吻我。说真的,我要告诉你。听着,请你一定让我把话说完,不要打断我,听不懂的也不要问。我想你是会听懂的,因为一切都很清楚,非常清楚。我一直在考虑这个问题,听着,我有一个发现……不!我有一些发现——在我自己身上,在你身上,在别人身上,在生活里……"

她突然激动起来。面红耳赤,眯缝着双眼,额头上出现了皱纹,鼻翼扇动着,以致使她那平静时显得很美的脸变得难看起来。

"是的,我有一些发现,"她急促地说,把手从他肩上移开,用那美丽的手指揉着花边,"就从你说起吧!我观察你很久了。我想知道,你很坚强吗?可是,我发现,你是个怀疑主义者,而怀疑主义者不可能是坚强的。你聪明吗?并不比别人聪明。昨天的聚会上,比起别人来你就更不聪明啦！我说这话你别生气,这是实话。也许你很善良？你自己知道,你并不善良！你对我是善良的,因为你还爱我。"

"那你呢？"他高声说。

"我说过,请你不要打断我。你身上究竟有什么独特的东西呢？我发现,只有一点,那就是你戴手套的姿势。除此之外,我再也没有发现别的什么了。你不爱别人,别人更不爱你。人家说你是个沽名钓誉的市侩……这一点,对我来说,就算无关紧要吧！你自尊心很强,这并不算什么缺陷,一个人应该有自尊心,有自己的尊严,可是你呢,常常失去尊严,你昨天……这待一会儿再说。说句公道话,你是个相当无聊的人。你爱我……这是谁的优点,你的还是我的？唛……这算什么？我已经感觉到,过不了多久,你就满足不了我的要求了。我很坦率,我正是为了做一个坦率的人才把这一切不愉快的东西都说了出来。这种生活使我厌倦,你要知道,生活是那么空虚,虽然整天忙忙碌碌。喝茶,散步,吃早点,读书,吃午饭,散步,喝茶,玩牌,拜客,接待客人,看戏……这太枯燥了！不久以前,就是近几天,有一次我突然想到,我生下来,又受了那么多的教育,难道就是为了过这种……无聊的生活吗？要我作个慈善家吗？你是知道的,我是一贯反对喜剧和滑稽剧的,我喜爱的是悲剧……"

"是啊,"米哈伊尔·伊凡诺维奇咬着小胡子苦笑着说,"你喜欢悲剧……你好像已经开始演悲剧了……"

"哦,你看?!"她用指头威吓着他说,脸上带着一种不适于她的身份而近乎孩子气的可笑的严肃表情。

"有时候,坐下来吃午饭,我很想把菜汤浇到你头上,把台布扯下来扔到地上,总之,想干点粗鲁古怪的事。你该懂得,因为我心里闷得慌。昨晚的那次聚会真无聊啊！他们的那些想法,那些议论,我从来不要听,可也听过几十次了,还有你同他们争来争去打嘴仗,到底是为了什么呢？有什么意思？在自由派的这些聚会上,废话连篇,空空洞洞,究竟有什么意思？有什么用？有什么好处？有什么值得欣赏的？再说你吧！你比他们聪明一点，比他们有朝气，不像他们那么死板，看问题也比他们尖锐，可是，每当你同他们争论的时候，总是让人家打得丢盔卸甲。你根本不了解他们的观点，不了解他们的情绪，可他们却非常了解你。还有，他们脚跟站得稳，不管怎么说，他们是站得稳的。就连我这个跟他们毫无瓜葛的人，也觉得他们身上充满了潜力，虽然没有充分发挥出来，却是真正的扎扎实实的力量。你不应该跟他们辩论；你这样做只不过是想尝一尝论战的滋味罢了，想斗一斗，而且希望得胜。我想，你这是枉费心机，你和有你这类情绪的人都不可能取胜。你瞧，我也在思考一些问题，我也多少懂得一点生活……不过，我也和你一样，没有目标，看不清方向……可是，我永远也不会像你昨天和往常那样变成一个可怜虫。你跟他们争论的时候，你在我的心目中失去了多少分量啊！当他们痛斥你的时候，我是多么厌恶你呀！噢，你这么干是降低自己身价的，你说说，你为什么，究竟为什么还要这么干呢？"

"听我说，阿尼娅，别谈这个了，你不懂这个……"米哈伊尔·伊凡诺维奇轻声说，他心中出现了一种奇怪的感觉：一阵冷一阵热。他那圆睁的双眼始终也没有离开她兴奋的、此刻具有独特之美的面孔……他还从来没有见过她这么美。

"不懂？噢，可是，有什么办法呢？我没有像样地生活过，没有高高兴兴、快快活活地生活过，没有尝过那种一下子就让我着迷的生活，那种饱含着辛酸和欢乐，令人兴奋又充满清新气息的生活……应该这样生活，对吧？你自己也不止一次地说过，生活的美妙就在于它的丰富多彩，要使生活变得有趣，就要不断地充实它。可我拿什么来充实它呢？我已经感觉到，我需要新的东西，而新的东西却很少……我懂得，这种愿望会使我变得不幸，大概也会使你变得不幸。是呀，我和你像真正的资产阶级那样生活了一年半，我们没有孩子，你爱我……我觉得无聊！我们不愁吃不愁穿。这也使我感到无聊，朋友啊！我展望未来，也同样毫无乐趣。你身上的东西早已用得精光，你太贫乏了。要知道，现在你什么新东西也不会再给我了。现在，你只会怕我、恨我,因为我对你讲了真心话……"

"这就是你的全部发现?"米哈伊尔·伊凡诺维奇轻声问。他早已低下了头,没有望着她的脸,只是谛听着她的话。花园里,树叶在沙沙作响,悲伤地低语着,月亮向高空升起,越升越高,它的光芒使群星黯然失色。小鸟儿已经停止了歌唱。

"这就是我的全部发现。归纳起来说,就是:甚至当你还在爱着的时候,生活也是苦闷的。还需要点什么。我也说不清需要什么,我要是知道,就会告诉你了!可是,我不知道,我什么也不知道,我只是觉得,一切的一切,包括你的爱情,对我来说都一钱不值。我认为有必要把这些都告诉你,因为它是家庭悲剧的序幕,你说对吗?"

她从上到下打量着他,目光中闪耀着讥笑和好奇,这好奇是那么辛辣、冰冷、无情。他一直没有抬起头来。

"我不懂你说的是什么……这……真是怪事。我太尊敬你了,不能不相信你,可我又不敢相信你说的是心里话。你想扯下台布,把菜汤倒在我的头上……我想了想,觉得,你可能真有这种想法。可是,为什么这样,为什么,阿尼娅?"

他抓住她的双手,紧紧地握住,握得阿尼娅疼痛难忍,脸色发白。

"放开!"

他没有放开。她的话像一条条毒蛇钻进他的心,在他的心中爬动着,施放着苦味的毒液。他想对她大喊大叫,大发雷霆,打她耳光,侮辱她,使她感到她自己才是需要别人同情的可怜虫……那时,她就会找到他这儿来……而他一定把她赶出门去,为今天这番话好好报复她一下。但是,这些想法只不过在他头脑里一闪而过,他并没有这个决心。他只觉得自己好像被一个沉重的磨盘压得粉碎。他的头脑中只有一点是清楚的:生活全完了!

他望着那个不动声色、随随便便毁了他们生活的女人,感到女人的力量实在令人吃惊。是呀,爱情,真是太可怕啦!他还在紧紧地握着她的手,傻呆呆地瞪着两只眼睛死盯着她的面孔,她正拼命挣脱自

己的手,低声说:

"放开!"

他终于听懂了她的话,把她的手放开了。他又坐到矮凳上。她从沙发上站起来,怒气冲冲地对他说:

"野蛮!不像话!太野蛮啦!你听见没有?"

他望着她:她站在房间中央,蓬松的衣裙上洒满了月光,板着面孔,眼中闪着怒火,揉着痛得麻木的双手。

"对不起!我不是有意的……"他小声说,"我也痛得很呢……"

"可怜的……我也不想这样。可是,还有,你别想得太多,我还没有说完。我只是让你了解,我的心中产生了一种新的想法,这个想法就是:我想,我需要一种新的、完全不同的、有意义的生活……你应该一个人留在这儿想一想。我走了……"

这些话像从遥远的地方传来似的在他的耳边回响着。随后,门锁震耳地咔嚓响了一声。当他回过头去时,她已经走了。他很想哭,可是男人要哭出来常常是不容易的。他也没有哭出来。周围是那么安静、空荡荡的,只有树丛的低语从花园里向窗口一阵阵地涌来,是那么温柔而亲切。

米哈伊尔·伊凡诺维奇觉得他的头沉重极了。他把头靠在沙发上,笨拙地蜷缩成一团,两只手按着太阳穴,坐了许久,极力想弄清所发生的一切。直到东方破晓,他才慢慢站起身来,走到窗前探身吸了一大口新鲜空气,眼中饱含着无限痛苦,低声地,非常轻地,几乎是耳语般地,自言自语地问:

"现在可怎么办呢?"

三

"现在可怎么办呢?"

米哈伊尔·伊凡诺维奇和妻子谈话以后,这个问题在他的头脑里,在他的心中不停息地回响了一夜,第二天又缠绕了他一整天。现在又是黄昏了,又是一个不眠之夜。他不断地猜测他和妻子之间会发生什么事,这种事是否很快就会发生,怎样发生,以什么形式出现。

"说实在的,发生了什么事呢?"米哈伊尔·伊凡诺维奇躺在沙发上沉思,透过窗台上的盆花望着群星闪烁的一片蓝天。"她居然向我声明,说她心中出现了一种想法,要求生活给她一种新的东西,把我这个她生活里的头等人物甩开,从她的心灵中抹掉,抛到某个偏僻的角落去……她公开声明,说……这是妻子背叛丈夫的序幕……而且,平心静气、心安理得的到别墅去了一整天,把我一个人孤单单地扔在这里……我虽然预感到灾祸临头,觉得我同她,我的妻子,很快就要破裂,但我现在比三四天以前爱她爱得更厉害,更深情。现在,正是现在,尽管我没有任何过错,她却突然平白无故地、不公道地给了我这样的打击,使我悲痛万分,而我反倒觉得她更加宝贵,更加可亲,我更加需要她了,这是什么原因呢?"

他觉得,此时此刻她随时都可能走进这个房间,清新,美丽,散发着从别墅带来的松树的香气,走进来,坐到沙发上,坐在他的身边,对他说:

"咱们继续昨天的谈话吧……"

谈话的结局是:他的生活整个被毁掉,妻子和他成为路人,他就要变成一个绿帽公——对于一个有社会地位的人来说,这是既可笑又可耻的角色。那些抛弃了妻子的男人如果扮演这种角色,尚能得到人们的谅解,但是,被妻子抛弃的男人却只会遭到冷嘲热讽或是得到一点可悲的怜悯。这样的事要是果真发生了,他米哈伊尔·伊凡诺维奇可怎么活下去呢?只好离开这里……而她又会怎么样呢?她是那么漂亮……爱慕她的人,追求她的人会接二连三地拜倒在她的脚下,那时候……其中的一个就要占据他的位置……

米哈伊尔·伊凡诺维奇感到,一股冷酷无情的怒潮涌上了他的心头,他愤怒得发抖,预感到前面等待着他的凌辱,他对自己未来的情敌充满了强烈的妒忌和仇恨。

"我要……杀死她!"他坐了起来,两只手抱着头,咬牙切齿地暗想。附近的地方,也许是邻居家里,有人在钢琴伴奏下拉小提琴。三和弦那哀怨的、如泣如诉的音响在寂静的夜空中飘荡着,像是在请求,在抱怨,钢琴用它那低沉的、令人深思的、充满了某种痛苦和不可避免的不幸的音调伴奏着。

"噢,这是多么愚蠢!"米哈伊尔·伊凡诺维奇忧愁地想,"这是多么虚伪,这动人心弦、使人心醉的美妙乐曲宛如一剂多么可怕的毒药啊……他的弓在弦上拉着,她的手指在键盘上敲打着,音乐使他们忘却一切……是呀,他们也……像我们当时那样热恋着,彼此谈论着新的幸福,新的生活……倾吐那情意绵绵的话语……然后,他们结了婚。再以后,她就暗中窥伺时机,当他解除了武装,当他相信她,相信她的爱情,相信友谊和新生活已确定无疑,相信所有这一切的时候,突然,给他当头一棒!我觉得,我不需要你,不需要,我需要别的什么!给我另一种生活!第一次接吻以后刚刚一年半就当面对你说,已经没有爱情,需要另外的东西,这种行为真是太高尚啦!需要另一种生活!需要新的生活?也许,夫人,您只不过是需要新的嘴唇来吻您,需要新的拥抱,对吧?也许,您需要新的丈夫,但却说您需要新的生活?……唉,您呀!"

他把牙齿咬得格格响,暗中重复着人们对女人恶意攻击的一些格言。这些格言都是在女人面前由于种种原因一败涂地的那些人物编造出来的。在对待女人方面,他们都成了怀疑主义者、悲观主义者、犬儒主义者①和左伊尔派②。如果他的妻子此刻在这里,和他在一起,他会满口粗话地痛骂她,也许揍她一顿呢!对于这个和自己生活在一起

---

① 犬儒主义又称昔尼克学派,是古希腊的哲学派别。此派中人生活刻苦,衣食简陋,故当时人讥之为"犬"。他们号召人们克己自制,独善其身而无所求,认为这就是美德。持这种主张的人后被称为犬儒主义者。

② 左伊尔(公元前四世纪)是古代希腊语文家,以抨击荷马史诗文字不通而著名。左伊尔派指不公正的吹毛求疵的批评家。

的女人的强烈不满,对所有女人的强烈不满,在他的心中翻滚着,因为,女人的感情太稀奇古怪了,她们的情绪变幻无常,捉摸不定,她们热衷于某种模糊不清的东西,她们追求某种不断给人以新的刺激、几乎永不安于现状的浪漫主义。

"她们每个人的心中都藏着腐蚀家庭的祸水,她们每个人的身上都带着不幸的种子,主教奥古斯蒂努斯关于女人的说法很对!他说,女人'最毒辣,她的灵魂像菲瓦伊达①一样空虚,任凭各种风儿摆布,'对!的确是——空虚的灵魂!"

小提琴还在歌唱,在它那诗意的旋律中蕴含着无限迷人的柔情,因而,窗外的一切——花园,天空,街道——都似乎在静听这温情的乐曲,它给人带来了某种美好、光明和崇高的希望。米哈伊尔·伊凡诺维奇又躺到沙发上,两手枕在脑后,专心地听了一会儿。窗前,树木伫立在那里,树叶也安静下来了,透过窗台上摆着的盆花可以看见远方平静的天空中星光闪闪……

"永远也别让女人看出来,你是多么爱她……"米哈伊尔·伊凡诺维奇又在想,心中充满了痛苦。孤独用它那漆黑的目光从房间的各个角落里望着他。当他向前看去时,眼前就呈现出包含着眼泪、歇斯底里和彼此憎恨的一幕幕龌龊、吵闹的不幸场面。"这一切究竟是怎么发生的呢?只是由于一个人的心中出现了某种不十分明确的情绪和模糊不清的追求某种东西的愿望……这种模糊不清的情感破坏着已经确立起来的生活,正在把它毁掉,它使人对未来望而生畏。这个女人到底需要什么呢?"

他觉得,他的心头逐渐产生了对妻子的仇恨,这种情绪越来越强烈,他很想贬低她,侮辱她,以她痛苦的眼泪来取乐。远处传来了四轮马车的车轮压在石路上的暗哑的嘎吱声。

"是她吧?"米哈伊尔·伊凡诺维奇在沙发上欠起身来,伸长脖颈

---

① 埃及北部的沙漠。

向窗口望去,"来了……越来越近……是她……不能让她看出我是多么痛苦。我昨天也不该……她!"

四轮马车停在房前,可以听见马儿在喘着粗气,钱包的锁扣响了一下,有人猛拉了一下门把手的声音,还有石砌台阶上不耐烦的顿脚声。

"在别墅里她是跟谁在一起呢?"米哈伊尔·伊凡诺维奇头脑里产生了一个问题,他靠在沙发上,一只手捂着胸口,大张着嘴,像是快要窒息了似的。

现在她就要到这儿来了。她进来时会是怎样一副面孔,会说些什么?非常强烈的好奇心使他心神不宁。这次谈话之前他那愉快而平静的生活不知为什么竟被她给罩上了一层阴影,可是,此刻对她的仇恨已经消失,代之而来的是在这个女人面前感到胆怯、恐惧……她来了!

"你在这儿吗,米沙①?"从书房的门口传来她平静的声音。

他打量着站在门口、穿着华丽的淡色衣裙的她那匀称的身段,迟疑了一下,没有马上回答她,暗自竭力猜测,她会怎样对待他。她看见他以后,走到他身边,带着不满的腔调说:

"你怎么不开口呀?"

"没什么……想心事想得入迷了……"他小声回答。

她脸上的表情,动作,语调都是那么威严,在她身上充满了自信。她走过来了,衣裙摆动得沙沙响,挨着他坐到沙发上。米哈伊尔·伊凡诺维奇打了个冷战,稍稍离开她一些。他觉得,过去他从来不怕女人,可现在这种恐惧症却越来越厉害地缠住了他……

"你今天一天都做什么了?"她注意到他的举动有些异常,盯着他的脸寻根问底,"你怎么不叫人点灯?这儿太黑了……"

"不要点灯。"他温和地请求她,极力掩饰内心的激动,用平静的语

---

① 米沙是米哈伊尔的别称。

气说,他什么也没有做,就这么躺着,一直在想心事。他有些不舒服,也许是对一切都感到淡漠,头脑里有些沉重,茫然……

"可我,"她仿佛在他面前表示歉意似的说,"过得非常快活。"

"那儿……都有谁?"

"很多人……玛丽娅·伊凡诺夫娜的一个表哥从托木斯克①来了,是一位挺庄重的矿业工程师,高高的个子,头发乱蓬蓬的,一个十分出色的西伯利亚人。他用浑厚的男低音讲了好多移民的事儿,慷慨激昂地谈论着知识阶层对救济移民负有怎样的使命。这当然很枯燥,可是,他那个人……很有趣。"

"原来如此!"米哈伊尔·伊凡诺维奇暗想,心里像浇了一瓢冷水,占满他胸中的折磨人的嫉妒心变成了咭咭哽哽的、凶狠的苦笑。他扬着头大笑起来,眯缝着眼睛,神经质地把手指捏得咔咔响。这笑声使她惊讶,她移开一些,欠起身来,好奇地盯着他的脸,小声问:

"这是怎么回事?你怎么啦?!"

"没什么……哈—哈—哈!你接着说吧,别管我。"

"不,米舍利②,你怎么啦?"她的声音里充满了惊慌……他没有作声,双手捂着脸,心中痛苦已极。她等着他回答,越来越低地俯身对着他。她听得见他的呼吸声,看得出他身上有一种歇斯底里症发作般的反常现象。她越接近他,越使他痛苦。而他呢,心里十分难过,也不瞧她,但却感觉到她很美,感到他对她的爱情越来越强烈,变成了激情,现在,当他正在失去她的时候,她对他来说,无限宝贵,对他的生活来说,万分需要……他就要失去,失去她了。他们共同生活的最初时日的情景又闪现在他的头脑里,他回忆起他们当时慷慨相赠的那些充满柔情的话语……

"米沙!你一定要告诉我,你怎么啦!"这一次她的语气很认真。

"别撒谎了!"他从沙发上跳起来,恶狠狠地叫了一声。"你还在装

---

① 在今苏联西伯利亚境内。
② 米舍利是米哈伊尔的别称。

傻！噢，你！"他想找到足以摧毁她、压倒她的词句，两只眼睛血红血红的，握着拳头，好像发疯了一样，他俯身对着她的脸，准备给她个耳光，激动得喘不过气来，问：

"为什么？告诉我，我是怎样……怎样惹出这场纠纷来的？莫非我……"

"你要冷静一下……"她深知自己的力量，因而用命令的口吻说。她平静的表情和语调使他离开了她，走到书房的另一个角落，坐在圈椅上，隐没在黑暗中。她舒适地坐在沙发上，整了整衣裙，摘下手镯，用手摆弄着，神秘地笑了笑，朝他那边望了一眼。

房间里静了下来，只有手镯的金链在黑暗中发出微弱的、颤悠悠的响声。窗外也静得怕人。一颗明亮的星星透过盆花从天空凝视着书房。

"你太性急了……"传来了她那平稳的、令人信服的声音，"何必那么庸人自扰呢？完全是自找苦吃，我们之间根本就不会发生那种事。不行啊，我的朋友，一点暗示就造成一场悲剧，一句话就当成事实，像男人们说的，这是我们女人常干的事，而不是男人该做的。看到你那么缺少男子气，那么不善于维护自己的尊严，我心里非常难过……你怎么……紧张到如此凄惨的地步？说实在的，米沙，你没有理由这样……我究竟干了什么事，使你给我那么可怕的脸色看？想想吧！"

他没有吱声。

"你们男人变得太古怪了，"她若有所思地继续说，"你们……精神上太空虚；你们害怕悲剧，可又害了这种恐惧症，自己在制造悲剧。我们比你们坚强……你说呢？"

"告诉我，"黑暗中传来了他那低沉而又有点平淡的声音，"你需要什么？你心中产生的那个'新的东西'是什么？这是怎么回事？这'苦闷'是从哪儿来的？呶，你干脆点，直说吧，你这些新发现给我带来的是什么呢？"

她又神秘地一笑……手镯还在她的手中发出清脆的响声……他

们沉默了许久——他坐在房间那端的角落里,隐藏在黑暗中;她坐在沙发上,姿态优雅,全身淹没在裙褶里……

她突然坚决果断地站了起来,向他身边走去。身后传出手镯扔到沙发上发出的叮当声。当她走到屋角他的身边,她的身影模糊起来,变成了一个不清晰的白点。

"你很痛苦?"传来了她那亲切的、母亲般温存的低语。

回答她的仿佛是一声叹息。

"我可怜的小宝贝!你很爱我吗?"

"走开!这太残酷啦……太卑鄙,卑鄙!你在折磨我……走开!"他大喊……

"米沙,冷静一下!"她以一个强者的口吻说。他们闹腾了一阵,好像在黑暗中厮打……随后,传来了接吻的声音……

"冷静一下……听我告诉你……"

"你还有什么好说的!"他痛苦地高声说。

"我能治好你的病,相信我!……"

"反正都一样!说吧,随便说什么!告诉我,这不会很快发生吧……你,还没有……你还没有找到代替我的人……我暂时……"

她一定是用手捂住了他的嘴——他的话突然奇怪地中断了。又是一阵沉默,这沉默时而被她那雪白衣裙的窸窣声所打断……

"你听我说呀……你想想,我对你谈的这一切,我是很容易就想出来的吗?!我还要对你谈谈我的发现,不过,你不用怕!上一次我的心里话一点儿也没有对你说,要知道,我说的不是我的发现……更确切些说,我不是口头上谈谈我的发现,而是运用了它,希望看到它的效果……这该怎么说呢?不,这根本不该讲出来。是呀……你问我为什么对你讲这些话?是吗?"

"讲吧……"他小声说。

"你想一想吧,我这么做并不是想对你说真心话,而是想知道你爱我到底爱到什么程度。想一想吧,生活中除了对你的爱情和把你挂在心上之外，我再也没有什么新的想法和别的要求了。"

传出来一声深深的叹息。

"你对我已经太习惯了。近来，你对我的关心太少了，我已经成了你的一件日用品，这使我很苦恼。你们男人们，熟悉了自己妻子用小匙子搅茶的动作之后，就以为，你们已经完完全全了解你们的生活伴侣，看透了她们的全部心灵。你们以为，你们了解了她的全部姿势和爱好，你们就知道她们内心深处在想什么了。可我们是活人啊，我们像所有的人一样，不断增添新的感受，一天比一天变得复杂……你们忘记了这一点……你也忘记了我是一个活人。近来，你对我常常是冷冰冰的，叫人难于容忍，简直是成了陌生人。你在我面前开始把自己裹得紧紧的，显然，你是下决心只和我接接吻，大概是不屑于和我谈心吧！我对你来说，好像是亲近的、非常熟悉的，可是，你觉得我空虚，觉得我身上再也没有什么新鲜东西……"

"不是那么回事！"他急忙高喊。

"也许不是。可我总觉得是这样的。有的时候我想，我们女人不该那么轻易地立刻在你们男人面前把心掏出来。要常常设法引起丈夫对自己的兴趣，让他猜不透，特别是当他对妻子不再发生兴趣的时候，要用一些突然事件使他大吃一惊。你看，我把牌都在你面前摊开了。我知道，我不该这么做，可是……我是那么可怜你。"

"可怜！"他伤心地高喊了一声。

"别怕，在女人的爱情中经常有许多怜悯的成分……特别是现在，她要是失去了对你的怜悯，随后，也就会失去对你的爱……你们都是那么枯燥无味……那么循规蹈矩……当然，只是表面上……噢，我接着讲下去。我对自己说，应该引起你对我的兴趣……我的发现就在这里，懂吗，这就是我的发现。至于新鲜东西嘛，那是我想出来的。什么东西也不会像嫉妒和怕失去妻子这种情绪能够使你们的热情那么强烈地燃烧起来，我使你患了这种恐惧症，很想看一看你会变成什么样子。结果呢，你也太过分了……我看到了这一点，我糟透了的小宝贝，我觉得你很可怜，就把牌摊给你了……都摊开了,完全是真心话……请你原谅我这个小小的试验,好吗?你当然会原谅的,因为你爱我!只有不愉快的一天,而我已经安下心来,我知道,你爱我,在你的心目中我比什么都珍贵,我们能够生活得非常好……可是,你要记住!一旦你对我又那么平平淡淡,我就再给你来这么一天……你懂我的话吗?啊?"

"懂了……"他低声说。

"噢,应该把这一切都忘掉……忘掉。但是,对自己的妻子可不能漫不经心啊,她是爱……"

"等等!"他打断她,"告诉我,你什么时候说的是假话:昨天还是今天、现在?"

她爽朗、欢快、扬扬得意地笑了,笑了很久……

"怪可怜的!我可把他吓坏了。"她笑着高声说。

"告诉我呀!"他恳求她,语调中饱含着激情。

"害怕啦,是吗?"她高兴地大声说,"亲爱的,我好久都没有见过你今天这个样子了!"

她吻了他。

月亮升起来了,光影落在地板上,落在桌子和沙发上。

当朝阳升起在东方、它那第一线光芒透过窗台上的盆花落在地板上的时候,米哈伊尔·伊凡诺维奇从圈椅上站起身来,走到窗前,放下窗帘,生怕太阳会惊醒他那安睡在沙发上的妻子。他离开窗口,轻手轻脚地朝她身边走去。她在睡梦中微笑着,笑得那么神秘、可爱,她整个沉浸在雪白的裙褶里,像是在泡沫中一样,真是迷人极了。

他忧郁地、探寻地凝望着她,叹了口气,又坐在圈椅上,绞尽脑汁苦苦思索着:

"她什么时候说的是假话——昨天还是今天?"

孙静云　译

他的报复……[*]

速　写

　　一个年轻人，穿一套黑衣服，身材颀长，有点儿驼背，高高的前额上满布皱纹，一双灰色的、冷漠的眼睛微微眯起，带着讥讽的神情。他迈着饭店的常客那种悠闲的步子走进了一家时髦的集市饭馆的大厅。他走到靠凉台门旁的一张小桌跟前，坐了下来。他的干燥的薄薄的嘴唇紧闭着，用锐利的洞悉一切的目光把大厅扫了一眼。

　　大厅里热闹而又拥挤。每张桌旁都坐着微带醉意的吵吵嚷嚷的顾客。男人们的穿着色彩鲜艳，脸色激动得通红，动作急遽却又摇晃不定；女人们更是奇装异服，浓妆艳抹，她们眼里闪烁着挑逗的目光，纵情欢笑着。从露天舞台上传来欢乐而又缠绵的乐曲，它时而消失在人们的喧哗和酒杯的碰撞声中，时而又吞没其他一切声响，像一阵热烈的、激发着人们想象力的旋风，在大厅里盘旋。酒菜的香味和香水的气味在人们四周弥漫，加上嘈杂的音乐以及醉汉的笑声，使这位新来的顾客感到头晕目眩。他要了一杯咖啡，一杯白兰地酒，然后一面

---

[*] 本篇最初发表于一八九六年七月七日《尼日戈罗德报》。译自《高尔基三十卷集》第二卷。作品的素材来自一八九六年高尔基对尼日戈罗德城举行的"全俄展览会"的观察。女主人公的原型是由于不幸的爱情于一八九六年七月三日夜自杀的歌手莉莉·达尔托。男主人公的原型是集市上的一位只知高谈民众教育、儿童心理、知识分子的任务的演说家。这位夸夸其谈的演说家对莉莉的不幸遭遇却漠然视之。本篇是高尔基早期描写俄国一部分知识分子的精神空虚的作品之一。

缓慢地用茶匙搅动着冒气的玻璃杯,一面从眉毛下注视着一位年轻的、穿戴得十分时髦的黑发女郎。她带着故意惹人注目的放荡神情在他桌旁走来走去,用南方女郎特有的那种乌黑的热情的眸子寻找机会捕捉他的目光。

他看到了她的不走运,感觉到由于自己对她的不予理睬使她十分气恼,不由得微微一笑。他捻了捻胡子,心不在焉地看了看周围,装作没有注意到这个女人……在旁观者看来,很难判断出他们两人之中,究竟谁是猎手,谁是猎取的对象。

小提琴似乎在呼唤和哭泣,长笛凄凉地吹着令人沉思的华彩乐句,黑管加上了减音器含蓄地演奏着柔情的曲调,大提琴低沉地隆隆地响着。

"您不请我喝杯茶吗?"年轻女子突然坐在这位有点驼背的先生对面的一张椅子上,对他说。他眯起眼睛朝她看了一眼,抿了抿嘴唇,什么也没有回答。

"您在想事儿吧?难道您回答我的问题就那么困难?"她靠在椅背上,带着挑逗却又亲切、大胆而又恳求的神情对他说。她懒洋洋地眯起眼睛,满怀希望地打量着他的脸……

"您问好了……"他冷漠地答道。她的纠缠不休使他愤慨,他真想回敬她一些无礼的话,可是周围拥挤地坐着许多人,如果大家注意起自己来,是够难为情的。这时,女郎向侍者要了一杯茶,兴致勃勃地同这位年轻人天南海北地聊起来了。她有一副动听的带胸音的嗓子。他从她的谈话中了解到,今天她非常寂寞,总之,她对于这种初次尝到的纷扰喧嚣的生活感到厌倦。他还了解到,一个女人有时为环境所迫不得不投奔她最初去的地方,从事最早向她推荐的工作,正是由于这种情况,她从故乡波尔塔瓦来到了这个集市,当了一名合唱演员……

他一面听着,一面暗自想道:

"她们怎么都像是一个棋子刻出来似的呀!她们堕落的历史如出一辙,她们说话时总是用听命于生活那样一种驯顺的调子,总是想把自己打扮成正派女子,装作环境的牺牲品……可是这些装饰入时的卖身女子实际上比她们来自卡纳文诺①和萨莫卡特②的廉价的女伴们还要低贱和放荡得多,她们甚至不只是卖淫,而且利用卖淫来进行诈骗,她们比那些真正的妓女更为频繁地扮演着卖身的角色,并利用男人以自肥。她们是多么冷酷无情,又是多么善于撒谎啊……"

他听着她的话,鄙薄地冷笑着……但她仍在滔滔不绝地说个不停:

"为什么您的样子这么苦闷,这么疲惫不堪呢?您是做什么工作的?……这不是秘密吧?您看,我能不能要一份煎牛排?行吗?谢谢您!"她把自己的椅子移得更靠近他一些。"我觉得,我在哪儿见过您,对吗?……"

"有可能……"

"对了!您有一副与众不同的面孔……因此我大概不会弄错的……"

他带着好奇和鄙视的神情端详着她,眼光扫过她优美苗条而又卖弄风情的体态,在她的眼睛里愈来愈频繁地闪烁着挑逗的热情的火花,她身上的香味刺得他的鼻子作痒。

"咱们上凉台去好不好?"她建议道。"这里太吵了……侍者会给我们把酒端到那里去的,咱们边喝酒边聊聊……也许,您在那里会变得爱讲话一些。我很乐意同您聊聊……在这儿,正派的人真是寥寥无几……"

"可是,亲爱的,哪怕你长得再可爱,我这个正派人也不会为你破费十卢布以上……"他这么想着,从椅子上站起来,冷冷地笑了一下。

凉台上确实好一些,空气比较新鲜,没有那么嘈杂。浅蓝色的电灯的光芒透过凉台的帆布篷射进来,从街上什么地方,传来了缠绵的音乐……

"这里音乐何其多啊!"她叹息道。"您喜欢音乐吗?……"

---

① ② 卡纳文诺和萨莫卡特是尼日尼·诺夫戈罗德城郊的两个地方。

"好的我喜欢……"

"难道这个曲子不美吗？现在台上正在演奏斯特劳斯的作品……我很喜欢他……在他的音乐中总是有许多令人激奋的旋律，充满着爱情、激情、柔情……你听着它，真想去爱上什么人，也希望为人所爱……"她若有所思地说。

"瞧，来劲儿了！"那个正派人想。"大概我的冷漠表情和沉默寡言使她极为恼火……没关系！我很想瞧瞧，下面有什么好戏。你这个寄生虫呀！不管怎么样，你要为今天的晚餐付出很高的代价……"

当酒送来之后，她建议道："咱们碰杯吧！"于是他们碰了杯，一饮而尽。他的不可亲近确实使她气恼。她已经谈完了所有的话题，不像开始时那么活跃了。"这个人要干吗啊？怎样才能使他动心呢？主啊！这些男人全都是坏蛋！他们来到这里分明有着明显的意图，可是还要别人激发和勾引起他们享乐的欲望……"她一时沉思起来。

"花招要完了吧！"他一面想一面笑着，冷冷地看着她伏在桌上的头和她的袒露到肩部的美丽白皙的手臂。她正在用手指轻轻地敲着一只高脚杯的杯底。

"您去看电影①了吗？"

"还没有……"他说，决心尽量少答话。他想，"亲爱的，让咱们瞧瞧，这样对你会产生什么影响！"

"啊！您去看看吧！真是有趣极了！"她又活跃起来。"这是多么美妙啊……有一部片子我特别喜欢②。一对年轻夫妇……丈夫和妻子……您知道吗，是那样地健壮、漂亮，他们在共进早餐，喂一个极可爱的孩子吃饭！孩子边吃边做着鬼脸……啊哈，真是可爱极了！您一定要注意这部片子……它含意很深……您知道，在这儿这部片子不知怎么显得特别出色……就是说，不是出色，而是给人印象深刻。"

---

① 俄国于一八九六年在尼日戈罗德城举行的"全俄展览会"上第一次放映电影。
② 据苏联文学研究家考查，这次放映的片子是《家庭早餐》。

她语无伦次,不耐烦地用手指敲着桌子,寻找着适当的词句。他注意到,她的一双眼睛不知为什么变得更深邃,更明亮……这引起了他的好奇心。

"为什么您特别喜欢这部影片呢?"他问。

"指的是家庭生活吗?"她真诚地叫起来,"天哪,要知道,我是一个女人呀!"

在"我是一个女人"这句话里有着某种近似谴责意味的东西。这位正派人听出来了,他心里想:

"好呀!看来你也有弱点!只要你不是装模作样。我来试试看……"

"对不起!"他用朴实而友好的语调大声说道,"我提出这样的问题确实是荒谬的。我似乎忘记了,虽然每个女人不能都成为母亲,但她总是渴望着当母亲……"

"这是真的——是大实话!"她满面通红,甚至用拳头猛击了一下桌子。

于是他开始用亲切的语调小声地,似乎是自言自语地讲述着家庭生活的美好,它是如何地充满着诗意以及家庭生活的意义。他带着捉摸不定的微笑注视着她的面部表情,不时用灰色眼睛悄悄地、匆忙地、从眉毛下面观察着她。她的面孔在变化着,似乎单纯了些,眼睛里原有的挑逗的表情消失了,变得暗淡无光。她用一只胳膊肘支撑在桌上,茫然若失地望着前面,听着他亲切而意味深长的声音。他是那么善于描摹一幕又一幕的情景……

那边大厅里,乐队在响亮地演奏着,疯狂、热闹、放荡的生活在一片喧嚣声中沸腾着;而这里,在凉台上,对于另一种朴素、平淡、安谧的幸福生活的"已经破灭了的幻想",从这女人心底沉积的污秽下面复活了。

女人突然紧闭双唇,仿佛如梦初醒,全身一震,坚决地说道:

"可是——别说这些了!这真是一个枯燥乏味的话题!您再喝杯

酒吧!"

他匆匆瞥了她一眼,停顿了一下,又若有所思地继续说:

"当那孩子小小的、柔软的、笑得浑身颤动的身子亲热地紧偎在母亲的怀里,用他那双清澈明亮的小眼睛望着母亲的眼睛,那时候……"

他就像在讲故事一般……

她伸去拿酒瓶的手垂落在桌上,她脸色煞白,眼睛黯然失神,小声地说:

"哎!够啦!"

"……在这一瞬间,母亲感到多么幸福,多么甜蜜的柔情在她扑扑跳动的心中起伏激荡,多么炽烈的母爱在她身上沸腾……"

她屈服了,脸色苍白,靠在椅子上,乌黑的眸子带着深深痛苦的表情,她这样地凝神注视着,似乎这一幅幅美丽、鲜明的幸福画图已经呈现在眼前,似乎这一幕幕情景就近在咫尺。他还是滔滔不绝地讲着,生动地、绘声绘色地、亲切地讲述着……

谁都知道,作弄别人总是叫人开心的。这位"正派人"自认为非常了解"这种女人",以致他根本不相信她们中的任何一个,包括坐在他面前的这个女人。她眼里噙着泪水,聆听着他讲述宁静的幸福,俭朴的生活以及天伦之乐,聆听着他对她讲述的一切,这些他自己也未必认为是幸福的。他一面讲,一面看着她由于悲伤而变得高尚起来的面孔,心想:

"我看——你在扮演一个忏悔者的角色,但你用这也骗不了我,我不会为你破费十卢布以上……绝不!但如果我花十五个卢布就能触到你的痛处,使你变得清醒一点儿,那么,我就花它十五个卢布。"

他觉得,由于她毫无礼貌,死乞白赖地要他请客,由于她所从事的那种职业,他有权向她进行报复,有权惩罚她,使她感到沉痛、难受,经历一段真诚忏悔的时刻,使她痛苦地回忆起逝去的往事。还有,她之所以触怒了他,就是因为她不能唤起他占有她的欲望,却还要花他的钱来吃喝。

他又讲了起来："在家里,在布置得舒适温暖的小小的房间里……晚间同亲爱的丈夫并肩而坐……读书、谈天,感觉到他用亲切的眼光在看着你,知道他在等待着,并乐意接受你的亲吻,那该有多么幸福啊。"

她叹了口气,不知为什么奇怪地摇了摇头……他发现,一滴泪水从她的左眼掉在桌布上。于是,他感到极大的满足。他眯起眼睛,掩饰着自己的冷笑,把嗓门压得更低,用沉思般地耳语唤醒她早已忘怀的一切。

"亲爱的,恐怕你从来也没有吃过这种滋味的晚餐吧！……"他心里暗暗地感叹道。

折磨这个女人,确实使他开心。曾几何时,她们也折磨过他,但不是这样折磨,而是用等待和不置可否来折磨他,那种痛苦比现在这种要强烈得多。他看到她真的动心了,他对这点已经深信不疑。此刻,他希望这场戏的尾声如同它的序曲一样,也是庸俗而粗鲁的。

这时,这个女人用睁得大大的、泪水汪汪的眼睛看着他,用臂肘支撑在桌上,手握得紧紧的。在她苍白、消瘦的面庞上,显出一副可怜的表情……

他突然站起身来,刚说了半句话就止住了,他冲着她的脸无情地冷笑了一声,把十卢布扔在桌子上,对她说：

"我该走了,再见！您付账吧,这些钱够了。"他不等她清醒过来,就急促地走了出去。

她哆嗦了一下,向他身后猛扑过去,但又坐回椅子上,张着嘴,似乎喘不过气来,她用一只手支住她的左腰……

一个侍者来到她的身边,亲昵地微笑着说：

"叫我收钱吗?"

"给我拿……"她低声说,但话音断了。她尴尬地笑了一下,莫名其妙地来回摇着头。

"什么?"那个侍者问道。

"伏特加酒!"她低声说,"伏特加酒!……"
当侍者走开的时候,她在他后面歇斯底里地叫道:
"多拿点儿……拿一大杯来!"

谭得伶 译